KB218071

봉준호 영화들

봉준호 영화들 (이남 지음)

미메시스

THE FILMS OF BONG JOON HO
by NAM LEE

머리말

내가 봉준호 감독과 처음 그의 작품들에 대해 본격적으로
이야기를 나눈 것은 2011년 11월 내가 몸담고 있는
채프먼 대학교 닷지 영화 및 미디어 예술 대학에서 두 번째
부산웨스트 아시아 영화제를 조직하고 개최했을 때였다.
(그전에도 두 차례 로스앤젤레스에서 만났지만 모두 영화
상영 후 리셉션장에서였기 때문에 그냥 인사를 나누는
정도로 끝나고 말았다.) 부산웨스트 아시아 영화제는 채프먼
대학교가 한국의 부산 국제 영화제와 파트너십을 맺고 부산
국제 영화제 상영작 중에서 고른 한국과 아시아 영화를
남가주 관객에게 소개한다는 취지 아래 격년제로 개최했던
영화제였다. 봉준호 감독은 두 번째 부산웨스트 영화제의 메인
게스트이자 〈부산웨스트 아이콘상〉 수상자로 초청돼 2박
3일 동안 캠퍼스에 머물면서 영화 상영과 함께 마스터 클래스
등 학생들과 다양한 만남을 통해 영화와 영화 만들기에 관한
자기 생각을 나누었다. 영화제에서는 한국에서 막 3D 영화로
전환을 마치고 그해 부산 국제 영화제에서 첫선을 보인「괴물」

3D버전이 개막작으로 상영됨과 동시에 봉준호 작품의 미니
회고전이 개최됐다. 2009년 작품인 「마더」는 첫 부산웨스트
영화제에서 이미 상영됐던 터라 이해에는 장편 데뷔작인
「플란다스의 개」, 「살인의 추억」과 함께 그의 한국 영화
아카데미 졸업 작품인 단편 「지리멸렬」과 감시 카메라로 포착된
영상들로 구성한 페이크 다큐멘터리 단편 「인플루엔자」가
상영됐다.

　　당시 봉준호 감독은 「괴물」과 「마더」가 미국에서
개봉하고 비평적인 성공을 거두면서 주목받기 시작했지만,
이후 「설국열차」, 「옥자」, 「기생충」을 잇따라 내놓으면서
쌓은 세계적인 명성과는 아직 거리가 있는, 떠오르는 한국
감독 중 한 사람이었다. 그는 내가 한국에서 영화 기자를
하다 뒤늦게 영화학 공부를 위해 미국으로 건너온 이후인
2000년에 데뷔했으므로, 난 그의 영화들을 DVD로, 혹은
영화제나 시사회 등을 통해 미국에서 챙겨 보았다. 그리고
대학원 졸업 후 채프먼 대학교에서 아시아 영화와 한국 영화
수업을 개설하면서 한국 영화를 한 번도 본 적이 없는 학생들을
대상으로 「플란다스의 개」와 「살인의 추억」, 그리고 「괴물」
등을 소개하고 가르치기 시작했다. 수업에서 다룬 아시아와
한국 영화 중에서 「살인의 추억」과 「괴물」은 학생들이 가장
좋아하고, 토론도 항상 활발하게 이루어지는 작품이었다.
학생들은 자신들에게 익숙한 장르 영화이면서도 예상을 뒤엎는
방향으로 전개되는 것에 매혹되었고, 심각하다가 웃겼다가

어이가 없다가 하는 장르 변환에 감탄했고, 해피 엔딩으로 안도감을 주지 않는 결말에 당혹해하기도 했다. 〈낯설지 않으면서 낯선〉 봉준호의 영화에 학생들은 매료되었고, 기말 페이퍼로 그의 영화에 관해 쓰는 학생들의 수가 압도적으로 많았다.

학생들의 이런 반응이 부산웨스트 영화제를 개최하면서 봉준호 감독을 초청해야겠다고 마음먹은 하나의 계기를 이루었지만 내가 봉준호 영화에 각별한 관심을 가지게 된 또 다른 이유는 그가 「살인의 추억」과 「괴물」에서 한국의 1980년대를 다룬 방식에 있었다. 1980년대는 한국에서 군사 독재 체제에 대한 저항과 민주화 운동이 가장 격렬히 이루어지던 연대였고, 마침내 1987년 군사 독재를 끝내고 민주화를 쟁취한 역사적인 시기이기도 했다. 당시 나는 한국 영화에서 1980년대에 만들어진 영화들(특히 군사 독재 체제의 혹독한 검열하에 만들어졌던 이장호 감독의 1980년대 초 영화들과 1980년대 후반 등장한 코리안 뉴 웨이브 영화들)과 함께 현대 한국 영화에서 1980년대가 어떻게 재현되고 있는가에 관심을 두고 연구하고 있었다.

2000년대에 부상한 뉴 코리안 시네마에서 1980년대가 어떻게 기억되고 묘사되느냐는 관점에서 볼 때 봉준호의 「살인의 추억」과 「괴물」은 매우 흥미로운 작품이었다. 「살인의 추억」은 1986년부터 1991년까지 10건의 연쇄 강간 살인 사건이 잇따라 일어난 서울 근교의 한 시골 마을은 물론 한국 전체를 공포의 도가니로 몰아넣었던 화성 연쇄 살인 사건*을 소재로 다룬 범죄/연쇄 살인범serial killer 영화지만 기존의 영화들처럼 살인자에 초점을 맞추지 않고 시대적인 맥락을 짚어 냈다는 점이 독특한 영화였다. 형사들이 범인을 끝내 잡지 못했던 주요한 이유로 시민 보호보다는 정권 유지에 공권력을 동원한 1980년대 군사 독재 체제에 눈을 돌린 점, 즉 상업적인 장르 영화 안에 1980년대에 대한 감독의 사회적 해설/논평을 담고 있다는 점이 1980년대를 다룬 기존 영화들과는 확연히 달랐다.

부산웨스트 영화제에서 「살인의 추억」 상영 후 관객과의 대화 시간에서 그에게 이런 질문을 던지자 아니나 다를까 그가 이 영화 시나리오를 쓰기 위해 6개월 동안 당시의 신문 기사들을 모두 찾아서 읽고, 실제 형사들을 포함한 사건 관계자들을 인터뷰하는 등 철저하게 자료 조사를 했다는 사실을 알게 되었다. 연쇄 살인 사건을 1980년대의 이야기로 풀어야겠다는 아이디어도 당시 신문들을 읽으며 얻었다고 했다. 살인 사건 관련 기사들 주변에는 그때의 다양한 소식이 배치되어 있어서 신문 페이지를 섭렵하다 보니 자연스레 화성 연쇄 살인 사건을 당시의 사회적 맥락 속에서 바라보게 되었다는 것이다. 그다음 작품인 「괴물」은 2000년대를 배경으로 하지만 학생 운동가 출신인 박남일 캐릭터를 통해

* 2019년 진범이 밝혀지면서 〈이춘재 연쇄 살인 사건〉으로 명칭이 바뀐다. 여기에서는 이전 이름으로 다룬다.

1980년대 학생 운동의 유산에 대해 비판적으로 이야기하는 것을 비롯해, 한국 현대사의 가장 큰 트라우마로 남아 있는 1980년 5.18 민주화 운동뿐 아니라 1980년대 민중 운동을 연상케 하는 장면들이 많아 1980년대가 어떻게 기억되는지를 보여 주는 흥미로운 사례가 되는 영화였다. 아마도, 그동안 비극적인 트라우마로만 다루어졌던 광주 항쟁을 오락 장르인 괴수 영화를 통해 은유적으로 풀어낸 첫 영화이지 않을까 하는 생각이 들었다.

이처럼 1980년대와 관련한 봉준호 영화에 대한 문제의식으로 출발한 나의 관심은 이 책의 3장 〈사회 부조리와 실패의 내러티브: 「살인의 추억」과 「괴물」에서의 글로벌 장르와 지역 정치〉로 귀결되었다. 봉준호에 관한 책을 쓰겠다는 계획은 부산웨스트 영화제 이후 줄곧 지니고 있었는데 2013년 한국학 중앙 연구원에서 학술 연구 기금을 지원받아 여름 2개월 반 동안 서울에 머물면서 본격적인 연구를 하게 되었다. 가장 먼저 쓴 3장이 1980년대란 주제로 두 편의 영화를 묶다 보니 자연스레 이 책은 주제별로 봉준호의 영화를 분석하는 방식으로 방향이 잡혔다. 4장은 주인공들의 도덕적인 딜레마와 선택을 그리면서 그들이 인간 괴물로 변해 가는 과정을 찬찬하게 묘사한 「플란다스의 개」와 「마더」를 묶고, 한국 사회가 겪고 있는 도덕적 혼란에 초점을 맞춘다. 동시에, 그 도덕적 혼란과 타락을 가져온 원인은 무엇인가라는 질문을 던진다. 무엇이 그들에게 그런 행동을 하게 만들었는지 생각해 보면, 한국이 전후 이룩한 놀라운 압축 성장과 1997년 경제 위기 이후 한국 정부가 선택한 IMF 구제 금융의 대가로 도입된 신자유주의 정책들이 초래한 변화와 깊이 연관되어 있었다. 5장의 「설국열차」와 「옥자」는 영어를 사용한 글로벌 블록버스터 프로젝트란 점에서 쉽게 묶일 수 있었지만, 두 영화 모두 영화 텍스트 바깥에서 긴급한 사안으로 떠오른 세계적 이슈 — 「설국열차」는 기후 온난화, 「옥자」는 유전자 조작 식품과 공장식 축산 — 들에 대한 활발한 논의와 사회 운동을 촉발했다는 점에서 공통점이 있었다.

사실 이 책에서 채택한 주제별 분류 외에도 봉준호의 영화들을 짝지을 수 있는 조합은 얼마든지 가능할 것이다. 먼저, 「살인의 추억」과 「마더」는 농촌을 배경으로 한 범죄 스릴러라는 점에서 연속성을 지닌다. 「살인의 추억」에서 그려진 1980년대 경찰과 「마더」에서 묘사된 2000년대 경찰은 사뭇 다른 모습이다. 우연찮게도 이 머리말을 쓴 2019년 10월 시점에서 한국 사회는 화성 연쇄 살인 사건의 진범이 DNA 판독 기술의 발달에 힘입어 33년 만에 잡혔다는 뉴스로 떠들썩했고, 덩달아 그를 영화화한 「살인의 추억」과 봉준호 감독이 연예면이 아닌 사회면에서 화제가 되었다. 그런데 이 범인의 어머니는 그의 아들이 너무 착한 성품이라 절대로 범인일 수 없다고 부인했는데 이는 자연스레 우리에게 「마더」의 어머니를 떠올리게 한다. 묘하게도 「살인의 추억」에서 잡히지 않았던 범인이 잡히면서 동시에 「마더」의 어머니가 실제로 소환된

것이다. 그런 점에서 「마더」는 「살인의 추억」의 후일담이라
해도 되지 않을까.

　「살인의 추억」과 「마더」가 연쇄 살인범과 살인자 아들을
구하려는 어머니의 살인이라는 범죄에서 연결 고리를 찾을
수 있다면, 「괴물」과 「옥자」는 컴퓨터 그래픽으로 만들어
낸 거대한 상상의 동물을 내세웠다는 공통점을 중심으로
이야기를 풀어낼 수 있을 것이고, 「설국열차」와 「기생충」은
계급 양극화와 파국을 다루었다는 점에서 함께 분석할 수 있는
여지가 많은 영화들이다. 이 책은 봉준호 영화가 풍부하게
내포하고 있는 서브텍스트를 통해 영화의 사회적 의미를
천착하는 것이 주목표여서 여기에서 다루지 않았지만, 여성
재현의 관점에서 볼 때 봉준호의 영화는 흥미롭게 나누어진다.
여성 캐릭터가 트레이닝복을 입고 열심히 뛰어다니며 문제
해결에 나서는 「플란다스의 개」와 「옥자」가 있는가 하면,
교복을 입은 10대 여학생들이 희생되는 「살인의 추억」과
「괴물」, 그리고 「마더」를 분석해 보는 일도 봉준호 영화 읽기에
새로운 관점을 보탤 수 있을 것이다.

　이 책을 쓰는 과정에서 겪은 어려움 중 하나는 현역 감독을
대상으로 학술 서적을 내는 일, 즉 시간의 문제였다. 초고가
완성된 것은 2017년이었는데 그해 「옥자」가 개봉한 것이다.
(활동 중인 감독은 계속 영화를 만들어 낸다!) 「옥자」에 대한
분석을 추가하는 데 제법 시간을 들이던 와중에 이번에는 2년
후인 2019년에 「기생충」이 칸 영화제에서 황금 종려상을

거머쥔다. 책은 2020년 출간으로 잡혔는데 「기생충」이
빠지면 너무 허전할 것이므로 「기생충」에 대한 분석을 결론에
추가했다. 사실 다작이 아닌 봉준호 감독은 그동안 3~4년
만에 한 작품씩 발표했지만 「기생충」은 「옥자」 후 2년 만에
내놓았다. 작품을 내는 주기가 빨라진다는 것은 감독으로서도,
관객으로서도 반가운 일이다. 내게도 다행스러운 건 2020년
책이 나오기 전까진 새 영화가 나올 가능성이 없다는 것. 봉준호
감독이 새 작품을 발표할 때마다 출간이 미루어지긴 했지만
이 책이 「기생충」까지 포함할 수 있었다는 건 다행스럽고 운이
좋은 일이기조차 하다. 결론에서 썼듯 「기생충」은 봉준호의
이전 영화들의 압축판인 동시에 그의 새로운 방향을 점치게
하는 예고편 같은 영화다. 아마도 「기생충」까지를 작가
봉준호의 영화 경력 전반기로 해도 좋지 않을까 한다.

이 책을 쓰는 과정은 봉준호가 뉴 코리안 시네마를
이끄는 새로운 세대의 촉망받는 로컬 감독에서 글로벌 영화
작가auteur로 성장하는 것을 지켜보는 과정이기도 했다. 먼저,
상대적으로 짧은 필모그래피임에도 불구하고 한 권의 연구서를
쓰고도 남는 독특한 영화들을 만든 봉준호 감독에게 감사를
전하면서 이 책이 탄생하는 데 없어서는 안 될 도움을 준 분들과
사랑하는 가족에게 감사의 뜻을 표하고 싶다. 이 책의 시작부터
큰 도움의 말과 초고를 읽는 시간을 기꺼이 내준 데이비드 데서
교수, 내 영문 초고를 제일 먼저 읽고 교정과 편집을 맡아 준
친구 린다 로빈슨, 이 책 출간의 최종 단계에서 통찰력 있는

논평과 제안을 해준 영화 평론가이자 오랜 친구인 임재철, USC 영화 학교 대학원 은사로서 졸업 이후 내 진로와 연구에 늘 조언을 아끼지 않는 데이비드 제임스 교수, 그리고 UCLA 한국학 연구소 소장인 역사학자 이남희 교수의 격려에도 감사드린다. 채프먼 대학교 영화 학교에서 아시아 및 한국 영화 수업 개설, 부산 국제 영화제와의 교류의 길을 연 밥 바셋 전 학장과 함께 봉준호 영화의 촬영술에 관해 이야기를 나눈 빌 딜 촬영 감독 겸 교수, 그리고 철학자 자크 랑시에르와 알랭 바디우에 대해 함께 세미나를 한 한국 영화학자 박현선, 남인영 교수, 부산웨스트 아시아 영화제 개최에 도움을 준 전찬일, 조영정 전 부산 국제 영화제 한국 영화 프로그래머들과 이용관 전 위원장에게도 감사의 말을 전하고 싶다. 한국에서의 자료 조사와 연구는 한국학 중앙 연구원과 국제 교류 재단의 연구 기금 지원 덕에 가능했다. 한국학 중앙 연구원은 자료 조사 초기인 2013년, 국제 교류 재단은 마무리 단계인 2019년 가을 6개월간 연구 지원을 해주었다. 이 자리를 빌려 감사드린다.

한국에 있는 부모님과 형제들, 캘리포니아주에 사는 두 아들 용재와 용오, 며느리 코니와 모니카, 그리고 내 삶에 늘 든든한 버팀목이 되어 주는 남편 건수 씨를 향한 사랑과 고마움을 여기에 기록해 둔다.

한국어판 머리말

한국어 번역판의 원본인 『*The Films of Bong Joon Ho*』는
코로나바이러스19에 대한 공포로 전 세계가 얼어붙었던
2020년 9월에 출간되었다. 대학 수업도 모두 온라인
비대면으로 바뀌는 바람에 줌이라는 새로운 플랫폼을 익히느라
정신이 없던 시절이었다. 예년 같으면 미국 내 여러 도시를
방문하면서 진행되었을 대학과 학술 단체의 북 토크도 모두
줌으로 열려 소위 〈뉴 노멀〉의 시대를 이 책과 더불어 익히고
지나온 세월이기도 했다. 지금 이곳 캘리포니아주에서는
실내외 마스크 착용 의무가 해제되고, 이달(2022년 4월)부터는
한국에서 해외 방문자들의 자가 격리도 해제될 만큼
코로나바이러스19의 기세가 크게 수그러들었다. 오랫동안
한국 방문을 하지 못했는데 번역본 원고를 탈고하고 나니 비록
책을 통해서지만 훌쩍 자유롭게 하늘을 날아 한국의 독자들을
만난다는 생각에 마음이 설렌다.

　이 책은 16년간의 기자 생활을 그만두고 영화학 공부를
위해 2000년 태평양을 건너 미국으로 떠나온 지 20년 만에

펴낸 나의 첫 저서이자, 봉준호의 영화 세계에 대한 학술적인
모노그래프로는 외국어로나 한국어로나 처음 나온 책이기도
하다. 러트거스 대학교 출판사에서 나온 학술 서적이긴 하지만,
저널리즘적인 영화 비평과 아카데믹한 연구를 결합해 더
친숙하게 독자들에게 다가가고자 시도했다. 그리고 미국에서
활동하는 한국인 학자로서 외국어 문헌은 물론 한국 학자들의
연구와 관객의 목소리를 많이 참조하고 소개해 학술 교류의
장을 열고자 했다. 이는 어찌 보면 이중 언어 학자의 마땅한
의무이기도 하다.

영어로 일을 하고 살지만 모국어인 한국어가 훨씬 편한
사람으로서 영어로 쓴 책을 다시 한국어로 번역해 낸다는 건
새롭고 또 약간은 어색한 경험이다. 그건 아마도 이 책이 한국
영화와 감독에 관한 책이라서 더 그러할 터인데 나는 두 가지
이유로 영어 원본을 그대로 번역하는 방식이 아니라 시간을
들여 수정, 보완하는 방식을 택했다. 첫째는 원본을 한국 영화나
한국 문화에 대한 배경지식이 없는 독자들을 염두에 두고 썼기
때문이다. 이에 반해 번역본은 한국 독자들, 그리고 한국어에
능숙할 만큼 한국을 잘 아는 독자들이 대상이므로 한국어
용어에 대한 자세한 설명(예컨대 부조리, 삑사리, 진경산수
등)을 생략했고, 한국 현대사에 대한 상세한 설명도 줄였다.
둘째는 봉준호라는 현역 감독에 관한 책을 쓰다 보니 영어 원본
자체도 수정과 보완을 거듭해 군데군데 조각을 이어 붙인 듯한
아쉬움이 있었기 때문이다. 특히「기생충」의 경우, 이미 원고가

출판사에 넘어간 상태에서 칸 영화제 황금 종려상(2019년 5월), 아카데미상 4개 부문 석권(2020년 2월)이라는 영화사적 사건들이 터지는 바람에(서로 성격이 다른 두 가지 상을 동시 수상한 영화는 1955년 델버트 만 감독의 미국 영화「마티」이후 64년 만이고, 비영어권 영화로는 최초다), 부랴부랴「기생충」에 대한 분석을 써서 추가해야 했다. 이번 한국어판에서는 「기생충」에 대한 분석을 더욱 보완하였다.

　글쓰기란 자기를 드러내는 일이고, 그건 학술 서적이어도 마찬가지여서 선뜻 세상에 내놓기가 두렵기도 하다. 흔히들 집필은 고독한 작업이라고 하지만 실상은 다른 사람들과의 의견 교류와 많은 이의 도움 없이는 불가능한 일이기도 하다. 영어 원본을 내면서 수많은 사람의 격려와 도움을 받았지만 번역본의 출간에도 애쓰고 힘써 준 분들이 있어 감사의 말을 남긴다. 먼저, 초벌 번역을 한 장승미, 배은열 두 사람의 노고에 고마움을 전한다. 번역서를 내본 사람으로서 한 언어에서 다른 언어로 글을 옮긴다는 작업이 얼마나 지루하고 또 골치 아픈 일인지 잘 안다. 두 사람의 번역이 있어 더욱 수월하게 내용을 수정, 보완할 수 있었다.

추신: 이 한국어판은 원래 2022년 출간을 목표로 번역과 원고 작업을 마쳤으나 봉준호 감독의 신작「미키 17」이 촬영을 마치고 후반 작업에 들어감에 따라 신작에 관한 분석을 추가하고자 출간 시점을 조정하게 되었다. 계속해서 새로운

영화를 만들어 내는 현역 감독에 관한 연구서가 갖는 특성상, 작품 목록이 지속적으로 갱신되고 그에 따른 분석과 비평이 업데이트되는 과정은 불가피한 일이다.

이는 2020년 영어 원서 출간 당시에도 경험한 바 있다. 원고를 이미 모두 넘긴 상태에서 「기생충」이 칸 영화제 황금 종려상과 아카데미 4관왕이라는 놀라운 성과를 거두면서 결론 부분을 덜어 내고 「기생충」 분석으로 긴급히 대체했었다. 이러한 과정은 특히 이 연구서가 학술적 분석과 저널리즘적 시의성을 결합하는 방식으로 봉준호 감독의 영화 세계를 다루고 있다는 점에서 더욱 자연스러운 귀결이라 할 수 있다.

봉준호 감독이 작품을 통해 끊임없이 자신의 영화 세계를 확장해 가는 것처럼, 이 연구서 역시 완결된 결과물이기보다는 감독의 변화와 성장을 반영하며 필요할 때마다 새로운 논의와 비평을 덧붙여 유연하게 진화하는 형식을 취하게 되었다. 그 결과, 완성된 단일 구조보다는 시기마다 새롭게 추가된 분석이 중층적으로 축적되는 특성을 보이게 되었으며, 앞으로도 이러한 방식으로 봉준호 감독의 새로운 작품과 변화하는 영화 세계를 계속 담아낼 수 있기를 기대한다.

이번 한국어판에는 「미키 17」에 대한 분석을 새롭게 추가해 한국 독자 여러분께 누구보다 먼저 봉준호 감독의 첫 할리우드 블록버스터가 지닌 의미를 살펴보고, 이를 통해 그의 영화 세계가 어떤 새로운 지평으로 나아가는지를 함께 생각해 볼 기회를 마련하게 되어 기쁘다.

차례

들어가며

2003년 「살인의 추억」으로 비평과 흥행에서 모두 큰 성공을 거둔 봉준호가 이듬해 「괴물」을 새 프로젝트로 발표했을 때 거의 모든 영화계 관계자는 회의적인 반응을 보였다. 아무도 이 영화가 역대 최고의 기록을 깨는 블록버스터 흥행작이 될 것으로 예측하지 않았다. 2006년 7월 27일 개봉과 동시에, 「괴물」은 개봉 첫날 관객 동원 최다 기록을 경신했고, 불과 21일 만에 1천만 관객을 돌파하며 국내 최고 흥행 속도 기록을 세웠다. 이어, 1천3백만이 넘는 총관객 수를 기록하면서 역대 최고 수익을 올린 영화가 됐고, 그 후 8년 동안 역대 흥행 1위 영화라는 기록을 유지했다. 「괴물」은 국내에서뿐만 아니라 국제적으로도 성공을 거두었다. 2006년 5월 칸 영화제 감독 주간 부문에 선보여 평론가들의 찬사를 받았으며, 봉준호를 세계 영화계에서 주목받는 신진 감독의 반열에 끌어올렸다.

「괴물」 프로젝트가 처음에 강한 회의에 부딪혔던 이유는 이전에 몬스터 영화 혹은 괴수 영화 대부분이 한국 관객에게 큰 인기를 끌지 못했기 때문이다. 독특한 〈카이주(怪獸)〉

장르를 구축한 일본 영화와는 달리, 한국에는 강한 괴물 영화
장르 전통이 없었다. 1960년대에 「대괴수 용가리」(1967)
등 카이주 장르의 영향을 받은 몇몇 주목할 만한 괴수 영화가
만들어졌지만, 대부분 어린이를 위한 영화로 치부돼 진지하게
받아들여지지 않았다. 게다가, 괴물을 그럴싸하게 만들어 내야
할 특수 효과는 형편없는 수준이었다.* 따라서, 정교한 컴퓨터
그래픽 특수 효과가 요구되는 괴물 영화를 만들려는 봉준호의
계획은 무모한 것으로 여겨졌고, 일부 영화인들은 그에게
단념할 것을 권유하기도 했다.

하지만 새 영화 프로젝트가 이처럼 영화계 사람들의
회의적인 시각에 부딪치는 건 봉준호에겐 전혀 새로운 일은
아니다. 사실, 영화계 관계자들은 그의 첫 세 편의 장편 영화에
대해 모두 흥행 재난이 될 것으로 예측했었다. 데뷔작인
2000년 「플란다스의 개」는 작은 아파트 단지에서 강아지들이
연이어 실종된다는 이야기 자체가 장편 영화로 만들기엔 너무
사소한 소재로 여겨졌다. 2003년 「살인의 추억」은 형사들이
범인을 잡지 못하는 결말은 범죄 스릴러로서 상업적인 자살

---

* 한국 영상 자료원은 2008년 7~8월, 봉준호의 「괴물」과 심형래의 「디워」의
성공으로 리바이벌된 괴물 영화 장르를 기리기 위한 한국 몬스터 영화 회고전
「괴수대백과-한국 괴수가 온다」를 개최했다. 회고전에는 「괴물」, 「디워」와 더불어
초창기 영화 중 가장 유명한 「대괴수 용가리」를 비롯해 「우주괴인 왕마귀」(1967),
만화 영화 「괴수대전쟁」(1972), 「킹콩의 대역습」(1976), 「신서유기」(1982),
「비천괴수」(1984), 「손오공 홍해아 대전」(1985), 「티라노의 발톱」(1994)과 신상옥
감독이 북한에서 만든 「불가사리」(1985) 등 모두 11편이 상영됐다.

행위가 될 것이라는 게 중론이었다. 특히 당시 국내 영화 시장은 「엽기적인 그녀」(2001) 같은 해피 엔딩의 로맨틱 코미디가 주를 이루고 있었기에, 봉준호는 범인이 잡혀 사건이 만족스럽게 풀리는 쪽으로 영화의 결말을 바꾸라는 권고를 받기도 했다. 그러나 그는 영화가 당시 미해결 상태로 남아 있던 화성 연쇄 살인 사건을 소재로 한 것이고, 그 실제 이야기에 충실히 따르고 싶었기 때문에 결국 원래 구상했던 결말대로 영화를 완성했다. 이 때문에 촬영이 끝난 후 편집된 영화를 보고 손을 떼는 투자자들도 생겨났다.

당시 무명의 신인 감독이었던 봉준호가 자신이 구상했던 대로 이들 영화를 만들 수 있었던 건 제작자의 남다른 지원 덕이었다. 봉준호의 첫 두 영화를 제작한 프로듀서는 당시 한국 영화에 새로운 변화를 불러오는 데 앞장선 젊은 세대 프로듀서 중 한 사람인 차승재였다. 그는 봉준호의 한국 영화 아카데미 졸업 작품 「지리멸렬」(1994)을 본 후 그의 잠재력에 주목, 자신의 영화사인 우노필름에 그를 영입했다. 그리고 박기용의 「모텔 선인장」(1997)의 조감독으로, 이어 한국 최초의 잠수함 영화인 「유령」(1999)의 시나리오 작가 중 한 명으로 고용했다. 봉준호가 이 두 편의 영화에 참여한 후 차승재는 「플란다스의 개」의 제작을 맡아 장편 데뷔의 길을 열어 주었고, 흥행에 실패했음에도 불구하고, 또 영화계 사람들의 온갖 부정적인 견해에도 아랑곳없이 「살인의 추억」 원안을 지지하며 봉준호의 뜻대로 제작하도록 지원했다.

이처럼 봉준호가 압도적인 반대 의견에도 불구하고
데뷔작부터 줄곧 자신이 뜻한 대로 영화를 만들어 왔다는
사실은 영화 제작에 대한 그의 접근 방식과 태도를 이해하는
데 매우 중요한 열쇠를 제공해 준다. 그는 항상 작가로서의
자의식을 견지하며, 자신의 비전과 작품의 일관성에 있어
타협을 거부해 왔다. 주류 상업 영화를 만드는 감독이지만,
기존 장르의 관습과 규칙에 얽매이지 않고, 오히려 그 틀을
자유롭게 비틀고 변주하며 때로는 완전히 뒤엎어 버리기도
한다. 이렇듯 상업적 공식을 따르지 않는 방식에도 불구하고,
그는 자신의 새로운 영화 구상에 드리워진 업계의 회의적
시선을 비웃기라도 하듯 매번 흥행에 성공하며 평단의 찬사
또한 끌어냈다. 그의 영화에서 범죄자는 문자 그대로든
비유적으로든 살인을 저지르고도 처벌받지 않는다. 그의
장르 영화들은 범죄 스릴러, 괴물 영화, SF 영화에 이르기까지
할리우드 영화들이 제공하는 안도감을 관객에게 주지 않는다.
오히려, 문제가 깔끔하게 해결되는 결말 대신, 찜찜한 여운을
남긴 채 끝을 맺어 관객들을 당혹스럽고 허탈하게 만든다.

　　할리우드식 해피 엔딩의 부재는 봉준호 영화의 특징을
이루는 장르 전복의 두드러진 요소 중 하나다. 「플란다스의
개」에서 실제의 개 살해범들(윤주와 경비원)은 붙잡히지 않고,
「살인의 추억」에서 형사들은 연쇄 살인범을 잡는 데 실패하며,
「괴물」에서 박강두 가족은 현서를 구하지 못한다. 「마더」에서도
진짜 살인자들(도준과 엄마)은 풀려나며, 「설국열차」는 다소

희망적인 결말을 제시하지만 미래는 여전히 불확실한 채 끝을 맺는다. 그리고「옥자」에서 미자는 옥자를 구해 내지만 미란도 기업의 유전자 조작과 공장식 도살장의 공포는 계속되고,「기생충」에서는 김기택의 가족 네 명이 모두 박 사장 집에 취직하는 데 성공하지만 이 성공은 결국 총체적 파국으로 이어질 뿐이다.

이처럼 상업 영화의 관습을 따르지 않음에도 불구하고 이들 영화는「플란다스의 개」를 제외하고 모두 한국 관객들로부터 엄청난 호응을 얻었으며 봉준호는「설국열차」와「옥자」, 그리고 칸 영화제 황금 종려상에 이어 아카데미 주요 4개 부문 상을 휩쓴「기생충」의 성공으로 이제 전 세계에서 가장 주목받는 감독 중 한 명으로 자리매김했다. 영화감독으로서 봉준호의 독창적인 업적은 상업 장르의 틀 안에서 〈정치적 블록버스터〉라는 과감한 형식을 성공적으로 구축하고 대중적 성취까지 이루어 낸 점에서 찾을 수 있다. 그의 영화가 지니는 정치성은 전혀 노골적이거나 교훈적이지 않으며, 영화가 지닌 오락성 안에 자연스레 녹아들어 있다. 그 정치성은 블록버스터 영화의 관습을 깨뜨리는 전복적인 미학에서 찾을 수 있고, 더불어 우리로 하여금 영화가 드러내는 사회적, 정치적 문제들을 곰곰이 생각하도록 부추기면서 우리가 살고 있는 세계에 대한 관심을 환기시킨다는 점에서 두드러지게 나타난다. 어떤 면에서, 그의 영화는 관객들이 중요하고 시급한 사회 문제들을 소환하고 논의하는 장, 즉 일종의 문화

공론장을 제공한다고 할 수 있다. 예를 들어, 「옥자」는 현대 육류 산업에 대한 온라인 토론을 촉발시켰고, 2017년 7월 5일 웹 사이트 푸드비트(foodbeat.com)가 보도한 바와 같이, 많은 사람에게 영감을 주어 채식주의자가 되도록 했다. 마찬가지로, 「설국열차」는 지구 온난화 문제에 대한 공개적인 논의를 확산하는 데 기여했으며 「괴물」에 이어 그의 영화 중 두 번째로 한국에서 1천만 관객 이상을 동원한 「기생충」은 여러 주제에 대한 다양한 해석을 불러일으키며, 특히 우리 시대의 계급 양극화 문제를 둘러싼 활발한 논의를 촉진했다.

　　한국을 배경으로 하든, 상상의 공간을 배경으로 하든, 봉준호의 영화들은 구체적인 현실에 뿌리를 두고 있으며 우리의 일상에 깊이 영향을 미치는 문제들을 다루고 있다. 그리고 이런 이야기들은 항상 평범한 사람들의 관점에서 서술된다. 실제로 봉준호의 영화는 사회적 약자들에게 특별한 관심을 기울인다. 영화의 주인공들은 할리우드 영화 내러티브의 바탕을 이루는 〈영웅의 여정〉*을 따르지 않는다. 그들은 영웅 같지 않은 영웅들이며(「괴물」의 어딘가 아둔한 아버지 박강두, 「마더」의 가난한 중년의 홀어미와 지적 장애가 있는 아들, 「옥자」에서 외딴 시골에 사는 소녀 미자 등), 이들은 모두 사랑하는 가족을 구하기 위해 거대한 정치권력 내지는

---

　　* 미국의 신화학자 조지프 캠벨이 동서양의 모든 신화를 연구하며 발견한 하나의 원형으로, 신화는 〈태어남-부름-모험-역경-귀환〉으로 요약되는 공통의 이야기, 즉 영웅의 여정이라고 귀결한다.

초국가적 경제권력과 맞서 싸워야 하는 상황에 부닥치게 된다. 한국에서는 물론 세계적으로 관객들이 봉준호 영화에 크게 호응하는 것은 바로 이렇듯 곤경에 처한 사회적 약자들의 모습이 가져다주는 공감대 때문이다.

오인(誤認)의 라이트모티프

2000년 「플란다스의 개」부터 2019년 「기생충」에 이르기까지 모두 7편의 장편 영화를 제작하는 동안, 봉준호는 전 제작 과정을 자신의 통제하에 장악, 영화 작가로서의 지위를 확고히 했다. 그러면서 평론가들의 호평과 상업적 성공이라는 두 마리 토끼를 동시에 잡는, 세계적으로도 드문 영화감독으로 자리매김했다. 봉준호 영화들은 사회적인 이슈를 진지하게 제기하고 다루지만 그 이슈들이 결코 영화가 주는 재미를 해치지 않는다. 봉준호처럼 오락성과 사회 논평이라는 두 가지 요소의 균형을 알맞게 맞추는 감독은 찾아보기 힘든데 그의 영화에서 그 균형을 성취하는 데 결정적인 역할을 하는 것이 바로 〈오인〉이라는 내러티브 장치다. 영화 속 인물들이 사람이나 사물을 제대로 알아보지 못하거나, 다른 것으로 착각하거나, 잘못된 기대를 하게 되는 등 오인이나 오해의 소지를 교묘하게 이용해 이야기를 풀어 나가는 수법이다. 이 오인의 라이트모티프(반복 모티프)는 특히 봉준호의 스릴러 영화에서 두드러지게 나타난다. 이는 주인공이 정체불명의 범죄자를 쫓는 미스터리 구조를 기반으로 한 스릴러 장르와 잘 맞아떨어지기 때문이다. 그의 스릴러 영화에서 등장인물들은 눈앞의 범인을 알아보지 못하거나 엉뚱한 사람을 범인으로 오인하는 경우가 많다. 그래서 결과적으로, 범인을 잡는 데 실패한다. 이는 곧 봉준호의 스릴러 영화들이 기존의 스릴러 영화와 차별되는 지점이기도 하다.

「플란다스의 개」에서 주인공 윤주는 이웃집 개가 짖는 것을 막으려고 필사적으로 개를 납치해 아파트 지하실에 숨겨 놓았지만, 엉뚱한 개를 훔쳤다는 사실을 깨닫게 된다. 그러나 그가 개를 다시 풀어 주기 전에, 아파트 경비원이 개를 죽여 보신탕을 끓여 버린다. 영화 초반의 이 〈오인〉은 곧 이어지는 연쇄 강아지 납치 살해와 지하실에서 펼쳐지는 호러풍의 하위 플롯을 촉발시킨다. 「살인의 추억」은 오인의 연속이며, 그래서 영화의 내러티브를 추동하는 〈이 시골 마을의 여성들을 대상으로 벌어진 연쇄 살인의 범인은 도대체 누구인가?〉라는 질문에 대한 답은 끝내 제시되지 않는다. 「괴물」에서 여중생 현서는 괴물을 피해 함께 도망치던 아빠가 엉뚱한 소녀의 손을 잡고 뛰는 실수를 저지르는 바람에 괴물의 꼬리에 낚아채인다.

한편, 살인 용의자로 구속된 아들의 결백을 증명하기 위해 백방으로 애쓰는 한 중년 어머니의 이야기인 「마더」는 어머니의 〈오인〉 혹은 〈오해〉가 전체 이야기를 추동한다. 그는 다른 두 남자(진태와 고물상)가 진짜 살인자일 거라고 착각하는 과정을 겪고 나서야 비로소 자기 자신이 처음부터 오해 속에서 고군분투해 왔다는 것을 깨닫는다. 그녀가 그렇게 무고한 희생자라고 믿어 마지않았던 아들이 사실은 살인자였다. 영화 속 마지막 〈오인〉은 형사들에 의해서 저질러지는데 그들은 다른 소년의 셔츠에서 발견된 피를 살인의 증거로 잘못 읽어 그 소년을 살인자로 기소한다.

「설국열차」는 스토리의 전제 자체가 오해에 기초해 있다. 이 영화에서 인류의 마지막 생존자들은 지구에 몰아닥친 빙하기가 지구를 더 이상 살 수 없는 곳으로 만들었다고 믿으면서, 끊임없이 달리는 기차를 타고 지구를 계속 돈다. 그러나, 영화의 마지막에, 이러한 믿음은 오류였음이 드러난다. 기차 안에서 반란이 일어나고, 그 충돌 과정에서 빚어진 거대한 폭발로 기차가 전복된 후 두 명의 생존자가 바깥세상으로 나오게 되면서다. 지구는 오래전에 이미 인간이 생존할 수 있는 환경을 되찾았다. 또 반란의 지도자인 커티스가 열차 소유자인 윌포드와 대면했을 때 그들이 또 하나의 〈오해〉 속에 행동해 왔음이 드러나는데, 즉 기차가 영구 동력으로 운행되는 것이 아니라 아동 노동에 의존해 왔다는 사실이다. 더군다나 그들의 반란은 실제로는 윌포드와 길리엄이 사전 모의한 것이었다. 이런 깨달음들이 영화 속 파국의 결정적인 요인으로 작동한다.

「옥자」에서, 주인공 미자의 슈퍼 돼지 옥자 구하기는 유전자 조작을 통해 슈퍼 돼지들을 만들어 낸 미란도 그룹이 옥자를 데려가면서 시작된다. 미자는 옥자가 유전자 조작 돼지라는 사실은 물론 슈퍼 돼지 경연 대회의 우승자 발표를 위해 미국으로 가게 되리라는 것도 전혀 모르고 있었다. 그래서

동물학자이자 인기 TV 쇼 진행자이면서 미란도 그룹의 홍보
대사인 조니 윌콕스 박사와 그의 촬영팀이 집에 찾아왔을 때,
미자는 그를 단순히 TV 쇼의 한 에피소드를 찍기 위해 온 유명
방송인으로 오인했다. 그랬기 때문에 할아버지가 촬영진을
집에 놔두고 부모 산소에 다녀오자고 했을 때 아무런 의심
없이 따라나섰다. 「옥자」에서 내러티브의 결정적인 전환점을
이루는 장면 또한 의도적인 오역에 기반해 일어난다. 미자가
옥자와 재회하도록 도운 동물 해방 전선ALF의 리더 제이는
미란도 그룹을 내부로부터 무너뜨리기 위해 미자를 뉴욕으로
데려갈 계획을 세우고, 미자에게 동의를 얻고자 한다. 그는
만약 미자가 동의하지 않는다면, 그 계획을 포기할 것이라면서
한국계 미국인 멤버인 케이에게 통역을 맡아 달라고 부탁한다.
케이의 한국어 질문에 미자는 그냥 옥자를 다시 산골 집으로
데려가고 싶다고 뉴욕행을 거부한다. 하지만 이 결정적인
순간에 케이는 고의적인 오역을 해버린다. 그녀가 동의했다고
ALF 회원들에게 전한 것. 이 오역이 촉발제가 되어 이야기는
이후 뉴욕으로, 또 도살장으로 이어진다.

　「기생충」은 이러한 〈오인〉의 모티브를 한 차원 더
끌어올린다. 이전 영화들에서는 오인이 대부분 의도적인 것이
아니라 실수 혹은 무지의 소산이었던데 반해 「기생충」에서는
주인공들이 적극적으로 오인을 의도하고 활용한다. 김씨 가족
네 명은 모두 가명과 허위 이력서 등을 이용해 본인이 아닌 다른
누군가를 사칭함으로써 부잣집에 고용돼 일하게 된다. 이들은

서로를 타인인 양 모른 척한다. 영화 전반의 사건들은 이들 가족의 가장(假裝)과 박 사장 부부의 오인이 맞물리며 전개된다. (아들인 기우가 박 사장네 딸 다혜에게 영어를 가르치면서 가장하다란 뜻의 〈pretend〉라는 단어를 최소한 두 번 사용해 영어 문장을 만들어 보라고 하는 장면은 그런 점에서 자기 반영적인 재치의 순간이기도 하다.)

앨프리드 히치콕은 오인 모티브의 거장으로, 그의 영화 줄거리는 오인을 기반으로 구축되는 경우가 많다. 그러니까 봉준호는 한국 사회의 부조리한 이슈들을 표현하는 데 히치콕의 오인 모티브를 효과적으로 활용한다고 볼 수 있다. 하지만 「플란다스의 개」, 「살인의 추억」, 「마더」에서 등장인물들은 엉뚱하게 범죄 혐의를 받거나 유죄 판결을 받지만 이들의 운명은 히치콕 영화의 인물들과는 다른 길을 걷는다. 「누명 쓴 사나이」(1956)에서처럼 히치콕 영화의 등장인물들은 범죄자로 잘못 식별되거나 쫓기거나 기소되긴 해도 결국에는 풀려나게 되는 반면, 봉준호 영화의 등장인물들은 누명이 벗겨지거나 풀려나지 않는다. 풀려나더라도 최소한 어떤 형태로든 폭력이나 고문을 경험하고 난 후에야 석방되는 경우가 많다.

게다가, 봉준호 영화의 이야기 구조는 히치콕의 것보다 복잡하다. 예를 들어, 「마더」는 각각 다른 인물(도준과 엄마)에 의해 저질러진 두 개의 살인 사건이라는 중첩된 이야기 구조를 지니고 있다. 게다가 도준은, 비록 영화 속 형사들은 모르고 있지만, 관객이 다른 소년이 억울한 누명을 쓰고 교도소에 갇혔다는 것을 알고 있는 상태에서 무혐의로 풀려난다. 이러한 이중 구조가 지닌 복합성과 중층성은 단순한 미스터리 구조가 지니는 직접적이고 직선적인 해결 방식보다 중층적인 모순을 지닌 한국 사회의 독특한 현실을 전달하는 데 훨씬 더 효과적이다. 봉준호가 이러한 오인의 전략을 사용하는 것도 그것이 한국 사회의 부조리를 드러내기에 가장 효과적인 도구를 제공하기 때문일 것이다.

실제로, 한국을 배경으로 한 다섯 편의 봉준호 영화는 한국의 현실에 확고히 뿌리내리고 있으며, 〈한국적인 것〉에 대한 그의 생각을 담고 있다. 「설국열차」, 「옥자」 등 세계 시장을 염두에 둔 글로벌 프로젝트 제작에 나서긴 전까지 봉준호의 주된 목표는 한국 관객들에게 어필하는 것이었다. 그는 2006년 6월 연합뉴스와의 인터뷰에서 국제적인 성공을 거둔 「괴물」이 〈칸에서 찬사받았지만 그들은 이 영화를 100퍼센트 이해하지 못한다〉라면서 〈이 영화는 한국 사람들만이 이해할 수 있는 유머와 코미디로 가득 차 있다〉라고 말했다. 그래서 그는 「괴물」에 담긴 한국인의 정서와 감성이 서양에서도 통한다는 것을 보고 기뻤다는 소감을 털어놓기도 했는데 봉준호 영화는 이처럼 한국적인 이야기와 현실, 그리고 한국적인 감정과 감수성으로 전통 할리우드 장르들을 지역화, 즉 한국화한다. 그리고 3장에서 상세히 서술하겠지만, 봉준호 영화에서 장르 관습의 비틀기와 전복을 불가피하게 만드는 요인이 바로 이

지역성과 한국적인 상황들이다. 할리우드 영화에는 정부 시스템과 권위에 대한 미국인들의 집단적인 신뢰와 믿음이 반영되어 있지만, 이와 달리 한국인들은 일반적으로 정부나 권위를 불신하고 의심한다. 그리고 이 두 가지의 상반된 성향이나 감성이 봉준호의 영화 내에서 충돌하면서 할리우드 장르에 대한 독특한 변용을 만들어 낸다.

한국적=사회 부조리

한국다움 혹은 한국적이란 무엇인가란 질문에 대해서는 다양한 견해가 나올 수 있다. 그렇다면 봉준호는 자신의 영화 제작에 그 근간을 이루고 있는 이 ⟨한국다움 the Koreanness⟩을 어떻게 생각하고 있을까? 봉준호에게 있어 ⟨한국다움⟩ 혹은 ⟨한국적⟩이란 개념은 지금까지 흔히 이야기되어 온 한의 정서나 한국의 전통문화, 전통미에 있지 않다. 이 점에서 그는 판소리, 전통 회화, 전통 의례 등을 소재로 한국 특유의 ⟨한⟩이란 감정을 영화에 담아 온 원로 거장 임권택과 확연히 구별된다. 봉준호의 영화에서 표출되는 한국다움은, 그 자신의 말에 따르면 ⟨부조리⟩다.* 그의 영화에서, 부조리는 현대 한국 사회에 만연한 정치적 부패, 사회 불평등, 또 그에 따른 아노미의 결과이며, 등장인물들이 일상생활에서 부딪치는 여러 사회 부조리는

* 채프먼 대학교에서 2011년 개최한 제2회 부산웨스트 영화제에 초청 게스트 감독으로 참석한 봉준호는 ⟨한국적인 것이 무엇이라고 생각하는가⟩라는 나의 물음에 한마디로 ⟨부조리⟩라고 답했다.

봉준호의 영화를 이해하는 열쇠다. 앞서 말한 봉준호 장르 영화의 특징을 이루는 〈해피 엔딩의 부재〉도 따지고 보면 한국 사회의 이 일상적 부조리를 현실적으로 그리다 보니 자연스레 다다르는 결말인 셈이다. 즉 한국 사회의 부조리는 봉준호의 영화가 실패로 귀결되는 내러티브를 가지게 되는 바탕을 이룬다.

〈실패의 내러티브narrative of failure〉라고 표현할 수 있는 이 요소는 2장에서 좀 더 상세하게 다루겠지만 한국의 근현대사를 〈실패한 역사〉라고 보는 역사 해석과 연결된다고 할 수 있다. 좌파적 입장을 반영한다고 할 수 있는 이 한국사 해석은 한국이 아직 제대로 된 민주주의와 특히 통일을 성취하지 못했기 때문에 여전히 실패의 역사라고 본다. 한국은 1945년 36년간의 일제 식민 통치에서 해방된 후 미군정기와 분단(1945~1948), 6.25 전쟁(1950~1953)을 겪었고, 거의 30년에 가까운 군사 독재(1961~1987)를 겪었다. 치열한 민주화 투쟁을 거쳐 1980년대 후반에 이르러서야 대통령 직선제의 민주주의를 달성했지만 그 자부심도 1997년 금융 위기 이후 날로 커져 가는 혼란 속에서 냉소주의로 변모했고, 신자유주의 경제 정책의 채택을 의무화한 IMF 구제 금융은 21세기 한국 사회의 경제적 불평등과 사회 부정을 심화시켰다.

한국 사회에서 부정과 정치 부패, 그리고 그에 따른 정치적 냉소주의가 끊이지 않고 지속되는 하나의 원인으로는 역사적으로 일제 강점기 및 군사 독재의 협력자와 가해자 문제를 재판을 통해 제대로 처리하지 못한 것에서 기인하며, 특히 1980년 5월 광주 대학살 관련자들에 대한 처벌이 미흡했던 사실에서 찾을 수 있다. 1987년 민주화 이후에도 한국의 부패와 부조리의 체계에는 실질적인 변화가 없었고, 그래서 현대 한국 사회에는 절망, 분노, 냉소주의가 만연해 있다. 이는 2018년 시민들의 거대한 촛불 혁명으로 박근혜 대통령이 탄핵당한 후 집권, 개혁과 실질적 민주화의 기대를 모았던 문재인 정부에서도 심화했으면 심화했지 나아지지 않았다. 2017년 보건 사회 연구원과 서울대학교 사회 발전 연구소의 조사에 따르면 한국 국민의 87.3퍼센트가 〈정치인들은 나라 걱정을 하기보다는 자신의 이익을 위해 행동한다〉는 문항에 〈그렇다〉라고 대답, 정치적 냉소주의가 극에 달한 것으로 나타났다(『조선일보』 2017년 3월 16일 자). 또 소위 〈조국 사태〉로 국민이 양분돼 대립하는 양상을 보인 2019년 이후론 〈내로남불〉이라는 말이 한국 사회상을 요약하는 단어로 회자됐다. 더욱 놀라운 점은 최근 실시된 〈2021년 한국 사회의 울분 조사〉 설문 결과에 따르면 국민의 58.2퍼센트가 만성적 울분을 겪고 있으며, 그 원인으로 〈정치, 정당의 부도덕과 부패〉가 꼽혔다는 사실이다(『중앙일보』 2021년 4월 21일 자). 봉준호의 영화들이 한국 관객의 공감을 크게 얻었다면 이는 이렇듯 역사적으로 축적되어 온 감정들을 잡아내기 때문이라고 할 수 있다. 한국인들의 냉소주의는 정부가 국민들을 제대로 지키고 보호하지 않는다는 비판적인

태도와도 직결되는데 실제로 한국 사회에서는 인재(人災)가
자주 발생하고, 정부와 지방 당국은 자주 재난으로부터
시민들을 보호하는 데 실패한다.

한국 사회가 작동하는 방식에 대한 봉준호의 관찰은
너무 예리하고 정확해서 예언적이기조차 하다. 예를 들어,
「괴물」에서 정부 당국은 한강에서 뛰쳐나와 시민들을 공격하는
괴물을 잡는 데 나서기보다는 오히려 희생자 가족을 쫓는
데만 열중한다. 게다가, 바이러스가 존재하지 않는다는
사실을 알면서도 박강두 가족을 괴물이 만들어 낸 바이러스의
매개자라고 몰아 추적하기를 멈추지 않는다. 이러한 재난
희생자 가족의 모습은 「괴물」을 개봉 8년 후인 2014년 세월호
참사와 맞물려 다시 공적 담론의 장으로 소환되게 했다.
2014년 4월 16일 아침, 여객선이 남쪽 해안에서 뒤집어지면서
304명의 목숨을 앗아 간 세월호 사건의 희생자들은 대부분
수학여행으로 제주도를 향하던 고등학생들이었다. 정부는
구조에 실패하며 72시간의 골든 타임을 놓쳤고, 많은 국민이
TV 생방송으로 침몰 과정을 지켜봐야 했다. 시청자들은
자식을 구하는 데 속수무책이었던 부모들의 무력감과 공포를
고스란히 느껴야 했다. 한편 배가 가라앉을 당시 부재했던
박근혜 대통령의 행적은 밝혀지지 않았고, 이후 재난 관리
기관들의 부실이 이번 재난에 기반했다는 것이 드러났다. 이와
더불어, 정부가 이 재난의 원인을 은폐하는 것이 아닌가 하는
의문이 제기되었다. 희생자들의 가족과 시민들은 진상 조사를

촉구하는 대규모 시위를 연이어 벌였지만 정부는 조사를
거부했고 왜 구조대의 대응이 늦어졌는지 설명하지 않았다.
게다가, 정부는 무엇이 잘못되었는지 조사하는 대신, 항의하는
가족들이 이 행사를 정치화하고 있다고 비난하기 시작했고,
그들을 심지어 종북 세력으로 분류하고 대응책을 마련했던
것으로 드러나기도 했다.

정부 당국의 이 같은 대응은 「괴물」에서 묘사된
것과 놀라울 정도로 비슷해서 소셜 미디어에서 즉각
화제로 떠올랐다. 〈8년 전에 나온 봉준호 감독의
괴물…… 마치 예언이나 비유를 한 듯 세월호와 상당히
비슷하다〉(@YuChiCamel, 2014년 5월 29일), 〈봉준호 감독의
영화「괴물」은 세월호 사건의 서곡? 국가의 무능함, 가족,
특히 아버지의 필사적인 투쟁, 그리고 희생당한 어린아이.
아빠들의 처절한 몸부림이 이 괴괴한 사회에서 계속될 것
같다〉(@tell 65, 2014년 8월 22일), 〈봉준호 감독 괴물 다시
보는데 이거 세월호랑 완전 판박이네요. 봉준호 감독 통찰력
대단합니다〉(@hanjovi21, 2014년 7월 15일)와 같은 글들이
트위터(현 X)를 장식했다. 이와 더불어 〈봉준호의 괴물은
SF 판타지 영화가 아니다〉(이장, 다음카페, 2014년 5월
28일)란 제목 아래 「괴물」을 세월호 사건과 연결해 상세히
분석한 블로그 글이 트위터에서 인용 알티되면서 이틀 만에
이미 조회수가 197만 회를 넘기는 등 놀라운 호응을 얻었다.
이처럼 세월호 사건 초기에 「괴물」이 소환된 것은 한국 사회를

관통하는 봉준호의 예리한 시선과 통찰력을 보여 주는 하나의 사례라고 할 수 있다. 그의 영화는 어떤 면에서는 사회적 병폐와 그것이 일상의 삶에 미치는 영향을 영화로 풀어낸 사회학적 탐구라고 할 수 있다.

따라서, 봉준호의 영화들은 이야기의 정치 사회적 배경을 이루는 한국의 현실 속에 놓고 볼 때 가장 잘 이해된다. 특히 그 서사의 토대가 되는 시공간, 즉 크로노토프chronotope*는 1980년대의 군사 독재에서 21세기의 민주주의와 신자유주의 체제로 이어지는 역사적 과도기에 있다고 할 수 있다. 그의 영화는 특히 6.25 전쟁 직후 세계에서 가장 가난한 나라 중 하나였던 한국이 불과 반세기 만에 세계 경제 대국으로 올라선 〈한강의 기적〉 이면에 가려진 정치 경제적 불평등 심화와 도덕적 혼란의 문제들을 파고든다. 「살인의 추억」이 1980년대 군사 독재의 어두운 시대를 되돌아보는 영화라면, 「플란다스의 개」, 「괴물」, 그리고 「마더」는 한국의 전후 기적적인 경제 성장이 한편으론 어떻게 개개인의 삶, 특히 사회적 약자들의 삶을 비참한 상황으로 몰아넣어 왔는지를 탐구한다. 이와 함께 실질적인 내용이 결여된 의회 민주주의의 피상성을 추궁하고, 민주화 이후에도 이전 시대의 사회 병폐/부패가 어떤 방식으로 유지되고 심지어 강화됐는지를 보여 준다.

* 시간과 장소를 의미하는 두 개의 그리스어를 결합한 크로노토프는 러시아 문학 이론가 미하일 바흐친에 의해 내러티브의 시간적/공간적 틀을 가리키는 개념으로 쓰였으며 이는 텍스트의 의미 생산에 핵심적인 역할을 한다.

동시대 한국 감독 중에서 봉준호가 특히 돋보이는 점은
정치 및 사회의식이 높은 영화를 만들면서도 흥행에서도
크게 성공한다는 사실이다. 그는 아마도 지금 영화계에서
한국 사회에 대한 날카로운 비판의 눈을 견지하면서 동시에
대중적인 블록버스터를 만드는 거의 유일한 감독일 것이다.
그의 작품은 한국 사회 시스템의 문제점을 파고들고, 정치적,
도덕적 부패와 사회 부정을 드러내며, 한국 역사에서 해결되지
않은 문제들을 직간접적으로 제기한다. 이러한 심각한 주제나
소재에도 불구하고 그의 영화들은 할리우드 장르에 대한
독특한 변용을 통해 상업적인 오락의 영역을 한 치도 벗어나지
않으면서 폭넓은 호응을 얻는다. 그런 점에서 봉준호의
영화는 이창동, 홍상수, 김기덕 등 다른 한국 감독의 작품들과
확연하게 구분된다. 이들의 영화 스타일은 훨씬 더 급진적으로
상업 영화의 틀에서 벗어나 있으며 주로 영화제 혹은 예술
영화관에서 유통되고 상영된다.

　　한편 봉준호의 영화는 똑같이 장르 영화 전통 안에서
작업하는 박찬욱의 작품들과도 차이를 보인다. 박찬욱은
고도로 양식화된 미장센을 통해 작가 의식을 드러내지만,
봉준호의 영화는 시각적 표현에서 인공미 없이 자연스럽다.
봉준호의 영화들은 또한 장르 관습을 자유자재로 뒤집는
유희, 그리고 블록버스터 영화의 스펙터클한 볼거리 제공 등
박찬욱의 영화보다 대중 지향적이다. 박찬욱의 영화는 복수를
주제로 펼쳐지는 뒤틀린 이야기들을 통해 인간의 본성, 금기,

복수의 공허함 등 철학적인 주제를 탐구한다면, 봉준호의 영화는 인간의 삶을 사회적인 조건 속에 놓고 들여다본다. 박찬욱의 영화가 철학적이라면 봉준호의 영화는 사회학적이다.

봉준호의 국제적인 성공은 지극히 한국적인, 즉 특정한 지역의 이야기를 하면서도 그 지역을 넘어서는 보편성을 지닌 영화를 만드는 게 어떻게 가능한지 보여 주는 흥미로운 사례를 제공한다. 봉준호 영화가 국경을 넘어 폭넓은 호응을 얻는 데는 경제적 세계화의 추세, 특히 신자유주의의 세계적 확산과 관련이 있다고 해도 과언이 아니다. 1990년대 후반 IMF 구제 금융 이후 한국은 신자유주의의 선봉에 서다시피 했고, 봉준호의 영화들은 신자유주의 자본주의의 주요 경제 정책인 시장 규제 완화, 공기업 민영화, 사회 복지 축소, 노조 탄압 등 일련의 조치들이 초래한 각종 사회 병폐들을 담아낸다. 기업들의 탐욕성을 증진시키면서 빈부 격차의 확대를 가져온 이러한 신자유주의 경제 정책들이 글로벌 시장 경제와 함께 확산하면서 그에 따른 사회 병폐들도 세계적으로 공유되기에 이르렀다. 그러므로, 한국의 특수한 현실에 뿌리를 두고, 한국 사회상을 세밀하게 묘사하는 봉준호 영화들의 바탕을 이루는 제반 사회 문제와 이슈들은 다른 나라 관객들도 공감할 수 있는 보편적인 것이라 할 수 있다. 더구나 그가「설국열차」,「옥자」 등 영어로 된 글로벌 영화 제작에 뛰어들면서 그 사회적 탐구의 영역도 글로벌 이슈로 넓어졌다. 두 영화는 글로벌화한 사회/경제 시스템에 대해 의문을 제기하고 신자유주의 자본주의에 대해 신랄한 비판을 행한다는 점에서 그의 한국어 영화를 세계화한 것으로 볼 수 있다. 「설국열차」는 기후 변화라는 세계가 공유하는 환경 문제를 전제로 삼아 점점 더 벌어지는 빈부 격차를 기차의 앞 칸과 꼬리 칸의 삶에 빗댄 알레고리며, 「옥자」는 더욱 직접적으로 다국적 기업의 탐욕을 다루면서 유전자 변형 식품, 공장식 축산업의 잔혹함 등의 문제를 그려 내는 우화다.

이렇듯 봉준호는 할리우드 장르와 한국의 지역 정치local politics를 결합함으로써, 문화 이론가 호미 바바의 용어를 빌리자면, 후기 식민지 사회와 서구 문화가 충돌하고 교섭하는 과정에서 새로운 의미가 생성되는 발화(發話)의 〈제3의 공간third space〉을 열어젖힌다. 호미 바바에 따르면, 이러한 제3의 공간은 〈문화의 다양성에 있어서 이국정서나 다문화주의가 아니라 문화의 혼종성hybridity의 각인과 세밀화에 기반해 국제 문화international culture를 개념화할 수 있는 길을 열어 준다.* 한쪽에 할리우드 영화, 다른 한쪽에 한국적인 것을 두고 그 사이에 자리하는 봉준호의 영화는 이러한 혼종의 산물이라 할 수 있다. 물론 두 가지를 단순히 섞는다고 해서 혼종적 제3의 공간이 형성되는 것은 아니다. 쉽게 비유하자면 봉준호의 장르 영화들은 그것이 단순한 할리우드 장르를 모방하는 〈카피우드copywood〉를 넘어 한국적 현실에 맞춰 장르 공식을

* Homi K. Bhabha, *The Location of Culture* (Abingdon, Va.: Routledge, 2004), p. 55.

해체하고 재조립한다는 점에서 혼종적이고 창의적이다. 그의 영화에서 드러나는 한국다움은 식민지 경험과 개발 독재, 그리고 신자유주의 질서라는 복합적 역사 속에서 형성된 후기 식민지적 맥락에 뿌리를 두고 있다. 봉준호는 한국적 현실과 할리우드 장르적 장치들을 교직해, 서로 다른 문화적 코드가 충돌하고 교섭하는 가운데 새로운 의미 공간을 창출해 낸다.

하지만 이 책의 목표는 봉준호 영화의 이러한 독창성을 오로지 그의 천재성으로만 설명하거나 혹은 영화 작가로서 의도한 의미를 파악하는 게 그의 영화를 제대로 이해하는 길임을 주장하려는 데 있지 않다. 오히려, 이 책은 예술 작품이 구체적인 사회적, 역사적 과정 속에서 형성되는 하나의 사회 현상이라는 프랑스 사회학자 피에르 부르디외의 관점에 기반하고 있다. 부르디외는 저서『문화 생산의 장 *The Field of Cultural Production*』에서 예술 작품을 이해하기 위해서는 작품 자체를 분석하는 데 그치지 않고, 그것이 생산되고 수용되는 조건들과 이를 둘러싼 다양한 장(場)들의 역학 관계 속에서 살펴야 한다고 강조한다. 예술 작품이 탄생한 당대의 사회적 조건은 물론, 더 광범위한 권력 구조라는 맥락 속에서 파악해야 한다는 것이다. 이러한 문화 생산의 장 이론은 작품의 형식적 특질에만 주목하는 내재적 접근과, 예술을 사회 구조의 단순한 반영으로 간주하는 구조 결정론적 해석 사이의 이분법적 대립을 넘어서게 한다. 〈예술 작품의 생산과 수용의 사회적 조건에 대한 과학적 분석은, 문학적인 체험을 약화하거나

파괴하기는커녕, 오히려 더 풍부하게 해준다〉*라는 부르디외의
주장은 봉준호 영화들을 제작 당시의 구체적인 역사적, 사회적,
문화적 맥락, 즉 생산의 장 속에 위치 지음으로써 봉준호 영화의
제작을 가능케 한 한국 영화 산업의 조건들과 영화가 지닌
풍부한 하위 텍스트들을 발견하는 즐거움을 제공하고자 하는
이 책의 목적을 뒷받침해 준다. 따라서 이 책은 영화 작가로서
봉준호의 창의성을 충분히 인정함과 동시에, 영화라는 문화
형식이 사회적 관행과 제도적 맥락 속에서 형성되며, 창작자
또한 시대와 문화적 환경의 산물이라는 전제에서 출발한다.

창작자로서 봉준호는 영화로 사회학을 하는〈영화적
사회학자cinematic sociologist〉라 할 수 있다. 그의 영화들은 좁게는
한국 사회, 그리고 넓게는 신자유주의 자본주의 체제라는
구체적인 사회 현실에 뿌리내리고 있다. 그의 영화는 개인의
삶, 특히 한국 사회 주변부 사람들에 관한 이야기들이다.
그러나 그 개개인의 삶은 늘 더 큰 사회적, 정치적, 경제적
맥락 안에서 그려진다. 이런 의미에서 그의 영화는 미국의
사회학자 찰스 라이트 밀스가 말한〈사회학적 상상력sociological
imagination〉을 실현한다고 할 수 있다. 그의 영화는 모두 사회적
약자인 서민들이 겪는 어려움에 대한 이야기이고, 그들이
직면하는 사적인 문제들을 묘사하는 과정에서 그들의
곤경의 근본 원인을 이루는 사회 시스템과 공적인 문제들을

* Pierre Bourdieu, *Rules of Art: Genesis and Structure of the Literary Field*,
trans. Susan Emanuel (Stanford: Stanford University Press, 1966), p. xix.

드러내거나 암시한다. 이는 다음 장에서 자세히 분석될 것이지만, 예를 들어, 「살인의 추억」은 연쇄 살인범을 잡지 못하는 형사들의 무능을 1980년대 군사 독재 정권이라는 더 큰 맥락 안에 위치 지어 바라보면서 당대 미결 사건에 대한 새로운 사회학적 해석을 내놓으며, 「괴물」에서는 박씨 가족이 겪는 비극의 근본 원인이 한국의 식민지 시대 이후의 상황들 그러니까 미국에 대한 종속적인 관계와 부패하고 무능한 당국에 뿌리를 두고 있음을 보여 준다. 「플란다스의 개」와 「마더」에서 주인공들의 도덕적 타락은 개개인의 괴물 같은 본성에 의한 것이라기보다는 약자들에게 강요된 가혹한 사회적, 경제적 조건에 의해 야기된 것으로 묘사된다. 「설국열차」와 「옥자」에서는 봉준호의 영화 사회학이 더욱 노골적으로 정치화되어 기업의 탐욕으로 지구 온난화와 공장형 축산에 의한 동물 학대라는 심각한 문제들이 무시되어 버리는 신자유주의 자본주의의 세계화 현상을 고발한다. 「기생충」은 신자유주의하에서 더욱 심화하는 계급 양극화 현상과 더불어 경쟁의 사다리에서 추락해 주변부로 밀려난 사람들에게는 이제 더 이상 신분 상승의 가망이 없는 현실을 그리고 있다.

　　이 책은 이 같은 주제 의식을 바탕으로 앞서 언급한 오인의 라이트모티프가 드러내고자 한 사회 병폐/부패의 이슈들을 한국적인 혹은 세계적인 맥락에 따라 주제별로 나누어 각 장을 구성했다.

　　1장 〈새로운 문화 세대의 등장〉은 영화감독 봉준호의

약력을 소개하면서 그의 영화에서 드러나는 다양하고 혼종적인 문화적 영향들을 간략하게 살펴본다. 또 장편 영화로 데뷔하기 전 만들었던 단편들과 시나리오 작가로서 작업한 작품들을 분석한다. 이러한 개인적인 배경과 함께 봉준호와 그의 영화들을 〈뉴 코리안 시네마〉의 맥락 속에 배치한다.* 새로운 시네필 세대의 영화인들과 관객의 등장으로 특징지어지는 뉴 코리안 시네마는 새천년을 맞아 국제적인 영화 무대 위에 급부상했다. 한국의 강력한 대중 문화적 존재감을 보여 주는 이 초기 밀레니얼 영화 중 가장 인기 있고 영향력 있는 작품으로는 「쉬리」(1999), 「JSA」(2000), 「엽기적인 그녀」(2001), 「올드보이」(2003) 등이 있다. 그러나 이 모든 영화 중에서 가장 인기 있었던 영화는 「괴물」(2006)이었다. 한국에서 기록적인 성공을 기록한 블록버스터인 이 영화는 또한 진지한 영화 팬들과 컬트 관객들 모두로부터 국제적으로 호평받았다.

2장 〈영화적 《변태》: 전조(轉調), 시각적 개그,

* 2000년대 초에 국제 무대에서 두각을 나타내기 시작한 한국 영화를 일컫는 〈뉴 코리안 시네마〉는 한국 영화계나 학계에서 처음 쓰인 용어는 아니다. 이 용어는 2005년 영국 셰필드 핼럼 대학교의 영화학과 교수인 신지윤과 영국 노팅엄 대학교 영화학과 교수인 줄리언 스트링어가 편집해 뉴욕 대학교 출판사에서 펴낸 『New Korean Cinema』의 제목으로 처음 등장했다. 이 책은 1990년대 초 이후 한국 영화계에서 진행된 여러 변화의 맥락 속에서 새로 떠오르는 한국 영화들을 분석한 글을 모은 책이다. 한국 영화학계에서는 여전히 〈뉴 코리안 시네마〉라는 용어를 사용하지 않는데, 예를 들어 영화학자 문재철은 이 시기를 〈포스트 코리안 뉴 웨이브〉라 지칭하며 1980년대 후반 박광수, 장선우 등이 이끌었던 〈코리안 뉴 웨이브〉와 구분한다.

낯설게하기의 기법〉은 봉준호 영화의 형식적 기법과 시각적 표현에 초점을 맞춘다. 한국적인 것에 대한 봉준호의 관심이 어떻게 시각적인 형식을 통해 전달되는지 자세히 살핀다. 구체적으로, 봉준호의 장르 꺾기와 혼합, 그리고 서로 다른 톤을 뒤섞는 전조(변조)와 같은 영화 기법, 한국화의 진경산수에 비견할 만한 할리우드 장르의 한국적인 변용과 리얼리즘 미학, 그리고 일상적 공간을 낯설게하기 기법에 대해 논한다. 러시아 형식주의의 주요한 문학적 수법이자 문학 평론가 빅토르 시클롭스키가 주장한 〈낯설게하기defamiliarization〉의 개념을 빌려 친숙한 사물을 평범하지 않게 보이게 하거나 새로운 모습으로 만들어 내는 봉준호의 영화 공간 활용을 설명한다. 봉준호는 「플란다스의 개」의 평범한 아파트 지하실, 「괴물」 속의 한강 하수도 등 종종 사람들이 간과하는 공간을 잘 활용하는 경향이 있다. 그의 영화는 이러한 일상적인 공간들을 공포나 재난의 공간으로 바꾸어 놓는다.

3장 〈사회 부조리와 실패의 내러티브: 「살인의 추억」과 「괴물」에서의 글로벌 장르와 지역 정치〉는 범죄 영화와 괴물 영화의 내러티브를 통해 봉준호가 구체적으로 어떻게 한국의 지역 정치를 중심으로 할리우드식 장르를 전복하고 재창조하는가를 집중적으로 분석한다. 봉준호는 〈실패의 내러티브〉라고 부를 수 있는 작품들을 만들어 왔으며, 이러한 실패의 이야기들은 봉준호 영화에서 특히 한국적인 내러티브 형식으로 자리 잡는다. 이러한 실패의 내러티브는 1945년 일제 강점기 해방에서 시작하여 21세기 신자유주의 자본주의에 이르기까지, 20세기 중반 이후 한국 사회의 집단적 경험을 특징짓는 〈실패한 역사〉에 대한 한국인들의 자기 인식을 반영한다. 두 영화 모두 1980년대를 현대 한국 사회를 형성하는 데 지대한 영향을 끼친 중요한 전환기로 바라본다.

4장 〈내면의 괴물들: 「플란다스의 개」와 「마더」에서의 도덕적 모호성과 아노미〉는 〈압축된 근대성compressed modernity〉이라는 전후 한국의 집단적 체험이 개개인의 삶에 미친 영향들이 이 두 영화에서 어떤 방식으로 재현되는지 탐구한다. 6.25 전쟁 이후 한국의 급속한 경제 성장은 한국을 불과 수십 년 만에 고도로 도시화하고 산업화된 국가로 탈바꿈시켰지만 동시에 엄청난 사회적 혼란과 도덕적 가치의 붕괴를 가져오기도 했다. 두 영화는 1990년대 후반 평범한 한국인들이 한국 정부의 신자유주의 정책 채택으로 인해 야기된 도덕적 딜레마를 끌어안고 마주하면서 벌여야 했던 감정적인 혼란과 싸움을 묘사하고 있다. 이들 영화에서 사회적 약자들은 제도의 단순한 희생자가 아니라 그들의 절박한 상황에 의해 도덕적 타락에 굴복, 그 자신이 가해자가 되어 버리는 것으로 묘사된다. 이들 영화에서는 선과 악의 경계가 모호해지고, 20세기 후반에서 21세기 초반에 한국이 겪은 주요한 정치, 산업, 경제적인 변화의 결과가 초래한 도덕적 혼란과 아노미가 개개인의 삶 속에서 심화하는 양상을 드러낸다.

5장 〈지역을 넘어서: 「설국열차」와 「옥자」에 나타나는

글로벌 정치와 신자유주의 자본주의〉는 이 두 영화를 세계
영화의 맥락 속에 두고 그 급진적인 정치성을 서술한다. 먼저
「설국열차」의 열차와 「옥자」의 미란도 그룹이 어떻게 현재의
신자유주의 자본주의의 축소판인지 살펴보고, 이어 영화를
둘러싼 초국적 공감대 형성이 신자유주의의 세계적 확장과
연관되어 있음을 보여 준다. 두 영화는 환경 문제뿐만 아니라 전
세계적인 부정과 불평등의 문제를 제기하기 위해 사회 철학자
낸시 프레이저가 새롭게 상상하고 제안한 초국적인 〈정치
공간political space〉을 만들어 낸다. 「설국열차」에서 일어나는
꼬리 칸 반란이 대표하는 급진적 정치는 자크 랑시에르가
새롭게 정의한 정치의 뜻과 〈감각의 분배le partage du sensibles〉라는
개념으로 해석되며 「옥자」는 관객들 사이에 채식주의(비건으로
가기) 운동을 촉발했다는 점에 주목하면서 영화와 사회 운동의
관계를 중심으로 분석한다.

　　6장 〈「기생충」의 파국적 상상력〉은 최근작 「기생충」을
봉준호의 이전 영화들의 연장선상에 놓고 봉준호 영화의
특징들을 다시 한번 정리하는 한편 이전 영화들과 대비되는
새로운 점들을 부각한다. 「기생충」은 그가 「설국열차」 이후
6년 만에 다시 한국 사회로 시선을 돌린 작품이며, 동시에
이전과는 다른 방식의 접근을 시도한 출발점이 되기도 한다.
「기생충」은 그의 이전 작품들을 다양한 방식으로 환기하는
것이면서 동시에 흔히 개별적이고 사소한 것으로 치부되어 온
감정의 사회학적인 측면을 천착하는 새로운 면모로 전작들에서

벗어나고 있다. 영화는 현대 한국 사회에서 박탈감을 느끼는 사람들에게서 어떻게 모멸감이 형성되는지 보여 주고, 이 감정들의 폭발이 어떻게 어느 누구도 승자가 될 수 없는 총체적 파국으로 이어지는지를 드러낸다.

7장 〈「미키 17」: 할리우드 블록버스터와 SF 장르의 봉준호식 변주〉는 그의 여덟 번째 장편 영화이자 세 번째 영어 영화, 그리고 첫 본격 할리우드 블록버스터인 「미키 17」의 세계관을 깊이 다룬다. 원작 소설이 천착하는 〈인간 프린팅의 윤리와 정체성〉 문제를 넘어 파시즘적 독재 체제, 식민주의, 자본주의의 노동 착취와 인명 경시에 대한 사회 비판으로 확장한 「미키 17」은 그가 기존 SF 블록버스터 장르를 재구성하는 창의적 실험의 결과물이라 할 수 있다. 7장에서는 봉준호가 원작 소설을 어떻게 변형해 자신만의 SF 블록버스터를 만들어 냈는지, 기존 할리우드 블록버스터의 내러티브 공식과 어떻게 차별화하는지 등을 하나하나 살펴본다.

필모그래피에는 봉준호가 연출한 장편 영화뿐만 아니라 단편 영화, 그리고 감독이 아닌 제작, 각본, 연기 등 다양한 역할로 참여한 작품들까지 모두 포함되어 있다. 각 영화의 상세한 개요는 봉준호의 영화에 아직 익숙하지 않은 독자들로 하여금 이 책의 영화 분석을 따르는 데 필요한 정보를 얻을 수 있게 해줄 것으로 기대한다.

이 책은 봉준호 감독의 영화를 1987년 민주화 이후 한국

사회의 사회 정치적 변혁과 21세기 신자유주의 자본주의의
세계적 확산이라는 맥락 속에 위치시킴으로써 그 영화들이
어떻게 한국인들 사이에서 커지는 불공정의 감정과 실패
의식을 반영하고 있는지 보여 주는 데 목적이 있다. 이러한
감각과 의식은 신자유주의 자본주의가 세계적으로 확산하는
시대적 추세에 의해 해외 관객들 또한 깊이 공감할 수 있는
보편적 정서로 자리 잡아 가고 있다. 영화는 그들을 탄생시킨
문화적, 사회적 체계와 절대 분리될 수 없다. 봉준호의 영화를
군사 독재에서 민주주의로의 이행이라는 한국 현대사의
전환기, 그리고 그와 맞물려 변화해 온 한국 영화 산업의
흐름이라는 이중 맥락에서 조명하고, 풍부한 하위 텍스트들을
함께 읽어 내는 과정이 그의 영화를 더욱 깊이 이해하고
감상하는 데 작은 도움이 되기를 바란다.

1
새로운 문화 세대의 등장

세 명의 고등학생이 만든 다큐멘터리 단편 영화가 2015년
여러 청소년 영화제와 단편 영화제에서 수상하며 영화계의
주목을 받았다. 단편 영화「봉준호를 찾아서」(정하림, 이지연,
박건식 연출)는 영화 지망생인 고등학생들이 자신들의 우상인
봉준호 감독을 만나기 위해 백방으로 애쓰는 과정을 스스로
카메라에 담은 작품이다. 이들이 거의 불가능에 가까워 보이는
미션에 나선 것은 한국 영화 산업의 냉혹한 현실을 고려할 때
영화감독을 꿈꾸는 건 말도 안 된다는 부모들의 반대가 갈수록
심해졌기 때문이다. 이에 학생들은 봉준호의 조언을 구하기
위해 수단 방법을 가리지 않고 그를 찾아가 만나기로 한다.
내레이션으로 명확하게 전달되듯이 세 명의 감독 지망생은
봉준호의 영화에 열광한다. 이들은 〈이러한 환경 속에서도
성공하셨으면 우리의 우상인 봉준호 감독님, 그분이라면
우리에게 따뜻한 조언을 해주시지 않을까?〉라는 기대로 SNS와
이메일, 전화 등을 이용해 봉준호와 함께 일한 경험이 있는
사람들에게 연락해 보지만 대부분 도와주길 거절한다. 그러다

마지막으로 「마더」와 「설국열차」에서 촬영을 맡았던 홍경표 촬영 감독이 봉준호와의 자리를 마련하는 데 도움을 주겠다고 나서자 학생들은 흥분을 감추지 못한다.

이 21분짜리 짧은 다큐멘터리는 봉준호가 영화감독 지망생들의 롤 모델로 누리는 엄청난 인기를 입증해 주는 증거이기도 하지만 무엇보다도 영화에 대한 봉준호의 접근 방식이 얼마나 젊은 지망생들에게 큰 영향을 미치는지를 보여 준다는 점에서 더 흥미롭다. 의식적이든 아니든 이 다큐멘터리는 유머와 장난기가 많다는 점, 불가능해 보이는 일을 추구하는 약자들의 이야기라는 콘셉트, 그리고 무엇보다도 마지막의 예기치 못한 반전 등에서 봉준호 영화와 영락없이 닮은 꼴이다.

우여곡절 끝에 마침내 만나게 된 봉준호와 학생들의 인터뷰는 묘하게 재미있다. 봉준호는 학생들에게 그들이 기대했던 지원과 격려의 말을 해주는 대신, 그들이 영화 일에 뛰어드는 것을 단념시키려고 애쓰는 듯하다. 사실, 그는 〈영화를 하면서 즐거웠던 기억은?〉이라는 질문에 기억이 잘 안 난다며 한참을 생각해야만 한다. 그러고는 〈「마더」 찍을 때 한국 시골 돌아다닐 때가 제일 재미있었던 것 같다〉라고 미온적으로 답하지만 〈영화를 하면서 힘들었던 기억은?〉이란 물음에는 한 치의 망설임도 없이 〈다 힘들지, 대부분 힘들다고 보면 된다〉라고 답한다. 하지만, 만약 그 모든 어려움에도 불구하고 그들이 영화 인생을 계속 추구하고자 한다면 그들 자신을 제외한 다른 누구에게도 영합하지 말고, 스스로를 행복하게 해주는 영화를 만들라고 조언한다. 영화의 끝에서 학생들은 계속 영화인의 꿈을 밀고 나가기로 결심한다. 하지만 그들에게 이러한 결심을 되새기도록 가장 고무적인 조언을 해준 사람은 봉준호가 아니라 끝까지 봉준호 찾기를 포기하지 말라고 〈못할 게 뭐 있나, 밀어붙이면 다 된다〉라고 격려한 홍경표였다.

　이 다큐멘터리가 보여 주듯이 봉준호는 뉴 코리안 시네마에서 가장 중요한 감독 중 한 사람이 되었다. 2000년 이후 국내뿐 아니라 해외에서도 명성을 얻은 한국 감독 중에서 봉준호는 흥행의 보증 수표로 여겨지는 유일한 감독이다. 그는 비교적 짧은 필모그래피에도 불구하고 영화 지망생들의 롤 모델이자 전 세계적으로 이름이 마케팅되는 브랜드가 되었다. 그는 지금까지 8편의 장편 영화 ─「플란다스의 개」(2000), 「살인의 추억」(2003), 「괴물」(2006), 「마더」(2009), 「설국열차」(2013), 「옥자」(2017), 「기생충」(2019), 「미키 17」(2025) ─ 와 6편의 단편 영화 ─「백색인」(1993), 「프레임 속의 기억」(1994), 「지리멸렬」(1994), 「인플루엔자」(2004년), 「싱크 앤 라이즈」(2004년), 「흔들리는 도쿄」(2008년) ─ 를 만들었다. 그의 첫 번째 장편인 「플란다스의 개」를 제외하고, 그의 모든 장편 영화는 수많은 상을 받으면서 박스 오피스를 압도했다. 「괴물」과 「마더」는 2014년 한국 영상 자료원이 뽑은 100편의 한국 영화 목록에 올랐고, 「살인의 추억」은 2000년대에 개봉된 영화 중 유일하게 베스트 10에 들어

7위를 차지했다. 미국을 비롯해 여러 나라에서 「괴물」, 「마더」, 「설국열차」, 「옥자」가 거둔 높은 비평적 평가와 상업적인 성공은 봉준호의 국제적 명성을 높였을 뿐 아니라 그를 오늘날 가장 혁신적인 장르 영화감독 중 한 사람으로 자리매김하게 했다.

한국 영화를 연구하는 영화학자 크리스티나 클라인의 주장처럼 봉준호가 장르 영화를 만드는 방식은 〈단순히 《카피우드》의 방식으로 분류될 수 없는〉 것이며 오히려, 그의 영화는 〈지역적 해석이면서 지배적인 문화 형식의 재창조〉*이기도 하다. 인류학자 아르준 아파두라이는 세계화 과정에서 문화 교류가 단순히 서구화로 수렴되는 일방적이고 균질화된 흐름이라는 견해에 이의를 제기하며, 오히려 서로 다른 문화가 접촉하고 충돌하는 상호 작용 속에서 새로운 문화적 형태가 생성되는 이질화의 과정임을 강조한다.** 호미 바바 또한, 이러한 문화적 혼종 과정은 전례 없는 새로운 무언가를 낳으며, 이를 통해 〈의미와 재현이 조정되는 새로운 영역〉***이 열린다고 설명한다. 전복, 파괴, 재구성 등이 이

* Christina Klein, "Why American Studies Needs to Think about Korean Cinema, or Transnational Genres in the Films of Bong Joon-ho," *American Quarterly 60*, no. 4 (2008): 873.

** Arjun Appadurai, "Disjuncture and Difference in the Global Cultural Economy," *Theory, Culture & Society 7*, no. 2 (1990): 295-310.

*** Jonathan Rutherford, "The Third Space, Interview with Homi Bhabha," *Identity: Community, Culture, Difference* (London: Lawrence & Wishart, 1990), p. 211.

조정 과정에 포함된다. 봉준호의 영화는 다양한 문화적 영향이 결합된 결과물이며, 그 과정에서 할리우드 장르를 전복하고 재구성한다. 따라서, 봉준호는 각기 다른 문화와 영화적 전통의 요소들을 결합함으로써, 후기 식민지적 맥락에서 새로운 문화적 가능성의 공간을 창출했다고 볼 수 있다.

구체적으로 봉준호의 영화들은 세계적인 할리우드 장르의 관습과 스타일을 전용 혹은 변용해 지역적인 것 — 즉, 한국적인 것 — 을 새겨넣는 새로운 문화적 실천을 보여 준다. 봉준호의 영화 세계는 한국 문화, 지역 정치, 사회 제도에 관한 관심을 반영하는 동시에 일반 한국 시민들, 특히 사회적 소외 계층의 일상적 이야기를 풀어낸다. 그는 지역적인 소재와 정치를 활용해 세계적 영향력을 과시하는 할리우드 영화에 도전하는 새로운 형태의 장르 영화를 만들어 냄으로써 세계 영화계에서 〈제3의 공간〉을 개척해 왔다고 할 수 있다. 물론 앞서 언급했듯이 영화감독과 영화는 그들을 둘러싼 사회적 조건 및 문화 시스템과 독립적으로 존재하는 것이 아니라 피에르 부르디외가 말하는 〈문화 생산의 장〉 내에서 끊임없이 상호 작용하고 갈등한다. 역으로 관객으로서 우리는 영화를 통해 작가auteur와 그의 영화를 탄생시킨 사회와 시스템을 읽을 수 있다.

그렇다면 봉준호의 영화 세계를 형성하는 대내외적 요소들은 무엇이라고 할 수 있을까. 봉준호가 블록버스터 영화를 만들 수 있는 물질적 조건은 무엇인가? 그의 창의성과 문화적 혼종을 형성시킨 문화적 영향은 어떤 것인가? 또 한국, 그리고 더 나아가 세계의 정치, 문화, 영화의 지형 속에 그의 작품을 어떻게 자리매김할 수 있을까? 이 장에서는 영화 제작에 관련된 봉준호의 개인적 여건과 제도적 여건, 즉 영화 작가로서 그의 형성기, 한국의 정치 지형과 문화 제작에서 그가 속한다고 볼 수 있는 소위 〈386 세대〉의 의의, 한국 영화 산업의 할리우드 지배에 대한 투쟁과 생존 전략 등을 살펴봄으로써 이러한 질문에 답하고자 한다. 그리고 이후 뉴 코리안 시네마의 부상을 한국의 민주화와 표현의 자유 성취, 그리고 한국의 외환 위기와 다양한 신자유주의 경제 정책 실행 등의 맥락 속에 놓고 살펴볼 것이다. 즉 이 장에서는 장르 영화에 대한 그만의 독특한 접근법을 보여 주는 봉준호의 창의적인 에이전시/주체성을 인정하는 한편, 그와 동시에 영화감독으로서 그가 속해 있고, 그 속에서 영화를 만들어 온 구조 혹은 장을 형성하는 데 기여한 다양한 조건, 즉 역사적, 정치적, 사회적, 문화적인 여러 조건을 살펴본다.

이 장에서는 봉준호의 영화에 반영된 다양한 간문화(間文化) 영향에 특히 주목한다. 할리우드 영화, 일본 만화/애니메이션, 그리고 한국 영화의 비판적 혹은 사회적 리얼리즘의 강한 전통 등이 이에 속한다. 봉준호는 어려서부터 할리우드 영화와 일본 만화 영화를 TV로 보며 자란 세대로, 뉴 코리안 시네마를 이끈 세대를 대표하는 감독 중 한 사람이다. 그러므로, 이 장에서는 봉준호와 그의 영화들을 뉴 코리안 시네마의 부상이라는 맥락에 배치해 살펴본다. 이는 한국 영화 산업의 변화가 이 새 세대 젊은 영화감독과 영화인 들에게 새로운 영화를 만들 수 있는 여건을 마련하고, 그들의 작품이 다시금 산업 구조와 제작 방식을 변화시키며, 궁극적으로 한국 영화를 세계 영화 무대에 자리매김시키는 과정을 살펴보는 작업이다.

봉준호와 작가성

영화감독에 대한 연구는 필연적으로 영화에서 작가를 어떻게 볼 것인가라는 문제를 제기한다. 1950년대 프랑스 영화 전문 비평지 『카이에 뒤 시네마*Cahiers du cinéma*』의 젊은 평론가들이 주장하고 발전시켜 확립한 전통적인 작가의 개념 ─ 감독이 영화의 작가이며 또 그래야만 한다는 주장 ─ 은 특히 감독의 권한이 제한적인 할리우드 산업의 맥락에서 끊임없이 도전받아 왔다. 실제로 문학 작품과는 달리, 영화는 본질적으로 협업의 작업이므로 한 사람에게 〈작가〉의 역할을 한정하기가 어렵다. 하지만 타당성에 관한 계속되는 논쟁에도 불구하고, 영화 작가 혹은 감독 연구는 여전히 매혹적인 주제로 주목받으며 지속적으로 출판되고 있다. 우리는 여전히 특정 감독의 작품 전반에서 일관된 주제나 스타일을 발견하고자 한다.

전통적인 영화 작가 연구가 주로 할리우드와 유럽의 남성 감독에 집중해 온 것에 비해 최근 작가 연구는 여성, 디아스포라, 아방가르드, 그리고 할리우드 바깥의 감독들과 같은, 주류 영화 제작의 주변부에 있었던 감독들에게 점차 주목하는 추세다. 게다가, 작가의 범위도 감독 위주에서 프로듀서, 시나리오 작가, 스타, 심지어 할리우드 제작 시스템 자체까지 포함할 정도로 넓어졌다. 학문적, 비평적 관심은 또한 작가가 텍스트에 의미를 부여하는 유일한 창작자라는 생각, 즉 평론가가 할 일은 그 작가가 의도하고자 했던 의미가 무엇이었는가를 해독해 내는 것이라는 기존의 관념을 거부하고, 수용자들의 다양한 해석에 비평의 문을 개방하는 수용 연구나 관객 연구로 많이 옮겨져 왔다. 따라서, 점점 더 작가는 텍스트의 의미를 만들어 내는 여러 목소리 중 하나에 불과한 것으로 받아들여진다.

영화 작가는 그 작가의 에이전시 즉, 주체적인 선택이란 관점에서 생각할 수 있다. 영화는 일단 만들어지면 그 해석은 작가의 손을 떠나지만 영화를 만드는 행위, 문학에 비유하자면 쓰는 행위는 여전히 작가의 몫으로 남아 있기 때문이다. 미국 영화 연구자이자 젠더 역사학자인 재닛 스테이거는 감독이 선택할 수 있는 한, 감독의 선택은 수행적인 행위이며 여성, 성소수자들, 유색 인종 등 소수계 주체들이 〈초월적, 낯설게하기, 전복적 혹은 저항적이라고 묘사되는 자기표현의 방법을 실천한 것〉*에 주목할 것을 요구한다. 영화학자 정승훈과 예레미 샤니아브스키는 글로벌화 시대의 영화 작가를 〈글로벌 작가Global Auteur〉로 재조명하며, 작가성은 감독이

* David A. Gerstener and Janet Staiger, *Authorship and Film* (New York: Routledge, 2003), p. 52.

시대정신을 포착하고 드러내는 과정에서 형성된다고 보았다. 따라서 작가란 〈작가와 관객 사이에서 의미가 동기 부여되고, 합리화되고, 매개 또는 재구성되는 사회 역사적 이데올로기, 문화적 발언, 기술적 조건 들에 주체적으로 대응하는〉* 에이전트라 할 수 있다. 봉준호는 바로 그런 에이전트인 것이다.

　게다가 봉준호는 자기 작품에 대해 지니는 장악력을 생각할 때 〈작가〉란 타이틀이 아주 적절한 감독이다. 그의 별명 〈봉테일〉은 봉준호와 디테일이 합쳐진 것인데 자기 영화의 모든 측면에 대해 그가 기울이는 세심한 주의와 관심을 반영한다. 그는 지금까지 자신이 감독한 모든 영화의 대본을 집필하거나 공동 집필했으며 편집에서도 파이널 컷, 즉 최종 편집권을 요구하는 것으로 잘 알려져 있다. 그러나 할리우드에서는 감독들에게 보통 파이널 컷의 권리를 주지 않는다. 할리우드 영화 제작의 분업 체계에서 감독만의 고유 권한으로 인정되는 것은 배우 연출이다. 그리고 파이널 컷 대부분은 제작자가 가진다. 따라서, 봉준호가 박찬욱, 김지운 등이 할리우드에 와서 첫 영어 영화를 만든 것과 달리 할리우드의 제의를 거절하고 대신 한국 기업 CJ E&M의 펀딩을 받아 「설국열차」를 만든 이유도 바로 이런 데에 있었다. 그런데도 「설국열차」는 할리우드의 개입으로부터 완전히 자유롭지는 못했다.

* Seung-hoon Jeong and Jeremi Szaniawski, eds. *The Global Auteur: The Politics of Authorship in 21st Century Cinema* (London: Bloomsbury Academic, 2016), p. 1.

「설국열차」는 2013년 7월 국내에 개봉되었지만 미국을 비롯해 영국, 오스트레일리아, 뉴질랜드, 남아프리카공화국 등 영어권 국가에서는 배급권을 획득한 거물 제작자 하비 와인스틴과의 갈등으로 개봉이 1년 가까이 지연됐다. 와인스틴은 「설국열차」가 미국 중서부 관객들이 이해하기에는 너무 어렵다면서 20분 정도 편집하여 자르라고 요구했다. 덧붙여 관객들에게 영화 내용의 이해를 돕는 해설을 담은 보이스 오버를 영화 시작과 끝에 추가할 것을 요구했다. 봉준호는 와인스틴의 이 같은 제안에 대해 감독판 개봉 카드로 맞섰다. 프랑스, 대만, 일본을 포함한 비영어권 국가들에서는 모두 봉준호가 승인한 감독판 버전으로 개봉됐었다. (사실 지금까지 개봉한 봉준호 영화는 모두 그가 최종 컷을 결정했기 때문에 모두 감독판인 셈이다. 따라서 봉준호 영화에는 개봉판과 감독판의 구별이 없다.)

이는 봉준호가 작가로서 자신의 작품에 대한 창작적 비전을 끝까지 지키려는 강한 의지의 표현이었다. 실제로 미국에서 「설국열차」 개봉을 둘러싸고 하비 와인스틴과 1년 가까이 벌인 긴 다툼이 보여 주듯이, 자기 작품에 대한 파이널 컷 결정권을 유지하기 위해 더욱 큰 상업적 성공 가능성을 기꺼이 포기할 정도로 작가적인 진정성을 지키려는 의지가 강하다. 봉준호는 미국에서 더 넓은 관객층을 겨냥해 확대 개봉을 하려면 재편집을 해야 한다는 와인스틴의 요청에 순응하지 않고 감독판으로 상영하되 제한 개봉 방식을 선택했다. 이러한 결정은 앞서 이야기한 봉준호의 영화 제작에 대한 태도, 즉 상업성을 위해서는 이렇게 해야 하지 않느냐는 내부 관계자들의 권유에도 흔들리지 않고 자신의 비전을 고수하는 경향을 다시 한번 입증하는 사례라 할 수 있다. 그는 자신의 영화에 관해서는 늘 원래의 비전을 타협 없이 밀고 나간다. 「설국열차」 역시 몇몇 대도시 8개 극장에 불과한 제한 개봉으로 출발했음에도 불구하고, 개봉 2주 후에 VOD 서비스를 극장 상영과 동시에 진행하는 새로운 방식으로 봉준호 영화 중 미국에서 가장 많은 관객을 끌어모았으며, 배급 회사는 관객들의 호응에 맞춰 극장 스크린 수도 300여 개로 늘렸다.*

흥미로운 사실은 봉준호와 와인스틴의 갈등이 미국에서 열띤 온라인 논쟁을 불러일으켰고, 심지어 〈「설국열차」를 석방하라Free Snowpiercer〉는 청원 운동까지 벌어졌다는 점이다. 하비 와인스틴과 배급사인 와인스틴 컴퍼니를 상대로 제출된 이 온라인 청원서**는 미국 관객들이 얼마나 이 영화의 개봉을 기다려 왔는지 상기시키면서 이 영화가 최근 미국에서 두드러지고 있는 〈계급 문제와 엘리트주의의 위험성〉을 중요한 쟁점으로 부각할 잠재력을 지닌 작품이라고 강조했다.

* 「설국열차」의 삭제 편집을 둘러싼 봉준호-와인스틴 간의 논란이 알려지자 미국 내 영화팬들에 의해 「설국열차」를 감독판 그대로 살리자는 청원 운동이 일어나기도 했는데 상세한 내용은 5장 참조.

** Https://www.change.org/p/free-snowpiercer.

또 〈인류학적인 문제에 천착한 아시아 감독의 획기적인 픽션 영화를 미국 관객들이 이해하지 못하거나 외면할 거라는 암시에 모욕감을 느낀다〉라면서 와인스틴의 입장에 반대 의사를 분명히 밝혔다.

결국 긴 논란 끝에 「설국열차」는 극장 상영 중 VOD 스트리밍 서비스를 동시에 개설한 최초의 영화로 미국의 온라인 영화 배급사에 새로운 기록을 남겼다. 그런데 그로부터 3년이 지난 2017년 봉준호의 또 다른 영화가 온라인 스트리밍 서비스 문제로 다시 논란의 중심에 섰다. 그의 첫 번째 해외 펀딩 영화인 「옥자」가 프랑스와 한국의 극장 업자들로부터 거센 저항에 부딪힌 것이다. 넷플릭스 오리지널 영화인 「옥자」는 한국을 제외하고는 넷플릭스에서만 상영되고 극장 개봉을 하지 않았기 때문이다. 봉준호가 그의 두 번째 글로벌 프로젝트 제작자로 넷플릭스를 택한 것 역시 영화의 최종 편집권을 유지하기 위해서였다. 넷플릭스가 그에게 완전한 창작의 자유를 보장하면서 5천만 달러를 제공하겠다고 한 것이다. 유일한 제약은 영화의 포맷 선택의 문제뿐이었다. 봉준호는 그때까지 늘 35밀리미터 필름으로 영화를 찍어 왔고, 「옥자」 또한 35밀리미터 필름으로 찍고 싶어 했지만 모든 넷플릭스 오리지널 영화는 4K 디지털로 촬영하고 보존해야 했기 때문이다.

따라서 「옥자」는 디지털로 촬영된 그의 첫 번째 영화가 되었다. 또한 칸 국제 영화제 경쟁 부문에 초청된 그의 첫 영화이기도 하다. 하지만「옥자」의 선정은 프랑스 극장 개봉 계획이 없는 영화를 경쟁 부문에 포함시켰다는 이유로 프랑스 배급사와 상영 업자들의 거센 반발을 불러일으켰다. 상영 당시 영화 자체에 대한 비평적 반응은 압도적으로 긍정적이었지만, 넷플릭스 로고가 화면에 나타나자 관객들이 야유를 보냈다. 이 사건을 계기로 칸 영화제는 이후 경쟁 부문 상영작은 모두 프랑스 극장에서 개봉해야 한다는 새 규정을 발표했다. 이처럼 봉준호는 본의 아니게 온라인 스트리밍의 새로운 유통 방식을 둘러싼 논란의 중심에 서게 되었는데 그것은 어떤 면에서 그가 완전한 창작의 자유를 확보하기 위해 감수해야 했던 하나의 대가였다.

논란과 소동은 프랑스에서 그치지 않았다.「옥자」는 한국 극장 체인들로부터도 큰 저항에 부딪혔다. 국내 영화관의 93퍼센트를 차지하는 3대 극장 체인인 CGV, 롯데시네마, 메가박스는 넷플릭스의 온라인-극장 동시 개봉이 극장 개봉과 스트리밍 이용 사이에 3주라는 유예 기간을 둔다는 업계의 기본적인 관행을 침해한다는 이유로「옥자」를 보이콧했다. 결과적으로, 봉준호는 넷플릭스 선택을 통해 자신의 영화적 비전을 유지할 수 있었지만, 그 과정에서 영화의 온라인 배급이 초래한 극장과의 갈등, 즉 온라인 스트리밍과 극장 개봉의 공존에서 드러난 해결되지 않은 문제점들을 드러내는 역할을 했다. 뜻하지 않게 그는 영화의 디지털 유통 변혁의 최전선에 서게 된 것이다. 이런 점에서「옥자」는 넷플릭스 등 스트리밍

서비스 회사의 오리지널 프로덕션과 영화 작가의 관계에
대한 중요한 연구 사례를 제공한다. 넷플릭스의 오리지널
프로덕션들은 감독들에게 창작의 자유뿐만 아니라 전 세계
관객을 확보할 수 있다는 대안적인 방법을 제공하지만,
전통적인 배급 채널을 소외시키는 대가를 치르게 된 것이다.
넷플릭스는 봉준호와 같은 비할리우드 영화 제작자들에게
스튜디오에서 제공하지 않는 창작의 자유와 함께 스튜디오
수준의 높은 프로덕션 가치를 지닌 영화를 만들 기회를
제공하지만, 「옥자」 같은 블록버스터 영화를 주로 노트북
화면과 가정의 텔레비전으로 영화의 소비를 제한하는 한계를
드러내기도 한다. 당시 「옥자」의 사례는 넷플릭스의 장편 영화
제작 진출이 영화의 작가성, 세계 시장으로의 확장과 지역적
저항, 디지털 배급과 블록버스터 영화 제작 사이의 관계가 어떤
식으로 복잡하게 얽히는지를 보여 준다.

　　봉준호 특유의 영화적 비전에 주목하는 평론가들이 많다는
것은 부인하기 어려운 사실이며, 그들 대부분이 또한 그에게
〈한국 영화 작가〉라는 칭호를 부여하는 것에서도 알 수 있듯이
봉준호는 이제 자신의 이름이 곧 효과적인 마케팅의 수단이
되는 하나의 브랜드가 됐다. 넓게 보면, 봉준호의 작가적 확립은
할리우드뿐만 아니라 프랑스 영화 문화, 특히 작가주의 논의의
영향을 강하게 받아 온 한국 영화의 산업과 문화 환경에서
뒷받침된 면도 적지 않다. 한국에서는 업계에서 인정받는
감독들에게 대부분 작품에 대한 전권을 주는 경우가 많다. (바로

이런 점으로 인해 봉준호는「설국열차」를 만들 때 할리우드 스튜디오보다는 한국 제작사를 택했다.) 실제로 1990년대 한국 영화 산업은 국제적인 위상을 높이기 위한 전략으로 작가주의를 적극적으로 이용했다. 예를 들어 1996년에 시작돼 한국 영화에 대한 국제적인 관심을 불러일으키는 데 크게 기여한 부산 국제 영화제는 의도적으로 또 의식적으로 감독 중심의 영화제로 성격을 키워 왔다. 실제로 뉴 코리안 시네마의 부상은 감독을 영화적 창의력의 중심으로 만들려는 이런 전략에 의해 커다란 도움을 받은 것이 사실이다.

봉준호와 뉴 코리안 시네마

영화감독으로서 봉준호의 시작은 새천년과 함께 세계 영화 무대에 화려하게 등장한 뉴 코리안 시네마의 출현과 맞물려 있다. 첫 장편 영화「플란다스의 개」가 2000년에 개봉했다는 사실은 상징적이다. 실제로 봉준호의 성공 궤적은 한국 영화가 거둔 성취와 궤를 같이하며, 그의 영화 세계는 한국 영화가 새천년에 접어들며 가장 흥미롭고 혁신적인 내셔널 시네마로 자리매김하는 과정과 긴밀히 연결되어 있다.

1990년대 후반부터 한국 영화는 모든 면에서 혁명적인 변화를 겪었다. 제작 시스템, 정부 정책, 배급, 상영 방식이 급속한 변천을 거쳤고, 새로운 영화 관련 매체, 특히 영화 잡지는 새로운 독자와 영화 관객들을 끌어모았으며, 국제 영화제들이 여럿 등장해 붐을 일으켰다. 이러한 변화는 신세대 영화인들이 주도하였고, 영화의 예술적, 기술적 질 또한 크게 향상되었다. 이 시기는 〈한국 영화의 르네상스〉라고도 일컬어지는데 이는 1970년대부터 1990년대까지 거의 30년 동안 군사 독재하에서 정치적 검열 등 창작의 자유가 극도로 억압되는 고난을 겪은 한국 영화가 부활에 가까운 변혁을 이루어 냈기 때문이다.

킹스 칼리지 런던의 영화학과 교수 크리스 베리가 2002년 〈풀 서비스 영화〉라고 묘사한 한국 영화 산업의 성공은 상업 영화, 예술 영화, 저예산 독립 영화, 다큐멘터리 등 모든 분야에 걸쳐서, 그리고 제작은 물론 관객들의 수용에 이르기까지 광범위하게 이루어졌다. 소위 〈한국형 블록버스터〉라고 불리는 상업 영화가 국내 시장에서 큰 성공을 거두고 있는 동안, 예술 영화는 국제 영화제에서 두각을 나타내기 시작했다. 국내 시장에서 국산 영화가 차지하는 비중은 1993년 15.9퍼센트에 불과했으나 21세기에는 평균 50~60퍼센트 이상으로 높아졌다. 한국은 2003년 자국 영화가 국내 시장에서 할리우드 영화를 압도하는 몇 안 되는 나라 중 하나로 떠올랐고, 여전히 그러한 우위를 유지하고 있다. 이 새로운 한국 영화의 부상은 1990년대 초 문민정부로 대표되는 민주주의 성취로 가능했는데 1970년대와 1980년대 한국 영화를 괴롭혔던 검열이 마침내 철폐된 것이다. 영화 검열은 1996년 헌법 재판소의 판결에 따라 위헌으로 규정되었다. 이러한 표현의 자유 확보는 신세대 영화인들의 창의력이 세계 무대로 폭발할 수 있는 문을 열어 주었으며, 그들 중 한 사람인 봉준호는 이 새롭게 주어진 창작의 자유가 배출해 낸 가장 성공적인 영화 작가 중 한 명이다.

뉴 코리안 시네마는 2000년대 초반 국제 무대에 두각을 나타내기 시작한 새로운 한국 영화를 지칭한다. 1990년대 초 정치적 민주화와 더불어 한국 영화계에 일기 시작한 산업적인 변화와 함께 창의적인 작품, 그리고 상업적인 부활 등 이전 영화들과 뚜렷하게 구별되는 특징을 지닌 일련의 영화들이 등장한 것을 말한다. 사실 뉴 코리안 시네마는 한국 영화계나 학계에서 창안한 건 아니었다. 아마도 뉴 코리안 시네마라는 표현이 공식적으로 가장 먼저 사용된 것은 2005년 뉴욕 대학교 출판부에서 『뉴 코리안 시네마』를 출간하면서부터다. 영화학과 교수인 신지윤과 줄리언 스트링어가 편집한 이 책은 1990년대 초 민주화와 함께 시작된 한국 사회의 변화와 영화 산업계의 변화에 초점을 맞추면서 2000년대 뉴 코리안 시네마가 이전 영화들과는 질적으로 다른 면모를 지니고 있음을 살펴본다. 사실 한국 영화는 2000년대 들어 국내에서는 상업적인 성공, 해외에서는 국제 영화제 수상 등 비평계는 물론 학계로부터도 비상한 관심을 끌기 시작했다. 하지만 한국 영화학계에서는 아직 뉴 코리안 시네마란 용어의 공식적인 사용이 이루어지지 않았다. 오히려 1980년대 후반에 부상한 사회적 영화들을 일컬었던 〈코리안 뉴 웨이브〉 영화의 연장선상에서 〈포스트 코리안 뉴 웨이브〉란 표현이 사용되기도 한다.

한국 영화의 맥락에서 보면, 코리안 뉴 웨이브와 뉴 코리안 시네마는 후자가 비판적 리얼리즘이나 사회적 리얼리즘이라는 전자의 유산을 계승하고 있긴 하지만, 두 개의 다른 시대와 두 개의 뚜렷하게 대비되는 영화 스타일을 나타낸다고 볼 수 있다. 코리안 뉴 웨이브에 해당하는 시기는 대략 박광수의 데뷔작 「칠수와 만수」가 개봉한 1988년에서 그의 다섯 번째 장편 영화 「아름다운 청년 전태일」이 개봉된 1995년 사이의 기간이라고 할 수 있다. 하층 계급의 인물들을 주인공으로 노동 문제 등 그동안 금기시되어 온 소재를 다룬 코리안 뉴 웨이브 영화가 훨씬 더 정치적인 지향성을 지녔던 반면 뉴 코리안 시네마는 상업성과 국제적 어필에 더 초점을 맞추었다. 코리안 뉴 웨이브 영화들이 사회적 이슈에 주로 치중했다면, 뉴 코리안 시네마는 할리우드 블록버스터의 대규모 맹공격으로부터 잃어버린 관객을 되찾기 위해 할리우드의 블록버스터 개념을 빌려 현지화하자는 소위 〈한국형 블록버스터 영화〉라는 발상으로 촉발되었다고 할 수 있다.

코리안 뉴 웨이브와 뉴 코리안 시네마를 가르는 결정적인 차이는 1990년대 문민정부 수립과 표현의 자유에 있다. 1950년대에 태어난 박광수, 장선우 등과 같은 뉴 웨이브 영화감독들은 군사 정권의 정치적 검열 아래 영화를 만들었지만, 뉴 코리안 시네마의 감독들은 그러한 제약에서 벗어났다. 또한, 뉴 웨이브의 영화 작가들은 1980년대의 민주화를 위한 정치 운동과 언더그라운드에서 이루어진 독립 영화 운동으로부터 영감을 얻었지만 뉴 코리안 시네마의 감독들은 할리우드 장르 영화로부터 깊은 영향을 받은 국내 최초의 시네필 세대 영화 작가들이었다. 뉴 웨이브의 영화감독들에게 영화가 사회 비평의 예술이자 사회 변화를 위한 매체였다고 한다면, 뉴 코리안 시네마의 감독들에게 영화는 엔터테인먼트에 더 가까웠다. 봉준호의 경우는 영화 제작에 대한 이러한 두 가지 다른 접근 방식을 결합했다는 점에서 의미가 크다. 그의 영화는 영화의 상업적인 오락적 측면과 사회적 불공정과 병폐에 대한 사회 비평을 성공적으로 결합한다.

한국 영화의 르네상스는 제작자, 감독, 촬영 감독 등 다양한 분야에 걸쳐 새로운 세대 영화인들에 의해 주도되었다. 영화 학교 졸업생 1세대이기도 한 그들은 새로운 영화적 감성과 함께 기술적으로 세련된 영화 언어를 구사했다. 이러한 한국 영화의 세대 교체는 1990년대 한국 영화 산업이 직면한 심각한 위기로 더욱 촉진되었다. 1988년 개방화 정책의 하나로 정부가 단행한 할리우드 영화의 직접 배급 허용은 한국 영화의 산업적 쇠퇴를 가속화시킨 치명적인 결정이었다. 영화계의 거센 반발에도 불구하고 이루어진 영화 시장 개방으로 인해 1980년대 중반 30~44퍼센트였던 한국 영화의 시장 점유율은 1993년에는 15.9퍼센트로까지 떨어졌다. 직배가 시행되기 전, 한국 수입 업자들은 한국 영화를 제작할 때 외국 영화 수입 허가를 받을 수 있었다. 하지만 이제 직배로 인해 한국 영화에 투자할 인센티브가 줄어들었고 수입 업자들은 수익의 수단을 잃게 되었다. 이렇듯 관객의 감소로 영화 산업이 침체를 겪고 있는 와중에, 한국은 1997년에 IMF 구제 금융을 초래한 금융 위기에 빠져들었다.

이 금융 위기 이전에 한국 정부는 1995년 영화 진흥 기금을 설립, 영화 제작과 투자에 대한 세금 감면 등 영화 산업을 지원하기 위한 몇 가지 대책을 시행했다. 하지만 정부에게 이러한 조치를 하게 한 궁극적인 동기는 영화를 개별적인 하나의 예술 형식으로서, 즉 문화로서 지원하겠다는 것이 아니라 수출 산업으로 키우는 일에 있었다. 1993년 할리우드 블록버스터 「쥬라기 공원」의 세계적인 성공은 한국 영화 산업에도 도입할 수 있는 모델로 여겨졌다. 김영삼 당시 대통령은 「쥬라기공원」의 흥행 수입이 현대차 수출액보다 크다고 언급하며 영화가 자동차보다 더 많은 외화를 벌 수 있다는 것이었다. 따라서, 한국 영화 산업을 진흥하기 위한 정부의 계획은 영화를 예술이 아닌 상품으로 생각하는 것에 바탕을 두었다. 정부의 이러한 새로운 조치들은 삼성과 대우 같은 대기업들이 영화 제작을 위한 자회사를 설립하도록 하는 견인차 구실을 했다.

그러나 1997년 IMF 위기가 닥치자 영화 제작에 뛰어들었던 대기업들이 해당 자회사들을 정리하면서 영화 산업에서 다시 벗어나기 시작했고, 영화 산업은 그 자체적인 힘으로 재정 위기에 맞서야만 하게 되었다. 설상가상으로 이듬해인 1998년 한미 통상 협정BIT이 스크린 쿼터제에 심각한 위협을 초래했다. 미국은 자동차, 전자 제품 등 한국산 제품의 미국 시장 수입 확대를 내세워 스크린 쿼터제의 철폐를 요구했다. 정부가 자국 영화 산업을 보호하기 위해 취하는 입법 조치인 스크린 쿼터제는 할리우드 영화를 비롯한 외국 영화들이 국내 극장을 장악하지 않도록 모든 영화관이 국내 영화에 일정 일수를 할애하도록 규정한 제도다. 당시, 모든 스크린은 1년에 최대 146일 동안 한국 영화를 상영해야 했다. 한국 영화계는 북미 자유 무역 협정NAFTA의 결과로 1994년 스크린 쿼터제를 없앤 멕시코 영화계의 사례를 잘 알고 있어서 스크린 쿼터제 철폐가 얼마나 위협적인 조치인지 인지하고 있었다. 멕시코 영화 산업은 스크린 쿼터제 철폐 이후 1994년까지 평균 100편이었던 연간 생산 편수가 10년 후에는 1년에 4편 정도로까지 감소했다. 멕시코 영화계는 스크린 쿼터제 폐지 이후 사실상 몰락한 것이다.

이러한 위협은 한국 영화계에는 매우 심각한 문제였다. 그것은 정말 영화인들의 사활이 걸린 문제였다. 대규모 저항이 일어났다. 주요 영화인들은 정부가 영화의 문화적 가치를 무시한 것에 항의하며 삭발하기도 했다. 1998년 12월 영화인들과 한국 독립 영화 협회KIFV, 스크린 쿼터 감시단, 여러 시민운동 단체 등 한국 영화계 안팎에 다양한 단체가 참여하는 스크린 쿼터 비상 위원회가 결성되었다. 이 비상 위원회는 1998년과 1999년 스크린 쿼터제 폐지에 반대하는 대규모 시위를 주도했다. 이러한 강력한 저항은 한국 정부가 스크린 쿼터 협상을 중단하도록 압박하는 데 어느 정도 성공하긴 했지만 결국 2006년에 스크린 쿼터는 연간 73일로 줄어들었다.

스크린 쿼터 투쟁을 둘러싼 긴박감은 한국 영화계를 자극해 할리우드 지배로부터 관객을 되찾을 방법을 모색하게 했다. 영화인들과 평론가들은 한국 영화계를 살릴 방법이 무엇인지를 논의하는 데 적극적으로 나섰다. 그들은 작가 중심의 유럽식 모델을 따르고 국제 영화제에서 명성을 날려야 하는가 아니면 할리우드 같은 상업 영화를 더 많이 만들어야 할 것인가, 막대한 예산이 투입되는 할리우드 블록버스터들과 어떻게 경쟁할 수 있을까 등의 문제를 놓고 고심했다. 예산 규모로는 도저히 할리우드와 경쟁할 수 없기에 한국 영화계만이 제작할 수 있는 영화로 대결해야만 했다. 그 결과, 관객들에게 익숙한 할리우드 스타일의 서사 구조를 채택하되 한국 특유의 이야기를 만들어야 한다는 생각이 자리를 잡게 되었고, 그리하여 〈한국형 블록버스터〉란 아이디어가 등장했다.

새로운 세대의 제작자들이 한국형 블록버스터를 만들고 구축하는 데 앞장섰다. 이 스타일의 첫 번째 영화는 「쉬리」와 「공동경비구역 JSA」(이하 「JSA」)였다. 「쉬리」는 그 전해인 1998년에 「타이타닉」이 세운 국내 박스 오피스 기록을 깨고 243만 장의 티켓을 판매했다. 1년 후, 「JSA」는 589만 장의 티켓 판매로 전년도 「쉬리」의 두 배 이상의 기록을 세웠다. 한국형 블록버스터의 기본 개념을 할리우드 언어로 한국의

이야기를 들려주는 것이라고 볼 때, 「쉬리」와 「JSA」 둘 다
1948년 이후 남북 분단으로 인한 비극을 다룬 영화라는 건
우연이 아니다. 하지만 스타일과 북한에 대한 시각에서는
서로 달랐다. 강제규가 연출을 맡은 「쉬리」는 서울에서 남북이
공동으로 후원하는 남북한 축구 경기 동안 남한에 침투한 북한
테러리스트 조직의 이야기를 다룬 정치적 스릴러였다. 이 테러
위협의 중심에는 남한의 정보 요원과 민간인으로 위장한 북한
저격수의 비극적인 사랑 이야기가 있다. 이 영화의 스타일은
예를 들어 「더 록」(1996)과 같은 할리우드 액션 스릴러의
모델을 따라간 것으로 장르의 관습들을 크게 거스르지 않았다.
남한과 북한 사이의 선악 구도는 명확했다.

　　반면 박찬욱이 연출한 「JSA」는 북한 사람들을 인간적으로,
또 호의적인 시각으로 그린 첫 영화였다. 분단 이후 북한
인물들은 미디어에서 늘 악의 축으로 그려져 왔지만, 군사
분계선 내 남북한 병사들 사이의 금지된 우정을 그린 「JSA」는
양쪽 모두를 분단의 희생자로 묘사했다. 「JSA」는 한국 영화
최초로 극중 인물이 〈조선 인민 민주주의 공화국 만세〉라고
외치는, 예전 같으면 국가 보안법에 저촉될 수 있는 내용을 담고
있었지만, 2000년 5월 김대중 대통령과 김정일 국방 위원장의
평양 정상 회담 이후 조성된 해빙기 속에서 별다른 논란 없이
개봉할 수 있었다. 그러므로 이 영화는 한국형 블록버스터란
아이디어의 산물이기도 하지만 동시에 당시 시대 상황의
산물이기도 했다.

한국형 블록버스터 영화들이 국산 영화의 국내 시장
점유율을 전례 없는 수준(2003년 53.5퍼센트)으로 끌어올리는
동안 작가 중심의 예술 영화는 국제 영화제에서 파란을
일으키고 있었다. 임권택이 2002년 「취화선」으로 칸 영화제
감독상을 수상, 세계 3대 영화제 경쟁 부문에서 수상한 첫
한국 영화라는 기록을 세운 데 이어, 이창동의 「오아시스」가
같은 해 베니스 영화제에서 감독상, 신인 연기상(문소리), 국제
평론가 협회상, 가톨릭 언론 협회상과 청년 평론가상을 받았다.
2004년에는 박찬욱의 「올드보이」가 한국 영화 최초로 칸
영화제 심사 위원 대상을 받으면서 한국 영화는 국제 무대에서
새로움을 과시하는 영화로 주목받으며 수상을 이어 갔다. 앞서
언급했듯이, 작가 영화 제작은 신세대 영화인들이 쇠락한
한국 영화 산업을 되살리기 위한 또 다른 전략으로 논의해
온 주제였다. 상업적인 영역에서 할리우드와 경쟁하는 것은
거의 불가능하기 때문에 한국 영화는 국제 영화제에서 예술적
성취와 국제적 명성을 높이기 위해 작가 영화 제작에 집중해야
한다는 것이 이 전략의 중심 생각이었다.

한국 영화를 형성한 문화적 영향은 실로 복합적이었다.
신세대 영화인들은 주로 할리우드 영화를 보면서 자랐지만
프랑스 뉴 웨이브 영화와 그것이 발전시킨 영화 작가주의는
개념은 할리우드 영화 못지않게 큰 영향을 끼쳤다. 특히 젊은
영화감독들과 제작자들만큼 한국 영화의 부활에 많이 관여했던
젊은 영화 평론가들 사이에서는 더욱 그랬다. 1970년대와

특히 1980년대의 군사 독재 시절에는 한국에 영화 문화가 거의 존재하지 않았다고 해도 좋을 정도였다. 외국 영화의 극장 개봉은 제한적이었고 한국 영화의 대부분은 문학 작품의 각색이거나 소프트 포르노적인 〈호스티스〉 영화였다. 야심만만하고 사회 정치적 의식을 지닌 감독들은 혹독한 검열 아래 고통을 겪어야 했다. 그래서, 영화에 관심이 있는 많은 젊은이가 서울에 있는 프랑스 문화원이나 독일 문화원에서 열리는 상영회에 자주 참여하곤 했다. 프랑스 문화원에서 상영된 프랑스 뉴 웨이브 영화는 이 새로운 세대에게 깊은 영향을 미쳤고, 〈누벨바그〉라는 프랑스 용어는 영화 마니아들 사이에 일종의 유행어가 되었다. 누벨바그는 무엇보다도 감독을 영화의 작가로 보는 감독 중심의 영화 제작과 비평 문화 형성에 기여했다.

어떻게 보면 뉴 코리안 시네마는 할리우드식 상업 영화에 프랑스식 작가주의가 결합된 방식으로 발전되었다고 할 수 있다. 영화 진흥 위원회 국제 사업부 팀장인 김미현은 저서 『한국 영화 역사』에서 2000년대를 〈상업적 작가주의〉 시대로 규정하며 1990년대의 작가주의와 구별한다. 즉 1990년대가 박찬욱의 「달은 해가… 꾸는 꿈」(1992), 홍상수의 「돼지가 우물에 빠진 날」(1996), 김기덕의 「악어」(1996), 이창동의 「초록 물고기」(1997), 그리고 김지운의 「조용한 가족」(1998) 등 이른바 한국의 영화 작가들이 장편 데뷔를 하는 시기였다면 2000년대는 한국 영화 산업이 더욱 체계적인 시스템으로 변모하면서 작가 의식이 두드러진 상업 영화들이 만들어지는 상업적 작가주의로 발전했다는 것이다. 봉준호 역시 이러한 변화 선상에서 상업성과 작가 의식을 균형 있게 결합함으로써 자신의 독특한 작품 세계와 박스 오피스 성공을 동시에 성취하는 감독으로 성장했다고 할 수 있다.

2000년대 한국형 블록버스터의 성공은 그동안 할리우드의 전유물로 여겨져 온 블록버스터의 지역화, 현지화의 가능성을 보여 준 사례로서 주목받기도 했다. 크리스 베리는 한국과 중국의 블록버스터 영화들을 비교하면서 중국 블록버스터들이 규모에 중점을 둔 역사 대하물 위주지만, 한국의 블록버스터들은 현대 이야기를 통해 한국의 지역적인 이슈들에 대해 발언하는 장으로 활용한다고 지적한다. 그는 이러한 블록버스터의 지역화, 현지화는 곧 블록버스터의 탈서구화de-Westernization를 의미한다고 덧붙인다.* 한국 영화에서 블록버스터의 현지화가 빠르게 이루어진 것은 한국의 포스트 식민주의 상황이 중남미나 아프리카의 그것과는 다르다는 사실과 무관치 않아 보인다. 한국은 서구가 아닌 일본에 의해 식민지가 되었기 때문에 1980년대 후반까지 한국에서 금지되었던 것은 일본 문화였다. 1945년 일본으로부터 해방된 후, 미국 문화는 빠르게 한반도에서 일본 문화를 대체했다.

* Chris Berry, "What's Big about the Big Film? 'De-westernizing' the Blockbusters in Korea and China," in *Movie Blockbusters*, ed. Julian Stringer (London: Routledge, 2003), pp. 217-229.

일본적인 모든 것을 극복해야 할 대상으로 여기는 동안
한국 문화의 미국화는 남미나 아프리카 후기 식민 사회가
서구 문화에 대해 가지고 있던 어떤 저항감도 없이 빠르게
이루어졌다. 더구나 중국은 공산주의 국가로 이념적인 적이자
미수교국이었기에, 한국은 1992년 수교 성립 이전까지
중국 문화와의 교류가 없었고 그만큼 미국 문화와 가치는
적극적으로 수용되었다.

　　이처럼 한국은 서구 문화, 특히 미국 문화와 할리우드
영화에 대한 거부감이 덜했을 뿐 아니라 1950년대와
1960년대 많은 영화인이 할리우드 영화를 새로운 모델로
삼았다. 할리우드 영화는 극복해야 할 대상이 아니라 더
많은 관객을 끌어들이기 위해 모방하고 채택해야 할 모델로
여겨졌다. 할리우드와의 이 같은 관계는 1990년대 할리우드
블록버스터의 지배로 한국 영화 산업이 위기에 빠졌을 때
다시 블록버스터의 개념을 모델로 삼아 수용하는 형태로
재연되었다.

　　그러므로 한국형 블록버스터의 개념과 감독을 작가로서
강조하는 작가주의는 봉준호와 그의 영화를 뉴 코리안 시네마
안에 배치해 이해하는 데 매우 중요하다. 그는 영화 작가로서의
자의식이 강한 감독으로 자기가 연출하는 영화의 대본을 직접
쓰고 파이널 컷, 즉 최종 편집 권리를 보유한다. 홍상수, 박찬욱,
이창동, 김기덕 등 뉴 코리안 시네마의 다른 감독들이 작가
중심적인 예술 영화로 주로 마니아 영화 관객들에게 어필하고

국제 영화제 네트워크를 통해 유통되는 반면 봉준호는
작가적인 의식을 견지하면서 대중적인 블록버스터 장르 영화를
만든다고 할 수 있다. 봉준호의 세 번째 장편 영화이자 1천3백만
명이 넘는 관객 동원으로 역대 최고 흥행 기록을 다 갈아치웠던
「괴물」은 예산 및 제작 규모와 흥행 면에서 모두 한국형
블록버스터 영화의 전형인 셈이다.

386 세대와 새로운 문화적 감성

1969년 9월 14일에 태어난 봉준호는 한국의 소위 386 세대
중 가장 나중에 속한다고 할 수 있다. 이 세대를 가리키는
용어인 386은 1990년대 후반에 30대이고(3), 1980년대에
대학에 입학했고(8), 1960년대(6)에 태어난 세대를
지칭한다. 이 세대는 1987년 26년간의 군사 독재를 종식한
1980년대 민주화 운동에서 중요한 역할을 맡음으로써 한국
현대사에 뚜렷한 발자취를 남겼다. 그리고 이들은 6.25 전쟁
후 반공이 국시로 채택됐던 한국에서 대학 지하 서클 등을
통해 마르크스주의와 레닌주의를 스스로 학습한 첫 세대다.
이들은 군사 독재 동안 철저히 금지되었던 마르크스와
마르크스주의자들의 글을 탐독하며 한때 사회주의 혁명의 꿈을
키운 세대이기도 하다.

　　엄격한 군사 정권하에서 투옥과 고문을 감수하면서 민주화
운동을 수행한 역사적 경험으로 인해 386 세대에 속하는
이들은 사회 정의와 자유에 대한 의식이 높고 계급 문제에

대한 관심이 남다른 경향이 있다. 1980년대의 반독재 민주화 투쟁은 1968년 5월의 프랑스 5월 혁명 세대에 비견할 만한 새로운 정치적인 사회 세대가 출현하는 촉매제였다. 나치에게 추방당했던 사회학자 카를 만하임이 말하는 〈사회 세대〉라고 생각할 수 있는 그들은 젊은 시절에 적극적으로 참여했던 특정한 역사적 사건에 상당한 영향을 받았고, 다시 미래 세대를 형성하는 정치적, 문화적 사건들에 영향력을 행사했으며, 이들의 주도권은 〈586 세대〉라 불리는 2020년대 현재까지도 여전히 계속되고 있다. 영화 쪽도 예외는 아니어서 한국 영화의 르네상스를 이끈 사람들은 박찬욱, 김지운, 임상수, 봉준호 등 386 세대 영화인들이 주축을 이루었다.

봉준호는 1987년 6월 항쟁으로 의회 민주주의가 이루어진 직후인 1988년 연세대학교에 입학했다. 고등학생 때 6월 항쟁에 참여했던 그는 1990년 여름 전국 교직원 노동조합(전교조)의 시위에 동참했다가 〈화염병 처벌법 위반〉으로 구속되는 일을 겪기도 했다. (「괴물」에서 현서의 삼촌인 학생 운동권 출신 박남일이 괴물과 맞선 결정적인 순간에 화염병을 떨어뜨리는 어이없는 실수를 저지르는데 이는 봉준호 자신의 경험을 빌린 것이었다고 한다.) 노태우 정부가 들어선 그의 대학 시절에는 학생 시위가 예전처럼 격렬하지는 않았어도 여전히 이어지고 있었다. 하지만 1988년 서울 올림픽이 어느 정도의 개방 정책을 가져왔고, 1989년 해외여행 금지령(기존에는 정부 승인을 받은 사람만 국외 여행을 할 수 있었다)이 해제됐으며, 1988년에는 월북 작가 작품의 출판 금지령도 해제됐다. 그리고 1998년과 2004년 사이에, 한국 정부는 점차 일본 대중문화의 수입 금지를 해제하는 조치를 했다.

1945년 8월 일제로부터의 해방 이후, 한국 정부는 식민지 시절인 1930년대와 1940년대 엄격한 동화 정책으로 인해 금지되고 거의 파괴되었던 한국어와 한국 문화를 되살리고 보호하기 위해 일본 대중문화의 수입을 제한하고 규제하였다. 일본 대중문화에 대한 금지는 또한 일본에 대한 국민의 반감을 고려한 것이기도 했지만 이승만 정부가 강한 반일 정책을 추구한 것과 궤를 같이 했다. 이에 따라 일본 드라마, 영화, 노래 등은 정부가 시장 개방을 위한 첫 조치를 했던 1998년까지 TV 방영이 금지되었다. 1998년 만화와 국제 영화제 수상작에 대한 금지가 가장 먼저 해제되었다. 1999년에는 일본 노래의 공연이 허용되었고 개봉할 수 있는 영화의 범위가 넓어졌다. 2000년에는 일본 비디오 게임, 스포츠 TV 중계방송, 다큐멘터리, 뉴스 보도 등이 허용되었다. 이어서 극장판 애니메이션의 수입과 개봉이 가능해졌다. 그리고 마침내 2004년에, 영화와 CD의 판매 등에 대한 제한이 풀렸다. 일본 대중문화 금지는 이제 한국에서 과거의 역사가 되었다.

따라서 1960년대에 태어난 386 세대와는 달리 1970~1980년대에 태어난 세대들은 더욱 다양한 문화 체험을 할 수 있었다. 386 세대는 1980년대 정치적 운동의 영향을 더 많이 받았지만, 1970년대에 태어난 세대는 민주화 이후의 한국에서 문화적으로 더 풍부한 경험을 했다. 사실, 1990년대에는 생산과 소비 양 측면 모두에서 대중문화가 폭발적으로 증가했다. 정치 운동에 쏟았던 386 세대의 에너지와 열정은 이제 대중문화, 특히 영화를 향한 열정으로 옮겨 갔다. 그것은 〈영화 마니아〉의 새로운 시대를 열었다. 새롭게 창간된 주간지 『씨네21』은 영화광들의 필독서가 되었고, 월간지 『키노』는 영화와 영화사에 대한 심도 있는 분석과 소개로 마니아 독자들을 끌어들였다. 1996년 부산 국제 영화제를 시작으로 1997년 부천 국제 판타스틱 영화제와 서울 여성 영화제, 2000년 전주 국제 영화제 등등 여러 국제 영화제가 출범했다. 이들 영화제는 세계 각국의 다양한 영화를 한국 관객들에게 소개함과 동시에 이전에는 거의 알려지지 않았던 한국 영화와 영화인들을 국제 영화제 네트워크에 알리는 역할을 했다.

봉준호의 영화는 늘 사회적 약자에게 관심을 기울인다는 점에서 386 세대다운 면을 보여 주며, 특히 「살인의 추억」과 「괴물」에서는 정부 당국과 미국에 대한 비판적 입장을 여실히 드러내고 있다. 그가 보여 주는 사회 정의와 정치적 발언에 대한 강한 의식은 386 세대다운 특성과 연관되어 있다고 해도 과언이 아니다. 하지만 봉준호의 경우, 특히 문화적인 영향이라는 측면에서는 주류 386 세대와 어떤 차이점을 보이는가를 짚어 보는 것도 중요하다. 실제로 봉준호의 문화적

체험은 386 세대보다는 1980년대의 정치적 변화가 가져온
문화적 자유의 혜택을 받은 1970년대생들과 더 가까운 측면이
있었다. 그러니까 그는 〈정치〉 세대와 〈문화〉 세대 사이에 서
있는 존재라고 할 수 있으며 바로 그래서 그의 영화에서 정치와
문화를 혼합하는 것이 가능했다고 볼 수 있다.

　　1970년대생 세대와 〈386 세대〉를 구분하는 한 가지
분명한 요소는 일본의 하위문화, 특히 만화와 애니메이션에
대한 열정적인 수용이다. 1970년대에 태어난 사람들은
한국 최초의 오타쿠 세대를 형성하게 되는데, 봉준호는 여러
인터뷰에서 자신이 일본 만화의 열렬한 팬이라고 밝혔다. 특히
「플란다스의 개」에서는 등장인물들의 과장된 액션에서는 물론,
그가 일본 만화에서 영감을 얻었음이 확실한 판타지 장면들을
볼 수 있다.

영화감독으로서의 형성기

봉준호는 일찍부터 영화감독을 꿈꿨다. 영화 평론가 주성철이
엮고 한국 영화감독 조합이 2014년 출간한 『데뷔의 순간:
영화감독 17인이 들려주는 나의 청춘 분투기』에 실린 그의
에세이 제목 〈다른 일을 한다는 상상 자체를 해본 적이 없다〉가
말해 주듯, 영화감독은 그가 원하는 유일한 직업이었다. 어릴
때부터 그는 TV에서 상영되는 거의 모든 영화를 보았다. 그는
2017년 『맥스무비』와의 인터뷰에서 〈초등학교 시절 TV에서
앙리 조르주 클루조의 「공포의 보수」를 보고 그 미친 듯한

긴장감에 매혹됐다. 영화감독이 되어야겠다고 결심했다〉라고 회고했다. 봉준호의 이 같은 영화광적인 면모는 1990년대에 전국적인 영화 열기를 이끌었고, 이를 그대로 21세기로 가져간 한국의 수많은 젊은이와 비슷한 궤적을 보여 준다는 점에서 세대적이기도 하다.

봉준호는 가족 중에서 영화계에 진출한 첫 번째 사람이지만 그는 예술가 집안에서 태어나고 자랐다. 그의 아버지는 그래픽 디자인 교수로 서재에는 수많은 외국 디자인 서적들이 있었다. 내성적인 봉준호는 여가 시간 대부분 이 책들을 보며 보냈다. 그는 또한 만화 그리는 것을 좋아해 훗날 영화감독이 되지 않았으면 만화가가 됐을 것이라고 밝히기도 했다. 또, 대학 시절에는 대학 신문의 만평 작가로 활동한 경력도 있다. 그의 어머니는 초등학교 교사였고, 첫 아이를 낳았을 때 전업 주부가 되느라 은퇴했다. 그녀는 일제 강점기 시대 한국 문학의 대표적인 소설가 중 한 사람인 박태원의 둘째 딸이다. 박태원의 대표작 중 하나는 1936년에 쓴 소설 「천변풍경」인데 서울 청계천 주변에 사는 주민 30여 명의 일상을 그린 작품이다. 그는 형식적인 실험에서는 모더니스트였지만 농촌에서 도시로 넘어가는 과도기에 살고 있는 사람들의 일상을 세밀하게 포착하는 리얼리스트이기도 했다. 박태원은 6.25 전쟁 당시 자발적으로 월북을 선택했기에 그의 작품은 1988년까지 한국에서 출간이 금지되었다.

월북 작가들은 작품이 금지되었을 뿐만 아니라, 한국에

남아 있는 가족들이 연좌제로 인해 불이익을 받았다. 박태원은 1986년 사망할 때까지 대하 역사 소설을 쓰면서 북한에서 저명한 작가로 살았다. 그러나 봉준호에게 외할아버지에 관해 물었을 때 그는 북한에서 외할아버지가 어떤 활동을 했는지 잘 알지 못하며 작품도 읽지 않았다고 대답했다. 가족들이 외할아버지에 대해 이야기하는 것을 처음 들은 건 정부가 할아버지의 작품 금지를 해제했을 때라고 한다. 어른들이 새로 출간된 작품들의 인세에 관해 논의했던 것으로 기억한다고 했다. 봉준호는 외삼촌 박일영이 2016년 외할아버지에 대한 책 『소설가 구보씨의 일생: 경성 모던보이 박태원의 사생활』을 출간하자 뒤표지에 〈문학을 전공하는 분들이라면 《소설가 박태원》에 대한 궁금증으로 이 책을 들춰 볼 것이다. 그러나 나에게 있어선, 이 책은 그저 나의 외할아버지에 대한 이야기일 뿐이다〉라고 적었다. 봉준호는 외할아버지와 그의 작품에서 직접적인 영향을 받지 않았음이 분명하지만, 일상의 삶을 예리하게 관찰하는 점이 비슷해 흥미롭다. 차이라면 그의 외할아버지는 소설가였고 봉준호는 영화감독이라는 것이다.

어린 시절부터 만화를 즐겨 그렸던 봉준호는 중학교에 입학한 이후에는 『스크린』과 『로드쇼』 같은 영화 잡지를 모으기 시작했다. 이 잡지들을 읽으면서 히치콕과 다른 감독들을 알게 됐으며, 그 기사들을 읽으면서 영화를 공부했다. 그리고 탐욕스럽게 영화를 보았다. 고등학교 시절은 단순한 오락 이상으로서 영화에 관심을 두는 젊은이들이 늘어난 시기였고,

영화 이론서들이 번역돼 출판되기 시작했다. 영화학자 루이스 자네티의 『영화의 이해』와 영화 제작자이자 영화학과 교수였던 잭 C. 엘리스의 『세계 영화사』가 1988년에 한국어로 번역 출판되었는데 당시로는 아주 희귀한 학술적인 영화책이었다. 비디오테이프가 폭넓게 보급되면서 다양한 영화를 보기 시작한 젊은 영화 애호가들에게 이 두 책은 일종의 성경이었다. 영화에 관심이 있는 많은 사람이 당시 이 책들을 읽었는데 특히 봉준호는 고등학생 때 자네티의 책을 출판되기도 전에 읽을 기회를 가졌다고 한다. 당시 대학생이었던 형이 이 책의 비공식 번역자 중 한 사람이었기 때문이다. 봉준호가 미장센과 같은 영화 용어를 처음 알게 된 것은 이렇듯 번역 작업 중이던 형을 통해서였다.

1970~1980년대 한국에서는 극장 상영 영화들이 다양하지 못했고, 또 극장을 비위생적인 공간으로 여긴 어머니의 영향으로 봉준호는 주로 TV 영화들을 챙겨 보았다. TV 상영 시간표에서 방영되는 영화들을 일일이 챙기면서 할리우드 영화와 유럽 예술 영화 모두를 강박적으로 보았는데, 특히 AFKN은 봉준호에게는 영화의 천국이었다. 그는 다른 가족들이 모두 잠자리에 든 이후 심야에 혼자 이 채널에서 방영되는 영화를 보곤 했다. 그가 본 영화들은 존 카펜터와 브라이언 드 팔마의 영화뿐만 아니라 영국 해머 스튜디오의 공포 영화들과 미국의 블랙스플로테이션, 즉 흑인 영화들이 포함되어 있었다. 그는 영어 대사를 이해하지 못했기 때문에

이미지를 보면서 자신만의 이야기를 만들곤 했다고 한다. 이렇듯 알아듣지 못하는 언어로 영화를 보는 일은 오히려 그의 상상력과 시각적 스토리텔링을 자극, 영화감독이 되기 위한 일종의 훈련이기도 했던 셈이다. 그리고 그는 같은 영화를 몇 번이고 반복해 보면서 장면들을 혼자서 분석하곤 했다.

이렇게 어렸을 때부터 영화에 빠져 살았지만 대학 전공을 택할 때는 영화 제작보다는 사회학을 전공하기로 했다. 영화학과에 가려면 특별한 재능을 가져야 한다고 생각했기에 지원하기가 두려웠다고 한다. 그리고 그 당시 최고의 영화감독들이었던 임권택, 배창호 등이 영화를 전공하지 않았다는 사실이 사회학을 선택하는 데 어느 정도 안도감을 주는 역할을 했다. 그는 사회학과를 가는 대신 영화 동아리에 적극적으로 참여해야겠다고 생각했다. 앞서 언급한 인터뷰 에세이에서 밝히듯, 연세대학교에 입학한 그는 사회학 전공자가 아니라 마치 영화학 전공자인 것처럼 대학 생활을 보냈다. 학교 내에 영화 동아리를 만들어 단편 영화 제작 등 많은 활동을 하면서 동시에 학교 바깥에서 영화사와 이론을 공부하는 데도 시간을 아끼지 않았다. 군 복무를 위해 2년 휴학하는 동안, 그는 방위병으로 일하면서 저녁에는 시네마테크에서 영화를 보기도 하고, 이론서를 읽는 등 영화를 독학했다. 〈영화공간 1895〉라는 곳에서 진행하는 24시간 영화 학교 프로그램을 수강하기도 했는데, 여기에서 영화학자 데이비드 보드웰과 그의 아내이자 영화 평론가 크리스틴

톰슨이 쓴 『영화 예술 *Film Art: An Introduction*』을 배우는 수업을 들었다. 이 영화공간 1895에서는 이용관, 주진숙, 전양준 등 영화 평론가 1세대들이 강사로 활동했다.

봉준호는 1993년 복학한 후 다른 두 학생과 함께 대학 연합 영화 동아리 〈노란문〉을 결성했다.* 그는 교실에서 사회학을 공부하는 것보다 영화 클럽에서 영화를 보는 데 더 많은 시간을 보냈다. 노란문에서 제3세계 영화를 많이 접한 그는 졸업 논문으로 제3세계 영화와 정치 이데올로기에 대한 사회학적 연구를 썼다. 사실 그는 영화와 영화 제작에 너무 몰두한 나머지 사회학 공부를 게을리한 탓에 졸업을 걱정해야 하는 처지에 놓였다. 그러나 다행히도, 졸업 논문으로 제3세계 영화에 관해 쓰겠다는 그의 제안이 과에서 받아들여진 것이다. 1980년대에는 한국의 사회 구조에 대한 관심이 높았기 때문에 대학생들이 전공으로 사회학을 선택하는 것은 그리 놀라운 일이 아니었지만, 영화로 졸업 논문을 쓰는 것은 이례적이었다. 영화학은 1980년대에 여전히 젊은 학문이었기 때문이다. 그러니까 봉준호는 사회학 전공자이지만 영화학 논문으로 학위를 받은 셈이다.

봉준호의 대학 시절은 영화감독이 되기 위한 준비를 계속했던 시기로 볼 수 있다. 그는 노란문에서의 활동을 〈내 인생 전체를 놓고 봐도 가장 중요한 전환점〉이라고 묘사한다.

* 동아리 이름 〈노란문〉은 동아리 사무실의 문이 노란색이었다는 것에서 연유한다.

동아리에서 찍은 단편 영화로 영화 아카데미에 갈 수 있었으니 감독의 꿈을 이루어 준 곳이라는 것이다. 그는 동아리 멤버들과 함께 자신의 첫 단편 영화 「백색인」을 촬영했고, 이 단편 영화를 영화 진흥 위원회가 운영하는 1년짜리 영화 제작 프로그램인 한국 영화 아카데미에 지원할 때 제출하고 결국 합격했다. 그는 이어 영화 아카데미에서 졸업 작품으로 만든 단편 영화 「지리멸렬」로 영화계의 주목을 받았고, 이를 토대로 충무로에 입성한 후 첫 장편 데뷔작을 만드는 기회를 얻게 된다. 그는 또한 영화 동아리에서 미래의 아내를 만나기도 했다.

영화 동아리에서 봉준호는 연출 분과를 이끌었다. 멤버들은 영화를 보고, 이어서 장면과 시퀀스 구조를 분석하곤 했다. 예를 들어, 만약 그 주의 주제가 살인이라면, 「대부」(1972)와 「양들의 침묵」(1991)과 같은 영화의 살인 장면을 분석하는 식이었다. 그는 또 자신의 에세이에서 미공개 데뷔 영화에 관해 쓰기도 했다. 그의 첫 공식 단편 영화인 「백색인」 이전에 만들어진 이 단편 영화는 「낙원을 찾아서」였고, 고릴라 인형을 이용한 20분짜리 스톱 모션 애니메이션이었다. 당시 그의 유일한 딜레마는 실사 영화를 만들 것인지, 애니메이션을 만들 것인지였는데 이 단편 애니메이션을 만들면서 실사 영화로 뜻을 굳혔다고 한다. 3일간 애니메이션 작업에 매달린 결과물이 겨우 10초 분량에 지나지 않는다는 것을 알았을 때 선택은 분명해졌다. (그러나 그는 2021년 6월, 「기생충」의 다음다음 작품으로 심해 생물이 나오는 애니메이션을 한국에서 만들 것이라고 밝혀 이 비공식 단편 이후 30여 년 만에 장편 애니메이션 작업을 하게 됐다.)

봉준호는 대학을 졸업한 후 한국 영화 아카데미KAFA에 입학했다. 정부가 후원하는 영화 진흥 공사(현 영화 진흥 위원회)가 1984년 영화 전문 인력 양성의 요람으로 설립한 KAFA는 영화 제작을 위한 1년 과정을 제공했는데 봉준호가 재학 중일 때에는 등록금이 무료였다. KAFA 졸업생들은 한국 영화 산업을 현대화하고 촬영 기술을 혁신하는 중추 세력이 되었다. 감독뿐만 아니라 많은 신세대 촬영 감독 역시 KAFA 졸업생이었다. 대표적인 촬영 감독으로는 봉준호와 함께 「살인의 추억」과 「괴물」을 작업한 김형구를 들 수 있다. KAFA를 졸업하자마자, 미국 영화 연구소AFI로 촬영 전공 석사 학위를 따기 위해 유학을 떠난 김형구는 영화 학교에서 DP(촬영 감독)의 개념을 배웠다고 내게 설명한 적이 있다. 이전에는 한국 영화계에서 촬영 기사는 단순한 기술자로 간주하였지만, DP의 개념은 촬영뿐만 아니라 시각 표현을 위해 조명과 다른 요소들을 디자인하는 통합적인 역할을 하는 것으로 이해된다는 것이다. 요약하자면, DP의 개념은 그에게 영화를 촬영하는 데 총체적으로 접근할 수 있도록 가르쳤다.

KAFA는 봉준호의 영화 인생뿐만 아니라 뉴 코리안 시네마의 출현에도 결정적인 역할을 했다. 예비 영화인인 졸업생들과 충무로를 잇는 연결고리 역할을 한 것이다. 1990년대 중반까지만 해도 한국 영화 산업이 도제적 시스템에 의존했으므로 연줄이 없는 사람들은 영화 산업에 뛰어들기 어려웠고 대학에서 영화 제작을 공부하지 않은 사람들은 영화 산업에 진출하기 힘들었다. 이에 KAFA는 전문 훈련뿐만 아니라 영화 산업 내 네트워크를 제공함으로써 이러한 사람들에게 영화계에 진출할 수 있는 문을 열어 주었다. 영화 훈련의 도제 시스템에서 영화 학교 교육으로의 전환은 영화 제작자들의 기술적 전문 지식을 향상하는 데도 도움이 되었다. 그리고 영화 학교 졸업생들에게 단편 영화를 통해 그들의 재능을 뽐내고 발탁될 기회가 제공되었다. 봉준호에게도 충무로에 진출할 수 있는 문이 열린 것은 「백색인」에 이어 그의 KAFA 졸업 작품 「지리멸렬」이 크게 주목받으면서였다.

화이트 맨을 뜻하는 「백색인」은 18분 길이의 16밀리미터 필름 영화로 영화 동아리 노란문 시절에 만들었다. 제목은 주인공(대본에는 학락이라는 이름이 나오지만 실제 영화에서는 그 이름이 나오지 않는다. 여기서는 그냥 이 이름을 쓰기로 한다)이 여피이기 때문에 〈화이트칼라〉라는 단어에서 유래했다. 영화는 대사가 거의 없고 줄거리가 TV 뉴스를 통해 전달되는 방식을 취한다. 비록 영화 기법 면에서 다소 거칠고 덜 세련되었지만, 이 영화는 이미 그의 이후 장편 영화들을 특징짓는 특이한 유머 감각과 상상력, 사회적 약자에 관한 관심, 그리고 영화 속에 심어지는 사회 논평 등 주요 요소들의 씨앗을 보여 준다. 영화는 출근하기 위해 아파트를 나선 학락이 주차된 자기 차 근처에 떨어져 있는 잘린 손가락을

발견하는 것으로 이야기가 시작된다. 손가락을 집어 든 그는
그것을 회사로 가지고 가서 장난감처럼 가지고 놀기도 하고,
손가락으로 전화를 걸기도 하고, 키보드를 두드리는 데도
사용한다. 누구의 손가락인지 전혀 알지 못하고 알려고도 하지
않는 그는 심지어 회사 동료에게 사람의 잘린 손가락이 썩는 데
얼마나 걸리는지도 물어본다. 일을 마치고 집으로 돌아온 그는
TV를 켜고 그 앞에 앉는다. 뉴스 캐스터는 그날 한 아파트에서
있었던 사건을 전하는데 공장에서 손가락이 잘린 노동자가
그 손가락을 들고 자신의 회사 CEO를 찾아와 해치려다
체포되었다는 소식을 전한다. 하지만 학락은 TV 앞에서 잠이
들어 버려 그 손가락에 얽힌 사연을 듣지 못한다. 이 비극적인
이야기를 모른 채 학락은 다음 날 출근하는 길에 무심코 동네
개에게 손가락을 먹이로 던져 준다. 사회적 약자에 대한 부정,
위선, 무관심에 대한 봉준호의 사회적 논평을 여실히 보여 주는
작품이다.

　「백색인」은 봉준호가 박찬욱과 만나게 되는 계기를 마련해
준 작품이기도 하다. 지인의 소개로「백색인」을 보고 깊은
인상을 받은 박찬욱이 봉준호에게 연락해 만남이 이루어졌다.
당시 박찬욱은 첫 장편 영화「달은… 해가 꾸는 꿈」으로 이미
데뷔를 한 감독으로 비록 흥행에선 실패했지만 두 번째 장편
영화를 준비 중이었다. 박찬욱은 봉준호에게 그 두 번째 장편
영화의 각본을 써보겠냐고 제안해 봉준호는 그 작업을 하게
됐다. 이 프로젝트는 결국 결실을 보지는 못했지만, 봉준호는

박찬욱을 통해 나중에 뉴 코리안 시네마의 주요 감독이 될 다른 영화인들과 친분을 쌓아 갔다.

한편, 그의 KAFA 졸업 영화 「지리멸렬」은 1993년 5월 『씨네21』이 주최한 제1회 서울 영화제에서 첫 공개 상영의 기회를 얻었다. 그 후 밴쿠버 국제 영화제에 초청되는 등 호평을 받았는데 이 단편 영화가 봉준호의 영화 인생에서 지니는 가장 중요한 의미는 훗날 「플란다스의 개」와 「살인의 추억」의 제작자가 될 차승재와 만날 기회를 주었다는 데 있다. 차승재는 당시 신세대 영화 제작자의 주역으로 부상하고 있었고, 자신과 함께할 새로운 인재를 찾고 있었다. 그는 봉준호의 졸업 작품 「지리멸렬」을 좋게 생각했으며, 장준환이 연출하고 봉준호가 촬영을 맡았던 또 다른 KAFA 졸업 작품 「2001 이매진」도 좋아해 두 사람에게 자신의 영화사인 우노필름에서 제작하는 영화의 시나리오 작업을 맡겼으며, 이후 2003년 두 사람의 장편 데뷔작 「플란다스의 개」와 「지구를 지켜라」를 각각 제작했다.

「지리멸렬」은 지식인의 위선을 조롱하는 사회적 풍자 영화로, 이는 봉준호의 이후 영화에 지속적으로 등장할 주제다. 세 편의 에피소드와 에필로그로 구성된 이 단편 영화는 교수, 언론인, 검사 등 세 명의 지식인이 일상생활에서 비도덕적이거나 무책임한 행동을 하는 모습을 보여 준다. 각 에피소드는 등장인물 한 사람, 한 사람에 얽힌 부도덕한 이야기들을 펼치는데 이 세 개의 분리된 에피소드는 에필로그에서 통합을 이루며 사회 풍자의 폭발로 이어진다.

에필로그는 사회도덕에 관한 TV 토론을 보여 주는데, 바로 위선적인 세 인물이 패널리스트로 앉아 있다. 그들은 진지해 보이고 권위적인 분위기를 풍기지만 관객들은 이미 세 사람이 일상에서 했던 어처구니없는 행동들을 알고 있다. 봉준호 특유의 엉뚱한 유머 감각과 풍자, 지식인들의 위선에 대한 신랄한 사회적 비판을 담은 작품이다.

대학과 KAFA를 졸업하기까지 봉준호는 결혼식, 돌잔치 등의 비디오 촬영 등으로 생계를 꾸리며 힘든 세월을 보냈다. 2000년「플란다스의 개」로 장편 데뷔를 하기 전에 그는 조감독 혹은 시나리오 작가로 세 편의 영화에 참여했다. 그가 스태프로 참여한 첫 번째 영화는 1996년도 옴니버스 영화「맥주가 애인보다 좋은 일곱가지 이유」였다. 이 코미디 영화에는 강우석, 정지영, 김유진, 박철수, 장현수, 장길수, 박종원 등 당대를 대표하는 7명의 감독이 참여했는데, 각각 맥주에 대해 15분 정도 분량의 에피소드를 촬영했다. 봉준호는 박종원 에피소드의 조감독으로 참여했고, 이 옴니버스 영화는 흥행에서 참패했을 뿐만 아니라 저질 농담과 여성 혐오로 평론가들로부터 혹평을 면치 못했다. 또 여성 관객들이 뽑은 그해 최악의 영화로 선정되기도 했다. 봉준호는 처음 총무로 영화의 촬영장에 나와 설레기도 했지만 나중에는 이런 영화에 참여하는 것이 부끄럽다고 고백했다. 그는 촬영장에 가는 것을 두려워했고, 개봉했을 때 극장에도 가지 않았다.

봉준호는「맥주가 애인보다 좋은 일곱가지 이유」이후에

박기용의 「모텔 선인장」에 제1 조감독으로 합류했다. 이 영화는 차승재 제작으로 봉준호가 차승재와 일하게 된 첫 작품이다. 봉준호는 이어서 역시 차승재가 제작한 민병천의 「유령」 각본을 썼다. 「모텔 선인장」은 서로 다른 커플들이 제목에 나오는 모텔에서 성관계를 갖는 4개의 에피소드로 구성된 작품으로 이야기 구조와 스타일에서 새로움을 추구한 영화였다. 홍콩 영화감독 왕가위의 단골 협력자인 크리스토퍼 도일이 촬영을 맡았다. 반면, 한국 최초의 잠수함 영화임을 내세운 「유령」은 전통적인 장르 영화였다. 봉준호는 시나리오를 쓴 세 작가 중 한 명이었는데 그들에게는 다음과 같은 두 가지 핵심적인 요소가 주어졌다. 〈잠수함이 있어야 하고 일본이 이 이야기에 포함되어야 한다〉는 것이다. 그들은 또한 전쟁 영화 장르의 관습에 따라 대본을 쓰도록 요청받았다. 잠수함 내부의 반란을 그리는 이 영화는 극단적 민족주의자인 중위가 일본에 핵 공격을 가하려고 하는 계획을 중심으로 갈등이 전개된다. 「쉬리」와 같은 해에 개봉되었고 한국형 블록버스터의 아이디어를 구현했지만 흥행에는 성공하지 못했다. 고용된 시나리오 작가로서 봉준호에게 창작의 자유는 없었다. 제작사의 주문에 따라 시나리오를 써야 했지만 감독으로서 결코 만들 수 없었을 정통 장르 영화를 쓴 것은 좋은 경험이었다.

이렇게 차승재 프로듀서와 5년간 호흡을 맞춘 뒤 봉준호에게 자신의 장편 영화를 만들 기회가 주어졌다. 그가 감독으로 첫발을 내디디려 할 때의 충무로, 즉 한국 영화계는 이전과는 매우 다른 환경을 맞이하고 있었다. 1995년부터 2000년까지 5년 동안에 한국 영화 산업에는 앞서 열거했던 중요한 변화들 — 도제 시스템에서 단편 영화를 통한 영화계 발탁, 근대적 제작 시스템의 확립, 영화 전문 잡지 창간, 다양한 국제 영화제 출범 등 — 이 일어나면서 뉴 코리안 시네마의 발판을 마련했다. 동시에, 1990년대 중반부터 영화에 대한 새로운 접근법이 돋보이는 신인 감독들의 데뷔작이 줄지어 개봉하며 큰 주목을 받았다. 홍상수의 「돼지가 우물에 빠진 날」(1996), 김기덕의 「악어」(1996), 임순례의 「세 친구」(1996), 허진호의 「8월의 크리스마스」(1998), 김지운의 「조용한 가족」(1998), 이재용의 「정사」(1998) 등 모두 실험과 혁신의 정신을 공통점으로 지닌 데뷔작들이다. 기존의 관습적인 〈충무로〉 영화들과는 명확히 다른 작품들이었고 그 접근 방식도 현대적이었다.

봉준호가 데뷔작 「플란다스의 개」를 만든 것은 한국 영화계의 이러한 변화의 물결 속에서였다. 「플란다스의 개」 또한 만화적 상상력과 블랙 유머가 돋보이는 엉뚱하고 파격적인 영화였다. 하지만 2000년 2월 개봉 당시에는 영화 평론가들에게 그리 호평을 얻지 못했고, 흥행에서도 실패를 맛보았다. 봉준호는 영화계 내에서는 이미 기대되는 신예로 상당한 인지도가 있는 인물이었고 데뷔작에 대한 기대가 매우 높았기에 이는 의외의 결과였다. 「지리멸렬」이 평론가들과 영화 제작자들 모두에게 열렬한 찬사를 받았고 많은 영화제에

초대되었기 때문이다. 「플란다스의 개」는 개봉 후, 유머
감각이 낯설고 아리송하며 캐릭터도 설득력이 떨어진다고
평가받았다. 하지만, 이듬해 『씨네21』이 〈『씨네21』이 틀렸다
—「플란다스의 개」〉라는 제목하에 영화를 재평가하면서
「플란다스의 개」는 신세대 특유의 상상력과 감성을 대변한다는
재평가를 받기 시작했고, 지금도 저평가된 걸작 영화의 하나로
거론되곤 한다. 하지만 첫 영화 흥행의 실패는 봉준호에게 큰
타격이었다. 그는 주류 충무로 상업 영화와 저예산 독립 영화 중
어떤 영화를 추구해야 할지 딜레마에 빠졌다. 하지만 그의 두
번째 장편 「살인의 추억」의 제작을 맡겠다는 차승재의 제안으로
그의 딜레마는 해소됐다.

　「플란다스의 개」의 실패는 봉준호가 이후 유념하게 될
중요한 교훈을 주었다. 즉, 장르성이 더욱 명확한 영화를
만들어야 한다는 것이다. 「플란다스의 개」가 개봉할 당시
직면했던 어려움 중 하나는 마케팅 콘셉트를 잡는 일이었다.
영화를 한 장르에 국한해 설명하기가 힘들어 홍보에 문제가
생겼고, 제목도 유명한 만화 영화 제목과 같아서 관객들에게
어떤 영화인지 제대로 전달하는 데 효과적이지 못했다. 또
제목이 전달한 이미지와 실제 영화의 내용이 맞아떨어지지
않았다. 이런 일련의 과정을 거친 봉준호는 비록 자신이 주류
장르의 관습에서 벗어나는 영화를 만들지만 영화가 성공하기
위해서는 더욱 뚜렷한 장르에 기반을 둘 필요가 있음을
깨달았을 것이다. (이후 그는 범죄 미스터리 영화, 괴수 영화,

SF 영화 등 하나의 장르로 요약될 수 있는 영화를 만들면서 그 안에서 그 장르의 관습들을 해체시키는 작업으로 일관했다.)

　이러한 과정은 또한 우리에게 봉준호가 더 많은 관객을 만나고 싶은 욕망을 지닌 영화감독이라는 점을 보여 준다. 즉, 그는 주류 상업 영화의 영역에 머물며 대중적인 작품들을 만들 것이라는 점이다. 「살인의 추억」은 개봉 후 비평적으로나 상업적으로나 큰 성공을 거두어 영화감독으로서 그의 앞길을 탄탄하게 열었다. 그리고 「살인의 추억」은 무엇보다도 이후 봉준호 영화를 특징지을 간판 요소 중 하나를 뚜렷하게 확립시켰다. 바로 그만의 독특한 유머 감각이다. 봉준호에게 유머는 전통적인 장르 영화 관습들에 비판적 거리를 유지하고 장르 규칙들을 해체하는 훌륭한 도구로 쓰인다. 그리고 그의 영화에 유머를 접목하는 방법의 하나는 사회적으로 약한 루저 캐릭터를 주인공으로 내세우는 내러티브 전략이다. 영화 주인공으로 전혀 어울리지 않는 이런 루저 캐릭터들이 경찰이나 수사 당국이 맡아도 시원치 않을 범인 혹은 괴물 추적 등 도저히 감당할 수 없는 일을 스스로 떠맡게 되는 설정은 웃기면서도 슬프고 기가 막히기도 한데 무엇보다도 영화 속에서 엉뚱한 상황들이 발생하기 충분한 조건들을 조성하는 것이다. 그리고 애초에 영웅 같지 않은 영웅들이 사건 해결에 나서고 고전하는 이유는 잘못된 혹은 부패한 제도가 초래하는 부조리들 때문이다. 「살인의 추억」, 「괴물」, 「마더」, 「옥자」 모두 이러한 내러티브 전략——「살인의 추억」의 시골 형사들, 「괴물」의 박강두 가족, 「마더」의 어머니, 「옥자」의 미자— 을 구사하고 있다.

지금 시점에서 돌이켜 보면 1990년대 후반부터 2000년대 중반까지의 시기는 신세대 영화인들이 이전 세대의 창작 에너지를 파괴해 버렸던 혹독한 검열 없이 영화에 대한 새로운 아이디어를 실현할 수 있었던 행복한 순간이었다. 이들은 그다음에 이어지는 세대보다도 훨씬 더 운이 좋았다고 할 수 있다. 사실 2010년대에 이르면 거대 예산의 블록버스터 영화가 제작의 표준으로 자리 잡으면서 「살인의 추억」과 같은 중간 예산 영화가 그린 라이트를 받을 기회가 점차 줄어들게 되었다고 해도 과언이 아니다. 더군다나 영화의 흥행 실패가 가져오는 위험 부담이 커진 이런 분위기에서라면 데뷔작인 「플란다스의 개」에서 흥행에 실패한 봉준호에게 다시 장편 영화 제작의 기회가 주어졌을 가능성은 매우 낮을 것이다. 게다가, 결말이 실패로 끝나는 장르 영화라니! 제작자들이 흔쾌히 나서기에는 위험도가 너무 높은 프로젝트다. 그러므로 봉준호가 한국 영화사에서 짧지만 이 행복한 시기에 등장한 운 좋은 영화감독 세대에 속한다는 것은 부인할 수 없는 사실이다.

다시 말하지만 봉준호의 영화는 혼종hybridity이 새로운 예술 창작에 기여한다는 사실을 잘 보여 주는 사례다. 문화, 특히 영화와 같은 대중문화는 그 기원에서부터 본질적으로 국경을 넘나드는 초국적인 예술이자 매체임을 보여 주었고, 서로 다른 문화권들이 상호 영향을 주고받는 혼합적인 예술이다. 하지만 한국의 경우 지정학적 조건과 역사적 상황으로 인해

서로 다른 문화의 혼종이 훨씬 더 다양하고 심화한 형태로
진행되었다고 할 수 있다. 특히 중남미나 아프리카 등 서구에
의해 식민 지배를 받았던 다른 후기 식민지 나라들과 달리
한국은 서구 대중문화에 대한 거부감이 적은 편이었다. 따라서
할리우드로부터 블록버스터와 장르를 도입하는 것은 각색의
정치학politics of adaptation이란 측면에서 저항감이 덜했다. 광주
대학살과 반독재 시위로 반미 감정이 고조됐던 1980년대에도
한국은 일본보다 할리우드나 미국 대중문화에 훨씬 더
개방적이었다. 2000년대 뉴 코리안 시네마의 등장은 대부분
할리우드의 제도와 스타일을 적극적으로 채택하고 수용한
결과라 할 수 있다.

문화적 참조들의 혼종성

봉준호의 영화적 접근은 다양한 문화적, 영화적 영향의
〈용광로melting pot〉로 묘사될 수 있다. 할리우드 영화, 유럽 예술
영화, 아시아 예술 영화, 일본 영화, 만화, 애니메이션 스타일이
모두 그의 영화에 함께 녹아들어 있다. 특히 1960년대 한국
영화 황금기의 비판적 리얼리즘은 한국 사회의 부조리에
대한 그의 비판적 자세와 현실적인 묘사에서 그 전통이
감지된다. 특히 봉준호는 김기영 감독과 1960년 「하녀」를
비롯한 그의 영화들을 자신에게 영감을 준 주요 영향으로
꼽는다. 김기영은 1960년대 이탈리아 네오리얼리즘에서
영향받은 「오발탄」(1961)과 「마부」(1961) 등 한국 영화의

대세가 비판적 리얼리즘 영화일 때 엉뚱하고 강렬하며 사이코섹슈얼한 멜로드라마를 만든 영화감독으로 두각을 나타냈다. 그의 영화는 당시 주류 영화 대부분보다 좀 더 표현주의적인 스타일이었지만 현실에 뿌리를 둔 이야기로 한국 사회의 변화를 날카롭게 포착해 냈다. 특히 「하녀」는 이층집으로 대변되는 근대화 과정에서 한 중산층 가정이 가장을 유혹하는 하녀에게 서서히 파괴되는 이야기를 통해 전후 한국 사회가 겪고 있던 변화를 담아냈다. 그 당시에는 중산층 가정에서 젊은 가정부를 두었는데, 대부분 시골의 가난한 부모들이 도시의 부유한 가정으로 딸을 보내 집안일하며 살도록 한 경우였다. 당시 여성 관객들이 김기영의 영화 속 하녀 캐릭터를 향해 고함을 지르며 욕했다는 것은 잘 알려진 사실이다. 그만큼 사실적이고 실감 나는 이야기였다. 김기영은 한 가정부가 주인집 어린아이를 살해했다는 신문 기사에 근거해 시나리오를 썼다. 한국 사회의 핵심을 꿰뚫는 그의 예리한 관찰력과 상업 장르 속에 녹아든 날카로운 사회 논평은 봉준호의 영화와 매우 유사한 면이 있다. 봉준호는 「기생충」에서 이 영화를 직접 오마주하며, 역시 이 층 구조의 저택을 배경으로 계급 문제를 파고든다.

문화적으로, 봉준호는 할리우드 영화와 일본 만화 영화를 텔레비전으로 보면서 성장한 신세대 영화감독들을 대표한다. 그의 문화적 영향이 예를 들면 문학보다는 영화, 만화, 만화 영화 같은 시각적인 매체에서 주로 나온다는 것은 주목할 만하다. 「플란다스의 개」는 만화적인 감성을 드러내는 몇 가지 장면을 보여 주는 동시에, 제목 자체도 매우 인기 있는 TV 만화 시리즈에서 빌렸다. 이 만화 시리즈는 가난한 소년과 개의 우정을 다룬 것이므로 영화의 이야기와는 상관이 없지만, 주인공 현남이 노래방 장면에서 이 만화의 주제가를 부른다. (하지만 앞에서도 언급했듯, 이 제목이 영화에 대한 잘못된 기대를 낳기도 했다.)

　「설국열차」는 프랑스 그래픽 노블을 원작으로 한 영화지만 봉준호는 여러 인터뷰에서 자신과 동 세대 한국인들의 상상력을 사로잡았던 또 다른 인기 TV 만화 시리즈인 「은하철도 999」에서 영감받았다고 언급했다. 「은하철도 999」는 (한국에서) 1982년 1월부터 1년 동안 방영되었던 것으로 마쓰모토 레이지가 쓰고 그린 동명의 일본 만화를 원작으로 한 일본의 만화 영화 시리즈였다. 하지만 당시 한국 어린이 대부분은 일본 만화 영화라는 사실을 모르고 한국 작품인 줄 알고 시청했다. 이 기간에, 일본 만화 영화는 한국어로 더빙된 어린이 TV 프로그램을 통해 그 실제 제작자에 대한 언급 없이 방송되곤 했다. 봉준호는 이 시리즈를 보며 열차에 매혹돼 언젠가는 기차에 대한 영화를 만들 것이라고 다짐했다고 한다.

　그는 또 1982년부터 1983년까지 한국 TV에서 방영된 포스트 아포칼립틱 SF인 「미래 소년 코난」(미야자키 하야오의 감독 데뷔작)에서 「옥자」에 대한 영감을 얻었다. 미래 소년

코난은 초자성ultramagnetic 무기를 사용한 두 나라 간의 파괴적인 전쟁으로 인류가 멸망 위기에 몰린 머지않은 미래를 배경으로 한 알렉산더 케이의 1970년 소설 『네가 세계의 마지막 소년이라면』을 각색한 작품이다. 주인공 코난은 인류에게 새로운 희망을 가져다주는 운명을 지닌 열한 살 소년이다. 그는 자신이 감금 상태에서 구출해 준 라나라는 이름의 소녀를 만나 모험 여행을 시작한다. 봉준호는 2017년 한국 취재진과 칸에서 가진 「옥자」 기자 회견에서 〈미래 소년 코난의 소녀 버전을 만들고 싶었다〉라고 설명했다. 「옥자」를 구하기 위해 미자가 영화에서 보여 준 거의 초자연적인 힘과 액션은 코난의 캐릭터와 그의 뛰어난 신체적 능력을 연상시킨다. 이러한 사례들은 그의 예술적 감성에 미친 일본 대중문화의 영향이 상당히 크다는 것을 잘 보여 준다.

이러한 예들이 보여 주듯이, 일본의 하위문화, 즉 서브 컬처가 봉준호의 예술적 감성에서 큰 비중을 차지하는 듯이 보이는데, 「플란다스의 개」는 만화와 애니메이션에서 강한 영향을 받은 신세대 영화인들의 등장을 예고하는 것이었다. 그렇다고는 해도 봉준호는 또한 할리우드 영화, 특히 1970년대의 미국 영화에서 그에 못지않은 커다란 영향을 받았다. 앞서 언급했듯이, 봉준호는 AFKN 네트워크에서 많은 미국 영화를 보았고, 중학교와 고등학교 시절에도 밤늦게까지 영화를 보곤 했다. 그는 특히 1970년대 뉴 아메리칸 시네마 시대의 영화에 많이 끌렸다. 이 시기의 영화는 고전 장르의 관습을 뒤엎고 미국 사회에 대한 사회, 정치적 비판을 담은 서술 구조와 영화 언어를 가지고 있기에 봉준호 영화와 통하는 측면이 있다. 독일 영화사학자 토마스 엘새서는 1970년대 미국 영화가 〈실패의 파토스〉를 드러내고 있다고 보았는데 이들 영화에서는 주인공, 즉 영웅들이 동기가 결여된 채 실패의 길을 걷기 때문이다. 엘새서는 이러한 영화들은 기본적으로 리버럴한 시각을 보여 주는 것이라고 요약하면서 〈미국 사회에 대한 비감상적인 접근은 이데올로기의 차원에서 그들이 개인적인 자주성과 목적 지향적인 긍정성을 거부하도록 만든다. 이러한 거부는 소위 《할 수 있다》는 [긍정적인 마음가짐이 대세인] 문화의 맥락 속에서 개발된 고전 할리우드식 영화 언어 및 극작술을 문제가 있는 것으로 만들어 버린다〉*라고 주장한다. 1970년대 미국 영화에 대한 엘새서의 이러한 묘사는 할리우드 장르를 한국 사회의 현실에 다시 전용하려는 봉준호의 접근 방식에도 매우 잘 들어맞는다고 할 수 있다.

봉준호는 만화나 만화 영화를 보는 걸 좋아했을 뿐만 아니라 만화 그리는 것 또한 어린 시절부터 즐겨 했다. 자신이 영화감독이 되지 않았더라면 만화가가 되었을 것이라고 여러

---

* Thomas Elsaesser, "The Pathos of Failure: American Films in the 1970s," *The Last Great American Picture Show: New Hollywood Cinema in the 1970s,* eds. Alexander Horwath et al. (Amsterdam: Amsterdam University Press, 2004), pp. 168-169.

차례 밝힌 그는 또한 자신이 연출하는 모든 영화에 대해 매우 상세한 스토리보드를 직접 그리는 것으로도 잘 알려져 있다. 사실, 그는 새 영화에 대한 아이디어도 매우 시각적인 방식으로 얻는다. 자신에게 깊은 인상을 남긴 어떤 이미지나 종종 그의 머릿속에 떠오르는 이미지들이 그의 상상 속에 오랫동안 머물러 있다가 영화로 실현되는 식이다. 예를 들어, 「괴물」의 콘셉트는 그가 고등학교 때 침실 창밖으로 보이는 한강 다리에 커다란 생명체가 매달려 있는 걸 본 것, 아니면 보았다고 생각한 것에서 시작되었다. 아마도 그것은 신문 기사와 잡지, 그리고 다른 대중 매체를 통해 당시 대중의 상상력을 사로잡은 스코틀랜드 네스호 괴물의 신비로움에 집착하여 생긴 환상이었을 것이다. 「마더」의 아이디어 또한 고등학교 시절의 잊을 수 없는 기억에서 싹텄다. 그는 오대산에 놀러 갔다가 한 무리의 중년 여성들이 관광버스 안에서 열광적으로 춤을 추는 모습을 보았다. 그는 당시엔 왜 그리 미친 듯이 춤을 추는 것인지 전혀 이해할 수 없었지만 그 광경은 그의 기억에 지울 수 없는 흔적을 남겼고 결국 그는 그 이미지를 재현할 수 있는 영화를 만들게 되었다. 「설국열차」도 그가 자주 가던 만화방에서 그래픽 노블을 처음 본 날부터 거의 10년이 지난 후에 만들어졌다. 「옥자」역시 서울 시내를 차로 운전하던 어느 날 그에게 떠오른 환상적 이미지가 시작이었다. 얼굴은 귀엽지만 동시에 슬픈 표정을 한 거대한 돼지의 모습이었다고 한다. 이러한 이미지들은 그가 본격적으로 대본을 쓰기 전에 몇

년간 그의 머릿속에 머물며 스며들고 여과되고 있던 것이다.

봉준호의 단편 영화들

「옥자」 이후 2년 만에 「기생충」이 완성됐지만 그 이전에
봉준호는 새 영화를 만드는 데 보통 3년에서 4년이 걸렸다. 늘
자신이 직접 쓴 시나리오를 영화로 만들었는데 이 시나리오를
쓰는 데 많은 시간이 들었기 때문이다. 장편 영화 사이의
이 제법 긴 기간에 그는 단편을 만들곤 했다. 단편 영화는
보통 장편 영화 제작으로 가는 디딤돌로 여기는 게 보통인데
봉준호는 장편 영화감독으로서 성공한 후에도 단편 영화를
계속 만들었다. 첫 단편 영화 「백색인」 이후 일본에서 촬영한
「흔들리는 도쿄」를 포함해 다섯 편을 더 만들었다. 한국 영화
아카데미 졸업 작품인 「지리멸렬」은 이후 그의 장편 영화에서
드러날 주요 특징들을 일목요연하게 보여 주었지만, 이외 다른
단편 영화들은 그의 장편에서는 볼 수 없는 독특한 특징들을
지니고 있다.

봉준호의 후기 단편 영화 중에서, 「인플루엔자」와
「흔들리는 도쿄」는 특별한 관심을 끌 만하다. 두 영화 모두 다른
영화감독들과 협력한 옴니버스 영화의 일부로 만들어졌는데,
그가 한 사회의 특성에 대해 특별한 관심과 예리한 관찰력을
지녔음을 잘 보여 준다. 「인플루엔자」는 디지털로 촬영한
30분짜리 영화다. 전주 국제 영화제 디지털 프로젝트
2004에서 자금을 지원받은 것으로 〈세 명의 영화감독이 만든

디지털 단편)이라는 전체 제목이 붙어 있다. 「인플루엔자」는 일종의 가짜 다큐멘터리로, 감시 카메라의 렌즈를 통해 우리 사회의 구석구석을 보여 주는 형식을 취한다. 영화는 두 대의 디지털카메라를 CCTV와 같은 장소에 고정한 후에 허구의 인물인 조현래를 등장시켜 그가 겪는 하루의 이야기를 ATM 기계, 거리, 지하 주차장 등 여러 장소에서 보여 준다. 카메라의 고정성과 편집 불가능이란 제한에 묶인 이 영화는 2000년에서 2004년까지 생계로 분주한 조현래라는 캐릭터의 모습을 담은 10개의 롱 테이크로 구성되어 있다. 영화는 조씨가 한강 다리 위에 서 있는 것으로 시작, 이어서 그가 지하철 승객들을 대상으로 물건을 파는 것을 보여 준다. 그는 정직하게 살려고 애쓰지만 여러 가지 폭력에 직면하게 되고 결국 그 자신도 폭력적으로 변하게 된다. 다큐멘터리와 허구 사이의 구분을 모호하게 하는 방식, 감시 카메라의 사용, 폭력의 테마는 모두 한국 사회를 탐구하려는 봉준호의 안목과 접근법을 잘 드러낸다. 영화는 평범한 사람에게 일상의 삶이 어떤 의미인지, 또 그 일상생활 안에 폭력이 어떻게 또 얼마나 내재되어 있는지 돌아보게 한다. 영화는 관객을 관음증 속에 배치하여 일반 시민들을 감시하고 그들이 지속적으로 폭행당하고 비정하게 대접받는 것을 지켜보도록 한다. 이는 관객들 자체가 (이러한 폭력에) 연루되는 과정을 지켜보는 일이기도 하다.

「흔들리는 도쿄」는 봉준호가 일본에서 일본인 배우와 스태프들과 함께 만든 단편으로 은둔형 외톨이인 주인공과 피자 배달부로 일하는 젊은 여성 사이의 특이한 사랑을 그린 영화다. 여성이 피자 배달을 오면서 두 사람이 처음으로 만나는 순간 지진이 일어나면서 이야기가 펼쳐진다. 이 영화는 한 사회에 대한 봉준호의 날카로운 관찰력을 다시 한번 확인하게 한다. 그는 은둔형 외톨이라는 대단히 일본적인 캐릭터를 설정해 고독의 도시로서의 도쿄에 대한 그의 인상을 영화적으로 표현한다. 그러니까 제목에 나오는 〈흔들리는shaking〉은 지진을 의미하면서 동시에 마음의 〈흔들림〉, 즉 사랑을 함축한다. 이 영화는 봉준호의 독창적 상상력과 유머 감각이 잘 나타나는 작품이다.

이 영화들을 포함한 그의 작품들이 보여 주듯 관객들로 하여금 봉준호의 영화를 생동감 있게 받아들이도록 만드는 것은 당국 혹은 부당한 현실에 대항하는 그의 캐릭터들에 관한 공감이다. 봉준호의 영화를 특별히 구별 짓는 요소는 보통 사람들이 일상생활에서 겪는 문제들에 대한 명확한 사회적, 정치적 인식이다. 그런 점에서 봉준호는 민주화 이후 한국 영화계에서 가장 정치적인 영화인 중 한 명이라 할 수 있다. 권위주의 정권에서 민주주의로 성공적으로 이행한 후, 1980년대의 정치적 열기는 문화적 열기로 바뀌었고, 특히 1990년대와 2000년대에는 영화에 대한 열렬한 사랑으로 바뀌었다. 사회 정치적 이슈를 직접적으로 다룬 1980년대 후반의 코리안 뉴 웨이브는 1990년대 후반과 2000년대 상업적인 장르를 기반으로 한 오락 영화에 더 초점을 맞춘 뉴 코리안 시네마의 등장으로 그 자리를 내주었다. 1980년대에는 사회적 리얼리즘의 영화를 만드는 것이 현상에 대한 정치적 저항의 표현이었던 반면, 민주주의 이후 한국형 블록버스터 영화를 만드는 것은 막대한 예산이 투입된 할리우드의 맹공에 대한 저항의 행위였다. 그러나 봉준호는 상업적으로 성공을 거두면서도 동시에 자기 영화에서 날카롭고 폭넓은 사회 정치적 의식을 모두 유지하는 몇 안 되는 감독이다. 봉준호는 〈정치적인〉 시대와 〈포스트 정치성〉 시대라는 두 시대 사이의 문턱에 서 있다.

2
영화적 〈변태〉:
전조(轉調), 시각적 개그,
낯설게하기의 기법

봉준호 영화에서 반복되는 장르적 특성이나 연출 기법을
살펴보는 일은, 그의 작품들이 사회적 부조리와 정치적 현실을
어떻게 영화적 장치로 형상화하고, 관객과 소통하는지를
이해하는 중요한 단서가 된다. 그의 영화에서 한국적인 것을
규정하는 사회적 불합리, 혹은 〈부조리〉는 서사와 주제를
관통하는 핵심 요소일 뿐만 아니라, 관객에게 영화적 즐거움을
주는 동시에 사회 현실에 대한 인식을 고조하고자 치밀하게
설계된 시각적, 서술적 기법으로 전달된다. 봉준호는 특히
슬랩스틱이나 코믹한 순간을 진지한 장르 속에 과감히 끼워
넣는 방식, 그러니까 장르 관습상 서로 어울리지 않는다고
여겨지는 의외의 재료들을 한데 섞는 독특한 리듬을 만드는
데 능하다. 겁에 질려 도망치는 시민들을 쫓아오던 괴물이
강둑에서 미끄러져 굴러떨어지는 황당한 장면이 등장하는
괴수 영화를 누가 상상이나 했겠는가? 연쇄 살인범을 쫓는
범죄물에서 살인 현장에 도착한 형사 반장이 논둑에서 발을
헛디뎌 논으로 곤두박질치는 장면은 또 어떠한가?

이처럼 봉준호의 영화에서 가장 눈에 띄는 특징 중
하나는 가장 심각하고 무서운 순간에 갑작스레 끼어드는 작은
웃음들이다. 「살인의 추억」, 「괴물」, 「마더」 모두 연쇄 강간
살인, 괴물의 습격, 살인 은폐라는 무섭고 어두운 이야기를
그리는 영화들이다. 그러나 동시에 이 영화들은 가장 예상치
못한 순간에 어이없고 엉뚱하며 심지어 뒤틀리는 유머 감각을
드러낸다는 점에서도 유사하다. 봉준호의 영화들은 일종의
〈영화적 변태〉라고도 할 수 있는 다양한 기법을 구사하면서
서사의 인과 관계 사슬에 틈과 균열을 만들어 내며 관객의
기대를 끊임없이 뒤흔든다. 이질적인 요소들의 빠르고
매끄러운 혼합은 종종 그의 장르적 충동에서 비롯된 것으로
보이는데, 이는 다시 그가 선택한 장르 안에서 한국적 이야기를
구체적으로 담아내려는 욕망에서 출발한다.

봉준호 스스로 자신을 〈변태〉로 규정한다는 사실은
그의 영화 세계와 영화 제작에 대한 접근 방식, 특히 할리우드
장르를 전용하는 방식을 이해하는 데 유용하다. 그는 2013년
백지연과의 TV 인터뷰 피플 인사이드에서 자신을 변태라고
표현하면서 〈변태는 곧 창의적인 사람〉이라고 설명한 적이
있다. 그러니까 그가 말하는 변태는 우리가 흔히 연상하듯
성적인 함의가 있는 게 아니라 창작할 때 일반적으로
행해지거나 받아들여지는 생각이나 관습, 감각을 그대로
받아들이지 못하고 뒤트는 사람, 아니 뒤틀어야만 직성이
풀리는 사람이다. 기존 규칙에 도전하고 도발하는 본능을 가진

창작인으로서 봉준호는 변태의 정의를 정확하게 충족시키는 인물이라 할 수 있다. 따라서 그의 독특한 관습 거스르기 기법들을 〈영화적 변태〉라고 불러도 무방하다.

봉준호가 구사하는 여러 가지 영화적 변태는 빅토르 시클롭스키가 문학의 언어와 일상의 언어를 구별하기 위해 만든 개념인 〈낯설게하기〉 수법에 해당한다. 시클롭스키는 언어를 문학, 즉 〈예술〉로 만드는 것은 익숙한 일상의 단어들을 낯설게 만듦으로써 평범한 것을 새로운 방식으로 보게 하는 것이라고 주장하며 이 같은 기법들을 낯설게하기라고 개념 지었다. 낯설게하기는 봉준호의 영화에서 흔히 볼 수 있는 기법이다. 기존의 장르적 관습을 흐트러뜨려 친숙한 장르를 낯설게 만들고, 한강, 아파트 지하 등 일상의 익숙한 공간을 공포와 재난의 현장으로 낯설게 만들고, 잘 알려진 배우들은 기존의 이미지에 반하는 캐릭터로 캐스팅해 새롭고 색다른 모습을 드러낸다. 이러한 낯설게하기의 기법은 그의 영화에서 미적 장치일 뿐만 아니라 한국의 사회적 병폐를 드러내는 정치적인 서사의 도구이기도 하다.

봉준호가 스스로 변태라고 표현한다는 것도 그의 장난스러운 도발 끼를 느끼게 해준다. 그는 관객을 오도하는 걸 즐기는 듯한데 같은 영화 안에서 톤tone이 극단적으로 바뀌는 전조와 장르적 굴곡은 그가 이러한 속임수를 구사하는 데 기여한다. 특히 영화 내에서 심각했다가 웃겼다가 슬펐다가 톤이 확확 바뀌는 것은 단순히 재미를 위한 장치에 머물지 않고

주어진 상황의 부조리함과 기괴함을 끌어안는 수단으로도
작동한다. 따라서, 이 수법 역시 낯설게하기의 기능을 한다.
유머, 드라마, 액션, 정치적 코멘트를 섞는 이러한 경향은
암울한 세상을 신랄하게 고발하는 SF 판타지 「옥자」에서 더욱
급진적인 한 극점에 도달한다. 산촌에서 사는 소녀 미자와
슈퍼 돼지 사이의 우정을 담은 목가적인 장면들로 시작되어
아드레날린을 뿜어내는 액션 영화로 변하고 마침내는 육류
산업과 기업의 탐욕에 관한 사회적, 정치적 발언을 하는 영화로,
그리고 마지막엔 미자가 옥자와 둘이서 구출해 낸 새끼 돼지와
함께하는 따뜻한 장면으로 변한다.

　　그러나 봉준호 영화의 가장 상징적인 변태를 꼽으라면
단연코 엉뚱한 유머다. 『카이에 뒤 시네마』가 그의 영화 세계를
요약하기 위해 한국어 단어 삑사리를 차용, 〈삑사리의 예술 L'art
du Piksari〉이라고 표현했다는 것은 그만큼 봉준호 영화가
구사하는 유머가 기존의 영화 개념으로는 정확히 담아내지
못하는 것을 반증한다는 점에서 흥미롭다. 노래를 부르다가
절정의 순간에 삑사리가 나듯 봉준호 영화에서도 한창 긴장이
고조된 결정적인 순간 삑사리가 일어나 단번에 김을 빼버린다.
대표적인 예가 「괴물」의 후반부 박씨 남매 세 명이 강둑에서
괴물과 맞서는 장면이다. 괴물을 향해 화염병을 던지던 운동권
출신 남일이 마지막 남은 화염병을 던지려 무게를 잡는다.
성공하면 이미 많이 지친 괴물에게 최후의 결정적 타격이 될
수 있지만 실패하면 괴물에게 반격당할 절체절명의 순간이다.

그런데, 남일은 그 결정적인 순간에 어이없게도 화염병을 손에서 놓쳐 버리고 화염병은 땅으로 떨어져 버리고 만다. 「마더」에서는 도준의 현장 검증 장면에서 경찰이 마네킹으로 어린 소녀가 살해되는 장면을 재연하려는 진지한 순간에 마네킹의 머리가 톡 떨어져 나간다. 또 「설국열차」에서는 기차 안 보안군과 맞서 피 튀기게 싸우던 꼬리 칸 반란군의 지도자 커티스가 바닥의 물고기에 발을 디디며 주르륵 미끄러져 버린다.

이러한 삑사리의 순간은 시각적 개그이기도 하지만 봉준호의 영화적 라이트모티프인 오인과 조화를 이루는 시각적 신호이기도 하다. 이들 코믹한 순간들은 〈클로즈업으로 보면 비극이지만, 롱 숏으로 보면 코미디〉라는 관점에서 삶을 그린 찰리 채플린의 영화 세계를 연상시킨다. 삑사리는 클라이맥스를 향해 쌓여 온 긴장감을 풀어 버리면서 화면에서 펼쳐지는 부조리한 상황을 더욱 고조하는 효과를 발휘한다. 즉 〈삑사리의 예술〉은 스토리의 서술이 기대하는 결과에 도달하지 못하도록 하는 기법으로도 확장해 생각할 수 있다. 여기서 기대하는 결과란 물론 명확한 해결로 끝나는 〈제대로 된〉 결말을 뜻한다. 그러니까 삑사리는 그 자체로 봉준호 영화의 핵심 라이트모티프인 오인의 한 유형이라고 할 수 있다.

앞서 지적한 바와 같이 봉준호의 영화들은 한국 현실에 확고히 뿌리를 두고 있다. 그의 첫 네 편의 장편 영화와 「기생충」은 한국이라는 구체적 장소를 배경으로 한국적인 상황을 한국인 캐릭터들의 이야기를 통해 전개해 간다. 공간, 등장인물 간의 관계는 물론 대사와 억양, 그리고 상징적 이미지와 도상적 이미지는 모두 한국 특유의 지역성을 보여 준다. 체육관에 차려진 「괴물」의 집단 분향소나 관광버스에서 춤을 추는 「마더」의 엄마들과 같은 몇몇 장면은 한국 영화 외에서는 좀처럼 볼 수 없다. 하지만 그의 영화에서 한국의 고유함은 이야기, 인물, 장소, 상황, 주제뿐만 아니라 그러한 요소들을 전달하는 시각 기법에서도 찾아볼 수 있다. 봉준호는 한국의 풍경과 일상 공간을 사실적으로 묘사하는 데 많은 공을 들이는 감독인데, 건축가 황두진은 그를 영화 속 〈진경 real-view〉의 대표 예술가 중 한 명으로 묘사한다.[*] 이 〈진경〉산수화는 19세기 조선시대에 겸재 정선을 포함한 일군의 화가들이 관념적인 중국화의 화풍에서 벗어나 조선의 실제 풍경을 그림에 담기 시작하면서 하나의 예술적 유파로 부상하였다. 그런 점에서 진경 산수화에 깃들여 있는 리얼리즘의 세계는 봉준호 영화의 시각적 스타일뿐만 아니라 할리우드 영화를 전용하는 그의 접근법에 대해서도 적절한 비유가 된다. 그는 할리우드 장르를 빌려 쓰지만 단순히 그들의 규칙과 관습을 따르는 것이 아니라, 한국적인 이야기들을 사실적으로 전달하기 위해 그것들을 수정하거나 아니면 아예 전복시킨다. 심지어 그의 판타지 영화 「괴물」도 그 설정과 촬영은

[*] 황두진, 「모든 동네에는 전설이 있는 법: 〈마더〉의 친경산수, 친경건축, 진경영화」, 『씨네 21』, 2010년 11월.

사실적으로 이루어져 있다.

따라서, 봉준호 영화 미학은 영화적 변태와 진경이라는 두 축 위에서 형성된다고 할 수 있다. 이 두 개념이 그의 작품에서 지니는 중요성을 이해하는 일은 곧 장르 영화 제작에 대한 봉준호 특유의 접근 방식을 분석하는 중요한 실마리가 된다. 봉준호의 영화는 여러 가지 면에서 관객이 기대하고 예상하는 방향에 어긋나게 전개되며, 이러한 거역, 혹은 전복은 있는 그대로의 현실을 말하고 싶은 그의 충동에 바탕을 둔다. 영화 평론가 허문영이 적절하게 묘사한 바와 같이, 봉준호는 〈할리우드처럼 하는 것〉을 거절하는 것에 대해 자각하고 있다는 점에서 제3세계 예술가의 윤리를 보여 준다.* 그의 영화들은 왜 〈제1의 영화〉, 즉 할리우드의 장르적 관습으로는 식민지 시대 이후의 제3세계 현실을 제대로 반영할 수 없는지를 보여 준다. 크리스티나 클라인 역시 봉준호의 영화와 할리우드의 양가적 관계를 지적하며 〈영향받고 싶지만 그렇다고 압도당하고 싶지는 않다〉라는 봉준호 자신의 말을 인용한다.** 봉준호는 할리우드 영화의 단순한 모방을 거부한다. 대신, 그는 할리우드 장르를 현지화하고 그 과정에서 장르를 재창조한다.

그렇다면, 봉준호의 영화에서 중점을 이루는 〈한국적인

---

* Jung Ji-youn ed., *Bong Joon-ho* (Seoul: Seoul Selection, 2008), p. 43.

** Christina Klein, "Why American Studies Needs to Think about Korean Cinema, or, Transnational Genres in the Films of Bong Joon-ho," *American Quarterly 60*, no. 4 (2008): 872-873.

것〉은 시각적으로, 또 형식적으로는 어떻게 표현될까? 첫
번째는 여러 이질적인 요소들을 한데 결합하는 경향을 들 수
있다. 봉준호는 장르적인 뒤틀림과 톤의 혼합은 물론 시각적인
대조도 활용한다. 두 번째는 리얼리즘적인 미학과 영화적 진경,
그리고 마지막으로 일상적 공간을 낯설게 만드는 낯설게하기
기법이다. 장르 영화 제작이란 측면에서 볼 때, 이러한 모든
방식은 할리우드 장르 영화에 익숙한 관객에게 봉준호
영화에서 뭔가 〈익숙하면서도 낯선〉 느낌이 들게 만든다.
그런데 여기서 주목할 점은 익숙한 것을 낯설게 하는 기법 또한
여러모로 한국 현실에 의해 추동된다는 점이다. 따라서, 가상의
기차와 공간을 배경으로 펼쳐지는 「설국열차」를 제외하고,
봉준호 영화에는 한국의 사회적, 문화적 참조들이 풍부하게
심겨 있다.

〈한국적인 것〉을 시각화하기: 톤의 이동과 시각적 대비

봉준호의 영화에서는 이야기, 등장인물 또는 장소 설정에
대한 중요한 정보가 대사 없이 시각적으로 전달되는 경우가
많다. 봉준호는 영상과 소리만으로 이야기 정보를 전달할 만큼
대담하며, 따라서 관객으로 하여금 직접 그 시각 정보들을
연결하고 해석해 상황을 이해하도록 유도한다. 이러한 영화적
연출이 돋보이는 대표적인 장면이 「살인의 추억」에서 서태윤
형사가 연쇄 강간범에게 희생된 여중생의 시신이 발견된
야산에 도착하는 순간이다. 화면에 수직으로 내리꽂히는

폭우와 모노톤은 그 장면의 음산한 분위기를 더욱 고조시킨다. 모여 있는 사람들은 모두 검은 우비를 입고 검은 우산을 들고 있다. 서 형사가 희생자의 시신을 향해 언덕을 오르는 중간에 경험이 적어 보이는 젊은 경찰이 시신을 본 후 뛰쳐나와 토하는 모습은 희생자가 얼마나 끔찍한 방식으로 살해당했는지 짐작하게 한다. 카메라는 피해자의 몸에 붙은 작은 반창고를 클로즈업하는데 이는 서씨가 피해자 소녀에게 갖고 있는 개인적 애착을 시각적으로 일깨워 주는 역할을 한다. 관객은 그가 며칠 전 그 학생의 학교를 방문했을 때 그 아이가 허리 뒤편에 반창고 붙이는 것을 도와주었다는 사실을 기억하기 때문이다. 서씨는 시신에서 반창고가 떼어 내질 때, 마치 자신의 피부가 떨어지는 것처럼 움찔하며 아이의 맨 허리를 가리기 위해 셔츠를 끌어 내리는 등 사체에 손을 대서는 안 된다는 기본적인 수사 수칙을 서슴없이 어기는 모습도 보여 준다. 이 장면은 수사 절차와 원칙을 철저히 따르던 서 형사가 자신이 무시해 왔던 시골 형사들처럼 직감과 감정에 휘둘리며 비논리적으로 범인을 쫓게 되는 전환점이기도 하다.

　　격분한 서 형사는 언덕을 내려와 곧바로 세 번째 용의자인 박현규가 사는 곳으로 간다. 그는 박을 보자마자 가슴을 걸어차고, 이때 동작 매치 컷match-on-action cut*과 함께 장면은 커다란 터널 앞 철길로 전환, 영화의 클라이맥스인 서 형사와

　　* 영화 편집 용어로 두 개의 다른 장면을 컷으로 연결할 때 앞뒤 장면 내 움직임이 정확하게 연결되도록 하는 기법을 말한다.

박현규의 폭우 속 대결로 이어진다. 박이 범인이라고 굳게 믿고 있는 서 형사는 DNA 결과가 도착하면 진실이 밝혀질 거로 확신한다. 이 대결 장면 역시 대사가 거의 없이 진행되는데 서 형사의 행동은 영화 내내 이어져 온 도덕적 모호성을 더욱더 강화한다. 이미 이성을 잃어버린 그는 박현규의 자백을 받아 내기 위해 주먹을 휘두른다. 여기서 선(형사) 대 악(범죄 용의자)의 이분법이 모호해지는데, 박현규가 서 형사에게 심하게 두들겨 맞으며 관객에게 동정심을 불러일으키기 때문이다. 하지만 마침내 도착한 DNA 서류가 박의 무죄를 나타내는 순간, 클라이맥스를 향해 치닫던 긴장감은 단번에 무너져 내리고 만다. 모노톤의 어두운 화면은 정서적 균열과 혼란을 시각화하며, 과학 수사에 대한 서 형사의 순진한 믿음을 비웃는 듯하다. 서 형사는 과학과 문서를 따르면 범인을 잡을 수 있었을 거라고 말해 왔지만 그와 박두만 형사가 실패한 진짜 이유는 결국 둘 다 부패한 시스템의 일원이기 때문이다. 서 형사가 그토록 신뢰했던 문서인 DNA 보고서가 달리는 기차 바퀴에 짓이겨져 돌이킬 수 없이 찢어지는 장면은 서 형사의 환멸과 도덕적 붕괴를 전달해 주는 강렬한 이미지다.

「살인의 추억」은 시스템의 본질에 대해 근본적인 의문을 제기한다는 점에서 전형적인 할리우드 범죄 영화와 구분된다. 비슷한 할리우드 영화로는 클린트 이스트우드의 「더티 해리」 시리즈를 들 수 있지만 여기에서도 「살인의 추억」에서처럼 경찰에 대한 불신이 더 큰 시스템이나 정부, 사회 전반에 대한 의구심으로까지 확대되지는 않는다. 정부 기관과 소속 전문가들에 대한 불신은 봉준호의 영화에서 두드러진 특징 중 하나다. 앞에서 논의한 장면에서 알 수 있듯이, 「살인의 추억」의 화면들은 할리우드 범죄 영화들처럼 매끈하고 윤이 나는 화려한 스타일이 아니라 무채색에 가까워 누아르 영화의 분위기를 자아낸다. 대신 경찰이나 형사의 부패와 무능함을 전달하기 위해 강렬한 이미지들이 효과적으로 사용된다. 예컨대 첫 번째 용의자 백광호가 도망가다가 달리는 열차에 부딪히는 순간 그를 구하기 위해 뒤에서 필사적으로 달려오던 박두만 형사의 얼굴과 손에 피가 튀는 것을 보여 주는 식이다. 이런 방식으로 백이 죽는 장면을 전달한 뒤 카메라는 박 형사가 사줬던 운동화 한 짝이 트랙에서 튕겨 나간 모습을 포착한다. 그것은 백광호의 죽음과 함께 그가 박 형사에게 신뢰감을 지니고 있었음을 알려 주는 이미지다. 지금은 튕겨져 나갔지만. 이어서 카메라는 피 묻은 박 형사의 얼굴과 몸을 보여 주고, 클로즈업으로 피가 묻은 손을 확대해 잠시 머문다. 백에게 거짓 자백을 강요했던 그 손을. 이 이미지는 백의 비극적 결말에서 박 형사도 책임이 있음을 암시한다. 그는 시민을 보호할 수 없을 뿐만 아니라 사회적 약자에게 적극적으로 해를 끼치는 행위를 일삼는 기관의 일원이다. 따라서 이는 경찰이 더 큰 제도, 무능하고 부패한 권력의 일부임을 드러내는 상징적 이미지다.

　「살인의 추억」이 범죄 드라마이긴 하지만, 서사의 동력은 수사 절차와 그 진전에서 나오는 게 아니라, 오히려 살인범을 잡지 못하는 형사들의 무능과 함께 점점 고조되어 가는 초조함과 무력감, 그리고 분노에 있는 것처럼 보인다. 영화의 주요 홍보 포스터 중 하나의 태그 라인은 〈미치도록 잡고 싶었습니다. 당신은 누구입니까?〉였다. 관객은 형사들의 노력을 뒷받침해 주어야 할 제도가 오히려 범인을 잡을 수 있는 절호의 기회를 놓치게 하고 결국 실패하게 만드는 것과 그에 대한 주인공 형사들의 허탈한 반응과 분노를 따라가게 된다. 형사들이 살인범이 나타날 거로 확신하고 디데이로 잡은 날 군사 정부는 반정부 시위를 진압하느라 그들의 간절한 지원 요청을 거절한다. 또 문서와 과학 수사를 신봉하는 서 형사가 박현규를 진범으로 확신하고 결정적 증거로 기다리던 미국의 DNA 검사 결과도 그의 기대를 저버린다. 그들이 거의 미쳐 버릴 정도로 격앙되는 동시에 화면도 점점 회색빛으로 바뀌면서 색깔을 잃는다. 푸른 하늘 아래 벼가 익어 가는 평화롭고 따뜻한 황금빛 논을 보여 주며 시작한 영화는 끝에 가서는 기차 터널의 회색으로 바뀌면서 그들의 실패를 시각적 극단으로 몰고 간다. 영화가 진행될수록 빛과 색은 점차 사라지는데 이는 두 형사가 겪는 커다란 변화를 반영하는 것이기도 하다. 박 형사는 자기 본능과 직관에 기대는 현장 중심의 접근법에 자신감을 잃는 반면, 서 형사는 세 번째 용의자를 향해 총을 쏠 정도로 냉정을 잃고 난폭해진다. 사실, 이야기의 중심은 영화 초반 극과 극의 대립각을 세웠던 두 형사의 성격이 점차 합쳐지는 방향으로 움직이는 데 있다.

영화의 초점이 캐릭터의 변신이나 탈바꿈에 있는 만큼 (사실 할리우드 영화의 기본 서사도 주인공의 변화에 초점이 맞춰져 있는데 대부분 난관을 딛고 자신이 목적한 바를 이루는 긍정적인 변화를 그린다), 영화는 인물들의 행동이 컷 없이 고스란히 보일 수 있도록 와이드 숏을 선보이며, 이들 숏은 클로즈업이나 극단적인 클로즈업 숏과 나란히 병치되는 경우가 많아 관객이 인물들의 얼굴 표정을 통해 그 감정을 따라갈 수 있도록 해준다. 「살인의 추억」에서 첫 번째 희생자가 발견되는 논두렁 장면은 와이드 앵글의 롱 테이크로 이루어진 대표적인 장면이지만 이러한 와이드 앵글 숏과 극단적인 클로즈업의 병치가 가장 두드러지게 사용되는 작품은 바로 「마더」다. 액션 위주로 이야기가 빠르게 진행되는 미국 범죄 영화들과는 달리, 「마더」는 엄마의 감정선과 흔들리지 않는 의지에 초점을 맞추며 느리고 꾸준한 페이스로 전개된다. 「마더」는 베테랑 배우 김혜자의 연기, 특히 표정 연기에 크게 의존하는 영화로 와이드 앵글 숏과 극단적인 클로즈업 숏의 병렬 배치는 엄마가 겪는 감정적인 고달픔과 고립을 부각하는 데 효과적이다. 엄마가 버스 정류장 앞에서 소변을 보는 도준을 바라보는 장면이나 진태의 집에 숨어 들어간 후 겪는 숨 가쁜 장면들은 모두 대사에 의존하지 않고 이 같은 이미지의 병렬 배치를 통해 중요한 서사적 정보를 전달하는 빼어난 영화적 연출의 예들이다.

도준의 버스 정류장 앞 소변 장면은 한약 사발을 든 엄마의 손을 잡은 극단적인 클로즈업으로 시작한다. 〈약을 거르면

안 된다)고 아들에게 말했던 엄마는 친구 진태를 만나기 위해 점심을 다 먹지도 않고 집을 나선 도준에게 기어이 약을 먹이기 위해 약사발을 들고 그의 뒤를 쫓아간다. 그녀는 도준이 소변을 보고 있는 콘크리트 벽면에 다가가서 마치 건강 상태를 점검하기라도 하듯 그의 생식기를 찬찬히 살핀다. 그녀가 아들의 입에 그릇을 대고 약을 권하는 순간, 미디엄 숏은 도준의 머리 뒤통수를 위에서 비스듬히 클로즈업하는 장면으로 전환된다. 도준이 마실 수 있도록 약사발을 기울이는 엄마의 손이 화면 왼쪽 위에 자리 잡고 오른쪽 아래로는 흘러내리는 도준의 소변이 보이도록 각도와 프레임을 치밀하게 계산한 장면이 이어진다. 마치 엄마가 아들에게 먹이는 한약이 그대로 그의 방광에서 바로 나와 오줌으로 흘러내리는 것 같은 구도다. 엄마의 지극한 정성과 과잉보호가 사실은 별 소용이 없음을 소리 없이 전하며 눈길을 잡아 끄는 이미지다. 도준은 그나마 약을 다 마시기도 전에 버스로 달려가고, 버스가 떠난 뒤 거대한 청회색 콘크리트 벽을 배경으로 한 와이드 숏 중앙에 배치된 엄마의 모습은 고립감을 고조시킨다. 엄마는 자그마하고, 이 와이드 숏 중앙에 혼자 서 있으며, 그녀를 둘러싼 거대한 벽은 차갑고 무심하다. 이 정적이고 넓은 숏에서, 엄마는 벽 쪽으로 걸어가 아들이 남긴 소변의 흔적을 발로 지우려 한다. 대사 하나 없이, 이 장면은 그녀와 아들 간 관계의 본질을 보여 주면서 동시에 그녀가 아들의 범죄를 은폐하게 되리라는 것을 암시한다.

미나와 성관계를 맺는 진태의 모습을 엄마가 엿보는 장면에서도 그녀의 눈을 극단적 클로즈업으로 잡은 장면과 진태의 집을 둘러싼 풍경을 극단적 와이드 앵글로 잡은 장면이 병치된다. 진태가 진범일 것으로 생각한 그녀는 그 증거를 찾기 위해 진태의 집에 몰래 들어와 물건을 뒤지다가 진태가 미나와 함께 집에 돌아오자 옷장에 숨는다. 그녀는 진태와 미나가 잠든 뒤 옷장에서 나와 몰래 방에서 빠져나오고, 문을 향해 살금살금 발끝을 올리고 가다가 그만 물병을 쓰러뜨린다. 쏟아진 물이 바닥에 흐르면서 그녀의 얼굴과 발, 진태의 손가락 끝이 극도의 클로즈업으로 보이면서 긴장감 역시 극도로 높아진다. 다행히 들키지 않고 얼른 집 밖으로 빠져나온 그녀는 자신을 채 보지 못한 진태가 바깥으로 걸어 나오자 재빨리 언덕 아래로 몸을 숨기는데, 그 모습을 담은 와이드 앵글 숏은 곧이어 그녀가 몰래 집에서 가지고 나온 골프채의 헤드를 극도의 클로즈업한 장면으로 전환된다. 이어서 그녀의 단호한 옆모습을 극도로 클로즈업한 장면은 그녀의 감정 상태, 결단과 불안감을 효과적으로 전달한다. 이 클로즈업 숏은 경찰서를 향해 그녀가 혼자 걸어가는 극단적인 롱 숏과 병치되는데, 여기서 그녀는 움직이는 작은 점처럼 거의 알아볼 수 없을 정도다. 이와 같이, 상반되는 숏들의 병치와 대조는 이 장면에 깔린 극단의 감정들을 이미지로 전달한다.

이러한 앵글의 대비 외에도, 봉준호는 여러 작품에서 공포 영화 특유의 장치들을 시각적인 보조 수단으로 사용한다. 이 같은 장치들은 긴장감을 조성하는 효과뿐만 아니라 관객의 기대를 교묘히 비틀어 예측을 뒤엎는 데 유용하다. 한 예로 「살인의 추억」에서 비가 오는 밤에 가족의 전화를 받은 한 중년 여성이 우산을 가져다주려고 밖으로 나서는 장면을 들 수 있다. 논둑길을 걷던 그녀가 갑자기 발길을 멈추는데 이는 누군가 휘파람을 부는 소리를 들었기 때문이다. 카메라를 등지고 돌아선 그녀의 뒷모습은 그녀가 들고 있는 우산 때문에 관객에게 완전히 가려진다. 여기서 관객은 범인이 뒤에서 공격해 올 것으로 예상하지만, 정작 그녀가 자신의 뒤를 돌아볼 때 드러나는 것은 살인범이 아니라 괴물처럼 우뚝 서 있는 콘크리트 공장 건물이다. 그 불길한 공장의 존재는 1980년대 한국의 농촌 마을들이 전국적인 규모로 겪고 있던 변화를 상징한다. 「마더」에 나오는 마을의 골프장이 외부인들, 특히 마을 사람들에게 거만하고 적대적이며 위선적인 도시 지식인들의 공간을 상징하듯이, 「살인의 추억」에 나오는 공장 건물은 마을 사람들에게 해를 끼치는 괴물 같은 모습으로 비친다. 근대성modernity은 전통적인 마을 공동체의 붕괴를 상징한다. 영화에서 처음 두 용의자는 주민들이 잘 아는 동네 사람이지만, 마지막 용의자는 외부인, 즉 공장 노동자이며 지역 출신이 아니어서 더 큰 의혹의 대상이 된다. 농촌 마을의 산업화(도시화)가 진행되면서 공동체 의식은 미지의 것에 대한 공포로 대체된다.

이처럼 공장이 불길한 조명을 받으면서 마치 공포 영화의 한 장면처럼 등장했듯이 봉준호 영화에서 범죄, 재난, 사회적 병폐는 곧잘 공포 장르의 관습에 따라 제시된다. 「플란다스의 개」에서 경비원들이 등장하는 지하실 장면, 「괴물」에서 괴물과 대적한 후 할아버지가 죽는 장면, 「마더」에서 엄마가 도준의 방에 앉아 있는 진태를 발견하고 거기서 진태가 어떻게 자기를 살인자로 생각할 수 있느냐며 따지는 장면 등이 대표적 사례다. 이 장면들은 모두 낮은 조명에 시점 숏과 같은 공포 영화의 관습을 활용한다. 특히 「플란다스의 개」의 〈보일러 김〉 장면은 이야기 전개와는 관계가 없지만 대신 영화 속 아파트 단지를 한국 현대사의 트라우마인 광주 대학살과 연관 짓는 긴 시퀀스다(4장 참조).

물의 이미지 또한 봉준호 영화에서 두려운 분위기를 조성하는 역할을 하는데 「살인의 추억」과 「괴물」에서 비와 강이 불길한 장면에 등장하는 식이다. 「살인의 추억」에서 연쇄 살인범은 비 오는 날 활동하는 것으로 나오는데 심지어 〈빗속의 여인〉이라는 제목의 노래를 이용해 다음 희생자를 사냥할 것이라는 신호를 보낸다. 이 노래는 앞서 언급한 빗속 논길에서 희생된 여성의 장면에서 나온다. 비가 내리기 시작하자 그녀가 마당에 나가 급히 빨래를 거둬들이면서 노래가 시작된다. 그녀가 논에 숨어 있던 범인에게 공격당한 후 장면은 한복을 입은 학생들이 태극기를 흔들며 대통령의 차량 행렬을 기다리고 있는 모습과 마을 앞을 지나는 행렬을 환영하는 장면으로 바뀌면서 노래가 이어진다. (1980년대 군사 독재 시절에는 학생과 마을 주민을 동원해 자동차 행렬을 맞는 것이 관행이었다.) 이는 또한 조영구 형사가 반독재 시위 현장에서 여성 노동자를 강제로 끌고 가는 장면으로 이어진다. 이는 연쇄 살인범이 다음 강간 살해를 감행할 것으로 예상되는 날 조 형사 등 현지 경찰과 사법 당국이 정치적 시위 진압에 동원돼 살인범 잡는 일에 함께할 수 없었음을 보여 주는 의미 있는 순간이다. 이 같은 연출은 군부 독재의 어두운 그림자가 형사들이 살인범을 잡을 절호의 기회를 놓치게 했음을 암시한다. 비와 노래는 시위에 대한 폭력적인 진압 장면 내내 계속된다.

이처럼 폭우가 「살인의 추억」에서 관객에게 국가 폭력이 만연했던 1980년대의 공포를 연상시킨다면, 「괴물」에서는 광주 대학살의 트라우마를 떠올리게 한다. 박씨 가족은 비 내리는 밤 강둑에서 괴물과 맞닥뜨리고, 그곳에서 할아버지는 폭우 속에서 난폭한 죽음을 맞이한다. 서울 시민을 공포로 몰아넣는 돌연변이 괴물이 처음 등장하는 곳도 검은 한강 물에서였다. 또 「마더」에서 엄마와 고물상(나중에 아들의 범죄에 대한 유일한 목격자임이 드러난다) 사이의 운명적인 첫 만남이 일어나는 것 역시 쏟아지는 빗속에서였다. 비와 강, 즉 물의 이미지는 봉준호 영화에서 불길한 기운을 조성하는 대표적 시각 장치다.

쏟아지는 비가 불길한 분위기를 만들어 낸다면, 이질적이고 심지어 대립적인 요소들을 한데 결합하는 봉준호의 독특한 감각은 영화 속 긴장감을 조성하는 데 중요한 역할을 한다. 「살인의 추억」에 나오는 시골 형사와 서울 형사의 강요된 조합, 「괴물」 속의 평화로운 한강 변과 강에서 갑자기 튀어나온 괴물의 공격, 「마더」에서 아들에 대한 사랑이 넘치는 가난하고 힘없는 엄마와 괴물로 변한 듯한 그녀의 끔찍한 살인 등 이러한 조합들은 기괴와 황당함을 자아내면서 이야기를 앞으로 진전시킨다. 봉준호가 능숙하게 안무하는 (여러 다른) 톤의 조합 또한 장르의 규칙을 분산시키거나 다른 장르의 요소들을 결합해 독특하고 예측 불가능한 결과를 만들어 낸다. 그러나, 자세히 살펴보면, 봉준호의 영화는 오프닝 장면에서 어느 정도 결말을 예측할 수 있음을 알 수 있다. 봉준호의 영화들은 대개 오프닝 크레디트 시퀀스에 앞서는 프롤로그를 통해 장소와 분위기를 설정하는데 이와 동시에 영화가 어떻게 끝나는지에 관한 힌트도 살짝 제시해 준다. 공교롭게도 오프닝 장면 대부분에 〈숨김〉이라는 주제가 들어가는데, 이는 현실에서도 진실이 숨겨질 것 혹은 숨겨졌다는 점을 암시하는 의미심장한 내러티브 장치라 할 수 있다.

　「살인의 추억」에서 첫 번째 희생자의 시체는 논두렁의 한 컴컴한 도랑 안에서 발견된다. 이 도랑은 푸른 하늘과 황금빛 논의 목가적이고 전통적으로 다분히 한국적인 아름다움을 상징하는 풍경의 한쪽 구석에 자리해 그 아름다움이 곧 훼손되기 시작할 것이라는 불길한 예감을 상징하는 듯하다. 「괴물」에서는 미군 부대에서 한강으로 독극물이 몰래 쏟아졌으며, 그로부터 몇 달 후 한 사업가가 다리에서 뛰어내려 자살하기 직전 강에 숨어 있는 무언가를 보게 된다. 「마더」는 어머니가 들판에서 춤을 춘 후 재킷에 손을 숨기는 것으로 시작한다. 숨겨진 것을 묘사한 이런 장면들은 가해자가 드러나지 않을 것이며 범죄는 풀리지 않을 것임을 예고한다. 즉 진실은 밝혀지지 않을 것이란 부조리를 상징한다. 이에 보조를 맞추듯이, 「살인의 추억」의 오프닝 장면에서는 한 소년이 박 형사가 살인범을 붙잡는 데 실패할 것임을 암시한다(3장 참조).

따라서, 이러한 오프닝 장면은 상징적으로 이야기의 주제나 결과를 설정하는 역할을 한다. 「마더」의 오프닝 시퀀스는 혼이 빠진 듯한 그녀의 표정과 고통의 감정을 담은 춤 동작들을 통해, 그녀가 이미 미쳤거나 아니면 곧 미칠 것이라는 걸 관객에게 암시하며 궁금증을 유발한다. 게다가 영화 타이틀이 나타나면서, 그녀는 재킷 안에 손을 감추는데 이는 범죄든 죄든 아니면 다른 무엇이든, 그녀가 우리에게 무언가를 숨길 것이라는 걸 상징적으로 전달한다. 진실을 숨긴다는 측면에서 볼 때, 「마더」는 봉준호의 이전 영화인 「플란다스의 개」, 「살인의 추억」, 그리고 「괴물」의 연장선상에 있다. 이들 영화에서는 유책인 사람들이 범죄의 책임에서 빠져나간다. 이 영화들은 괴물 같은 인간이든 실제의 괴물이든 괴물 이야기와 그들의 폭력적인 행동을 담고 있다. 특히 「플란다스의 개」와 「마더」(그리고 영화의 끝에 이를수록 난폭하게 변하는 「살인의 추억」의 서 형사도 어느 정도 해당한다)에서 주인공들의 괴물 같은 행위가 지닌 독특한 성질은 그것이 그들이 맞닥뜨린 한국의 사회 경제적 상황에 의해 추동된다는 점이다. 봉준호 영화에서 가해자들은 대부분 흉포해 보이는 외양을 지니지 않으며, 오히려 눈에 띄게 불쌍한 영혼들이어서 이들의 괴물스러움은 의외의 충격으로 다가온다. 진짜 괴물이 등장하는 「괴물」에서도 괴물은 다른 괴수 영화와 비교해 볼 때 몸집도 훨씬 작고 어딘가 길을 잃은 듯 허둥대기도 한다.

봉준호는 화면 비율에서도 통념에 어긋나는 선택을 자주 하는데 이는 특히 「괴물」과 「마더」에서 두드러진다. 액션보다는 인물의 심리에 중점을 두는 「마더」와 「기생충」이 주로 거대 서사 영화에서 많이 사용하는 2.35:1의 시네마스코프를 채택하고, 또 반대로 전통적으로 스펙터클한 장면이 많은 괴수 영화 「괴물」은 표준적인 1.85:1의 화면 비율을 택한 것도 어찌 보면 봉준호의 〈영화적 변태〉의 한 면모로 볼 수 있다. 봉준호의 작품 중 특히 「마더」처럼 인물의 강렬한 감정에 초점을 맞춘 영화에 와이드 스크린의 포맷을 이용함으로써, 영화감독 니컬러스 레이가 인물들의 소외감을 표현(예로 1956년 작품 「실물보다 큰」)했을 때, 그리고 인물의 감정을 따라가는 오토 프레밍거의 1958년 영화 「슬픔이여 안녕」에서의 와이드 스크린 사용을 연상시킨다. 이 영화들에서, 시네마스코프 비율은 이미지의 강렬함과 등장인물들의 감정 표현을 더욱 고조시키는 기능을 한다. 「마더」는 프레임 내에서 수평적인 이동이 거의 없는 정적인 영화이므로 와이드 스크린의 채택이 까다로운 도전일 수도 있다. 하지만 봉준호는 엄마의 고립과 외로움을 강조하기 위해 이 프레임을 적절하게 사용한다. 극단적인 클로즈업으로 포착한 그녀의 표정을 보면서 관객은 엄마의 감정에 밀착해 그 격렬함을 같이 따라갈 수 있으며, 얼굴 주위를 둘러싼 빈 공간은 불안과 공황의 느낌을 강화한다. 시네마스코프는 자신 외에는 의지할 사람이 없는 엄마와 도준의 고독과 외로움을 강조하고자 의도적으로 채택한 것으로 보아야 한다.

봉준호는「마더」를 흑백으로 전환해 2014년에 재개봉했다. 이 흑백판은 특히 색이 빠지면서 관객으로 하여금 등장인물과 표현에 더 많은 관심을 기울이게 만든다는 점에서 오리지널 컬러 버전과 확연히 다른 느낌이다. 시청자의 시선을 분산시키는 컬러와 달리, 흑백 화면과 가라앉은 배경은 표정에서 드러나는 캐릭터들의 감정에 더욱더 초점을 맞추게 된다. 흑백 대비 역시 영화의 분위기에 불안과 불확실성을 더하고, 유령 같은 기묘한 질감을 부여해 공포를 한층 강화한다. 그 결과, 엄마의 광기로 치닫는 여정을 더욱 밀착해서 따라가게 된다. 이 흑백 버전은 엄마가 관광버스에서 침술 바늘을 허벅지에 꽂는 바로 그 순간에 흑백에서 컬러로 변하는데, 이는 그녀가 버스에서 춤추는 다른 엄마들과 합류하는 장면으로 이어진다. 그녀에게만 집중됐던 흑백 영화가 갑자기 화려해지며 관객의 관심이 다른 엄마들로 확대된다. 이제, 그녀는 자기 아이들을 위해 똑같은(괴물과 같은) 행동을 할 수 있는 많은 엄마 중 한 명에 불과하다.

「기생충」역시 와이드 스크린 포맷과 흑백 버전을
만들었다는 점에서 「마더」와 일맥상통한다. 「기생충」은 그
강도에서 「마더」에 못 미칠지 몰라도 역시 스펙터클보다는
인물들의 액션과 리액션에 중점을 둔 영화이고, 그래서
흑백 버전은 배우들의 연기에 더욱더 집중하게 하는 효과를
가져온다. 계급의 문제를 이층집, 반지하, 그리고 지하라는
수직 공간들을 통해 상징적으로 나타내는 영화인 만큼 수평의
길이가 훨씬 긴 2.35:1의 화면 비율이 안 어울릴 것 같지만 역시
「마더」에서와 마찬가지로 얼굴을 클로즈업할 때 남는 양 옆의
빈 공간이 인물들의 불안감을 표현하는 데 탁월하게 이용된다.

얼굴의 미학: 클로즈업

이처럼 봉준호는 클로즈업을 매우 효과적으로 사용한다.
얼굴의 클로즈업, 혹은 극단적인 클로즈업은 종종 캐릭터의
감정적인 반응을 강조하고 그 순간까지 쌓여 온 긴장감을
더욱 고조시키기 위해 클라이맥스 순간에 사용된다. 「살인의
추억」과 「마더」는 클로즈업 사용이 특히 두드러진다. 실제로
「살인의 추억」은 논 한가운데 있는 클로즈업 응시로 시작해
관객을 정면으로 바라보는 박두만의 클로즈업 응시로
마무리된다. 영화의 드라마, 특히 박두만과 서태윤 두 형사의
감정적 궤적은 클라이맥스에서 정밀하게 배치된 클로즈업과
극단적 클로즈업을 통해 끊임없이 전달된다. 그 가장 좋은 예가
영화 후반 철도 터널에서 펼쳐지는 서태윤과 세 번째 용의자

박현규의 대결이다.

평소 잘 알고 지내던 여학생이 잔인하게 살해당했다는 것과 박현규가 살인자라는 확신에 분노한 서 형사는 범행을 자백하도록 강요하기 위해 박현규에게 총을 겨눈다. 두 사람의 몸싸움을 담은 긴 크레인 숏들은 서로 노려보는 두 사람의 얼굴을 극도로 클로즈업한 장면들과 교차한다. 이러한 장면들은 박두만 형사가 미국에서 나온 DNA 검사 결과를 들고 그들을 향해 달려오는 장면까지 이어진다. 문서와 과학적인 증거를 믿는 서 형사가 급히 편지를 뜯어본다. 믿을 수 없다는 표정으로 서류를 읽어 내려가는 그의 얼굴로 카메라가 줌 인하고, 이어 절망의 눈물이 흘러내리는 것을 보여 준다. 그의 표정이 모든 것을 말한다. 서태윤, 박현규, 박두만 세 인물을 번갈아 잡는 일련의 클로즈업은 사태의 심각성을 한층 고조시킨다. 박두만은 박현규를 바라보며 (영화 초반에는 얼굴만 봐도 범인을 알아볼 수 있다고 자랑했던 그이지만) 그의 얼굴을 읽을 수 없다고 고백한다. 돌처럼 무표정한 박현규 얼굴의 클로즈업은 아무것도 드러내지 않으며 그저 애매할 뿐이다. 박두만은 그에게 〈밥은 먹고 다니냐?〉라고 묻는다. 그러고는 〈가, 가라, 이 씨발놈아〉라고 체념하듯이 말한다. 박현규를 살인자로 확정 짓지 못한 것에 대한 좌절과 순수한 분노, DNA 결과에 대한 불신과 실망, 박현규를 놔줘야 한다는 체념 등이 모두 표정을 통해 전해지는 이 장면은 짙은 페이소스에 젖어 있다. 이처럼 봉준호는 클로즈업과 익스트림 클로즈업을 효과적으로 사용하여 말 혹은 대사로는 형언하기 어려운 복잡다단한 감정의 골들을 표현하고 전달한다.

「마더」에서도 영화를 지배하는 불안감과 위태로움을 전달하기 위해 극단적인 클로즈업을 자주 사용한다. 앞서 말했듯 영화는 시네마스코프인 2.35:1의 비율로 촬영되어, 극단적 클로즈업에서는 이마와 턱이 프레임 밖으로 잘려 나가고, 오로지 눈빛과 표정으로 감정이 전달된다. 영화는 엄마의 관점에서, 미세한 불확실한 감정을 전달하기 위해 그녀의 표정에 많이 의존한다. 자신의 범죄와 아들의 살인을 감추는 엄마의 기만을 다루는 만큼, 엄마와 도준의 눈빛 표정은 감정의 핵심을 드러내는 데 결정적인 역할을 한다. 특히 엄마가 춤을 추며 등장하는 오프닝은 극단적인 롱 숏과 극단적인 클로즈업이 효과적으로 결합된 시퀀스다. 멀리서 그녀를 잡은 긴 장면은 주위로부터 엄마를 격리하며, 그녀의 고독과 더불어 그녀가 (자기 내면을) 털어놓을 수 있는 사람이 전혀 없다는 사실을 강조한다. 교도소에 있는 아들을 찾아갔을 때의 장면에서는 클로즈업과 극단적 클로즈업으로 그들의 옆모습(프로필)과 얼굴을 포착한 숏들이 장면 전체를 지배한다. 특히 도준이 자신을 독살하려 했던 기억을 떠올리며 엄마와 맞서기 직전, 전날 다른 수감자들과 다툰 뒤 멍들고 일그러진 그의 흉측한 얼굴을 극도로 클로즈업해 보여 준 것은 두 사람 사이에 긴장감이 감돌도록 하고, 또 도준의 알 수 없는 일면, 괴물 같은 일면을 드러내는 듯 보인다. 엄마와 아들의 눈빛은 강렬하게 관객을 끌어들이며, 봉준호는 이들의 눈을 담아내는 극단적 클로즈업을 스토리 전개의 핵심 장치로 활용한다.

헝가리 출신의 영화 이론가이자 시나리오 작가 벨라 발라즈가 설명하듯 클로즈업이야말로 영화를 표현주의적 양식으로 규정하는 영화만의 특별한 기법으로 〈영화를 자신만의 특정한 언어로 만드는 것〉이다.* 클로즈업으로 고립된 얼굴을 볼 때, 우리는 주변의 공간이나 환경을 잊게 된다고 그는 설명한다. 우리에게 남는 것은 감정과 생각뿐이다. 표정은 설명이나 대사, 어딘지 알 수 있게 해주는 구체적인 공간조차 필요 없는 〈시각적 연기〉라고 발라즈는 말한다. 그래서 엄마 내면의 고뇌를 따르는 「마더」에서 봉준호는 클로즈업과 극단적인 클로즈업을 효과적인 도구로 사용해 관객의 관심을 엄마의 감정과 느낌에만 집중하도록 이끈다. 그러므로, 「마더」가 장소나 마을의 구체적인 이름이 전혀 등장하지 않는 영화라는 사실은 놀랄 일이 아니다.

클로즈업과 인물의 표정에 크게 의존하는 영화일수록 배우 캐스팅이 중요성은 더욱 커질 수밖에 없다. 이야기의 설득력 역시 배우들의 연기에 전적으로 달려 있다. 그런 점에서 봉준호는 「살인의 추억」과 「마더」에서 모두 뛰어난 배우들을 캐스팅했다. 특히, 「마더」에서 엄마 역을 맡은 김혜자는 봉준호의 캐스팅 방식을 보여 주는 좋은 사례다. 그는 2005년

---

* Béla Balázs and Erica Carter, eds. *Béla Balázs: Early Film Theory: Visible Man and the Spirit of Film* (New York: Berghahn Books, 2011), p. 98.

『씨네21』과 가진 인터뷰에서 「괴물」처럼 CG가 강조되는 영화에서조차 결국 가장 중요한 것은 배우의 얼굴, 연기, 그리고 대사라고 말했다. 그는 대본을 쓸 때 특정 배우를 염두에 두고 쓰는 경우가 많다. 「마더」는 그 좋은 예이면서 동시에 관객에게 잘 알려진 배우를 기존 이미지와 반대되는 역할에 캐스팅하는 봉준호의 성향을 잘 보여 주는 사례다. 김혜자는 〈국민 엄마〉라는 별명을 얻을 정도로 선량하고 현명하며 희생적인 어머니의 화신으로 한국 관객의 뇌리에 각인된 배우다. 하지만, 「마더」에서 그녀는 자신보다 약한 사람에게 죄를 뒤집어씌우는 살인자이자 거짓말쟁이로 서서히 변해 가는 괴물 같은 엄마로 캐스팅된다. 국민 엄마를 살인 엄마, 괴물 엄마로 만들어 버린 것이다. 그녀의 아들 도준 역에는 한류 스타로 아시아에서 큰 인기를 누리는 배우 원빈이 캐스팅됐지만, 스타성과 잘생긴 외모로 주목받아 온 그는 지적 장애를 가진 도준 역을 맡아 기존 이미지와 전혀 다른 순수하고 위태로운 얼굴을 보여 준다.

배우는 어떤 영화에 캐스팅됐을 때 어느 정도 자신의 페르소나를 가지고 들어오게 되며, 그에 따라 관객은 그 영화에 대해 특정한 예상이나 기대를 하게 된다. 하지만 봉준호는 이 같은 관객의 기대를 단숨에 저버리면서 배우들로부터 전혀 다른 면을 끌어내는 데 큰 기쁨을 느끼는 듯하다. 「설국열차」의 틸다 스윈턴은 이런 예상 밖 캐스팅의 또 다른 예다. 샐리 포터 감독의 「올란도」에서 그녀가 보여 준 양성구유적인 이미지가 메이슨 캐릭터의 성적 모호성과 잘 어울리지만, 거의 알아보기 불가능할 정도로 이전 이미지와 너무 달라진 모습에 관객은 놀라움을 금치 못한다. 크리스 에번스도 마찬가지지만, 그보다는 덜했다. 그는 캡틴 아메리카의 역할로 잘 알려져 있지만 「설국열차」에서는 꼬리 칸의 반란군 지도자로서 거의 누더기 차림으로 등장한다. 「플란다스의 개」에서 아파트 경비원, 「살인의 추억」에서 형사 반장, 「괴물」에서 할아버지 역을 맡은 변희봉은 1960~1970년대 한국 TV에서 잘 알려진 캐릭터 배우였다. 그는 군사 독재 시절 인기 있었던 반공 드라마에서 북한 간첩을 연기하는 등 주로 악역을 맡았었다. 그러나 봉준호의 영화에서는 범죄자가 아니라 사회악의 희생자로서 선함을 주로 대변한다. 예를 들어, 그는 가족, 즉 세 남매와 함께 괴물과 대결하는 동안 자신을 희생함으로써 광주 대학살의 희생자들을 연상시키는 순교자가 된다(3장 참조).

봉준호 영화에서 장르의 관습을 거스르고, 비틀고, 깨뜨리는 또 하나의 중요한 장치는 바로 〈사랑스러운 루저〉라고 할 수 있는 캐릭터들이다. 봉준호 특유의 어처구니없는 유머는 이런 캐릭터들을 통해 더욱 빛을 발하는데, 이들이 루저이면서도 미워할 수 없는 존재들이기에 가능해진다. 예를 들어, 박두만 형사와 조용구 형사는 무능하지만 웃긴 구석이 있는 인물들이다. 사건이 미궁에 빠지자 답답해진 그들은 미신에 바탕을 둔 온갖 종류의 터무니없는 수사 방법을 채택하는데 용의자의 얼굴을 들여다보고 범인인지 아닌지 알아내려 하고, 점쟁이에게 어떻게 하면 범인을 잡을 수 있는지 조언을 구하며, 심지어 범죄 현장에서 주술 의식을 행하기도 한다. 그나마 어느 정도 논리적 근거가 있어 보이는 방법조차도 우스꽝스럽기는 마찬가지다. 박두만은 범인이 현장에 음모를 남긴 적이 한 번도 없다면서 무모증 남자를 찾아 대중목욕탕을 뒤진다. 시골 형사들의 이런 방법들은 서울 출신인 서태윤 형사의 더 과학적인 수사 방법과 비교되면서 조롱당한다. 하지만 영화는 결국 두 방법 모두 연쇄 살인범을 찾는 데 유용하지 않았음을 드러낸 채 끝맺는다.「괴물」에 나오는 박씨 가족도 비록 차이가 있긴 하지만 무능하다고 할 수 있다. 하지만, 형사들과 달리 그들은 전문가 집단이 아니므로 무능한 것은 당연하다. 그들은 괴물의 아지트로부터 현서를 구하기 위해 본능과 한정된 지식에 의존해야 하는 상황에 내던져진 사람들이다.

배우 변희봉과 송강호는 둘 다 각각 네 편의 봉준호 영화에 출연하여 — 변희봉은「플란다스의 개」,「살인의 추억」,「괴물」,「옥자」에, 송강호는「살인의 추억」,「괴물」, 「설국열차」,「기생충」에 — 웃음을 선사한다. 전형적인 한국의 서민 캐릭터를 완벽에 가깝게 연기하는 두 사람은 봉준호의 영화에서 빛을 발한다. 특히 송강호의 외모와 몸가짐은 전형적인 보통 사람으로 공감을 불러일으킨다. 그가 대변하는 이러한 평범한 한국적 전형성은 그가 전통적이고 전근대적인 수사 방식을 대표하는「살인의 추억」에서 확연히 빛을 발한다. 「괴물」의 변희봉은 가족을 위해 검역소 탈출을 시도하고 강독의 제한 구역으로 들어가기 위해 공무원들에게 간청하고 뇌물을 주는 〈한국적〉 문제 해결 방식을 능청스럽게 구사한다. 이와는 대조적으로, 그의 운동권 출신 아들로 대표되는 젊은 세대는 당국에 끊임없이 시비를 걸고 불만을 토로하지만, 괴물과의 대결에서 결정적인 순간에 마지막 남은 화염병을 떨어뜨리는 등 터무니없는 실수를(삑사리의 순간!) 저지르는 무능함을 드러낸다.

리얼리즘의 미학: 영화적인 진경

18세기 조선 진경산수화 운동의 주역은 겸재 정선이었다. 그는 기존의 중국화 양식을 모방한 주류 풍경화에서 벗어나 자신만의 스타일을 구축했다. 그러나 미술사학자 김진경에 따르면 그의 진경산수는 실제 풍경을 정확하게 똑같이 재현한 것이 아니며 실제 풍경과 큰 차이를 보인다. 그의 그림들은 그 장소에 대한 자신의 인상이나 이해를 담기 위해 생략, 수정, 과장, 단순화를 포함한 재구성 과정을 분명히 거쳤다는 것이다. 김진경은 2013년에 쓴 소논문 「겸재화법 속에 나타난 근대성에 관한 고찰: 서구 인상주의화법과의 비교를 중심으로」에서 겸재의 그림을 눈보다는 발로 기록한 풍경이라고 표현한다. 겸재는 경치를 관찰하기 위해 자신이 선택한 장소를 수없이 방문하였고, 이러한 관찰을 바탕으로 자신이 이해한 대로 한국의 풍경을 재구성했다. 특히 한국적인 풍경화를 그리다 보니 중국풍 산수화로는 제약이 많다는 것이 확실해지면서 진경산수화가 나오게 되었다는 것이다. 황두진은 앞서 언급한 『씨네21』의 글에서 진경산수화의 세 가지 기본 요소를 나열한다. 첫째, 사물/경관에 대한 집요한 관찰. 둘째, 그러한 관찰에 근거한 내용. 셋째, 그 대상에 대한 초월이다. 따라서, 그 결과물인 진경산수는 실제 경치를 바탕으로 했지만 그대로의 재현이 아니라 예술가 자신의 해석인 셈이다.

겸재의 이러한 진경산수화 제작 과정은 봉준호가 영화 촬영을 위한 최적의 로케이션(실제 현장)을 찾는 데 엄청난 시간과 노력을 들이는 방식과 여러모로 유사하다. 그는 인물들을 세트장이 아닌 실제의 장소와 환경에 배치하는 로케이션 촬영을 선호하며, 「기생충」과 「설국열차」만이 영화 세트장에서 찍은 영화들이다. 시골 마을을 배경으로 한 「살인의 추억」과 「마더」는 주로 로케이션에서 촬영되었다. 「살인의 추억」은 경찰서와 지하실 취조실 내부 장면만 빼면 모두 현장에서 촬영했다. 「마더」에서는 엄마와 도준의 집, 그리고 엄마가 도준을 방문하는 교도소가 한 세트 위에 지어졌고, 아정과 고물상이 살해된 폐가는 현장에 만든 오픈 세트였다. 「살인의 추억」은 50여 곳에서 촬영되었고 「마더」의 촬영지는 30여 곳에 이르렀다. 제작진은 몇 개의 작은 그룹으로 나뉘어 수개월간 전국을 발로 누비며 장소 섭외를 했다. 「살인의 추억」의 로케이션들은 한국의 남서부에 집중되어 있었지만 「마더」의 로케이션들은 전국에 흩어져 있었다. 「살인의 추억」의 실제 사건은 화성이라는 특정 도시에서 일어났지만

「마더」는 마을의 이름을 명시하지 않는다. 그 장소는 한국의 아무 시골 마을도 될 수 있다. 지방 기관이나 국가에 대한 신뢰 결여, 그리고 영화가 전달하고자 하는 시스템에 대한 불신이 국가적인 문제이기 때문이다. 「마더」는 또 엄마와 아들 사이의 관계, 그들의 감정적인 고통에 집중하려고 의도적으로 특정한 장소에 근거하지 않았다고 할 수 있다.

한국은 풍경과 마을이 빠르게 변모하므로 적당한 장소를 찾는 과정은 지난한 일이었다. 봉준호는 2011년 11월 우리 학교에서 열린 부산웨스트 영화제 질의응답에서 한국은 새로운 개발과 건설이 많은 나라이므로 몇 달 안에라도 상황이 너무 많이 달라질 가능성이 있어 애써 찾아 놓은 장소들을 촬영 날짜까지 어떻게 보존하느냐가 가장 큰 어려움이었다고 토로했다. 예를 들어, 「살인의 추억」에 나오는 탑처럼 생긴 높은 공장 건물은 로케이션으로 결정이 내려졌을 때는 회색이었다. 하지만 제작진이 촬영을 위해 그곳에 다시 갔을 땐 새로 녹색으로 칠해져 있어서 다시 회색 페인트를 칠해야 했다. 1980년대의 시골 마을을 사실적으로 재현하는 것이 매우 중요했던 「살인의 추억」은, 영화에서는 한 장소처럼 보이는 장면 대부분이 여러 장소에서 촬영한 것을 편집으로 이은 것이었다. 예를 들어, 영화 후반부의 철도 터널은 경상도 남동부에서 촬영했고, 같은 장면에 나오는 서 형사의 극단적인 클로즈업 장면은 서울 근교에서 촬영했다. 터널 장면 바로 앞에 나오는 박현규의 방은 전라도에서 촬영했는가 하면 첫 번째 희생자의 시신이 발견된 길가의 배수로를 묘사하는 장면조차도 여러 곳에서 찍은 것을 조합한 것이었다. 이는 제작진이 배수로 장면을 위해 만든 돌 덮개를 들고 이곳저곳 옮겨 다녀야 했다는 것을 의미한다.

상황은「마더」를 촬영할 때도 비슷했다. 봉준호는 이야기가 펼쳐지는 마을의 모습을 그림으로 먼저 그렸고 이어서 여덟 개의 로케이션 팀이 각각 전국을 6개월 동안 다니면서 그 그림에 가장 어울리는 장소를 찾았다. 이 장소 섭외팀은 무려 4만 장의 사진을 찍었다. 그리하여 이 자료를 토대로 상상의 산물이었지만 현실성을 지닌 어떤 마을이 구성될 수 있었다.「옥자」의 경우 미자가 사는 곳 같은 산속 마을이 현실에선 거의 존재하지 않기에 섭외팀은 무려 1,080곳을 방문해야만 했고, 미자가 옥자와 함께 폭포수 근처에서 노는 장면을 찍을 장소를 위해서는 750곳을 검토했다고 한다. 봉준호 영화에서 장소와 이야기는 그의 영화적 진경을 실현하는 데 상호 의존적인 관계에 놓여 있다고 해야 할 것이다.

〈진경〉이라는 개념은 봉준호 영화 속의 리얼리즘 미학을 잘 비유한 것이 되지만, 여기에 실제 사건과 장소를 통합하고 롱 테이크, 뉴스 화면, 사진을 자주 사용함으로써 이야기에 부가적인 진실성(핍진성)이 더해진다. 그의 영화들은 한마디로 허구화된 실제의 풍경/진경이며 실제 사건들을 바탕으로 한 이야기들이다. 봉준호는 종종 신문 기사에서 영감을 얻어 자주 그의 이야기에 포함하는데 이는 그가 한국 사회가 어떻게 돌아가고 있는지에 관해 깊은 관심이 있다는 증거다. 실제로, 봉준호는 대본을 쓰는 단계에서 많은 취재와 조사를 수행한다. 그는 「살인의 추억」 대본을 쓰기 전 화성 연쇄 살인 사건을 연구하는 데 6개월을 보냈다. 영화의 핵심적인 아이디어, 즉 1980년대의 억압적인 군사 독재야말로 범인을 잡지 못한 실패의 궁극적인 원인이라고 생각하게 된 것은 이 연구 기간이었다. 봉준호는 영화를 최대한 현실과 가깝게 만들기 위해 도서관에서 자료들을 뒤졌을 뿐 아니라 실재 인물들과 인터뷰하기도 했다. 「살인의 추억」에서는 화성 연쇄 살인 사건 수사에 관여한 여러 사람을 인터뷰했고, 「플란다스의 개」에 나오는 아파트 관리 사무소 경리 직원 현남이란 캐릭터를 쓰기 위해 고졸 경리 직원과 인터뷰했으며, 「괴물」 시나리오를 쓰기 전에는 괴물에게 공격당할 장소인 한강 둑에서 스낵(노점상)을 운영하는 가게 주인들과 어울려 술을 마셨다. 바로 이런 과정을 통해 그는 이들 중 상당수가 1980년대 후반 상계동 철거민 출신이라는 사실을 알게 되었다. 심지어 「플란다스의 개」에서 지하철 선로에서 술에 취해 어이없는 죽음을 맞는 신임 교수의 이야기와 「마더」에서 미성년자를 동네 남자들이 성적으로 착취하는 것과 같은 범죄 이야기도 실제 사건에서 차용된 것이다.

　「괴물」은 봉준호가 신문에서 읽은 주한 미군 한강 독극물 무단 방류 사건에서 영감을 얻어 시나리오를 쓰기 시작한 영화인데 한강에서 돌연변이 물고기가 나올 수 있다는 설정을 제공해 준 사건이다. 〈맥팔랜드 사건〉이라 불리는 이 사건은 2000년 2월 9일 용산 미8군 기지 영안실 부소장이었던 미국인 군무원 앨버트 맥팔랜드가 한국인 군무원에게 포름알데히드 480병을 하수구에다 버리도록 강요한 사건을 말한다. 미군 중사가 한국인 조수에게 강물에 독극물을 붓도록 지시한 영화의 앞부분은 괴물의 원인이 무엇인지 분명히 드러내 주는 그럴싸한 프롤로그다. 하지만 영화는 맥팔랜드를 쫓거나 처벌하거나 하는 장면은 보여 주지 않는다. 오히려 영화에서 미국과 한국 정부는 심지어 바이러스설을 조작해 퍼뜨리면서 이에 대한 책임을 회피한다. 봉준호의 모든 영화에서처럼 진실은 영화 내 세계(디에게시스diegesis)에서는 절대 드러나지 않으며 오직 관객만이 진실을 안다.

그러나 이러한 현실적인 배경과 상황에서 한국 사회의 여러 가지 병폐가 펼쳐지므로 문제의 심각성은 더욱 실감 나게 전달된다. 「괴물」은 가상적인 상황을 토대로 한 괴수 영화이긴 하지만, 봉준호는 현실적인 세계의 모습을 유지하는 데 초점을 맞춘다. 이 괴물은 외계인이 아니라 비교적 작은 돌연변이 물고기로 실제로 오염된 한강에서 생겨날 법한 생물체인 것처럼 보인다. 제작진은 실제처럼 보이는 괴물을 만들기 위해 돌연변이를 연구하는 데 많은 시간을 보냈다. 그래서 고질라처럼 거대한 맹수가 아니라 그보다는 크기가 작지만 물고기로 치면 엄청난 크기의 돌연변이가 만들어진 것이다. 제작진은 또한 괴물이 현실적으로 그럴듯한 동작을 할 수 있도록 디자인했다. 시네마스코프 사이즈가 아니라 비스타비전의 1.85:1 화면 비율을 택한 것도 폐쇄된 공간 내에서 움직이는 괴물을 강조하고 하수구가 지닌 공간의 수직성을 더욱 돋보이게 하기 위해서였다.

맥팔랜드 사건뿐 아니라 다른 몇몇 사건도 조사 연구의 대상이 되었는데 이 중에는 1995년 삼풍 백화점 붕괴 사고와 2003년 대구 지하철 화재 등 전국을 충격에 빠뜨린 대형 인재들이 포함되었다. 이 경우 조사의 초점은 사고 후 어떤 후속 조치들이 취해졌는가, 어떻게 합동 분향소가 설치되는가, 이 재난에 정부가 어떻게 대응하는가 등의 문제였다. 무엇보다도 재난에 대한 대응과 이에 따른 결과들, 특히 집단 분향소의 코믹하면서도 비극적인 장면은 아마도 오로지 한국의 괴물 영화에서나 가능한 설정일 테다. 한국에서는 많은 사상자가 발생한 참사의 경우 가족과 친지들이 추모할 수 있도록 대형 체육관에 집단 분향소를 설치하는 것이 관례가 되었기에 이러한 집단 분향소는 재난의 여파를 상징하는 대표적 이미지다. 그 집단 분향소에서는 아이러니하고 묘하게 웃기는 장면이 나오는데 현서가 괴물에게 공격받아 죽었다고 생각하는 박씨 일가의 어른 네 명이 오랜만에 함께 모여서 펼치는 광경이다. 할아버지는 둘째 아들 남일이 취한 모습으로 나타나자 제단 위 현서의 영정사진을 보며 〈현서야, 네 덕에 우리가 다 모였다, 네 덕에〉라며 통곡한다. 이 장면은 박씨 가족이 서로 화목한 사이가 아니며 특히 남일은 자주 보는 사이가 아니라는 것을 보여 준다. 이러한 현서네 가족의 소개는 앞으로 영화가 괴수 영화의 관습을 완전히 전복하게 될 거라는 전제를 확립해 준다. 일본 영화 「고지라」(1954)와 할리우드 괴물 영화에서처럼 경찰, 군, 과학자 들과 정부 당국이 비상 대책 위원회를 세워 괴물을 퇴치할 작전을 세우고 대처하는 게 아니라 바로 이 문제투성이 가족이 괴물로부터 현서를 구해 내는 임무를 떠안게 될 것이기 때문이다.

게다가 봉준호가 「괴물」의 시나리오를 집필할 때는 사스SARS 발생이 큰 우려와 관심을 불러일으키던 때였으므로 이 또한 자료 조사 대상이었다. 봉준호는 질병 자체보다는 집단 히스테리에 더 초점을 맞춰 조사를 진행했다. 그 결과, 영화의 많은 장면이 사스가 불러일으킨 히스테리에서 영감받았다. 실제로, 박강두가 멸균 비닐 백에 갇힌 장면에서 사스 사태 때 감염자들을 격리하기 위해 사용한 것과 똑같은 백을 사용하기도 했다. 봉준호가 제작 준비 단계, 즉 프리프로덕션 과정에서 쏟아 넣는 여러 가지 노력은 여러 층위에서 한국 관객이 공감할 수 있는 이야기들을 만드는 데 도움이 된다. 따라서, 봉준호의 영화는 「살인의 추억」에서처럼 실제 사건을 바탕으로 하거나, 그렇지 않은 경우 실제 뉴스 장면을 삽입하여 실제 삶 속의 이야기와 허구를 결합한다. 「플란다스의 개」에서, 여성 은행원이 단독으로 강도를 잡는 뉴스 장면은 은행의 감시 카메라에 찍힌 실제 장면을 가져온 것이고, 「살인의 추억」

또한 1980년대 부천 성 고문 사건으로 악명 높은 문귀동 형사의 체포 당시 실제 뉴스를 보여 준다. 조 형사가 피의자 폭행으로 반장에게 혼이 난 다음 동네 술집에서 술을 마시고 있는 장면에서다. 술집 안의 모든 사람이 보고 있는 TV 속보에 삽입된 체포 장면은 조 형사를 고문범과 동일시하는 효과를 만들어 낸다. 반면 「괴물」에 등장하는 여러 뉴스 장면은 서울의 한 TV 방송국의 실제 방송 스튜디오에서 제작진이 촬영한 허구의 뉴스들이다. 제작진은 원하는 뉴스 장면을 제작하기 위해 뉴스 소스를 촬영하고 편집한 다음 TV에 방영하고 다시 그 TV 화면을 찍어 영화에 넣었다. 이 TV 뉴스 장면들은 정부 당국과 미국이 괴물의 공격에 어떻게 반응하고 있는지, 다시 말해서 그들이 퍼뜨리고 있는 바이러스 조작 사건에 대한 정보를 관객에게 제공하는 역할을 한다.

『카이에 뒤 시네마』를 창간한 영화 평론가 앙드레 바쟁의 주장처럼, 하나의 장면을 컷 없이 길게 촬영하는 롱 테이크는 영화적 리얼리즘의 대표적 기법의 하나다. 롱 테이크에서는 움직임이 펼쳐지는 장소, 즉 공간뿐만 아니라 시간의 지속마저 그대로 보존된다. 화면 속 움직임과 행동이 현실에서와 똑같이 실시간으로 펼쳐진다. 봉준호의 영화에서는, 롱 테이크가 예를 들어 대만 감독 허우 샤오시엔의 영화들에서처럼 영화 미학의 중심 원리를 이루지는 않지만 관객에게 긴박감과 혼란스러움을 전달할 필요가 있을 때 종종 활용된다. 그가 이 기법을 가장 인상 깊게 사용한 장면은 「살인의 추억」 시작부분에서 크레디트 시퀀스가 끝난 직후에 박두만 형사가 두 번째 강간 살인 피해자의 범죄 현장에 도착해 현장 보존을 하려고 동분서주하는 장면이다. 현장 대응팀은 아직 도착하지 않았고 논에는 시신 주변을 뛰어다니는 아이들을 포함해 동네 구경꾼들이 가득하다. 스테디 캠이 배우 송강호를 따라다니며 박 형사의 분주함을 잡는데, 그는 범인의 것으로 추정되는 현장의 발자국을 서둘러 보존하려고 하지만 지나가던 트랙터가 뭉개 버리고 만다. 곧이어 도착한 형사 반장은 현장 쪽으로 내려오다가 논 능선을 따라 주르륵 미끄러져 버리고, 현장 대응팀이 그 뒤를 잇는다. 커팅 없이 롱 테이크로 진행되는 이 장면은 살인 사건이 발생한 이 마을이 빨려 들어간 완전한 무질서와 혼란, 그리고 사법 당국의 무능을 생생하고 실감 나게 전달해 준다.

「괴물」에서 할아버지가 죽음을 맞이하는 장면도 다큐멘터리 같은 방식으로 촬영하여, 1980년 5.18 민주화 운동에서 무장 저항하다 쓰러진 민간인들의 비극적인 죽음을 환기한다. 이 비극적인 장면 이전에 현서의 할아버지, 아버지, 삼촌, 이모가 다 함께 매점 안에 둘러앉아 저녁을 먹는 장면이 있다. 여기에서 갑자기 현서가 아버지 뒤로 나타나 밥상에 함께 앉고, 모두가 그 아이에게 무언가를 먹이고 싶어 한다. 이 장면은 사실적인 상황에 판타지를 혼합하는 봉준호 영화의 또 다른 특징을 잘 드러내 준다. 봉준호는 만화적인 감성을 발휘해 종종 실제와 판타지 사이의 경계를 모호하게 하기도 한다.

「괴물」에서의 이 장면이 현서와 재회하고자 하는 가족의 열렬한 희망과 더불어 그 아이의 배고픔을 의식하며 자신의 식욕에 관해 약간 죄책감을 느꼈을 가족들의 심리를 판타지를 통해 표현했다면, 「플란다스의 개」에서도 현남의 열렬한 희망이 판타지로 전달된다.

봉준호의 만화적 상상력이 가장 뚜렷하게 드러나는 「플란다스의 개」에서는 두 개의 추격 장면이 만화처럼 펼쳐진다. 하나는 현남이 윤주를, 또 하나는 현남이 노숙자를 추격하는 장면이다. 첫 번째 추격전에서 현남은 아파트 옥상에서 개를 죽이는 장면을 목격하고는 곧바로 그 건물로 달려가 엘리베이터를 타는데, 이때 그녀는 노란 후드를 쓰는 것으로 뛸 채비를 차린다. 그 순간부터 노란색은 영화의 만화적 상상력과 감수성을 상징한다. 현남이 개를 죽인 윤주를 쫓아가는 추격전은 영화 속에서 실제로 벌어지는 일이지만 비현실적이고 과장된 방식으로 재현되며, 현남은 윤주를 잡지도, 얼굴을 보지도 못한다. 현남과 노숙자가 등장하는 옥상에서의 두 번째 추격 장면은 후드의 끈을 바짝 매며 노숙자로부터 강아지를 구해 내겠다는 각오를 다지는 모습으로 시작된다. 그 순간 건너편 아파트 옥상에 노란 비옷을 입은 사람들이 등장해 색종이 꽃을 뿌리며 환호해 주는 판타지 장면으로 시작한다. 이 장난기 가득한 환상의 순간은 현남과 노숙자 사이의 대결을 앞두고 펼쳐지는 응원전을 방불케 하는데 슬로 모션으로 펼쳐지는 이 시퀀스는 이어지는 각

숏의 프레이밍도 마치 만화책의 네모 칸들처럼 구도와 편집이
이루어져 있다.

이처럼 판타지 장면들이 때때로 등장하지만 봉준호의
영화는 그 이야기와 스타일에서 기본적으로 현실적,
리얼리즘적이라고 할 수 있다. 이야기는 실제 사건에 기반을 둔
경우가 많고, 스타일은 진경의 미학을 가지고 있다. 그는 어떤
장르 영화를 만들건 한국적 스토리를 수용하기 위해 그와 잘
맞아떨어지지 않는 할리우드의 고전적인 장르 관습을 거부하고
내용에 맞게 변용함으로써 해당 장르를 재창조한다. 하지만
봉준호 영화의 진정한 독창성은 무엇보다도 관객에게 익숙한
일상의 공간들을 낯설게 만들면서 은폐된 진실과 사회적
병폐를 드러내는 데 있다.

일상적인 공간을 낯설게하기

봉준호의 영화 만들기에서 가장 눈에 띄는 특징은 일상에서
무심코 지나가는 공간들이 갑자기 다른 의미를 띠며 다가오게
된다는 것, 그러니까 익숙한 공간을 낯설게 만드는 능력이다.
평범한 아파트 지하, 평화로운 시골 마을, 황금빛 논, 한강,
기차에 이르기까지 이런 공간들이 봉준호 영화에서는 인재의
현장이 된다. 봉준호 영화에서 공간은 영화에서 드러나는
사회적 병폐들에 지정학적인 의미를 부여하며, 따라서 그
속에서 펼쳐지는 개개인들이 겪는 일들을 더욱 큰 사회 정치적
맥락에서 바라볼 수 있도록 한다. 매우 한국적인, 그러니까

로컬적인 이야기들이 특정한 한국의 공간에서 펼쳐지는
것이다. 그가 이 한국적 공간으로 할리우드 장르를 끌어들일
때, 장르의 관습들은 한국적인 이야기가 펼쳐가는 부조리와
도덕적 혼란 등과 충돌하게 되고, 결국 무너지게 되는데
할리우드식 이야기 구조, 그리고 장르 관습으로는 구체적인
한국의 이야기를 담을 수 없기 때문이다. 그리고 이러한 충돌과
궁극적인 장르 구조의 붕괴로부터 한국 사회의 한 단면이
드러난다.

　　그의 영화들은 겉보기에는 평화롭고 정상적인 표면 아래에
숨겨진 어두운 진실을 밝혀내는 이야기다. 진실의 폭로는
종종 일상적 공간 안에 무엇이 숨어 있는지 더 자세히, 더 깊이
들여다봄으로써 이루어진다. 따라서 그의 영화에서는 낯익은
일상 공간이 테러, 재난, 속임수의 현장으로 낯설게 탈바꿈한다.
그렇다고 영화 안의 세계, 즉 디에게시스에서도 반드시
진실이 밝혀지는 건 아니다. 관객에게 전달되는 진실이라도
디에게시스에서는 여전히 숨긴 채로 남는다. 단적인 예가
「마더」로 관객은 엉뚱한 소년이 도준 대신 억울하게 옥살이하게
되었다는 것, 고물상을 죽인 살해범이 누구라는 것을 알지만
디에게시스 안에서는 진실이 묻힌 채 끝난다.

　　영화가 공간과 시간을 재구성하는 예술이지만 봉준호의
영화에서는 특히 공간이 서술 구성에 매우 중요한 역할을 한다.
공간 자체가 또 하나의 등장인물 역할을 한다고 해도 과언이
아니다. 공간이 단순히 이야기를 담는 그릇이 아니라 중요한

극적인 기능을 한다. 봉준호가 영화에서 하고자 하는 이야기는 드라마의 구조적 요건을 충족시키기 위해 특정한 공간에서 펼쳐질 필요가 있다. 거대한 돌연변이 물고기가 튀어나와 난장판을 이루는 곳은 왜 한강인가? 개들이 사라진 것은 왜 서울 변두리에 있는 아파트 단지에서여야 하나? 왜 교수들은 작은 시골 마을로 골프를 치러 오는 것일까? 영화학자 한미라가 주장하듯이 봉준호의 영화들은 〈현실 세계의 특정 공간을 포착함으로써 그 공간을 둘러싸고 있는 사회 문화적 상황의 지형도를 그려 내고 이것은 한국 사회의 근현대라는 시간성을 불러오고 있다〉.* 즉 봉준호 영화 속 서사의 공간은 특정한 지역성을 획득하게 되며, 추상적으로 보이는 공간들이 사회 문화적 의미를 지닌 구체적인 장소가 된다. 이 책에서 〈실패의 내러티브〉로 규정한 봉준호 영화의 이야기들은 바로 이러한 특정한 공간에서 전개된다.

　　봉준호의 예리한 공간 구축 감각과 미장센은 직접 스토리보드를 그리는 습관을 통해 더욱 단련된 것으로 보인다. 컴퓨터 그래픽에 크게 의존한 「괴물」을 제외하면 봉준호는 자기 영화의 스토리보드를 직접 그렸다. 한국 영화계에서는 촬영 중 시간과 비용을 절약하기 위해 스토리보드 아티스트를 고용해 각 장면을 그리는 것이 일반적이다. 스토리보드 작업은 제작할 영화의 장면, 장면을 미리 시각화해 보는 것으로 영화

* 한미라, 「봉준호 영화의 내러티브 공간이 갖는 지정학적 의미에 관한 연구」, 『영화연구 63』(2015): 260.

창작 과정에서 중요한 부분을 이룬다. 영화 프로듀서이자 감독인 스티브 카츠가 정의하는 것처럼, 〈영화 제작자가 그의 아이디어를 시각화하는 데 가장 유용한 도구이자 그가 맡은 책임과 가장 직접적인 관련이 있는 도구〉다.* 따라서 스토리보드 담당자는 프레임, 카메라 위치와 앵글의 변화가 가져오는 다양한 효과 등 영화적 메커니즘을 숙지하고 있는 것이 중요하다. 스토리보딩은 장면마다 빈 네모 칸에 공간을 설정하는 것을 수반하므로 봉준호가 자기 영화의 스토리보딩을 직접 한다는 것은 그만큼 해당 영화에 대한 공간 감각을 높여 준다는 것을 뜻하며, 따라서 그 자신이 개발한 영화의 콘셉트와 스토리를 제대로 시각화하는 데도 기여한다. 만화책의 열렬한 독자이자 아마추어 만화가이며 동시에 영화감독인 그는 자기 영화의 시각 디자이너이기도 하다.

잠깐 언급했듯이 단편을 포함한 그의 모든 영화에서 공간은 무언의 캐릭터로서 기능한다. 물론 대사를 전혀 할 수 없는 캐릭터이지만, 대사 없이도 확실히 자신만의 개성을 드러낸다. 그리고 종종 아주 예상치 못한 면모를 내보이기도 한다. 봉준호의 공간 선택은 배우 캐스팅에서와 마찬가지로 관습적, 전형적인 것을 거부하려는 그의 영화적 성향과 비슷하다. 공간은 보통 사람들에게 인지되는 기존 이미지에서 벗어나 미지의 면이나 숨겨진 면을 드러내며 또한

* Steve D. Katz, *Film Directing Shot by Shot: Visualizing from Concept to Screen* (Waltham: Focal, 1991), p. 19.

종종 등장인물에 깊이를 보태기 위해 풍부한 역사적 배경을 제공해 주기도 한다. 「플란다스의 개」에서는 아파트 단지의 기원에 대해 경비원이 지하실에서 길게 내레이션하는 장면이 있다. 그를 통해 우리는 이 단지가 서울 올림픽을 위해 도시 미화 작업에 나섰던 정부 정책의 하나로 1980년대 후반에 날림 공사로 지어졌다는 걸 알게 된다. 동시에 그곳이 아파트 건설비를 둘러싼 횡령, 살인, 은폐의 현장이기도 하다는 걸 알게 된다. 그러므로 공간은 도덕적인 부패를 다루는 서사에 귀중한 층위들을 덧붙여 준다.

밤이면 아름답게 빛을 발하는 수많은 다리가 있는 한강은 관광 엽서에 잘 나오는 풍경으로 전후 한국이 이룬 경제적 기적을 대변하는 이미지다. 하지만 「괴물」에서 한강은 전혀 다른 성격을 드러낸다. 미국의 명령 아래 오염되고, 경제 위기를 견뎌 내지 못해 자살하는 소상공인들을 잡아먹으며 크는 괴물을 낳은 장소다. 강변 공원은 서울 시민들에게 인기 있는 레저 공간으로 TV쇼나 뉴스에 자주 등장하지만 자세히 들여다보면 물이 검고 불투명한 데다 물살이 험해 많은 사람이 자살 장소로 택하는 곳이다. 한국 역사에서 차지하는 중요한 의미에도 불구하고, 한강은 우리 대부분에게는 그저 일상의 공간일 뿐이다. 그런 친근한 공간이 「괴물」에서는 괴물이 나타나는 테러의 공간으로 탈바꿈한다. 봉준호가 선호하는 공간은 한강처럼 평범해 보이지만 수면 아래에서 분열, 혼란, 차질의 기운이 치고 올라올 듯 긴장감을 품고 있는 공간이다.

「살인의 추억」에서는 1980년대의 평범하고 평화로운 시골
마을이 공포와 범죄의 공간으로 모습을 드러낸다.

　　사람들이 평소 눈여겨보지 않는 폐쇄적인 공간, 좁은
수직 공간, 어두운 지하실도 봉준호의 영화에서 곧잘 공포의
장소로 등장한다. 부패와 범죄가 이런 어두운 공간의 배후에서
자행된다. 예를 들어 괴물이 희생자의 시신을 모아 두는 한강의
음침한 하수도, 아파트 경비원이 개를 잡아 보신탕을 끓이고
보일러 수리공이 은밀히 매몰되는 아파트 지하실 등 어둡고
인적이 드문 공간들이다. 그런가 하면 「살인의 추억」에서
첫 번째 희생자의 시신이 발견되는 곳은 논바닥의 좁고
어두운 하수구다. 형사들이 무고한 피의자를 상대로 폭력과
협박을 가하는 취조실도 좁고 가파른 계단을 타고 내려가야
하는 지하의 수직적 공간이다. 봉준호의 영화에서 좁고 긴
공간, 그리고 지하실은 이처럼 비밀이 가득한 곳이다. 이는
「기생충」에서도 박 사장 저택의 지하 공간이 영화에 대반전을
가져오는 비밀 공간이라는 점과 일맥상통한다.

　　그런 점에서 「설국열차」의 스토리가 펼쳐지는 기차 역시
봉준호의 영화에 등장하는 폐쇄적이고 좁은 공간의 유형을
보여 주는 또 하나의 확실한 사례다. 출구가 없어 폐소 공포증을
유발할 것만 같은 길고 좁은 공간은 가지지 않은 자(꼬리 칸)와
가진 자(앞쪽 칸) 사이의 계급 투쟁이 일어나는 현장이다.
여기에서 기차라는 폐쇄된 공간은 확고하게 고착되어 버린
사회 구조 혹은 사회 질서에 대한 메타포로 해석될 수 있는데,

기존의 제도를 완전히 부수고 새롭게 출발하는 것 외에는 별 방법이 없어 보인다. 한국을 무대로 한 영화들에서도 계층 혹은 계급 간 갈등이 공간을 통해 비유적으로 표현된다. 「플란다스의 개」에서, 이 구분은 각자가 점유하는 다른 공간들, 즉 아파트 주민들이 사는 평범하지만 밝은 아파트 공간(비록 개를 죽이는 일은 여기서 일어나지만), 그리고 경비원과 노숙자가 점유하는 어둡고 비밀스러운 지하실을 통해 시각화한다. 이러한 대비는 「기생충」에서 특히 중요한데, 등장인물들의 계급이 햇빛이 환히 비치는 이 층짜리 저택, 반지하, 어두운 지하실 등 각자가 사는 공간을 통해 계층화하여 표현된다.

봉준호 영화에 등장하는 이런 공간과 장소는 매우 현실적이다. 이야기는 현실적 공간과 설정을 바탕으로 전개되며, 따라서 한국 관객에게는 등장인물들이 살아가는 환경과 공간이 익숙하다. 1980년대의 시골 마을을 재현해야 했기에 프로덕션 디자인 작업이 더욱 많이 필요했던 「살인의 추억」에서도 공간은 자연스럽다. 봉준호의 영화는 대부분 실제 공간에 바탕을 둔 로케이션 촬영으로 세트장이 거의 사용되지 않으므로 얼핏 보기에 프로덕션 디자인 팀의 공은 거의 눈에 띄지 않는다. 지금은 사라지고 없는 1980년대의 공간을 되살리는 일은 프로덕션 디자인에 의존했는데도 말이다.

이전 작품들과 비교해 볼 때 「마더」의 시골 마을은 확실히 공간적, 그리고 시간적 특정성이 빠져 있다. 이는 아마도 시공을 초월한다고 할 수 있는 엄마-아들의 관계에 집중하기 위한 장치일 것이다. 또한 이 엄마의 이야기가 한국의 모든 어머니에게 해당하는 이야기이고 심지어는 더 나아가 전 세계 모든 어머니에게 속한다는 점을 암시하는 것인지도 모른다. 그런데도 한 가지 분명하게 드러나는 점은 이 마을이 시골에서 도시로, 전통에서 현대로의 전환이 이루어지는 장소라는 사실이다. 영화 시작과 함께 엄마가 걸어 들어와 춤을 추는 갈대밭은 도시의 교수들이 놀러 오는 골프장과 병치되며 대조를 이룬다. 이들을 통해 도시는 외지에서 온 부패 세력으로 표현된다. 전후 농촌에서 도시로, 전근대에서 근대로의 전환은 한국을 무대로 한 봉준호 영화들의 크로노토프로, 장소의 비주얼에 반영되어 있다. 「마더」에서 골프 코스가 전환기를 표시하는 것과 같이 「살인의 추억」에서는 공장 건물이 같은 기능을 한다. 그것은 가장 유력한 살인자를 배출한 불길한 힘을 가진 것으로 묘사된다. 또한 앞의 두 용의자와는 달리 세 번째 용의자 박현규는 매우 도시적인 외모를 지니고 있다. 이러한 방식으로, 시골/도시의 병치는 〈피해자/주변부〉와 〈가해자/ 지배자〉 사이의 마찰과 유사하게 기능한다.

「옥자」에서는 이 병치가 글로벌 규모로 영역을 확장한다. 미자는 한국에서 뉴욕으로 태평양을 건너가 미란도 기업의 손아귀에서 옥자를 구출한다. 영화는 미자가 할아버지와 옥자와 함께 살고 있는 산속 마을에서 시작한다. 깨끗하고 평화로운 환경인 이 푸른 숲은 옥자와 미자의 우정이 아름답게 그려지는 곳이다. 나무들이 우거진 숲과 물줄기 흐르는 소리는

「살인의 추억」이 시작되는 황금빛 논밭의 모습이 그랬듯
이상적인 한국의 이미지를 재현한다. 슈퍼 돼지의 존재는
세계 자본주의의 씨앗이 이미 이 시골에까지 뿌려졌다는
것을 말해 주지만, 자연환경은 거의 근대 이전의 풍경이다.
미란도 상사의 촬영팀이 지난 10년 동안 슈퍼 돼지가 어떻게
자랐는지 기록하기 위해 찾아오면서 이러한 전근대적
이미지의 평화와 조화는 깨지기 시작한다. 뉴욕에 본사를 둔
미란도 코퍼레이션은 다국적 거대 기업들의 신자유주의적
기업주의를 대표하고, 미란도에 옥자를 빼앗긴 미자는 결국
뉴욕으로 날아간다. 뉴욕은 동물 해방 전선 조직원들이
경찰에게 야멸차게 두들겨 맞기도 하는, 콘크리트 건물로
이루어진 정글이다. 경찰들과 동물 해방 전선 조직원들의
충돌 장면은 2011년 신자유주의 자본주의의 세계적 팽창에
반대하는 커다란 저항의 물결이었던 〈월가 점령 운동〉을
상기한다. 자본주의 금융의 중심지에 서 있는 미자의 모습은
근대 이전의 자연환경에 대한 향수를 자아내는 그녀의 한국
시골집과 포스트모던한 뉴욕의 혼란을 효과적으로 대비시킨다.
미자가 다국적 기업의 생태를 알게 되는 것은 뉴욕에서이며,
그는 태어나서 처음으로 황금 돼지를 옥자와 교환하는
자본주의적인 거래를 하게 된다. 미자의 집과 뉴욕 사이에는
이미 세계 자본주의에 편입되어 버린 서울이 있다. 그리고
미란도는 그곳에 지사를 두고 있다. 식량 소비를 위해 생산되는
유전자 조작 슈퍼 돼지인 옥자가 환경 오염 없이 전통적인

농촌 환경에서 성공적으로 사육되었다는 것은 아이러니한 일이다. 그것은 마치 한때 평화롭고 아름다웠던 농촌이 세계적 신자유주의 자본주의의 병폐가 이미 침투되고 있음을 암시하는 것과 같다.

요약하자면, 봉준호의 영화 속 공간은 사회의 부조리나 모순이 드러나는 공간이다. 「플란다스의 개」에서의 지하실이나 「괴물」에서의 하수도처럼 트라우마의 역사를 지닌 공간들이다. 「살인의 추억」은 1980년대 대한민국을 공포로 몰아넣은 공간을 재구성한다. 강간 살인이 끊이지 않는 마을은 과거의 상징적 재현이 된다. 「괴물」 속의 한강은 한국 현대사의 알레고리로서 기능한다. 그런 점에서 봉준호의 영화 속 공간은 식민지 이후, 한국의 포스트 식민주의의 현재를 드러내는 지정학적 공간이다. 한국의 급속한 경제 발전이 수반한 여러 문제는 봉준호 영화에서 가장 평범하고 일상적인 공간을 배경으로 일어나는 터무니없고 괴상한 일들로 재현된다.

익숙한 일상 공간을 낯선 공간으로 바꾸는 봉준호의 뛰어난 솜씨는 사회 부조리를 드러내는 영화의 내러티브와 잘 들어맞는다. 우리가 일상적으로 접하는 공간과 장소에서 기이한 일들이 발생하며, 사회 부조리가 한국 일상생활의 일부임이 드러나는 것이다.

3

사회 부조리와 〈실패의 내러티브〉: 「살인의 추억」과 「괴물」에서의 글로벌 장르와 지역 정치

봉준호는 할리우드 장르의 자장 안에서 작업하지만 장르보다는 한국의 사회 현실로부터 더 많은 영감을 받는다. 그는 특정한 장르 영화를 만드는 것이 아니라 한국적 이야기를 장르 영화로 만드는 것을 중시한다. 「플란다스의 개」이후는 물론 그 이전의 초기 단편 영화들에서도 봉준호는 줄곧 한국 사회의 현실과 씨름해 왔다. 가까운 미래를 무대로 하는 SF 영화 「설국열차」를 제외한 그의 모든 영화는 높은 수준의 핍진성을 가지고 있다. 「괴물」도 실제 사건에서 영감받아 시나리오를 썼고, 등장인물이나 설정도 여러 취재를 통해 한국의 사회 현실을 반영했다. 따라서 봉준호의 장르 영화들은 매우 한국적인 이야기를 들려주며, 등장인물들 또한 일상생활에서 흔히 마주칠 법한 친숙한 사람들이다. 그리고 바로 이러한 한국적 요소들이 장르의 규칙이나 관습이 뒤틀리거나 전복될 수밖에 없는 영화적 조건이나 상황을 만들어 낸다. 특히 「살인의 추억」과 「괴물」은 영화의 토대를 이루는 한국의 지역 정치가 장르 관습을 그대로 따르는 방식으로는 제대로 담아낼 수 없는

이야기들을 만들어 내고, 내러티브 구조에 틈새와 균열을
일으킨다는 사실을 잘 보여 준다.

「살인의 추억」은 개봉 당시에도 미해결인 채로 남아 있던
화성 연쇄 살인 사건을 영화화한 한 범죄 스릴러다. 1986년을
배경으로 동네의 시골 형사와 특별 파견된 서울 형사가
살인범을 잡기 위해 필사의 노력을 기울이는 과정을 다룬다.
영화는 시골 형사 박강두와 서울 형사 서태윤이 서로 수사
방식이 극과 극으로 달라서 티격태격하는 구도로 이야기를
시작한다. 직관과 감을 중시하는 박 형사는 미신까지 동원할
정도로 비합리적이고, 서 형사는 과학적인 수사와 객관적인
증거를 신뢰한다. 여기에 1980년대의 억압적인 정치 풍토는
범인을 잡지 못하는 그들의 좌절과 절망을 더욱 가중시키는데,
이는 군사 정권이 민생보다는 민주화를 외치는 대규모 시위를
막는 데 경찰 병력을 동원하기 때문이다. 형사들이 정부로부터
제때에 추가 병력을 지원받지 못해 범인을 잡을 수 있는 절호의
기회를 놓치는 등 이야기가 전개될수록 사건 해결을 어렵게
하는 것은 지방 경찰의 무능도 무능이지만 군부 정권의 탄압이
더욱 뿌리 깊은 원인임을 드러낸다.

반면 「괴물」은 서울을 배경으로 한 괴수 영화다. 한강
둔치에서 매점을 운영하는 박씨 가족은 10대 소녀 현서가
강에서 올라온 괴물에게 유괴되면서 생각지도 않았던 소동에
휘말린다. 잡혀간 현서가 죽었을 거로 생각한 아버지 강두와
할아버지, 고모, 삼촌 등 가족은 희생자들을 위해 차려진

합동 분향소에서 오랜만에 한자리에 모인다(이 장면을 통해 영화는 현서네 가족이 서로 별 교류도 없고, 우애도 없이 제각각 살고 있음을 알려 준다). 이들은 괴물과 접촉한 사람이 있느냐는 질문에 괴물에 맞서 싸웠던 강두가 자진 답변하면서 괴물에게서 파생된 바이러스의 감염자로 격리당한다. 그런데 병원에 격리된 날 밤 강두는 죽은 줄로 알았던 딸 현서로부터 전화를 받는다. 그때부터 박씨 가족은 오로지 괴물로부터 현서를 구해 내는 일에 전력을 다한다. 하지만 정부 당국은 강두의 말을 믿지도, 들으려고 하지도 않는다. 박씨 가족은 백방으로 방법을 모색한 끝에 병원에서 탈출하고 현서를 구출하는 작전에 나선다. 당국은 괴물을 쫓는 데는 전혀 관심을 두지 않고 대신 허위 바이러스 주장을 은폐하기 위해 오히려 박씨 가족을 쫓는다. 영화는 박씨 가족의 이야기를 통해 정부 당국의 무관심과 무능, 나아가 한국과 미국 간의 불평등한 관계를 부각한다.

　「살인의 추억」과「괴물」두 영화 모두 한국에서 크게 흥행했고 평론가들의 호평을 얻었다. 「살인의 추억」은 2003년 최고 흥행작이었고「괴물」은 최단기간(21일) 1천만 관객 돌파를 기록하면서 한국 영화 역대 최고 흥행작이 됐다. 「살인의 추억」은 2014년 한국 영상 자료원 선정 100대 한국 영화에서 7위에 올랐는데, 2000년대 이후 개봉된 영화 중 유일하게 상위 10에 포함됐다. 「괴물」은 해외에서도 호평이 이어져『카이에 뒤 시네마』가 뽑은 2000~2009년 최고의 영화

순위에서 4위를 차지했다. 미국에서는 대표적인 영화 비평 사이트인 로튼 토마토에서 92퍼센트의 신선도를 기록하며 평론가들과 일반 관객들에게 호평받았다.

형사들이 연쇄 살인범 잡기에 실패하고, 박강두 가족이 괴물에게 납치당한 현서를 구하는 데 실패하는 등 관객들에게 해피 엔딩을 선사하지 않고 애석함과 아쉬움, 찜찜함을 안겨 주는 이러한 실패담들이 이처럼 한국 관객에게 크게 어필했다는 사실은 크게 두 가지를 입증한다. 첫째는 이 영화들이 한국 사회에서 지니는 높은 상업성일 것이며, 둘째는 두 영화가 한국인의 집단 무의식과 감정을 포착하고 표현하는 데 뛰어났다는 것이다. 이는 곧, 할리우드의 상업적인 장르를 차용하면서도 해피 엔딩이라는 대표적인 관습을 해체, 전복하며 전혀 다른 전개와 결말을 보여 주는 접근 방식이 오히려 불신, 부당, 냉소의 감정이 널리 퍼져 있는 한국 사회에서는 훨씬 더 큰 호소력을 발휘한다는 점을 확인해 준다.

이렇듯 봉준호 영화에서 가장 두드러진 장르적 전복은 해피 엔딩의 관습을 거스르는 것이다. 「살인의 추억」과 「괴물」 모두 여기서 〈실패의 내러티브〉 구조를 대변하는데, 두 영화가 한국의 정치권력 구조에 대한 신랄한 비판으로 읽힐 수 있는 것도 바로 둘 다 주인공들이 실패하는 이야기를 보여 주기 때문이다. 두 영화 모두 일반 시민들을 보호하지 못하거나 보호하는 데 관심이 없는 정부 당국의 무능과 무관심을 드러내고 폭로한다. 따라서, 두 영화는 대중적인 오락 영화로 위장한 정치 비판 영화라고 할 수 있다. 두 영화 모두 주인공들이 목표하는 바를 성취하지 못하는 가장 큰 원인으로 한국의 사회적, 정치적 현실과 그 문제점을 부각하기 때문이다.

이 장에서는 「살인의 추억」과 「괴물」이 할리우드 장르의 관습을 어떻게 비틀고 전복하는지를 더욱 심층적으로 분석, 이러한 전복의 핵심에 실패의 내러티브가 자리하고 있음을 논의한다. 이는 다시 두 영화가 포착해 낸 당대 한국 사회의 현실과 한국인의 집단 정서를 살펴보는 일이다. 특히 이 장에서는 한국 민주화 운동의 중요한 시기인 1980년대가 두 영화에서 어떻게 재현되는지에 초점을 맞출 것이다. 1980년대 한국 역사의 트라우마들이 재난의 양상 ──「살인의 추억」에서는 시골의 작은 마을을 혼란과 공포에 몰아넣는 연쇄 강간 살해, 「괴물」에서는 한강 변의 평화를 단숨에 깨버리는 괴물의 공격 ── 으로 대표되고 상징되어 나타난다. 그리고 또 1980년대는 두 영화를 잇는 매개이기도 하다. 「살인의 추억」은 실제로 1980년대를 배경으로 하고, 「괴물」은 현재 관점에서 1980년대의 유산을 돌아보는, 그러니까 1980년대에 대한 논평을 담고 있다. 그런 점에서 「괴물」은 20년 후, 즉 민주화 이후에도 지속되는 정부 당국의 무능함을 보여 준다는 점에서 「살인의 추억」의 연장선에서 바라볼 수 있다. 1980년대와 2000년대의 차이점은 「살인의 추억」에서 성공적인 수사를 방해한 것은 억압적인 군사 정권이었지만, 「괴물」에서는 한국의 식민지 이후postcolonial의 상황과 한미 관계, 그리고

신자유주의 경제 정책의 여파가 일반 시민들을 해친다는 점에
있을 것이다.

사회 정의와 실패의 내러티브

여기서 사용하는 실패의 내러티브라는 개념은 1980년대
한국 민주화 운동을 〈민중 운동〉의 관점에서 역사화한 『민중
만들기』의 저자인 역사학자 이남희의 연구에 기초하고 있다.
민중 운동을 전형적인 한국의 포스트 식민주의 현상으로
정의하는 이남희는 〈해방 이후 한국의 탈식민화 궤적은 많은
지식인에게 한국사는 실패한 역사라는 인식을 초래했다〉라고
설명한다.* 그러니까 실패의 내러티브라는 개념은 한국이
1945년 일본 식민 지배로부터 독립한 이후 공정하고 정의로운
사회를 만드는 데 필요한 주요 문제들을 해결하지 못했다는
생각에 바탕을 두고 있다. 그중에서도 특히 사회 정의 회복에
중요했던 사안으로는 두 가지를 꼽을 수 있는데 첫째, 일제
잔재의 청산, 특히 친일 협력자들에 대한 처벌. 둘째, 1980년
5.18 민주화 운동을 유혈 진압한 가해자들에 대한 책임을 묻는
일이었다. 일본이 제2차 세계 대전에서 패하면서 식민 지배에서
벗어나게 된 당시 조선은 38선 이남은 미국, 이북은 소련에

* Namhee Lee, *The Making of Minjung: Democracy and the Politics of Representation in Korea* (New York: Cornell University Press, 2007), p. 2. 이 저서는 2015년 후마니타스에서 『민중 만들기: 한국의 민주화운동과 재현의 정치학』으로 번역돼 나왔다. 여기서 한국어 인용은 이 번역본에서 빌려온 것이다.

의해 3년간의 점령기를 겪었다. 역사학자 데니스 웨인스톡이
『트루먼, 맥아더와 한국전쟁: 1950년 6월~1951년 7월 *Truman,*
MacArthur, and the Korean War: June 1950-July 1951』에서 기술했듯이
조선이라는 일본 식민지와 그 역사, 그리고 그 당시의 상황에
대한 인식이 부재했던 미군정은 남한에서 일본의 식민 당국에
고용돼 일해 온 관리들을 다시 임용했고, 따라서 식민 시대의
행정 인력과 구조가 그대로 계승되는 결과를 낳았다.

　친일 협력자 문제를 해결하기 위해 1948년에 열린
반민특위(반민족 행위 특별 조사 위원회)도 흐지부지되면서
1년여 만에 해체되었다. 따라서 나치 부역자들을 신속히
재판해 이 문제를 빨리 정리한 프랑스와는 달리 한국에서는
일제 친일 인사 대부분이 전후 정치/사회 제도에서 특권을
유지하며 지배 계급을 형성하였다. 이에 반해 독립운동가들과
유가족을 위한 보상이나 예우는 이루어지지 않아 국민에게
부당하다는 인식을 갖게 됐다. 독립 유공자들을 확인, 인정하고
적절한 보상을 해주는 독립 유공자 예우법이 해방 후 반세기가
지난 1994년 12월에 이르러서야 제정되었을 정도다. 일제에
동조한 사람들과 가족은 상류층으로 유입되고, 독립운동에
힘썼던 사람들의 가족은 소외되고 잊히게 된 역사적 경험은
한국인들의 마음에 사회가 불공정하다는 인식이 깊이
뿌리내리도록 했으며, 지금까지도 한국 사회에 냉소주의와
패배 의식이 널리 자리 잡는 부작용을 초래했다.

　군사 독재 정권 또한 이러한 부정적 인식을 더욱

심화시키는 데 기여했음은 말할 필요가 없다. 현대 한국인들에게는 친일-항일의 부당한 청산 문제보다도 훨씬 더 광범위하고 깊게 부정적 영향을 끼쳤다고 할 수 있다. 쿠데타로 집권한 박정희는 1979년 10월 암살될 때까지 18년간 군사 정권을 유지했으며, 특히 1972년 유신 헌법 제정 이후 독재 체제는 더욱 강화됐다. 박정희 사망 직후 잠시 민주화에 대한 기대가 싹트는 듯했으나, 1979년 12월 또 다른 군 장성인 전두환이 쿠데타를 일으켰고, 1980년 5월 광주에서 벌어진 대규모 민주화 시위를 유혈 진압함으로써 한국 민주주의에 대한 희망을 철저히 짓밟았다. 전두환은 그해 8월 전국 선거인단을 통한 형식적 투표로 대통령에 취임했고, 그의 통치는 1988년까지 이어졌다.

흔히 〈5.18〉이라고 불리는 광주에서의 대학살은 한국 현대사의 중요한 분기점이자 오늘날 한국 사회를 이해하는 데 핵심적인 사건이다. 정치학자 최정운은 저서 『오월의 사회과학』에서 〈1980년대 이후의 한국 사회는 5.18과 그 신화를 이해하지 않고는 절대 제대로 이해할 수 없다〉라고 썼다. 5.18은 한국 역사뿐만 아니라 한국인 모두의 개인사도 다시 시작하게 만든 사건이라는 것이다. 이 사건은 대규모 인명 손실뿐만 아니라, 국가 권력이 6.25 전쟁 이후 처음으로 동족을 향해 군사 작전을 전개하는 충격적인 상황을 만들면서 엄청난 죄책감과 비극적인 사건들을 낳았다. 학살을 실제로 실행한 공수 부대원 대부분은 직업 군인이 아니라, 의무 복무 중인 젊은 청년들이었다. 당시 공수 부대원들에게 약물을 주입해 잔학 행위를 저질렀다는 소문이 돌기도 했을 정도로 상황은 처참했고, 많은 부대원이 이후 엄청난 심리적 트라우마에 시달렸다고 보고되었다. 5.18 민주화 운동의 트라우마를 그린 초기 영화 중 하나인 이창동의 「박하사탕」(1999)은 군 복무 중 광주에 파견됐던 남자가 주인공이다. 학살 가담 후 심한 정신적 충격을 받은 그는 방황을 거듭한 끝에 결국 자살로 자신의 삶을 끝맺는다.

비록 실패했지만 광주 항쟁은 이후 한국의 민주화 운동에 지대한 영향을 미쳤다. 이 실패의 경험은 그동안 학생과 지식인들이 주도하던 투쟁에서 벗어나 노동자와 농민, 도시 빈곤층을 사회 혁명의 새로운 주체로 삼는 민중 운동으로서 변화를 가져왔다. 새로운 군사 정권에 대항하는 사회, 정치 운동이 더욱 급진화, 활성화하면서 마침내 정치적 민주주의를 가져온 1987년 6월 민주 항쟁으로 이어졌다. 앞 장에서 설명했듯이 386 세대, 즉 현 586 세대는 1980년대 민주화 투쟁에서 중추적인 역할을 했다. 한국은 20세기 전 기간에 걸쳐 오랜 저항의 역사 — 전반에는 항일 운동, 후반에는 반독재 운동 — 가 있는데 지식인과 학생 들이 운동의 선두에 서왔다. 광주 항쟁 이후 민중으로 초점이 옮겨 가면서 많은 운동권 사람들이 위장 취업 등을 통해 노동 현장에 들어가 노동 운동을 활성화하는 일에 주력했다.

광주 항쟁이 가져온 또 다른 중요한 변화는 이전에

한국에서 볼 수 없었던 강력한 반미주의, 반미 감정의 표출이었다. 제2차 세계 대전 이후 미국이 주도하는 냉전 체제에 편입된 한국은 미국의 대표적인 동맹국의 하나였고, 국민들 사이에서도 반미 감정이 표출된 적은 없었다. 하지만, 광주 대학살 이후, 특히 민주화 운동의 지도자들과 운동권 사람들 사이에서 미국에 대한 인식과 태도가 바뀌었다. 미국을 민주주의를 위한 투쟁의 지지자로 여겨 왔지만 광주 항쟁을 거치면서 실제로는 그렇지 않다는 게 드러났기 때문이다. 광주 항쟁을 진압하기 위해 내려간 육군 20사단은 비무장 지대에서 파견되었다는 사실이 알려졌고, 이는 미군 사령관의 동의가 없었다면 불가능한 동원이었다.* 결과적으로, 민주화 운동의 지도자들은 미국과 거리를 두는 것이 중요하다는 새로운 인식으로 운동의 미래 방향을 조정했다.

광주 항쟁에 대한 무력 진압으로 촉발된 반미 감정은 2000년대 들어 대중에게 한미 관계의 불평등을 새삼 인식하도록 하는 여러 사건이 겹쳐 일어나면서 더욱 고조되었다. 예를 들어, 2002년 6월 미군 장갑차에 의한 여중생 압사 사건이 발생했을 때, 미군 측이 한국 검찰 소환 조사에 응하지 않고 미군 법원이 공무 중 사고라는 이유로 무죄 평결을 내려 해당 군인들을 송환하자, 주한 미군 병력은 미 군사 법원의

* 실제로 2021년 7월 미국 정부가 공개한 5.18 민주화 운동 관련 비밀 해제 문서들은 광주 시민들을 무력으로 진압하기 전날 신군부가 계엄군 투입 결정을 미리 미국에 알렸음을 확인해 주었다.

관할 아래 있으므로 한국 사법에서 면제된다는 내용의 SOFA 협약에 대한 반발과 함께 반미 감정이 확산했다. 2003년에는 부시 행정부의 요청에 따른 한국 정부의 이라크 파병에 대해 국민의 항의가 터져 나왔다. 이러한 일련의 사건은 한미 간의 불평등하고 종속적인 관계를 확인시켜 주면서 한국인들의 반미 감정을 자극했다.

　사회 정의 확립과 관련해 한국사에서 중요한 세 시기 — 일제 강점기(1919~1945), 한국 전쟁 시기(1950~1953), 군사 독재 시기(1961~1987) — 를 놓고 볼 때 「살인의 추억」과 「괴물」이 직접적으로 다루는 시기는 1980년대다. 전두환의 재임 기간을 배경으로 펼쳐지는 「살인의 추억」에서는 어둡고 억압적인 1980년대 10년간의 분위기가 재현되고, 2006년도 이야기인 「괴물」에는 1980년대의 아이콘과도 같은 이미지들이 풍부하게 등장한다. 「괴물」은 앞서 최정운이 말한 〈5.18을 이해하지 않고서는 이해할 수 없는〉 1980년대 이후의 이야기를 하면서 5.18을 소환하고, 한국 사회의 현주소를 정치적으로 풍자한다. 따라서 「괴물」이 사실상 2006년의 관점에서 본 1980년대에 대한 평가라고 해도 무방하다.

　그렇다면 「살인의 추억」과 「괴물」에서 1980년대는 어떻게 묘사되고 해석되는가? 첫째, 386 세대에 속하는 영화감독인 봉준호는 두 작품을 통해 사회적 약자의 시선에서 그들이 직면한 현실적 어려움과 구조적 불평등을 조명하며 민중적 감성을 드러내고 사회 정의의 문제를 제기한다. 광주 항쟁의 실패가 남긴 유산 가운데 하나가 1980년대에 부상한 독립 다큐멘터리 영화/비디오 운동이었고, 극영화 부문에서도 하층 민중들의 삶에 대한 사실적 묘사를 중시하는 코리안 뉴웨이브 영화가 등장했다. 봉준호의 영화가 늘 소외된 계층의 삶에 관심을 두고 묘사하는 것은 그가 이러한 민중 의식의 영향 아래 있음을 보여 준다. 민중은 억압받는 존재이지만, 그럼에도 불구하고, 아니 그러므로 체제에 대항할 힘을 지닌 역사적 주체로 보는 것이 당시 민중론의 핵심이었다. 이러한 민중 의식은 봉준호 작품의 상당 부분을 뒷받침하고 있는데 그의 영화에서 사회적 약자들은 자주 재난의 희생자로 묘사되고, 때로는 피해자이면서 동시에 스스로 문제 해결에 나서야 하는 상황에 놓인다. 「살인의 추억」에서는 살해된 여성들만이 유일한 피해자가 아니다. 부당하게 기소된 용의자들 또한 경찰의 폭력과 그와 같은 폭력을 허용하는 사회적 분위기의 피해자다. 「괴물」에서 박강두 가족은 괴물에 현서를 납치당한 피해자이면서 괴물 퇴치에 나서는 해결자 역을 떠맡기도 한다.

둘째, 두 영화는 미국이 한국 정치에서 해온 역할에 대해 은유를 통해 비판한다는 점에서 1980년대의 민중 운동과 연결된다. 「살인의 추억」에서 서태윤 형사가 미국에서 DNA 검사 결과를 보고 느끼는 배신감과 살인 사건의 최종 용의자를 풀어 주어야 하는 데에서 느끼는 분노의 감정은 1980년대 한국인들이 미국에 느꼈던 배신감과 반미 감정을 은유한 것으로 읽을 수 있다(실제 화성 연쇄 살인 사건에서는 DNA

샘플이 일본으로 보내졌지만 봉준호는 영화에서 미국으로 바꾸었다).「괴물」에서는 한강으로 통하는 배수구에 독극물을 다량 버리라고 지시해 거대한 돌연변이 물고기를 탄생시키듯 미군이 결국 괴물을 만들어 낸 원인 제공자로 묘사된다. 따라서 이 괴물의 존재는 한미 간의 불평등한 관계를 상징하는 알레고리로 읽힌다. 영화 후반부에 미국은 또한 화학 작용제 사용에 반대하는 한국인들의 대규모 시위에도 불구하고 가짜 바이러스 소동에 대한 진실을 숨기면서 베트남 전쟁에 사용됐던 고엽제 에이전트 오렌지를 연상시키는 화학 작용제 에이전트 옐로우로 괴물을 퇴치하려 한다. 이처럼 1980년대의 직접적인 산물인 미국에 대한 배신감과 그에 따른 불신은 「살인의 추억」과 「괴물」에서 모두 찾아볼 수 있다.

장르 전복과 내러티브 기법

「살인의 추억」과 「괴물」은 특정 장르가 한국의 이야기, 상황, 캐릭터와 같은 현실에 직면했을 때 어떤 식으로 그 관습들이 한국적 서사, 사회적 맥락, 그리고 인물들의 현실 상황과 맞닥뜨릴 때, 장르 관습들이 어떻게 해체되고 변형되는지를 보여 주는 대표적인 작품들이다. 할리우드 장르를 현지화한 결과로 나타나는 봉준호 영화의 독특한 특징들이 뚜렷하게 드러난다. 서로 다른 장르 요소들의 능숙한 혼합, 단선이 아닌 이중의 서사 구조, 영화의 흐름과 분위기를 확확 바꾸는 톤의 빠른 전환, 그리고 이질적인 요소들의 조합, 특히 코미디 혹은 유머와 공포의 묘한 조화와 사회적 약자에 대한 관심 등이 봉준호 영화에서 공통적으로 찾을 수 있는 서사 전략들이다. 봉준호는 이러한 기법들을 정교하게 직조함으로써, 현대 한국인들의 삶을 구성하는 아이러니와 부조리한 현실을 효과적으로 드러낸다.

봉준호는 서로 다른 장르의 구성 요소들을 한 편의 영화 속에 능숙하게 융합하는데 「살인의 추억」과 「괴물」 둘 다 그런 면모를 잘 보여 준다. 「살인의 추억」은 범죄 영화, 버디 무비, 미스터리 스릴러, 공포 영화, 무성 영화 시대 코미디 영화의 요소들을 지니고 있으며, 「괴물」은 괴수 영화, 정치 풍자, 가족 드라마, 슬랩스틱 코미디 장르의 요소들을 혼합하고 있다. 두 영화는 서사 전개 과정에서, 영화가 시작될 때 관객이 예상했던 장르적 흐름과는 다른 방향으로 중심 서사가 이동하는 이중적 이야기 구조를 지니고 있다는 점에서도 봉준호 영화의 특징을 잘 보여 준다. 「살인의 추억」은 형사가 살인 사건 피해자를 발견하는 장르적 도입부로 시작하고, 「괴물」은 한강에서 괴물이 등장하는 전형적 설정을 제시하지만, 이내 이러한 장르적 틀을 비틀며 예상과는 다른 중심 서사를 펼쳐 나가는 방식이다. 「살인의 추억」은 소재상 형사들과 살인범의 두뇌 싸움이 펼쳐질 것으로 기대하게 되지만 영화 내내 관객은 살인자의 얼굴을 한 번도 보지 못한다. 영화는 살인범과 그의 범죄 행각이 아니라 범인을 잡지 못해 미쳐 가는 형사들을 1980년대라는 정치상황 한가운데에 놓는다. 마찬가지로

「괴물」은 영화 시작 14분 만에 괴물이 몸 전체를 드러내며 등장했다가 곧 이야기의 뒷전으로 밀리면서 괴물이 아니라 당국에 쫓기는 피해자 가족에 관한 영화라는 게 명확해진다. 괴물은 이 영화에서 진짜 악당이 아니다. 진짜 악당은 재난, 즉 괴물을 쫓는 일에는 관심이 없고, 오히려 희생자 가족을 쫓는 정부다. 두 경우 모두 이중적인 내러티브가 개인이 겪는 비극의 정치적 본질을 드러내는 역할을 한다. 봉준호 영화에서 선택된 장르는 그가 관객들과 벌이는 서사의 게임에서 관객들을 유인하는 도구에 불과한 셈이다.

　　게다가, 봉준호 영화에서 자주 사용되는 서사 전략 중 하나는 이질적인 요소들을 뜻밖의 순간에 결합함으로써 영화 톤의 급작스러운 변화를 가져온다는 것, 특히 관객들의 허를 찌르는 순간들을 일종의 코믹 릴리프로 구사한다는 점이다. 하지만 이런 코믹한 순간들은 특정 상황의 긴장을 늦추기보다는 아이러니 혹은 비극의 느낌을 더 강조하는 효과를 낸다. 관객은 예상치 못한 순간에 웃음을 터뜨리게 되는데 이런 코미디, 공포, 드라마의 이상한 조합은 한국 사회의 특수성과 부조리에서 나오는 어처구니없는 감정을 표현하는 데 매우 효과적이다. 공포스러운 순간에 갑자기 터져 나오는 폭소는 오히려 슬픔의 여운을 오래 남긴다. 대표적인 예가 「괴물」의 합동 분향소 장면이다. 사람들이 괴물에 희생된 가족을 애도하는 체육관에 노란색 방호복을 입은 남성이 위엄 있는 걸음걸이로 들어오다가 갑자기 주르륵 미끄러져 웃음을 자아낸다. 이런 순간들은 봉준호 영화의 전형적인 장면들인데, 이러한 웃음은 당국의 우둔함과 무능함을 풍자하는 비판의 결을 지니게 된다. 또, 네 식구가 히스테릭하게 울면서 바닥에 뒹구는 모습을 포착한 오버헤드 숏은 이 영화에서 웃기는 순간 중 하나이지만, 느닷없이 찾아오는 이 웃음의 순간은 박씨 가족이 겪고 있는 비극을 관객들이 더욱더 절실하게 느끼게 하는 효과를 지닌다.

덧붙여, 봉준호의 영화에서 서사를 이끄는 사회적 약자들은 사회의 부조리와 불평등을 부각시키는 역할을 한다. 이는 이러한 〈패배자〉 캐릭터들이 사회 병폐의 희생양이 될 가능성이 높기 때문이다. 약자들의 곤경은 봉준호의 영화에서 중요한 주제 중 하나다. 좀 더 구체적으로 이야기하자면, 봉준호가 사회적 약자에 속하는 인물들에 초점을 맞추어 이야기를 전개하는 것은, 이들이 도저히 감당할 수 없는 일을 해내야 하는 상황에 몰리게 되면서 예측할 수 없는 결과들을 낳고, 그러한 결과들이 대부분 사회 부조리에서 비롯되기 때문이다. 예를 들어, 「괴물」에서 괴물에 맞서 싸우는 사람들은 여타 괴수 영화에서 보듯 과학자, 경찰, 군대가 아니라 전문 지식도, 힘도 없는 희생자의 가족이다. 이들이 괴물 퇴치와 딸 구출이라는 임무를 맡게 되었을 때 일이 어떻게 진행될지 예측을 불허하게 되고, 이들의 좌충우돌을 쫓아가는 영화는 궁극적으로 한국 사회의 부조리와 부패에 대한 강한 정치적 논평의 성격을 띠게 된다.

마지막으로 봉준호의 영화는 리얼리즘 미학으로도 잘 알려져 있다. 그런데 리얼리즘은 한국 영화에 하나의 뿌리 깊은 전통으로 자리 잡은 미학적 접근법이기도 하다. 이를 바꾸어서 말하면, 국내시장에서 한국 영화가 상업성을 갖기 위해서는 리얼리티를 지녀야 한다고 말할 수 있다. 게다가 한국 영화는 1960년대의 황금기와 1980년대 코리안 뉴 웨이브 시기의 영화들이 당시의 사회 문제와 이슈를 다룬 리얼리즘 영화들이었다는 것에서 볼 수 있듯이 오랜 사회적 리얼리즘 또는 비판적 리얼리즘의 전통을 지니고 있다. 영화 진흥 위원회가 집계하는 국내 100대 흥행 영화 중 공상 과학/판타지 장르에 속하는 영화는 2021년 8월 현재 4편뿐이다. 「신과 함께-죄와 벌」(2017, 3위), 「신과 함께-인과 연」(2018, 10위), 「부산행」(2016, 12위), 「괴물」(2006, 15위), 「설국열차」(2013, 20위), 「디워」(2007, 27위), 「늑대소년」(2012, 45위), 「전우치」(2009, 51위) 등 8편으로 모두 21세기에 들어서 제작된 영화들이다. 할리우드의 SF나 판타지 영화가 크게 흥행하는 것과는 대조적이다. 봉준호가 「괴물」을 만들겠다고 발표했을 때 주요 제작사와 투자사가 선뜻 참여하지 않은 것도 한국 영화계가 가진 이런 장르에 대한 유보적인 시각을 방증한다. 그러므로 봉준호가 판타지 장르와 리얼리즘을 결합하는 것은 한국 관객에게 어필할 수 있는 방법이자 감독의 사회적 또는 정치적 논평을 상업 영화의 틀 안에 편입시키는 서사 전략이라고 할 수 있다.

그런 점에서 봉준호는 또 서로 배타적인 요소로 여겨져 온 작가 영화의 예술적 성취와 대중 영화의 상업성을 결합하는 데 성공한 드문 감독이다. 그의 작품은 상업적인 엔터테인먼트의 한가운데에 머물러 있으면서도 한국의 사회, 정치, 역사의 문제들을 정치적으로, 또 사회적으로 탐구한다. 「살인의 추억」과 「괴물」은 한국 사회 구조의 전체 맥락 속에서 지역적인 현상들을 이해할 수 있게 해준다. 「살인의 추억」은 연쇄 강간 살인이라는 비정치적 범죄가 실은 어떻게 정치와 밀접한 관련이 있는지 그 맥락을 보여 주고자 한 영화이고, 「괴물」은 한국의 식민지 이후 상황이라는 큰 틀 안에서 국가 재난에 대해 이해할 수 있게 하면서 한국이 글로벌 정치의 사회 경제 구조 속에서 어떤 위치에 있는지를 매핑해 준다. 요약하자면, 봉준호의 영화에서는 한국이라는 사회의 지역 정치가 내러티브에 깊숙이 개입하면서 할리우드 장르의 한국적인 변형을 만들어 낸다. 그 변형의 결과가 한국이 처한 현재 상황에 의문을 제기하고 제반 사회 문제의 원인을 더 깊은 구조적 문제로까지 거슬러 올라가면서 추적하는 영화들로 나타나는 것이다.

「살인의 추억」: 1980년대 군사 독재 시기의 억압

「살인의 추억」은 1986년부터 1991년까지 경기도 화성에서 일어난 실제 연쇄 강간 및 살인 사건을 극화한 영화다. 14세에서 71세 사이의 여성 열 명이 목숨을 잃은 사건이지만 누가, 왜, 범죄를 저질렀는지는 영화 개봉 당시까지 진상이 밝혀지지 않았었고, 범인은 첫 사건 이후 33년 만인 2019년 9월 검거됐다. 2003년 「살인의 추억」이 공개될 때는 살인의 공소 시효 15년이 만료된 상태였고, 한때 온 나라를 뒤흔들었던 사건은 사람들의 기억에서 사라지고 있었다. 하지만 영화의 성공은 화성 살인 사건에 대해서도 새로운 관심을 불러일으켰다. 많은 사람이 공소 시효 연장 청원서에 서명하였고, 이 같은 노력으로 2007년 12월 21일 살인 사건에 대한 공소 시효가 25년으로 연장되었다. 「살인의 추억」은 잊힌 과거를 되살렸을 뿐 아니라 사건에 대한 여론을 환기하여 살인범의 처벌이 가능하게 하는 법적 조치까지 이루어지게 한 것이다. (살인범 이춘재는 2019년에야 검거됐는데 2015년 법 개정으로 살인 사건에 대한 공소 시효가 폐지되면서 처벌할 수 있었다.)

영화의 시나리오는 1996년 2월에 초연된 연극 「날 보러 와요」를 토대로 각색되었다. 김광림이 각본과 연출을 맡아 극단 연우무대가 공연한 이 연극은 네 명의 형사를 주인공으로 수사 과정을 쫓아가면서 살인범을 찾을 수 없다는 사실 앞에 점점 커지는 그들의 좌절감에 초점을 맞췄다. 하지만 이 연극을 영화로 각색하는 과정에서 봉준호는 형사들이 어떤 방식으로 수사를 진행했는지보다는 왜 그들의 수사가 실패했는지에 초점을 옮겼고, 영화는 형사들의 이야기에 1980년대라는 시대의 억압적인 분위기를 직조해 넣었다는 점에서 연극과 달라졌다. 봉준호는 대본을 쓰기 전 6개월 동안 화성 연쇄 살인 사건에 대한 폭넓은 자료 조사와 연구를 진행했다. 도서관에서 당시 신문들을 읽고 당시의 증인과 조사에 관련된 사람들을 인터뷰했다. 그가 1980년대가 영화의 배경이 아니라 주인공이 되어야 한다고 깨달은 것도 자료 조사 기간이었다. 신문들을 찾아 읽으면서 화성 연쇄 살인 사건 기사가 1986년 서울 아시안 게임, 1987년 박종철 고문치사 사건, 1988년 서울 올림픽 등 대형 사건 관련 기사들과 함께 같은 페이지에 자주 등장한다는 사실을 알게 됐고, 이러한 병치는 그가 연쇄 살인 사건을 당시의 훨씬 더 큰 정치적, 역사적 맥락에 놓을 수 있도록 해주었다. 특히 실제 민방위 훈련일이었던 1990년 11월 15일에 13세 소녀가 살해된 기사를 읽고 나서는 영화가 반드시 1980년대에 관한 이야기가 되어야 한다는 확신을 가졌다. 따라서 주변의 제안에 따라 한때 범죄가 해결되고 살인범이 잡히는 허구의 결말을 생각하기도 했지만, 결국 그렇게 하지 않기로 했다.

「살인의 추억」은 관객이 형사는 살인범을 잡지 못하리라는 걸 알고 영화를 보기 시작하지만(외국에서는 영화가 미해결 사건을 영화화했다는 설명이 영화가 시작되기 전 자막으로 나간다), 끝까지 극적 긴장감을 유지하며 관객을 사로잡는 힘을 발휘한다. 보통의 연쇄 살인 사건 영화처럼 범인의 살인 행각이나 형사와의 두뇌 싸움이 아니라 서로 성향이 다른 두 형사가 필사적으로 범인을 찾으려는 과정에서 빚어지는 대립과 변화가 이야기의 축을 이루기 때문이다. 박두만과 서태윤 두 형사는 영화 초반 모든 면에서 극단적인 대조를 이루며 티격태격하지만 흥미롭게도 영화가 진행되면 진행될수록 서로를 점점 닮아 간다. 예를 들어, 피의자들을 폭행하며 자백을 강요하는 시골 형사 박두만의 방식에 노골적으로 반대해 온 서울 출신 엘리트 형사 서태윤은 자신이 살인자라고 굳게 믿는 세 번째 용의자의 범죄를 입증하지 못하는 절망과 좌절감에 총까지 쏘는 폭력을 휘두르기에 이른다. 궁극적으로 영화는 폭력적인 사회의 이야기다. 여성 피해자들에게 가해진 폭력뿐만 아니라, 용의자들에게 가해진 형사들의 폭력, 더 나아가 최종적으로는 각종 시위 등 독재에 저항하는 시민들에게 가해진 국가의 폭력에 대한 것이다. 이 세 가지 다른 차원의 폭력은 서로 교묘하게 얽히며 실패한 수사의 이야기를 한국 사회에 대한 논평으로 확장한다. 1980년대 군사 독재의 암흑시대, 모두가 폭력에 가담했던 시대가 바로 영화의 주제다.

사실, 「살인의 추억」은 처음부터 일종의 국가적 위기감에 휩싸여 있다. 영화는 전형적인 한국 시골의 목가적 모습을 보여 주는 프롤로그로 시작된다. 시리도록 파란 하늘 아래 고개 숙인 벼들이 황금물결을 이룬 넓은 논에서 소년들이 메뚜기를 잡으러 뛰어다닌다. 황금빛 논은 전통적으로 풍요를 상징하는 이미지다. 그러나 이 완벽한 한국적 풍경의 한구석 논두렁 하수구에 강간과 살인 피해자의 시신이 숨겨져 있는데, 이는 앞으로 나올 많은 피해자 사체 중 첫 번째에 지나지 않는다. 이 희생자는 앞으로 다가올 위기의 불길한 징조로 작용하는데 이는 메뚜기의 이미지로 이미 예시된다. 논에서 흔히 볼 수 있는 해충인 메뚜기들이 영화 초반 나라의 평화를 위협하는 사회 병폐의 상징으로 등장하는 것이다. 영화의 오프닝 숏은 논 한가운데에 앉아 있는 한 소년을 잡은 클로즈업이다. 벼 줄기에서 메뚜기를 포획한 후, 소년은 일어서서 멀리서 다가오는 트랙터를 바라본다. 박두만 형사가 트랙터 뒤끝에 걸터앉아 있다. 그를 보여 주던 카메라가 소년이 등 뒤로 숨기는 유리병을 클로즈업으로 잡는다. 유리병은 포획된 메뚜기들로 반쯤 차 있다. 이어 카메라는 트랙터에서 내려 논두렁 배수로에 접근한 뒤 첫 번째 희생자의 시신을 들여다보는 박 형사를 따라간다. 우리 또한 그의 시점을 통해 그녀의 시신을 보게 되는데 메뚜기 한 마리가 그녀의 몸 위에 앉아 있다. 그리고 자막 타이틀로 날짜가 표시된다. 1986년 10월 23일(실제 화성 연쇄 살인 사건에서는 두 번째 희생자의 시신이 논두렁 배수로에서 발견된 날이다). 소년은 박 형사의 말을 따라 하며 그의 말과 행동을 흉내 낸다. 두 사람은 서로를 바라본다. 박 형사는 뭔가 알 수 없다는 표정으로 소년을 바라본다. 소년은 그를 보고 우스꽝스러운 표정을 짓는다. 박 형사는 갸우뚱하는 표정으로 소년을 돌아보다 뭔가 생각이 떠오른 듯 눈썹을 살짝 치켜뜨는 순간 바로 장면이 바뀌며 「살인의 추억」 타이틀이 뜬다.

　이 프롤로그는 우화의 방식으로 이 영화가 위기에 처했거나 위험에 처한 한 나라의 이야기임을 선언하는 것이라고 할 수 있다. 소년이 포획한 메뚜기를 담은 병을 박 형사로부터 숨긴 것은 박 형사가 범인을 잡지 못할 것임을 예고한다. 그러니까 소년은 범인을 암시한다고 볼 수 있는데 박 형사는 그를 한참 쳐다보면서도 알아채지 못한다(영화 초반 박 형사는 자신이 얼굴만으로도 범인임을 알 수 있다고 자랑한다). 그리고 이는 영화의 〈오인〉 모티브를 예고하는 것이기도 하다. 이처럼 영화가 지극히 한국적인 이미지로 시작하고, 화성 연쇄 살인 사건을 소재로 했지만 영화 속에서 마을 이름이 한 번도 언급되지 않는 것은 이 마을이 한국이라는 사회 전체를 대변하는 것임을 시사한다. 어느 마을이든 누구든 희생자가 될 수 있고, 진짜 위협, 진짜 범인은 영화가 곧 알려 주듯이 억압적인 군사 정권이기 때문이다. 크리스티나 클라인이 주장하듯, 영화는 연쇄 살인자라는 〈표면 범죄〉를 통해 군사 정권에 의한 광범위한 부정이라는 〈심층 범죄〉를 밝혀낸다. 표면적인 범죄를 수사하는 과정에서 흔히 깊은 범죄가 드러나도록 하는 미국 범죄 영화의 관습을 언급하면서, 클라인은 「살인의 추억」에서 명백히 드러나는 한국의 심층 범죄에는 경찰권의 부패와 남용, 시민의 권리에 대한 무시, 그리고 민간인들을 견제하기 위한 수단으로서 북한에 대한 두려움을 정부가 자극하는 것이 포함된다고 결론짓는다.*

하지만 대부분의 미국 범죄 영화에서와 달리, 「살인의

* Christina Klein, "Why American Studies Needs to Think about Korean Cinema," *American Quarterly 60*, no. 4 (2008): 881–882.

추억」에서는 심층 범죄를 드러내는 일이 표면적인 범죄 해결에 도움이 되지 않는다. 심층 범죄, 즉 군사 정권에 의한 억압 체제가 어느 한 개인의 힘으로 해결될 수 있는 범위를 벗어나기 때문이다. 더군다나, 한국에서는 표면 범죄를 해결하기로 되어 있는 법 집행 기관이 실제로는 심층 범죄의 일부다. 박 형사와 파트너인 조용구 형사는 종종 폭력과 협박에 의존해 용의자들을 굴복시키고 증거 조작도 서슴지 않는다. 범죄의 실제 해결보다는 빨리 누구든 범인으로 잡아 실적을 내려 하는 과욕이 진짜 살인자의 얼굴을 본 결정적인 목격자인 백광호를 용의자로 만들어 버리는 바람에 결국 그를 잃게 되는 오류를 범한다. 또한 필사적으로 범인을 잡으려는 형사들의 노력은 정권에 의해서도 좌절된다. 두 형사는 살인범이 또 다른 피해자를 공격할 것이 확실시되는 날 밤, 지역 본부에 연락하여 곧 일어날 범죄의 잠재적 발생 가능성이 있는 지역에 진압 경찰 2개 중대를 요청한다. 하지만 인근 도시에서 대규모 정치 시위를 진압하기 위해 가능한 모든 경찰이 동원되었기 때문에 이 요청은 거부된다. 그리고 다음 날 아침, 또 다른 희생자의 시신이 발견된다. 그러므로, 군사 정권이 우선시하는 체제 방어 전략에 의해 형사들이 살인범을 잡을 기회를 잃게 된 것이다.

　　사회학자 막스 베버가 설명하는 것처럼 만약 국가 개념의 정의가 주어진 영토 내에서 합법적으로 물리력을 사용하는 것이라고 한다면, 「살인의 추억」은 국가가 폭력의 독점권을 국민에게서 자신을 방어하기 위해 사용하는 모습을 보여 준다.

이는 궁극적으로 군사력으로 광주의 민주화 시위를 진압하고 집권한 군사 정권의 정당성에 의문을 제기하는 것이다.

실제로 화성 연쇄 살인 사건이 일어난 시점은 한국에서 국가 폭력이 최고조에 달했던 시기와 정확히 일치한다. 민주화 운동 주도자 혹은 참여자들에 대한 고문도 만연해 있었다. 가장 악명 높은 사례 중 하나가 1987년에 고문으로 죽임당한 대학생 박종철의 사례다. 그의 죽음은 같은 해 최루탄 파편에 맞아 숨진 연세대학교 학생 이한열의 죽음과 더불어 1987년 6월 항쟁의 불길을 댕기면서 민주화 운동의 새로운 전환을 가져왔다. 또 다른 악명 높은 사건은 1986년 6월 경기도 부천 경찰서 조사실에서 문귀동 경장이 사회 운동가 권인숙을 성 고문한 사건이다. 이 기간에, 당시 야당 지도자였던 김근태도 고문을 당해 평생 그 후유증을 앓았다. 「살인의 추억」에는 이 같은 정치적 긴장과 불안의 징후가 곳곳에 도사리고 있다. 다큐멘터리 형식으로 촬영된 시위 현장과 경찰 진압 장면에서 우리는 어느 순간 조용구 형사가 시위자 한 명을 거칠게 끌고 가는 장면을 보게 된다. 살인범을 잡는 데 주력해야 할 그가 시위 현장에 있다는 사실도 시사하는 바가 크지만, 무엇보다도 연쇄 살인 용의자들에게 그가 가했던 폭력 행위가 국가의 폭력과 겹치는 이 장면은 영화가 전달하고자 하는 이야기의 핵심을 압축해 보여 준다.

　　이렇듯 영화 속에 그려진 형사들의 초상은 「살인의 추억」이 할리우드 범죄 영화에서 가장 멀리 벗어나 있는

차이점이다. 박두만, 서태윤 두 형사는 연쇄 살인 사건 범인을
잡는 일에 필사적으로 매달리는 주인공이지만, 그들은 미국
범죄 영화에 등장하는 〈좋은 형사들〉이 아니다. 특히 박 형사와
조 형사는 명확하게 부패한 제도의 일원으로 묘사된다. 그들은
거짓 자백을 강요하기 위해 용의자들을 때리고 겁박하는 데
거리낌이 없다. 영화는 이들의 작업과 수사 방법을 통해 폭력이
얼마나 일상생활에 자연스레 스며들어 있는지 효과적으로
보여 준다. 이는 첫 번째 용의자인 지적 장애인 백광호에
대한 심문에서 가장 잘 드러난다. 박 형사와 조 형사, 그리고
백광호가 인기 TV 시리즈인 「수사반장」을 보면서 함께
짜장면을 먹는 장면은 이 순간만큼은 이 드라마의 열성팬인
것으로 보이는 세 사람이 일상생활의 한순간을 친근하게
나누고 있음을 보여 준다. 하지만 눈 깜짝할 사이에 분위기가
바뀐다. 여성 경관이 사건 현장에서 백의 발자국을 위조해 찍은
박 형사의 사진을 현상해 오자 그는 즉시 백광호를 겁박하기
시작한다. 일상과 제도 폭력의 경계가 허물어지는 순간이다.

　이처럼 협박과 폭력 행위가 순식간에 인기 TV드라마
시청과 같은 평범한 삶의 순간에 침입해 들어오면서 영화의
톤이 한순간에 바뀌는 것 외에도, 「살인의 추억」은 관객의
허를 찌르는 봉준호 특유의 코믹한 순간을 군데군데 심어 놓고
있다. 서 형사의 과학적 논리로 백광호의 결백이 입증된 후
형사팀이 백의 아버지가 운영하는 식당을 찾아가 함께 저녁을
먹는 장면이 있다. 박 형사는 백에게 누명 씌운 것을 보상하기

위해 새 운동화를 선물로 가져왔는데 그 브랜드가 Nice, 즉 짝퉁 나이키Nike다. 그런가 하면 다른 대목에서는 주로 직감에 의존하는 박 형사가 그나마 논리적인 근거를 대며 남탕을 돌면서 음모가 없는 남자를 찾는 장면이 나온다. 그는 살인자가 범죄 현장에 어떤 음모도 남기지 않았기에 범인은 선천적인 무모증 환자일 것으로 추측한다. 영화의 암울한 상황에 뒤섞인 이 기이하게 코믹한 순간들은 봉준호 영화의 독특한 감성을 보여 주며, 앞에서 지적했듯이 코믹한 순간 이면에 깔린 절망감을 역설적으로 강조하는 효과를 낸다. 이러한 평범하지만 코믹한 순간들은 일상화된 부패와 폭력, 그리고 부조리가 당시 독재 정권의 기본적 인권 침해와 일종의 공모 관계에 있었음을 시사한다.

「살인의 추억」은 연쇄 살인 사건과 1980년대라는 시대를 가능한 한 사실적으로 묘사하기 위해, 롱 테이크의 리얼리즘 미학, TV 뉴스 영상, 그리고 다양한 문서를 사용해 실제의 사건들을 개입시켜 현실성을 높인다. 영화 초반 160초 분량의 살인 현장 감식 장면은 상황의 긴박함과 혼란스러움을 효과적으로 전달하면서 동시에 이 영화가 할리우드 범죄 영화와 확실히 구별되는 영화가 될 것이란 점을 알린다. 전형적인 할리우드 영화라면 아마도 범죄 현장에 노란 테이프가 둘러쳐져 있고, 주차된 경찰차에서 사이렌 불빛이 번쩍이는 도시의 아스팔트 거리를 보여 주며, 시체가 발견된 건물 안에서는 경찰관들이 모든 법의학적 증거를 보존하느라 바쁠 것이다. 그리고 형사들은 도착하자마자 현장을 조사하기 시작한다. 그런데 「살인의 추억」의 범행 현장은 시골 마을의 논이다. 아이들이 피해자의 시체 주변을 뛰어다니고, 박 형사는 필사적으로 법의학적 증거를 그대로 유지하려고 애쓰지만, 트랙터가 지나가면서 유일한 증거물인 발자국을 뭉개 버려 박 형사의 노력은 수포가 된다. 형사 반장이 도착하지만 논두렁을 내려오다 비틀거리며 미끄러진다. 할리우드 범죄 영화에서 볼 수 있는 세련되고 권위 있는 형사들의 냉정한 효율성의 과시에 비하면, 이 장면은 두서없는 혼란 그 자체다.

그런데 한국에서 리얼한 배경을 지닌 범죄 스릴러를 만드는 일은 필연적으로 장르 관습의 파괴를 동반하지 않을 수 없다. 「살인의 추억」을 만들 때, 봉준호는 여러 인터뷰에서 영화를 한국에서 인기 높았던 농촌 드라마 「전원일기」가 할리우드 스릴러인 「세븐」과 만나는 〈농촌 스릴러〉라고 묘사했다. 이처럼 화성 연쇄 살인 사건을 현실적으로 담아내기 위해서는 범죄 스릴러 장르를 재편성하고 재창조해 내야 한다. 게다가 경찰이나 형사가 할리우드와 한국의 미스터리 영화 혹은 탐정 영화에서 어떻게 다르게 묘사되는지 그 차이에 주목하는 일은 「살인의 추억」에 담긴 봉준호의 사회 논평을 이해하는 데 매우 중요하다. 비효율적인 수사 방법을 동원하고 세 명의 사회적 약자를 부당하게 용의자로 모는 무능하고 부패한 존재들로 형사들을 그림으로써 영화는 경찰과 정치 체제에 대한 전반적인 불신과 신뢰 부족을 담아낸다. 그리고 이러한 부패와 불신은 범죄가 해결되기보다는 부조리가 심화하는 결과를 많이 낳게 되고, 그래서 한국의 범죄 스릴러 영화의 스토리는 사건이 깔끔하게 해결되는 할리우드 영화의 장르 관습으로는 담아낼 수 없는 경우가 많다.

또한 「살인의 추억」은 실제 사건을 극화하면서 TV 뉴스 영상과 당시의 실제 신문 보도 등을 삽입하면서 영화의 사실성을 높인다. 조용구 형사가 피의자에게 폭력을 행사하지 말라고 서장에게 야단을 맞은 후 분노와 좌절감을 가라앉히기 위해 한 식당에서 술을 마시는 장면을 들 수 있다. 식당의 TV에는 부천 성 고문 사건으로 악명 높은 문귀동이 체포되는 실제 뉴스 영상이 흘러나오고 있다. 식당 안에서 뉴스를 보던 대학생 일행이 고문 형사를 규탄하자 조 형사는 발길질로 TV를 산산이 조각내고 시비를 건다. 조 형사가 반체제 인사들을 고문하는 경찰 권력과 연관이 있음을 간접적으로 드러내는 장면이다. 마찬가지로 1980년대의 아픈 기억을 떠올리게 하는 이미지들이 영화 속에 많이 담겨 있다. 전두환 대통령을 맞이하기 위해 한복을 입고 태극기를 흔드는 여중생들, 전경과 충돌하는 시위대, 민방위 훈련, 등화관제 등이 한국 관객들에게는 모두 1980년대의 기억을 되살리는 익숙한 이미지들이다. 또한 특정 장면에서는 정치적 층위를 더하기 위해 1980년대의 특정 사물과 상징적인 이미지가 사용되기도 한다. 당시 영부인 이순자의 사진이 책상 위에 머리를 얹고 서로를 바라보는 박두만과 서태윤 두 형사 얼굴 사이에 놓여

있는 장면을 보자. 이들은 범인이 누구인지 전혀 알 수 없어
답답함과 좌절감에 빠져 있는데, 프레임 한가운데 느닷없이
놓여 있는 이순자의 사진은 이들의 무기력이 정권과 연결되어
있음을 암시한다. 또한, 영화학자 전종현이 설명하듯이, 영화는
다양한 허구의 문서들 — 영화의 내용에 맞게 만들어 낸 신문
기사, FBI 문서 등 — 을 클로즈업하여 사용함으로써 영화
속 등장인물들의 행동을 권력 구조와 연결한다. 전종현은
「살인의 추억」이 날짜들은 물론, 영화 내적으로도 신문 등의
인쇄물을 통해 일관되고 규칙적으로 실제 사건과 연관시킨다고
지적하면서 이 문서들이 허구임에도 불구하고, 관객들은 실제
달력상의 시간을 떠올리게 된다고 설명한다.*

「살인의 추억」은 또 공포, 긴장, 유머를 교묘하게 섞으면서
겉으로 보기에는 양립할 수 없는 이질적인 요소들을 결합하는
봉준호의 독특한 스타일을 잘 드러내 준다. 유머의 상당 부분은
형사들, 특히 그 수사 방식이 끔찍하면서 동시에 코믹하기도
한 박 형사와 조 형사라는 두 시골 형사에게서 나온다. 이 시골
형사들의 비효율적인 모습은 엘리트인 서 형사가 추구하는 더
과학적인 수사 방식과 대조를 이룬다. 박 형사는 자신의 본능에
의존하고 점쟁이와 상의해 남탕에 가서 음모가 없는 용의자를
찾자는 아이디어를 내지만 서 형사는 서류와 증거에 의존하며

* Joseph Jonghyun Jeon, "Memories of Memories: Historicity, Nostalgia, and Archive in Bong Joon-ho's Memories of Murder," *Cinema Journal 51*, no. 1 (2011): 75-94.

비 오는 날에 붉은 옷을 입은 여성에게 살인 사건이 일어난다는 설을 내놓는다. 서 형사는 박 형사가 내세운 첫 번째 용의자 백광호가 무죄임을 과학적으로 입증하면서 두 형사의 경쟁은 더욱 고조되게 된다. 하지만 영화 속 마지막 피해자인 여중생이 비 오는 날도 아니고, 빨간 옷을 입은 것도 아닌데, 등화관제 훈련 당일 살해당하면서 서 형사의 과학적인 추론도 무효가 되어 버린다. 이때 서 형사는 반항적인 공장 노동자인 세 번째 용의자를 만났을 때 범인을 찾아냈다고 확신하며, FBI의 DNA 검사 결과가 그가 옳다는 것을 입증할 것으로 기대한다. 하지만 FBI의 조사 결과가 기대에 어긋나자 통제력을 잃고 피의자에게 난폭해진다. 실제의 화성 연쇄 살인 사건에서 DNA 샘플이 보내진 곳은 일본이었지만 영화에서는 미국으로 바뀌었다. 1980년대 당시 한국의 민주화 운동 진영이 미국에 느꼈던 배신감 등 미국에 대한 비판의 감정이 싹텄던 것을 반영한 것으로 보인다. 이는 뒤에 기술하겠지만 「괴물」에서 더욱 뚜렷하게 드러난다.

형사들의 무능함과 무리한 수사 방법에 대한 비판은 영화 초반 시골 형사들이 범인으로 조작해 내는 데 온 힘을 쏟았던 첫 번째 용의자 백광호가 범인이 아니라 실은 범죄의 유일한 목격자였다는 사실이 밝혀지면서 이야기의 아이러니는 극에 달하게 된다. 형사들이 처음 심문했을 때 그가 범행 수법을 그렇게 정확하게 설명할 수 있었던 것은 그가 살인범이기 때문이 아니라 살인을 목격했기 때문이었다. 형사들이 진작

이 사실을 알아챘더라면 사건을 조기에 해결하고 이후의
살인을 막을 수 있었을 것이다. 하지만 그들은 증거를 조작해
백을 살인자로 〈만들려는〉 일에만 몰두해 제대로 추리하는 데
실패했다. 이는 1980년대 한국의 공적 기관들이 어떤 식으로
임무를 수행했는지에 관한 논평이기도 하다. 이들은 실제
사건을 제대로 해결하기보다는 서류상의 성과에 더 신경을
썼다는 것을 보여 준다. 백광호의 설명을 정확히 해석할 수
있었다면 범죄를 해결할 수 있었는데 그 기회를 놓쳤다는
사실이 영화에 비극의 느낌을 더하게 되고, 영화 속 마지막
피해자인 여중생이 잔혹하게 살해되면서 이런 안타까움은 더욱
고조된다.

　　이 밖에도 「살인의 추억」이 1980년대에 스며든 불안감을
재현하기 위해 활용하는 한 가지 중요한 영화적 테크닉은
슬래셔 영화에서 빌린 살인자의 시점 숏이다. 사실 이 영화는
살인자가 잡히거나 신원이 밝혀지지 않기 때문에 결코 그의
얼굴을 보여 줄 수가 없다. 하지만, 살인범은 그의 시선을 통해
영화에 계속 등장한다고 해도 좋다. 얼굴은 여전히 알아볼
수 없지만 범인은 세 장면에서 모습을 드러낸다. 비가 오는
날 가족을 맞으러 우산을 들고 논길을 걷던 여성을 공격할
때, 언덕에서 길을 내려다보면서 박 형사의 애인이냐, 아니면
여중생이냐 누구를 뒤쫓아 가야 할지 고민할 때, 또 산비탈에서
한 여자를 공격하려고 준비할 때 등이다. 이들 장면은 모두
그의 시점 숏을 이용해 긴장감을 더한다. 슬래셔 영화, 즉 공포

영화에서 널리 쓰이는 시점 숏의 기술은 1980년대를 공포의 시대로 그리는 데 효과적이다. 시점 숏과 더불어 영화 제목인 〈살인의 추억〉역시 살인자의 관점을 반영하고 있다. 추억이란 단어는 〈기억〉보다는 어떤 〈향수〉를 불러일으키는 뉘앙스를 지니고 있다. 이는 범인이 자신의 과거 범죄를 어떤 애틋함이나 아쉬움을 갖고 돌아보고 있음을 암시한다. 따라서, 영화는 범인 자신이 직접 얘기하는 화성 연쇄 살인 사건의 이야기로 해석될 수도 있다. 어찌 보면 살인범은 도망가는 데 〈성공〉한 영화의 주인공인 셈이고, 그렇다면 다소 억지스럽지만 「살인의 추억」은 주인공이 목표한 바를 성공적으로 이루는 할리우드식 이야기를 따라가는 게 된다.

　「살인의 추억」이 사회적 약자에 대한 제도의 폭력과 이를 행사하는 정부 당국에 대한 불신의 우화라면, 영화는 이러한 폭력의 만연과 1980년대의 공포와 불안이 군사 정권의 종말로 완전히 사라지지 않았음을 시사하며 마무리된다. 이는 영화의 에필로그에서 뚜렷이 드러나는데, 2003년으로 건너뛴 시점에서 박강두 형사는 이제 한 가정을 이루고 사업가로 변신한 모습으로 등장한다. 그는 첫 번째 범죄 현장인 황금 논 옆 도랑을 다시 방문한다. 그의 관점, 특히 도랑을 들여다보는 관점은 마치 우리가 다시 범인의 관점을 공유하고 있는 것처럼 섬뜩한 느낌을 전달한다. 그가 배수구를 들여다보자 한 초등학생이 그에게 다가와 무엇을 하고 있느냐고 묻는다. 며칠 전 다른 남자가 도랑을 들여다보고 있어 왜 그러냐고 묻자

〈예전에 그곳에서 자신이 한 일이 생각나서〉라고 대답했다고 하자, 박씨는 그 남자의 얼굴을 보았느냐고 묻고, 아이는 그가 뻔한 얼굴이며 〈그냥 평범해요〉라고 대답한다. 영화는 박씨가 뚫어질 듯하면서도 불안한 표정으로 관객들을 응시하는 것으로 끝을 맺는다. 살인자는 여전히 유령처럼 한국 사회를 배회하며 현재를 위협하고 있다.

「괴물」: 인재와 광주의 망령

「괴물」은 겉으로 보기에는 괴수 영화이지만 한국적인 맥락에서 보면 재난 영화라고 이해하는 것이 더 타당하다. 구체적으로 인간이 초래한 재앙, 즉 인재의 희생자들이 어떤 경험을 하게 되는지에 대한 영화이기 때문이다. 영화는 재난의 원인을 제공했으면서도 그 피해자들을 돕지 못하는 한국의 부패하고 무능한 정부 당국에 대한 알레고리다. 이 영화 역시 실제 사건에서 영감을 얻었는데 2000년 서울의 미8군 기지에서 영안실 부소장이 한국인 조수에게 많은 양의 포름알데히드를 하수구에 버리도록 지시해 한강에 유입되도록 한 사건이다. 〈맥팔랜드 사건〉으로 알려진 이 사건은 봉준호가 괴물 영화의 스토리를 전개하는 데 거대한 돌연변이 물고기의 탄생을 그럴듯하게 만들어 주는 완벽한 프롤로그를 제공한다. 하지만 기존의 괴수 영화와의 유사성은 여기서 끝난다. 왜냐하면 예를 들어 「에일리언」(1979)과 같이 거의 영화 끝에 이르러서야 괴물의 전체 모습을 볼 수 있는 대부분의 괴수 영화나 괴생물체 영화와는 달리 「괴물」은 영화 시작 14분 만에, 그것도 대낮에 괴물의 전모를 드러내 버린다. 심지어 일본 괴수 영화에서도 괴물의 전체 모습을 보기까지는 훨씬 더 오랜 시간이 걸린다. 관객들에게 괴물에 대한 공포와 긴장이 꽤 쌓인 후에야 그 모습을 드러내기 때문이다. 하지만 「괴물」에서 괴물의 출현은 초반에 갑작스레 이루어지고, 강둑에 나타나 사람들을 공격하는 순간부터 영화는 괴물에 관한 이야기가 아니라 괴물에 납치된 10대 딸을 가진 가족에 관한 이야기가 될 것임이 명확해진다. 봉준호는 딸을 구하려는 이 가족의 분투를 통해 일반 시민을 보호하기는커녕 피해자 가족을 해코지하는 한국 정부 당국의 무능을 드러내고 비판하기 위해 대중적인 괴수 영화 장르를 빌린 것이다.

괴물이 등장하는 할리우드 블록버스터나 일본 괴수 영화에서는 보통 거대한 괴물이 고층 빌딩이 즐비한 도시 한복판에 들어가 마구 파괴하면서 난장판을 만들고, 그 괴물로부터 도시와 사람들을 구하는 데 앞장서는 영웅들을 등장시킨다. 「고지라」처럼, 정부 관계자들, 과학자들, 법 집행 당국 등이 함께 모여 긴급 대책 본부를 구성하고 괴물을 잡는 데 총력을 기울인다. 예술 평론가 수전 손태그는 1950년대 미국 SF 영화를 분석한 〈재앙의 상상력〉이라는 제목의 단편 에세이에서 괴물 영화 내러티브의 다섯 단계를 열거한다. 1) 〈그것(괴물 또는 우주선의 도착 등)〉이 등장하며 주인공(대개 젊은 과학자)에 의해 목격된다. 2) 괴물을 목격한 주인공의 신고는 이어 많은 사람이 목격하는 거대한 파괴 행위로 확인되고 경찰에 상황이 알려지게 된다. 3) 과학자들과 군대 간에 회의가 열리고 이는 곧 국가 비상사태와 국제 협력의 선언으로 이어진다. 4) 주인공의 여자 친구가 심각한 위험에 빠지는 등 더 많은 파괴 행위가 벌어진다. 5) 더 많은 회의가 열리게 되고 이어 궁극적인 무기가 개발된다. 괴물이나 침략자에 의한 최후의 항전/파괴가 일어나 괴물이 퇴치되고 주인공 커플의 포옹으로 이어진다.*

그러나 「괴물」은 이러한 전형적인 서술의 진행을 따르지 않는다. 대신, 영화는 한편으로는 괴물에게 10대 딸 현서를 잃은 가족들이 겪는 수난들을 묘사하고, 다른 한편으로는 그 가족을 돕는 데 관심이 없는 무능한 정부 관리들의 모습을 그린다. 영화 초반 현서의 손을 잡고 괴물의 공격으로부터 달아나던 강두는 그만 현서의 손을 놓치게 되고 현서는 괴물의 꼬리에 감겨 강 건너로 붙잡혀 간다. 모두 현서가 죽었다고 생각하고, 박강두와 가족은 괴물이 의문의 바이러스를 옮기고 있다는 당국의 우려에 따라 병원에 격리된다. 하지만 박강두의 핸드폰으로 현서가 전화를 걸어오고 그는 관계자들에게 딸이 살아 있다고 말하지만 아무도 진지하게 들으려 하지 않는다. 할 수 없이 현서의 가족 네 사람 — 할아버지 희봉, 삼촌 남일, 고모 남주, 좀 모자란 듯한 아버지 강두 — 은 스스로 현서를

* Susan Sontag, "The Imagination of Disaster," in *Against Interpretation and Other Essays* (New York: Picador, 1966), pp. 209-210.

구출하는 일에 나설 수밖에 없게 된다. 영화는 괴물에게서 현서를 되찾아 오려는 이들의 사투에 초점을 맞춘다. 당국은 사실 이 가족을 돕기 위해 아무런 노력도 하지 않고 오히려 그들을 지명 수배자 명단에 올려놓고 추적할 뿐이다. 괴물을 쫓지 않고 피해 가족을 쫓는 것이다. 결국 이 불운한 가족은 우여곡절 끝에 괴물을 처치하는 데 성공하지만 현서를 구하는 데는 실패한다. 이 같은 이야기의 전개는 기존 괴수 장르의 관습에서 크게 벗어나는 것으로 「괴물」은 초반에 괴수 장르물인 것처럼 관객을 유인한 후 사회 비판을 담은 가족 드라마를 펼쳐 간다.

    손태그는 앞서 언급한 글에서 괴수 영화를 포함, 1950년대 미국 SF 영화의 핵심은 파괴의 미학에 있다고 주장한다. SF 영화란 것이 사실은 과학에 관한 이야기가 아니라 재난에 관한 영화이기 때문이라고 설명한다. 하지만 「괴물」에서 〈파괴의 미학〉은 영화 초반에 일어나는 괴물의 공격에서 잠시 반짝할 뿐이다. 오히려 이 괴물은 한국인들이 역사적으로 견뎌야 했던 여러 가지 재앙 — 대부분 인재 — 을 상징한다고 해석할 수 있다. 그러니까 이 영화는 괴물의 공격이 실제 재난에 대한 알레고리로 작동하도록 한다는 점에서는 괴수 장르의 일반적인 관습을 따르고 있다. 비록 컴퓨터로 만들어진 괴물이 이 이야기를 판타지로 인식하게 하지만, 영화의 나머지 설정과 캐릭터들은 대단히 현실적이다. 심지어 괴물의 몸집도 괴수 영화의 전형적인 괴물의 몸집보다 작아 더 개연성이 있어 보이게 한다. 유독물 오염으로 인해 한강에서 나올 수 있을 법한, 거대한 돌연변이 물고기처럼 보이는 것이다.

게다가 괴물이 발산하는 파괴력도 상당히 억제된다. 괴물은 보통의 괴수 영화에서처럼 서울 도심으로 들어가 누비고 다니면서 보행자를 짓밟고 고층 건물을 무너뜨리는 파괴 행위를 하지 않는다. 오히려 그는 강둑과 하수구의 좁은 영역에 갇혀 있다. 생각보다 맹렬하지도 않다. 심지어 공격에 나서면서도 어설프게 강둑에서 미끄러져 굴러내리기도 한다. 결코 무적의 두려운 존재로 보이지 않는다. 그래서 당국이 괴물을 잡으려고 마음먹었다면 충분히 포획해서 죽일 수 있었을 것이라고 믿어도 무방할 정도다. 하지만 미국 정부와 세계 보건 기구는 거짓으로 판명 난 이 〈괴물 바이러스〉 소동을 정당화하기 위해 실험용 생물 살해 물질인 에이전트 옐로우를 한강에 살포하기로 하고 한국 정부는 이를 따른다. 에이전트 옐로우의 사용에 반대하는 대규모 시위가 열리고, 이 시위가 벌어지는 곳에서 박씨 가족은 괴물을 제압하게 된다.

「괴물」은 봉준호 영화 중 한국 사회를 가장 풍자적인 시선으로 보는 작품이기도 하다. 이 영화는 그의 독특한 톤 바꾸기와 장르 비틀기, 그리고 최고의 〈삑사리의 예술〉을 보여 준다. 앞서 이야기했듯이 영화는 괴물의 공격이라는 공포와 슬랩스틱 코미디를 혼합하고 있으며, 법 집행 기관, 과학자, 그리고 정부 당국 들이 괴물이 아니라 피해자의 가족을 쫓는 데 더 열중하는 변종 괴물 영화이며, 또한 바이러스 위협이 실제가

아니라 정부와 미국, 그리고 국제기관이 만들어 낸 속임수임을
보여 주는 변종 바이러스outbreak 영화이기도 하다. 한국적인
상황을 반영한 이런 장르 비틀기와 변형은 괴물 영화에 묘한
반전을 가져오는데 괴물의 피해자인 평범한 가족이 자신들이
직접 괴물을 추적하는 것 외에는 달리 선택권이 없는 그런
상황으로 나타난다.

언뜻 말이 되지 않을 것 같은 이 이야기는 사실 전혀
불가능한 일만도 아니다. 대형 재난 피해자들이 한국 당국에
의해 처리되어 온 방식에 비추어 볼 때 특히 더 그렇다. 앞서
머리말에서 언급했듯이 2014년 세월호 참사에 대한 소셜
미디어의 논의는「괴물」이 참사 희생자 가족에 대한 정부의
태만과 부당한 대우를 예견했다고 주장하며 둘 사이에
유사점을 끌어냈다. 봉준호의 다른 영화에서도 그렇듯이 괴물
이야기가 가족의 사투 이야기로 바뀌는 이중적 서사 구조는
개인에게 닥치는 재난이 정치적 성격을 갖고 있음을 드러내는
역할을 한다. 영화에서 괴물의 공격으로 알레고리화되는
인재들은 사실 〈자연적〉이거나 〈우발적〉인 것이 아니라 당국의
부패와 무능이 낳은 시스템의 실패들이다. 1994년 성수 대교
붕괴, 1995년 삼풍 백화점 붕괴 등 1990~2000년대 초반
한국에서 발생한 인재들이 많다.

이러한 참사들은 대부분 안전 수칙과 규정을 준수하거나
시행하도록 하는 감시 소홀 등 제도의 실패로 인해 발생했고,
이로 인한 손실은 효과적인 대응의 부재로 더욱 악화하는

경우가 많았다. 게다가, 재난 수습 과정에서는 희생자들의
가족들이 방치되거나 무시되기 일쑤였고, 진상 조사
과정에서는 정부의 무능, 과실 또는 위법 행위에 대한
은폐 의혹이 드러나거나 제기되는 경우가 많았다. 그러나
무엇보다도 이런 참사에서 한국적이라고 할 수도 있는
특이한 점은 피해자들이 이런 참사의 진짜 원인 제공자들을
탓하기보다 자기 잘못이라고 자책하는 경향이 있다는 것이다.
이는 봉준호가 노골적으로 개탄하는 경향이기도 한데 봉준호는
영화 속에서 구체적으로 2003년 2월 18일 발생한 대구 지하철
방화 사건을 지목한다. 영화의 합동 분향소 장면에서 대구
지하철 참사를 살짝 언급하는데, 체육관에 진열된 화환 중
하나가 대구 지하철 참사 희생자 가족 위원회에서 보낸 것으로
표시되어 있고, 이는 영화 속 괴물의 공격과 실제 참사와의
유사성을 명확히 제시한다. 승객 192명이 숨지고 151명이 다친
이 사건의 진상 조사에서 낙후된 소방 기술, 사고 관리 시스템
부재 등이 문제점으로 부각되면서 사상자 중 상당수가 사고를
피할 수 있었다는 것이 밝혀졌다. 그럼에도 불구하고, 많은
희생자 부모는 자녀에게 차를 사줄 수 있을 만큼 부자였더라면
그날 아이들이 지하철을 타지 않았을 것이고 그러면 사고도
당하지 않을 것이라며 자신의 가난을 탓하는 모습을 보여 준다.

이런 맥락으로 보면 「괴물」에서 과학자나 경찰,
군대보다는 희생자의 가족이 괴물을 쫓게 되는 게 생각보다
현실적인 설정이라는 점이 이해된다. 다소 모자란 듯한 현서의

아버지 박강두가 다른 세 식구의 도움을 받아 현서를 찾아
살리는 일을 맡게 되는 게 사실은 참으로 적절하고 한국적이다.
그리고 바로 이 한국적인 상황이 예측 불허의 이야기 전개와
비극, 추격전, 코미디 등 영화의 톤이 확확 바뀌는 원천이 된다.
이렇듯 영화에서는 심각한 상황 속에서 예상치 못한 슬랩스틱
코미디의 순간들이 뛰쳐나와 한국적인 삶의 부조리를 더욱
부각한다. 이미 지적했듯이, 종종 슬랩스틱 코미디의 몸 개그로
풍자되는 것은 바로 당국의 무능함이다. 코미디는 무능한 경찰,
군대, 의사, 과학자(한국인과 미국인 모두) 들이 등장할 때 주로
발생한다.

진보 정치학자 최장집의 주장처럼 1987년의 형식적인
민주화에도 불구하고 한국 문화와 사회는 민주화에 실패했다.
그는 〈한국의 경우 민주화 이후의 국가가 보여 주는 가장 큰
특징은 《무력한 정부》의 문제〉라면서* 1990년대 말 IMF
금융 위기 이후 경제는 물론 정치, 사회, 문화, 교육 등 모든
구조가 신자유주의적으로 빠르게 재편성된 〈신자유주의적인
민주주의〉야말로 그런 비효과적인 정부를 낳은 한 원인이라고
지적한다. 외환 위기 초기에, 정부가 외환 시장을 제대로
관리하지 못해 심각한 경제 침체를 겪었고 이것은 21세기에
들어서까지 사회와 경제 구조에 파괴적인 영향을 미치게 된다.
당시 정부는 IMF 구제 금융을 받는 대신 규제 완화, 시장 주도
경제, 친기업 정책, 탄력적인 노동 시장 등의 신자유주의 경제

* 최장집, 『민주화 이후의 민주주의』(서울: 후마니타스, 2010), 161면.

정책들을 도입하는 데 동의했으며, 고용주들의 정리 해고와
시간제 일자리, 국유 자산과 공기업 민영화 등을 쉽게 만들기로
합의했다. 이러한 조치들은 노동자와 중소기업의 희생으로
대기업들에 혜택을 주는 것이 되었고, 대규모 해고와 광범위한
실업으로 이어졌다. 최장집은 한국의 민주적인 정부가 IMF
사태에 대응하여 이러한 신자유주의 정책을 성급하게 채택했기
때문에 한국 사회에 경제적 민주주의나 사실상의 민주주의를
가져오는 데 실패했다고 주장한다. 권위주의적 통치의 특징이
여전히 지속되었다는 것이다.

　「괴물」은 이 같은 현실을 박씨 가족이 맞닥뜨리는 당국의
무능함과 오만함을 묘사하는 것으로 전달한다. 한국이
민주주의를 이룩했음에도 불구하고 영화 속 서민들은 여전히
권위주의적인 문화와 부패에 시달리고 있음을 보여 준다.
괴물의 공격으로 피해를 본 가족들에게 대체 어떻게 그런 일이
일어났으며 앞으로의 대책은 무엇인지에 대한 자세한 설명은
절대 주어지지 않는다. 그저 지시를 따르라고 명령받을 뿐이다.
이런 일방적인 통제가 이루어지는 한편으로 박씨 가족은 뒷돈
거래로 병원에서 탈출할 자동차와 괴물을 퇴치할 때 쓸 무기
등을 사고, 보안 검색대 직원에게 뇌물을 주고, 강둑 출입 금지
구역에 잠입할 수 있었다. 철통같은 보안도 뇌물에는 속절없이
뚫리고 만다.

　「괴물」은 봉준호가 할리우드 장르를 차용해 사회 부정과
경제 불평등 심화라는 문제를 안고 있는 21세기의 한국 사회에

대한 정치 논평을 제시하는 뛰어난 사례라 하겠다. 영화는 특히 1990년대 이후 빈부 격차를 더욱 심화한 신자유주의 경제 정책으로 인해 야기된 다양한 사회 문제를 담고 있는데 괴물이 등장하고 박강두 가족의 이야기가 본격적으로 시작되기도 전에 등장하는 이 에피소드들은 앞으로 전개될 이야기에 특정한 사회적 맥락을 부여하는 기능을 한다. 영화 제목이 스크린에 등장하기 전 우리는 세 가지 에피소드를 프롤로그로 접하게 된다. 첫 번째는 앞서 설명한 용산 미8군 기지 영안실에서 미군 상사의 명령에 따라 한국인 병사가 독극물을 강물에 쏟아붓는 장면으로 2000년 2월 9일 일어난 일이라고 자막이 알려 준다. 실제의 맥팔랜드 사건이 일어났던 날이다. 두 번째 프롤로그는 2년 후인 2002년 6월이라는 자막과 함께 한강에서 낚시하는 두 사람의 남자를 보여 주는 것으로 시작한다. 그중 한 사람이 돌연변이 물고기 같은 이상한 생물체를 발견하고 자신의 컵에 잡아 담지만 이내 놓쳐 버린다. 첫 번째와 두 번째 프롤로그는 두 가지 영상이 겹치는 합성superimposition 기법으로 연결되는데 싱크대 하수구를 통해 들이부어진 수백 개의 포름알데히드병들과 한강 물이 겹치면서 이 독성 물질이 바로 강으로 흡수되고 있음을 시각적으로 보여 준다. 첫 번째와 두 번째의 에피소드가 한강에서 괴물이 생겨나는 이유와 과정을 설득력 있게 보여 주었다면, 세 번째 프롤로그는 괴물이 무엇을 먹고 컸는지에 관한 설명임과 동시에 당시 신자유주의 구조 조정이 가져온 사회 문제에 대한 간접적인 코멘트이기도 하다.

세 번째 프롤로그는 현재, 그러니까 영화가 개봉된 시점인 2006년이 배경이다. 신사복을 입은 한 남자가 구두를 가지런히 벗어 두고 한강 다리 난간에 위태롭게 서 있다. 그를 향해 달려오는 두 남자 중 한 사람이 〈사장님〉이라고 외치는 것에서 그가 자영업자 혹은 중소기업의 대표임을 알 수 있다. 그는 물속에 커다랗고 시커먼 게 있다면서 봤느냐고 두 남자에게 묻는다. 친구가 〈뭐, 인마, 뭐?〉라고 묻자 남자는 〈끝까지 둔해 빠진 새끼들, 잘 살아들〉이라는 말을 남기고 강으로 뛰어든다. 그리고 그 남자가 물에 빠진 바로 그 지점에서 〈괴물〉이란 영화 타이틀이 떠오른다. 물속에 숨어 있는 커다란 괴물을 볼 수 있는 그는 IMF 후 구조 조정이 가져올 재난(괴물)을 이미 체험한 첫 번째 피해자이자 괴물의 먹잇감이다.

이 세 번째 에피소드는 괴물이 신자유주의 조치들이 한국에 초래한 경제적 재앙을 상징하며 현재까지도 한국을 괴롭히고 있음을 시사한다. 이 자영업자의 자살 장면은 영화 속에서 드러내고 설명하지는 않지만 〈IMF 자살〉이라는 〈사회적 죽음〉을 묘사한 것이다. 『동아일보』는 2007년 2월 17일 자 〈아노미적 자살〉에 대한 기사를 싣고 자살자가 1996년의 5,865명에서 2005년에는 12,047명에 이르러 한국이 OECD 회원국 중 자살률이 가장 높은 나라가 되었다고 보도하고 있다. 아노미적 자살이란 개념은 프랑스 사회학자 에밀 뒤르켐의 1879년 저서 『자살론』에 나온다. 1873년 경제 위기를 겪은 빈에서 자살자 수가 갑자기 급격히 늘어난 현상을 목격한 뒤르켐은 경제 위기가 자살 성향을 가중한다고 분석했다. 뒤르켐은 아노미는 일시적인 사회적 규제 완화의 상태이고, 아노미적 자살은 그러한 규제 완화가 가져오는 결과물이라고 설명했다. 『동아일보』 기사 역시 당시 자살의 증가가 개인적인 문제가 아니라 사회적 병폐, 특히 IMF 사태 이후의 재건과 2003년 불황의 영향에서 비롯된 것으로 해석하고 있는데 영화와 관련해 의미심장하게도 2003년 이후 소상공업자(자영업자)가 자살 1위의 직업이라고 밝히고 있다.

실제로 이 자살 장면은 IMF 사태 이후 한국의 보통 시민이나 힘없는 사람들의 고충이라는 영화의 핵심 메시지를 잘 전달한다. 이런 맥락에서 한강은 강한 알레고리의 의미를 지니고 있다. 〈한강의 기적〉이라는 말이 보여 주듯 한강은 6.25 전쟁 이후 한국이 달성한 급속한 경제 성장을 상징하는 장소다. 하지만 영화는 이 번영과 자부심의 현장을 괴물이 번식하는 재앙의 장소로 바꾸어 버린다. 「살인의 추억」에서는 전통적인 풍요의 이미지인 황금 논밭이 연쇄 살인 사건으로 얼룩지더니, 「괴물」에서는 한국 자부심의 상징이었던 한강이 어둠 속에서 괴물이 배태되는 공포의 공간으로 묘사된다. 민주화 이후에도 정부가 시민을 보호하지 못하거나 할 의지가 보이지 않는 병폐가 계속되고 있음을 보여 준다. 또, 「살인의 추억」이 1980년대 군사 정권을 살인범의 조력자로 묘사하고 있다면, 「괴물」은 〈괴물의 사육자〉로 한미 간의 종속적 관계를 지적한다. 괴물과 싸우다 팔이 찢긴 후 충격으로 죽는 미군

도널드 병장은 주한 미군의 존재를 대변한다. 사복을 입은 개인으로서 그는 강둑에 있는 괴물과 싸우기를 주저하지 않는 이타적인 사람이지만, 미군으로서 그는 실제로는 존재하지 않는 바이러스 공포를 퍼뜨리는 정부의 도구가 된다. 그의 죽음이 처음에 바이러스에 의한 것으로 보고되었기 때문이다. 도널드 개인의 희생적 행위에도 불구하고 그가 미군이라는 미국 권력을 대표할 때는 강대국으로서 한국 정부와 함께 거짓을 숨기는 데 이용되는 모습으로 그려지고 있다. 이는 1980년 5.18 민주화 운동 당시 미국이 군사 정권을 지원했던 사실을 떠올리게 한다.

실제로, 1980년대는 이 영화에서 중요한 의미를 지닌다. 「살인의 추억」이 실제의 1980년대를 배경으로 펼쳐진 국가 위기의 이야기라면 「괴물」은 그 20년 뒤에 벌어진 이야기인데 영화 속 현재와 1980년대를 잇는 가장 중요한 연결고리는 괴물 그 자체다. 계속 말했듯이 봉준호의 영화는 여러 가지 다른 해석을 불러오는데, 이 괴물 또한 북한에서부터 신자유주의 혹은 한국 정부에 이르기까지 다양한 상징적 의미를 지니는 것으로 해석된다. 그러나 그중 한국인들의 집단 기억과 관련해 주목되는 한 가지 해석은 괴물의 공격이 광주 대학살의 우화이며 괴물은 광주에 파견된 공수 부대를 상징한다고 보는 것이다. 몇몇 한국 블로거는 괴물의 공격 장면이 대학살을 떠올리게 한다는 평을 내놓았다. 예를 들어, 씨네크라라는 아이디의 블로거는 2007년 6월 15일 〈괴물의 정체(봉준호가 숨겨 놓은 상징들〉)라는 제목의 영화평에서 이렇게 썼다.
〈미국, 매판 정부, 군대, 이 삼자가 합심하여 한 지역을 포위,
그리고 군경과 언론에 의해 국민에게 완전히 고립된 시민들의
총기 무장과 사투……. 무엇이 연상되는가. 군대로 완전히
포위된 한 지역 〈한강〉. 그것은 다름 아닌 1980년 5.18 당시
전두환이 미국 동의 아래 군대를 동원해 포위했던 대한민국
〈광주〉의 역사와 동일한 상황의 플롯 반복이다. 봉준호는 바로
5.18 광주를 영화「괴물」에 불러들인 것이다.〉『뉴시스』도
2006년 8월 8일 〈영화「괴물」, 5.18 닮은 꼴?〉이란 기사에서
네티즌들이 주요 포털 및 영화 관련 사이트에서「괴물」이
5.18을 상기시킨다고 쓰고 있다면서 독극물을 몰래 버린
미군과 고립된 한강, 괴물과 싸우는 민간인, 화염병 등을
근거로 들고 있다고 보도했다. 이 보도에 인용된 광주 토박이
네티즌은(아이디 coldim) 〈극 중 송강호 가족이 바이러스
보균자이자 정신 이상자로 취급돼 억울함을 호소하지만 아무도
그 말을 믿지 않는 점과 현상 수배 전단에 나온 송강호의 이름
아래 전남 광주 남구라는 지명이 적힌 점도 단순히 흘려보낼 수
없었다〉라고 밝힌다.

　　실제로 괴물의 공격은 여러 면에서 5.18 민주화 운동과
비교할 수 있다. 첫째, 괴물의 탄생에 미국이 관여하고
있다(미국이 DMZ 주둔 한국군이 광주로 내려가는 것에 동의해
주었다). 둘째, 괴물은 대부분의 괴물 영화에서처럼 도심 빌딩
숲으로 나가지 않고 한강 지역에 국한되어 있다(군부는 광주를

외부의 연결로부터 차단함으로써 고립된 도시로 만들었다).
셋째, 대낮에 괴물은 공격을 가한다(공수 부대원들은 대낮에
민간인들을 죽였다). 넷째, 박씨 가족은 소총으로 괴물과
맞선다(광주 시민들이 민병대를 결성하여 소총으로 대항했다).
다섯째, 합동 분향식이 체육관에서 거행된다(피해자들의
사진이 광주 시립 체육관에 전시되었다). 여섯째, 괴물의 공격은
언론에 보도되지 않는다(당시 광주 학살도 언론에서 보도된
적이 없고, 이후 수년간 언론은 사건에 대해 침묵했다). 일곱째,
당국은 박씨 일가를 치명적인 바이러스를 소지한 혐의로
고발하고 지명 수배한다(광주 시위대는 공산주의자라는 혐의를
받았으며 시위가 진압된 후에도 수배 리스트에 오르게 된다).
여덟째, 이 괴물은 1980년대 학생 운동권 출신인 삼촌과 민중의
반격을 받는다(광주에서 무장 시민군이 계엄군과 총격전을
벌었다).

    괴물이 기존의 괴수 영화에 나오는 거대한 괴물들과 달리
상대적으로 왜소하고 위협적이지 않다는 사실은 괴물이 공수
부대원을 상징한다는 은유적인 해석을 뒷받침한다. 또 현서의
할아버지 희봉이 죽는 장면은 광주 학살 당시 일어난 시민군의
싸움과 비극적인 죽음을 연상시킨다. 박씨 가족은 병원에서
탈출해 암거래상에게서 지도와 소총을 얻어 낸 뒤 금지 구역인
강둑에 있는 간이매점에 몰래 들어가 괴물을 기다린다. 괴물이
나타나서 공격하자, 가족들은 괴물을 향해 총을 쏘며 대응한다.
강두의 소총에 마지막 총알 한 발이 남았을 때 희봉은 자신이

총을 건네 들고 괴물에게 다가가 마지막 총알을 효과적으로 쓸 수 있도록 상황을 유도한다. 하지만 강두는 총알의 수를 잘못 계산했고, 소총은 실제로는 비어 있었다. 희봉은 괴물에게 잡혀 자식들 앞에서 참혹한 죽임을 당한다. 강두는 죽은 아버지에게 달려가 울부짖는다. 〈아버지, 일어나. 군인들이 쫓아와.〉 아버지의 시신을 차마 떠날 수 없었던 강두는 가족을 뒤쫓던 특수 부대에 붙잡힌다. 희봉의 폭력적 죽음과 강두의 처절한 울부짖음은 수백 혹은 수천 명에 이르는 비슷한 죽음에 대한 집단적 기억의 이미지를 엄숙하게 소환한다.

「괴물」은 5.18을 상징적으로 묘사할 뿐만 아니라 나아가 386 세대/현 586 세대에 대한 평가와 민주화 운동의 유산에 대해서도 논평한다. 현서의 삼촌인 학생 운동권 출신 남일이라는 인물을 통해서다. 그는 뇌물과 권위에 굽실거리는 방식으로 해야 할 일들을 처리하는 아버지를 비난하는 〈백수〉다. 그는 민주화 성취 20년이 지난 후에도 여전히 정부와 당국에 대해 도전적이고 비판적인 태도와 말을 서슴지 않으며, 자신의 청춘을 민주화 운동에 바쳤건만 정부가 일자리도 하나 마련해 주지 않았다고 불평한다. 가족과 함께 당국에 쫓기는 신세인 남일은 현서가 있는 정확한 위치를 알아내기 위해 같은 운동권 출신으로 지금은 통신 회사에서 일하는 대학 선배의 사무실을 찾아간다. 그 선배는 남일에게 휴대 전화에서 나오는 신호를 추적함으로써 현서의 위치를 추적할 수 있다고 자신 있게 말한다. 그러나 이는 그를 체포하기 위해 경찰들이

잠복해 있는 회사 건물로 그를 유인하기 위한 계략이었다. 그는 신용 카드 빚을 갚기 위해 현상금이 필요했고 그래서 남일을 배신한 것이다. 그래도 운동권 시절 형사 기피에 능해 〈도피의 천재〉라는 별명이 붙었던 남일은 가까스로 건물에서 탈출해 체포를 면한다.

이 장면은 민주주의를 성취한 이후 386 세대가 걸어온 두 가지 다른 길을 두 선후배를 통해 보여 준다. 즉 남일처럼 순응하길 거부하고 여전히 불평꾼 실업자로 남아 있거나 아니면 그의 선배처럼 완전히 체제에 편입돼 자신의 이익을 위해서는 배반도 서슴지 않는 모습이다. 실제로 386 세대는 1980년대 민주주의를 성공적으로 이끌어 낸 세대이자 2000년대 이른바 IT 혁명을 주도한 세대이기도 하다. 그러므로 남일의 선배가 통신 회사에서 일하는 것은 전혀 우연이 아니다. 또 많은 운동권 출신이 1993년 이후 국회 의원이나 정부 고위직을 맡으며 민정에 참여했지만 2008년 총선과 대선에서 보수 정당에 패하기 전까지 실질적인 민주주의를 확립하는 데 필요한 근본적인 변화를 불러오지는 못했다. 그리고 이는 386 운동권 출신들이 이끄는 문재인 정부에 들어서도 〈내로남불〉이 유행어가 될 만큼 나아지지 않았다. 따라서 386 세대는 한국의 제도적 민주화를 달성하는 데 기여했지만 실질적인 민주화를 이루는 데는 실패한 것으로 평가할 수 있으며 「괴물」에서도 이 같은 평가를 볼 수 있다. 그들은 1980년대엔 영웅이었으나 지금은 배신자이거나 아니면 비능률적인 낙제자가 되어 있다.

남일은 괴물을 퇴치할 결정적인 순간에 화염병을 놓치는 어이없는 실수를 저지른다.

남일이 화염병을 놓치는 이 〈백사리의 순간〉은 동시에 운동권과 민중 사이의 연대, 더 정확히는 운동권을 뒷받침하는 민중의 보이지 않는 공을 보여 주는 장면이기도 하다. 남일은 예전에 운동권 학생일 때 익힌 화염병 제조 기술을 이용해 괴물을 불태워 죽일 준비를 한다. 강둑으로 가는 도중, 그는 한 노숙자를 만나는데 그가 괴물과의 싸움에서 결정적인 도움을 준다. 남일이 화염병을 던질 때 불이 잘 붙도록 괴물에게 기름을 뿌린다. 하지만 남일이 마지막 남은 화염병을 떨어뜨리고 오히려 괴물의 공격을 받을 위기에 처한 순간에 남일을 구원해 주는 사람은 그의 동생인 남주다. 국가대표 양궁 선수인 남주는 결정적인 순간에 지나치게 긴장해서 과녁을 맞추지 못하는 징크스가 있다. 하지만 이번엔 불붙은 화살을 정확히 괴물에게 맞추는 데 성공한다. 그리고 이어 강두가 쇠막대로 괴물을 찌르며 치명타를 날린다. 운동권 출신인 남일이 결정적인 실수를 했음에도 불구하고 그가 노숙자, 여성(남주), 그리고 강두의 연합으로 괴물을 물리치는 이 장면은 1980년대의 민중 운동을 연상케 하는 측면이 있다. 강두는 하얀 병원복을 입은 상태로 쇠막대를 들고 있어 마치 흰 한복을 입은 한국 농민의 모습을 떠올리게 한다. 이 이미지는 또 19세기 일본의 침략에 죽창으로 맞선 조선의 의병들을 연상시키기도 하는데 1980년대 민중 문화 운동에서 흔히 사용되었다.

영화의 제목인 〈괴물〉은 2000년대 초 한국에서 유행어가 되기도 했다. 국립 국어원 표준 국어 대사전에 따르면 괴물의 의미는 1) 괴상하게 생긴 물체, 혹은 2) 괴상한 사람을 비유적으로 이르는 말이다. 공교롭게도 2000년대 한국 영화에는 인간의 형상을 한 괴물들이 급증한다. 예를 들어 박찬욱의 「올드보이」에서 15년 동안 감금됐다 나온 주인공 오대수는 〈나는 이미 괴물이 되었다〉라고 말한다. 또 홍상수의 「생활의 발견」에서 주인공 경수는 〈우리가 인간이 될 수 없다면 최소한 괴물은 되지 말자〉라고 말한다. 위선과 속물적인 지식인을 조롱하는 「생활의 발견」에서 〈괴물〉이라는 단어는 부패한 시스템에 기꺼이 자신을 팔아넘기고 순응하는 사람을 상징한다. 하지만 「괴물」의 영어 제목이 〈The Host(숙주)〉이기 때문에, 해외 평론가 대부분은 이 영화의 주요 주제가 반미 anti-America라고 해석했다. 그러나 영화는 미국을 비판적으로 바라보지만 가장 신랄한 비평과 풍자는 한국의 정부 당국과 한국이 미국과 맺는 종속적인 관계를 지향한다. 한국에 대한 미국의 영향력에 관해서 본다고 해도, 이 비평의 무게는 한국 당국을 향하고 있다고 보는 것이 맞다. 미국의 압력과 요구에 저항하지 못하거나 거부하지 못하는 한국 정부에 대한 비판을 담고 있으니 말이다. 결국 한국어 제목은 여러 괴물을 배출한 사회에 대한 냉소와 절망이 팽배한 사회 분위기를 반영한다고 할 수 있다. 영화에서 〈괴물〉이라는 단어는 사실 여러 가지 의미가 있다. 미국, 한국 정부, 당국, 의사 모두 괴물이다.

1980년대를 배경으로 한「살인의 추억」에서 두 형사는 나름 최선의 노력을 다했는데도 불구하고 연쇄 살인범을 잡을 수 없었지만 2000년대 들어서「괴물」의 (정부) 당국은 아예 제 할 일을 하려고 하지도 않고, 피해자 가족을 도우려고 하지도 않는다. 〈할 수 없는 것〉과 〈하지 않는 것〉의 차이는 엄청나며 이는 곧 사회의 부정부패가 IMF 이후로 더 악화하였음을 간접적으로 시사한다. 즉 공감의 능력, 가난한 사람에 대한 연민, 그리고 정의감이나 공정성은 더 이상 존재하지 않게 되었다는 2000년대 한국 사회가 지나고 있는 부정적인 변화를 반영한다. 이런 식으로「괴물」은 현대 한국 사회의 기저에 깔린 복잡하고 복합적인 역사와 정치 문제들에 대해 미묘하고 섬세하지만 날카롭게 해설하고 있다. 2006년 현재를 배경으로 하지만 관객에게 1980년대를 상기하는 캐릭터와 이미지를 포함하고 있어, 한국의 현재 상황이 그 시대와 밀접한 관련이 있음을 시사한다. 요컨대, 이 영화는 대중적 오락 영화인 〈괴물 영화〉라는 표면 아래 1980년대의 유산에 대한 양가적인 평가와 비판을 담아내고 있다.

　「살인의 추억」과「괴물」이 잘 보여 주듯이, 할리우드 장르 영화와 봉준호의 현지화, 즉 한국화 버전의 차이점들은 각기 다른 역사적 경험에 뿌리를 두고 있다는 사실에 기인한다. 한국은 20세기 전반에 가혹한 식민지 시대, 전쟁과 분단, 그에 따른 이산가족이라는 아픔을 겪었으며 이후 20세기 후반기와 21세기까지 엄혹한 군사 정권을 거쳐 민주화 이후에는 신자유주의 경제 정책의 폐해들을 앞장서 겪고 있다. 이 같은 일련의 역사적 경험들은 한국인들에게 정부와 당국의 권위에 대해 뿌리 깊이 불신하게 했다. 한국식 장르 변용이 전반적으로 시스템에 대한 믿음을 바탕에 두는 할리우드 영화와 다를 수밖에 없는 조건이다. 두 영화 모두 부패가 한국의 모든 정치권력 구조에 만연해 있는 정도를 드러냄으로써 사회 전반에 퍼져 있는 불만과 불신, 허탈감과 냉소주의를 보여 주고 정당화한다.

그런 점에서 봉준호의 영화는 평론가 프레드릭 제임슨의 〈인지적 지도 그리기cognitive mapping〉 개념과 연관할 수 있는 측면을 지니고 있다. 제임슨은 사회 구조의 더 큰 맥락 안에서 지역적인 현상을 이해할 수 있게 해주는 인지적 지도 그리기를 사회 시스템 전체에 대해 개인이 맺는 관계를 인식하는 도구로 제시한다. 그는 인지 지도의 기능을 〈개개인의 주체가 사회 전체 구조의 집합체인 전체성, 그 광대하고 적절한 재현이 불가능한 그 전체성에 대해 상황에 따른 재현을 할 수 있게 하는 것〉이라고 설명한다. 개개인이 맞닥뜨리는 지엽적인 상황들을 재현함으로써 재현할 수 없는 전체 구조를 인식하게 한다는 것이다. 「살인의 추억」은 화성 연쇄 강간 살인 사건을 1980년대의 억압적인 군사 정권과 연계시킴으로써 그 사건의 정치적 성격을 조망할 수 있도록 해주며, 「괴물」은 미국의 불가피한 압력에 의해 괴물이 탄생하게 됐음을 보여 줌으로써 한국에서 일어나는 괴물의 공격과 박씨 가족의 곤경을 한국의 식민지 이후와 신식민지라는 더욱 큰 구조 안에 맥락화할 수 있게 해준다.

이처럼 봉준호가 할리우드 장르를 가져와 변용하는 것은 그의 영화들에 국경을 뛰어넘어 향유되는 보편성을 갖게 하지만, 이야기의 소재들은 영화에 한국이라는 특정성을 부여한다. 「살인의 추억」과 「괴물」 모두 한국의 정부 당국이 개인, 가족, 대중을 보호하거나 돌보는 데 무능하거나 불충분하다는 봉준호의 중심 주제를 잘 보여 준다. 두 영화는 정치와 일상이 동떨어진 게 아니라 밀접하게 교차하고 있음을 설득력 있게 표현하면서 영화 속에서 벌어지는 끔찍한 범죄와 재난의 이면을 파헤치기 위해 한국 사회에 커다란 돋보기를 들이댄다. 「괴물」에서 하수구에 갇힌 현서가 함께 갇힌 어린 소년에게 〈내가 나가서 의사랑 119랑 경찰, 군인 죄다 데리고 올게〉라며 절대 나오지 말고 가만히 기다리라고 어른스럽게 말하는 장면은 참으로 많은 것을 말해 준다. 사실, 둘은 도움을 받기 위해 깊은 하수구를 도망칠 수도 없으며, 어떤 도움도 그들을 향해 오지 않는다. 아무도 그들을 구해 주지 않지만, 그럼에도 현서는 마지막에 어린 소년을 보호하고 구해 주는 사람이다. 그리고 소년에게 남긴 다짐은 현서가 이 세상에 남긴 마지막 말이었다. 할리우드 영화였다면 의사와 경찰, 군인 들이 우여곡절을 겪긴 하지만 결국 그들을 구해 주었을 것이다.

4
내면의 괴물들:
「플란다스의 개」와 「마더」에서의
도덕적 모호성과 아노미

「플란다스의 개」와 「마더」는 둘 다 주인공이 체념한 듯 혼이
빠져 나간 듯한 모습을 보여 주며 끝을 맺는다. 「플란다스의
개」에서 뇌물을 주고 전임 강사가 된 윤주는 슬라이드 상영을
위해 내려가는 커튼 틈으로 창문 밖을 내다본다. 강의실이
완전히 어두워지자, 체념하듯 눈을 내리깐 그의 멍한 얼굴이
클로즈업된다. 「마더」는 한 중년 여성이 들판으로 걸어 들어가
멍하고 넋이 나간 표정으로 춤을 추기 시작하는 장면으로
시작한다. 이야기가 전개되면서, 우리는 이 프롤로그 직전에
그녀가 살인을 저지른 아들의 유일한 현장 목격자인 한
고물상을 난폭하게 죽였다는 것을 알게 된다. 영화는 미디어
레스 기법을 사용하여 중간에서 시작되었다. 간단히 말하자면,
두 주인공은 양심의 가책을 마비시킴으로써 자신을 압도하는
엄청난 죄책감과 수치심을 다스리려 애쓰는 것이다.

　　이러한 체념의 무아경 장면들은 사회학자 장경섭이 제시한
〈압축적 근대성〉의 결과로 나타나는 〈최면적 상태〉와 연관 지어
생각할 수 있다. 그에 따르면 한국의 전후 경제 성장은 〈인류

역사상 가장 급격하고 압축된 과정〉이었고, 〈전례 없는 경제 및 사회 변혁의 속도와 규모는 사람들에게 충격을 주어 최면 상태를 초래했다〉라고 설명한다.* 이러한 압축적 근대성이 한강의 기적을 가능하게 했지만, 이는 동시에 정치적, 사회적, 그리고 무엇보다도 도덕적으로 심각한 결과를 낳았다. 한국의 독재적인 국가 주도의 경제 성장은 사실상 다른 모든 것, 특히 노동자의 기본 인권, 안전 조치, 타인에 대한 배려, 그리고 도덕적 원칙 등을 희생한 대가로 이루어졌다.

「플란다스의 개」와 「마더」가 이러한 최면 상태에 공명하면서 〈체념의 무아경〉 순간을 공유하는 것은 우연이 아니다. 두 영화 모두 압축적 근대성이 개인의 삶에 가져온 마비 효과와 심리적 파장을 보여 주기 때문이다. 국가가 저지르는 〈심각한 범죄〉를 드러내는 「살인의 추억」, 「괴물」과는 다르게, 「플란다스의 개」와 「마더」는 도덕적 딜레마에 직면하게 되는 보통 사람들의 일상의 삶을 이야기의 축으로 삼고 있다. 따라서, 「살인의 추억」과 「괴물」에서와 같은 큰 사회적 이슈가 두드러지진 않는다. 대신, 「플란다스의 개」와 「마더」에서 등장인물들이 겪는 일들은 압축적 근대성이 한국 사회에 빚어낸 사회 병폐와 깊은 연관이 있다. 이러한 인물들의 삶을 둘러싸고 있으면서 그들로 하여금 도덕적 타협을 하게 만드는 사회의 부조리와 부패는 엄청난 속도로 밀어닥친 변화들이

* Chang Kyung-sup, "Compressed Modernity and Its Discontents: South Korean Society in Transition," in *Economy and Society 28*, no. 1 (1999): 51.

한국 사회에 가져온 결과다. 따라서, 두 영화는 개인의 이야기이면서 동시에 반세기를 훌쩍 넘어서는 기간 한국 사회가 겪은 변화들에 대한 알레고리로 읽을 수 있다.

「플란다스의 개」와「마더」는 주인공들의 도덕적 딜레마에 렌즈를 들이대지만 그들의 행동에 대한 판단은 내리지는 않는다. 두 영화에서 카메라는 객관적인 거리를 유지하며, 주인공들의 부도덕한 행동을 성찰하고 판단하는 일을 관객의 몫으로 남긴다. 두 영화 모두 주인공들을 감정적으로 버거운 상황에 빠지게 만든 다음, 그들이 절망과 자포자기 속에서 서서히 괴물로 변화해 가는 모습을 그린다. 닥친 문제를 해결하기 위해 그들이 겪는 어려움과 도덕적 위기는 한국 사회에서 상실된 사회적 도덕성과 정의감을 대변한다. 관행이라는 이름으로 자행된 도덕적 범죄는 용납될 수 있는가? 도덕적인 부패가 모성애라는 이름으로 행해진 것이라면 면책될 수 있는가? 봉준호는 이 두 영화에서 죄책감, 절망, 그리고 한국인이라면 대부분 쉽게 공감할 수 있는 심리적 상처를 묘사함으로써 관객들로 하여금 사회도덕의 문제를 성찰하도록 유도한다.

더욱이, 두 영화는 사회적 약자들이 자신보다 더 약한 자들을 착취하는 사회를 그려 냄으로써 사회도덕의 문제를 한층 더 깊게 파고든다. 사회적 약자에 대한 관심이 봉준호 영화의 주요 특징 중 하나이지만 이 두 영화에서 사회적 약자인 주인공들은 불공정하고 무능한 사회 제도의 희생자로 묘사되는

「괴물」의 인물들과는 분명 다르게 묘사된다. 「플란다스의 개」의 윤주와 「마더」의 어머니는 단순한 피해자가 아니다. 오히려 하루하루 살아가기 위한 생존 투쟁에서 그들은 범죄와 도덕적 부패의 가해자가 된다. 윤주는 개를 죽이고 뇌물을 주며, 어머니는 거짓말쟁이에 살인자가 된다. 양심의 가책에도 불구하고, 그들은 결국 자신들의 이익을 위해 진실을 숨기기로 결심한다. 이는 「괴물」에서 납치된 어린 고아 소년을 보호하는 현서나 그 소년을 입양하는 강두의 행동과 극명한 대조를 이룬다. 우리는 「플란다스의 개」나 「마더」에서 약자에 대한 그러한 배려를 볼 수 없다.

이러한 약자에 대한 무관심, 심지어 적대감은 압축적 근대성, 즉 고도성장 이면에 나타난 부정적인 결과 중 하나인데 1997년 IMF 구제 금융 조치로 의무화된 신자유주의 정책의 확산으로 더욱 악화하였다. 유연해진 노동 시장이 고용 안정을 크게 위축시켰고, 각종 규제 완화 정책은 경제적 불평등을 심화시켰으며, 정부와 공공기관의 민영화는 사회 안전망을 무너뜨리며 한국 사회를 〈이윤 지향〉이라는 광풍으로 몰아넣었다. 정치학자 최창렬은 〈한국 사회의 오늘 모습은 각자도생을 모색하는 《만인에 대한 만인의 투쟁》으로 요약된다〉라고 말한다.* 대다수의 사람이 신자유주의의 경쟁에서 살아남아야 한다는 강박 관념의 잠재적 포로가 되었고, 이는 압축된 고도성장의 그림자 때문이라는 것이다.

* 최창렬, 『대한민국을 말한다』(서울: 이담북스, 2012).

한국 사회가 이렇듯 적자만이 살아남을 수 있는 다원주의의 정글이 되었다는 것을 「플란다스의 개」와 「마더」는 설득력 있게 그려 낸다.

이 장에서는 한국 사회에서, 특히 압축적 근대성이라는 역사 경험의 맥락에서, 봉준호가 탐구하는 도덕적 문제들을 「플란다스의 개」와 「마더」의 분석을 통해 살펴본다. 이는 압축적 근대성이 한국 사회에 가져온 (도덕적) 아노미에 초점을 맞출 것이다. 미래학자 앨빈 토플러가 주장하듯이, 변화의 가속은 〈사회학적일 뿐만 아니라 개인적, 심리적 결과〉를 초래한다.* 두 영화의 주인공들이 겪는 도덕적 딜레마는 표면적으로는 각자의 행동과 선택 때문인 것처럼 보인다. 하지만 점차 이야기가 진행되면서 정치 민주화를 달성한 이후에도 사회 정의 확립에 실패한 결과가 초래한 부도덕한 사회의 징후들이 모습을 드러낸다. 도덕적으로 애매한 주인공들의 행동들은 한국 사회의 부조리와 도덕의 붕괴 현상을 보여 준다.

압축적 근대성과 아노미

한국은 너무 빠르게 변화했고, 우리는 너무 빨리 부유해져서 사람들은 무엇을 해야 할지 몰라요. 제 수준은 결코 최고 수준은 못 되고 그저 평균 수준에 불과하지만

---

* Alvin Toffler, *Future Shock* (New York: Bantam Books, 1970), p. 1.

생각해 보면, 어떻게 살아야 할지 정말 모르겠어요. 그냥 우리 가족에만 집중해야 할까요? 아니면 사회를 위해 뭔가를 해야 할까요? 아무것도 확실치 않아요. (미연의 어머니, 1995년 11월 2일)*

1990년대 초 서울에 살고 있던 한 여성의 이 말은 일반 시민들이 전후 한국에서 경험했던 아찔한 변화의 속도와 혼란을 잘 요약한다. 전통과 현대적 가치의 공존, 특히 봉건적인 유교 관념과 자본주의적 물질주의의 상반된 가치관은 도덕적 혼란과 현기증을 일으켰다. 독일 철학자 에른스트 블로흐가 사회에 비동시적인 요소가 공존한다는 것을 설명하기 위해 사용한 개념인 〈비동시적인 것의 동시성〉은 한국 사회에서 도덕적 나침반의 상실을 야기했다. 블로흐는 독일에서 파시즘이 대두하고 집권하게 된 이유를 설명하기 위해 이 개념을 정립했는데 한 사회의 구성원들이 동일한 현재에 존재하는 것은 아니라는 설명이다. 근대화가 가져오는 구조적 변화에도 불구하고 기존의 전통 가치가 끈질기게 남아 공존하면서 긴장과 갈등을 일으키고 변화에 저항하게 된다. 한국 사회에도 전근대, 근대와 탈근대의 특징들이 공존하면서

* Nancy Abelmann, *The Melodrama of Mobility: Women, Talk and Class in Contemporary South Korea* (Honolulu: University of Hawaii Press, 2003), p. 281. 낸시 에이블만은 1990년대 초 한국의 50~60대 여성들의 인터뷰를 통해 압축적 근대성이 보통 여성들의 삶에 어떤 영향을 미쳤는지 기록했다.

가치관의 대립과 갈등, 혼란이 야기된다. 신자유주의 체제 아래에서는 물질적 이득에의 열망과 개인적 안위를 지키는 것만이 개인과 가족의 유일한 관심사가 되어 버리면서 공동체, 즉 타인을 향한 폭넓은 관심이나 배려는 사라져 버렸다.

　　이러한 비동시성은 또한 겸손과 공동체를 중시하는 전통적인 가치관과 문화 인류학자 조한혜정이 〈3M(돈, 시장, 나: money, market, me)〉이라고 요약한 현대적 욕망 추구 사이의 충돌을 초래했다. 조한혜정은 압축 성장이 〈사람들의 생각이나 자기 성찰 능력의 저하를 가져오는〉 바쁜 생활 양식을 초래했다고 말한다.* 급속한 경제/사회의 변화는 사람들에게 물질적인 면뿐만 아니라 아마도 더 중요하게는 도덕 면에서 사람들의 일상을 바꾸었다. 게다가, 강한 공동체 의식과 대가족 제도로부터 현대적인 핵가족으로의 변화는 근래의 이기적인 가족주의, 즉 사회도덕을 무시하고 오로지 자신의 가족에만 집중하는 경향을 강화하는 데 기여했다. 20세기 후반 한국 사회에는 도덕적 아노미가 만연해 있으며, 사회학자 장원호의 주장처럼 〈규칙을 지키는 사람들이 손해 보는 것 같은 느낌을 받는〉 사회로 변질되었다.** 규칙의 임의적인 적용은

* Cho Hae-joang, "You Are Entrapped in an Imaginary Well': The Formation of Subjectivity within Compressed Development—A Feminist Critique of Modernity and Korean Culture," Abelmann, *Melodrama of Mobility*, p. 283에서 인용.

** 장원호, 「한국사회의 불신, 원인은 어디에 있는가?」, 『대한민국은 도덕적인가』, 김미숙 편집(서울: 동아시아, 2009), 112면.

한국의 가장 심각한 사회 문제 중 하나다. 압축적 근대성이 급속하게 진행되는 과정에서 한국의 현실에 잘 적용되지 않거나 그 현실을 반영하기 어려운 서양의 많은 법이 여과 없이 채택되었다. 그 결과 법 자체에 여러 가지 틈새와 모호함을 가져다주었지만, 아마도 더 중요한 사실은, 그 법들을 시행하는 데 있어 느슨함이었다. 게다가, 부자들과 권력자들에게는 법이 관대하게 적용되는 경향이 생겨 이는 결과적으로 〈무전 유죄, 유전 무죄〉라는 냉소적인 유행어를 낳으며 제도에 대한 전반적인 불신을 낳았고, 이는 다시 도덕적 해이로 이어졌다.

압축적 근대성은 또한 한국의 진정한 민주주의 확립에 해를 끼쳤다. 한국은 수십 년간의 정치적 투쟁 끝에 1987년 의회 민주주의를 이룩했지만 의회 민주주의와 실제 민주주의 사이의 괴리가 곧 분명해졌기 때문에 성취감은 분노와 실망으로 빠르게 바뀌었다. 이 괴리는 1980년대 후반 민주화 이후 해소되기는커녕 더 벌어졌을 뿐이다. 장경섭은 한국 특유의 압축적 근대성의 결과로 정치의 가부장적 권위주의, 재벌의 독재적이고 독점적인 기업 관행, 노동의 남용과 배제, 기본적 복지에 대한 권리의 무시, 그리고 이념적 자기 부정 등을 열거하고 있다. 그는 1990년대 한국을 이해하기 위한 키워드로 〈붕괴〉를 꼽았다.

1990년대 후반 IMF 금융 위기가 초래한 문제 중 하나는 국가 사회 기반 시설과 교통 시스템의 붕괴였다. 하지만, 위기의 영향은 건물과 다리 등 물리적인 붕괴 이상으로 확대되었다.

이는 또한 부도덕한 사업 관행과 정치 유착의 만연으로 발생한 정치, 경제, 사회, 도덕의 문제들이 〈사람들의 일상생활에 심각한 영향을 미치는〉 결과를 초래했다.* 특히, 이러한 압축 성장의 영향 아래에서 부패와 불법 행위는 관행으로, 심지어 정상적인 것으로 받아들여졌고, 결국 〈승자 독식 사회〉로 이어졌다.** 정치 평론가 강준만은 2014년 저서 『우리는 왜 이렇게 사는 걸까?』에서 한국의 〈압축적 경제 성장〉은 상의하달식 명령과 군사 정부의 전략으로 달성되었기 때문에 〈윤리〉나 〈자치〉, 또는 〈사회적 책임〉이 정착할 여지가 전혀 없었다고 주장한다. 이는 기부와 자선 활동을 통해 〈가지지 못한 자〉들을 〈가진 자〉들이 돕는 도덕적 의무인 노블레스 오블리주에 대한 감각이 없는 〈천한 엘리트 집단〉으로 이어지는 결과를 낳았다는 것이다. 강준만은 또 압축적 경제 성장은 한국이 〈잔인한 사회〉가 될 정도로 안전 조치의 필요성을 묵살하는 대신 위험을 기꺼이 감수하는 문화를 키웠다고 덧붙인다. 의미심장하게도 이러한 〈위험 감수 문화〉는 신체적 위험뿐만 아니라 법적, 도덕적 위험도 감수한다.

장경섭은 또한 이 급속한 물질적 성장이 〈한국의 문화적

---

* Chang Kyung-sup, "Compressed Modernity and Its Discontents," p. 51.
** 승자 독식의 개념은 경제학자 로버트 H. 프랭크와 필립 J. 쿡이 1996년 공저의 제목으로 쓰면서 만든 것으로 신자유주의 사회 아래서의 양극화를 지시하는 의미로 쓰여졌다. *Winner-Take-All Society: Why the Few at the Top Get So Much More than the Rest of Us* (New York: Penguin, 1996). 국내에서는 『승자독식사회』로 2024년 출간되었다.

자산, 이념, 제도에 근본적이면서도 독특한 변화를 주는〉
뜻밖의 결과로 이어졌다고 말한다. 어떤 토착적인 사회
혁명도 오래된 문화와 제도적 전통을 완전히 뿌리 뽑지 못했기
때문에 전통적인 것, 현대적인 것, 거기에다 포스트모던적인
것이 한쪽에 있고 다른 한편에는 토착적인 것, 이국적인 것,
글로벌한 것들이 공존하고, 이 두 세력의 충돌은 한국인들에게
일상생활의 일부분이 되어 버린 제도적, 문화적 비일관성을
초래했다. 한국은 식민 지배의 경험을 지닌 포스트 식민주의
사회로는 드물게도 경제 성장과 민주화를 모두 이루었지만, 이
급속한 현대화는 부패, 높은 자살률, 경제적 불평등, 성범죄,
아노미 등의 사회 문제를 동반했다.

부조리의 세계: 사회적 불의와 부패

〈부조리〉는 봉준호의 영화 세계를 이해하는 데 중요하다. 사실
봉준호는 동시대의 〈한국적인 것〉을 부조리로 정의한다. 이
정의는 그의 선배 세대 영화 작가들이 받아들인 정의와는
확연하게 다른 것으로 이를테면 임권택은 한국적인 것을
한국의 전근대, 전통 예술과 문화의 독특한 아름다움, 그리고
역사적 경험에서 축적된 〈한〉의 정서에서 찾는다. 사실
부조리는 봉준호의 영화가 매우 능숙하게 다루는 일상생활
속의 모순을 초래하는 근본 이유라고 할 수 있다. 부조리는
도덕적 무자각을 낳고, 이는 다시 상상조차 못 한 일들, 조리에
맞지 않는 일들이 일어나게 한다. 한국에서 사회 부조리는

부자와 권력자에게 혜택을 준다. 그러므로 부조리의 세계는, 봉준호의 영화 세계에서 보이듯 결국 힘없는 자들에게 불리한 기울어진 운동장이다.

봉준호의 첫 네 편의 영화는 한국의 현실에 단단히 뿌리를 두면서, 영화에서 벌어지는 여러 가지 범죄나 재난 그 이면에 깔린 구조적 폭력과 사회 부조리를 드러낸다. 봉준호의 영화들은 각각 이러한 사회 부조리들을 낳고, 또 그 부조리들이 왜곡하는 시스템의 문제들을 드러낸다. 그의 영화 세계에는 죄 없는 민간인들을 고문해 허위 자백하게 하는 형사들이 있는가 하면, 바이러스가 존재하지 않는다는 걸 알고 있으면서도 억울하게 바이러스 감염자로 혐의받은 사람으로부터 뇌세포 표본을 추출하려는 의사들이 있고, 자기 아들이 범죄자인데도 죄 없는 소년이 대신 살인죄로 체포되도록 방관하는 어머니가 있다. 이러한 행동과 선택은 모두 부조리와 황당하도록 비합리적인 사회가 낳은 사례들이다. 봉준호의 영화들은 이처럼 사회 부조리가 인간 괴물을 번식시키고 나아가 괴물 같은 그들의 행동이 보통 사람들의 일상에 공포를 가져온다는 것을 보여 준다.

「괴물」에서 진짜 괴물이 한강 변에서 난장판을 벌이는 동안, 인간의 얼굴을 한 괴물들은 「플란다스의 개」와 「마더」와 「기생충」의 세계를 배회하고 있다. 이 인간 괴물들은 부도덕과 괴물스러운 자질이 생존을 위한 필수 수단이 되었음을 증언한다. 「살인의 추억」과 「괴물」이 각각 사람들을 공포에 떨게 했던 위협이 해소되지 않고 여전히 어딘가에 존재한다(두 영화 모두에서 주인공 역을 맡은 송강호는 아직 잡히지 않은 연쇄살인범과 한강에서 또 나올지도 모르는 괴물의 존재를 의식하는 표정으로 카메라를 직시한다)는 섬뜩한 느낌을 관객에게 주는 반면에 「플란다스의 개」와 「마더」는 예기치 않은 이야기의 전개로 황당함과 곤혹스러움을 안겨 준다. 두 영화에서 관객들은 사회적 약자인 주인공들을 동정하게 되고, 그렇기에 그들이 자신들에게 닥친 고민 혹은 문제를 해결하는 과정에서 부도덕한 행동을 저지를 때 당혹감을 느끼고 주인공과의 동일시 과정에 균열이 생긴다.

더욱이 영화가 주인공들의 행동에 대해 가치 판단을 전혀 내리지 않는다는 사실은 관객들로 하여금 그 주인공을 둘러싼 세상에 멀찌감치 거리를 두고 바라보게 하면서 상황의 아이러니나 비극의 감각을 고조시킨다. 카메라는 관객을 관찰자의 위치에 두는 거리를 유지하고, 여러 다른 해석의 여지를 남기는 열린 결말은 관객들에게 캐릭터들의 행동을 반추할 수 있는 공간을 제공한다. 두 영화 모두 등장인물을 비난하지 않고, 있는 그대로 희생자이면서 동시에 가해자로 묘사할 뿐이다. 그러면서 「플란다스의 개」와 「마더」 모두 주인공들이 자신의 적극적 의지에 의해서가 아니라 주어진 상황에 의해 도덕적 부패로 내몰리게 된다는 점을 담담하게 보여 준다. 실제로 봉준호의 모든 영화에서 괴물들은 사회적 환경이나 부조리로 생겨나므로 더욱 비극적이라는 특징이 있다. 「괴물」에서도 괴물은 몸집도 그리 거대하지 않은 데다 행동이 서툴기까지 해 인간의 잘못으로 인해 탄생한 돌연변이체라는 설정이 그럴듯하다. 어찌 보면 그 괴물의 맹렬한 공격은 더 이상 물속에서 사는 것만으로는 먹이가 모자라서 할 수 없이 튀어나올 수밖에 없었던 데에서 비롯된 것으로 보이기도 한다.

「플란다스의 개」와 「마더」의 캐릭터들이 각자가 놓인 상황 속에서 취하는 선택은 선악의 경계선을 허물며 도덕적 모호함을 낳는다. 부패와 부조리의 세계에서 주변으로 밀려나고 소외되는 주인공들이 밀리고 밀리다 생계와 가족을 위해 내리는 부도덕한 선택은 그만큼 한국 사회에서 얼마큼 도덕적 혼란과 아노미가 일상화되었는지를 부각하며, 바로 이 점이 봉준호가 영화에서 재현하는 한국적인 부조리인 셈이다. 봉준호는 평범한 인물들의 부도덕한 행동을 재단하기보다는 그들이 자기 의지에 반하여 서서히 괴물이 되어 가는 것으로 그려 간다. 그의 영화에서 괴물들은 대부분 도처에 만연한 부조리의 연쇄 반응으로 발생한다. 부조리로 가득한 사회환경이 등장인물들이 처한 상황에 비극적인 아이러니를 불어넣고, 그들과 동일시하며 쫓아가던 관객들은 당혹감을 느낀다.

「플란다스의 개」와 「마더」는 「살인의 추억」처럼 과거의 군사 독재에 관한 이야기가 아니며, 「괴물」과 같은 정치적인 알레고리도 아니다. 영화는 당국이 일반 시민을 보호하지 못하는 무능과 제도적 문제를 비판하는 대신 보통 사람들이 살아가는 생생한 일상의 체험에 초점을 맞추고 부조리한 사회 구조를 간접적으로 드러낸다. 그리하여 「살인의 추억」과 「괴물」에 비해 「플란다스의 개」와 「마더」에서는 사회 시스템에 대한 논평이나 비판은 두드러지지 않는다. 어찌 보면 시스템의 문제와 공적인 부패는 등장인물들의 생활 환경에 이미 내재되어 버린 것이 된다. 예를 들어, 공무원들의 부패는 대부분의 포스트 식민주의 국가들이 공유하는 오랜 사회 병폐이다. 한국 개발 연구원 조사에 따르면 2010년 기준 한국은 공무원 부패율에서 그리스, 이탈리아, 포르투갈에 이어 21개 선진국 중 4위를 차지했다. 정치인, 고위 공직자, 공무원 들의 부정부패가 만연해 있어서 한국인 대부분은 이를 정상적인 것으로 받아들일 정도다. 이 전형적인 한국적 태도, 즉 봉준호가 말하는 사회 부조리를 대체로 수용하고 체념하는 태도야말로 그가 자신의 영화에 담고자 하는 문제일지도 모른다.

부정부패의 만연과 사회적 불의 때문에 사회 정의에 대한 절박한 갈망이 민주주의 이후의 한국 사회뿐만 아니라 한국인들의 대중 심리를 형성했다고 해도 과언이 아니다. 이러한 갈망은 하버드 대학교수인 마이클 샌델이 쓴 『정의란 무엇인가?』가 2011년 100만 부 이상 팔리면서 예상외의 베스트셀러가 된 것에서도 잘 나타난다. 5천 부 정도만 팔려도 히트작으로 여겨지는 한국의 사회 과학/인문학 출판

시장에서 이것은 정말로 대단한 성공이었다. 그만큼 제목이 던지는 질문이 정의에 목마른 한국인들에게 큰 호소력을 불러일으켰다. 「플란다스의 개」와 「마더」가 보여 주듯 한국에는 사회적 약자를 위한 안전망이 없다. 살아남거나 혹은 어느 정도 수준의 삶을 유지하기 위해서는 도덕적 타협을 하거나 오히려 자신보다 더 약한 사람들을 착취해야 하는 경우가 많다. 역사학자 박노자는 『비굴의 시대』에서 21세기 국가 주도 경제 성장과 신자유주의가 개인 간의 치열한 경쟁을 조장하고 모두가 자기 자신만을 생각하는 문화를 만들었다고 말한다. 그는 〈내 개인적인 욕망을 위해 상대방을 짓누르는 것은 국가 정책과 같은 것이 되었다〉라면서 타인의 죽음에 대한 무관심이 〈한국의 사회적 분위기가 되었으며〉 그리하여 〈신자유주의의 모범 국가가 되었다〉라고 말한다. 한국 사회가 신자유주의 자본주의가 가장 진보된 사회로 자리 잡으면서 경제적 양극화, 이윤 지향적 기업 가치, 물질주의, 이기적인 가족주의가 지배적인 문화가 되어 버린 것이다.

「플란다스의 개」: 〈우리나라는 원칙대로 되는게 하나도 없어〉

「플란다스의 개」는 한국 관객들이라면 쉽게 공감할 수 있는 부조리와 황당하고 어처구니없는 일들로 가득 차 있다. 실제로, 이 영화의 중심 플롯 자체가 터무니없는 한 사건에서 촉발된다. 만화적인 감각과 감성이 지배하는 이 영화의 이야기를 구체적인 현실에 뿌리내리게 하려고 봉준호는 지하철역에서 일어난 실제 사건을 빌려와 황당하고 우스꽝스럽게 시작한다. 영화가 시작되면서 우리는 윤주가 학장에게 로비하지 않아서 전임 교수직에 임용되지 못했음을 알게 된다. 그런데 그 자리가 합격자인 남궁민의 갑작스럽고 터무니없는 죽음으로 다시금 공석이 된다. 애주가인 학장과 밤늦도록 술을 마신 남궁민이 지하철 선로 위로 몸을 구부려 구토하다가 역으로 들어오던 열차에 머리를 부딪혀 죽는 사고가 발생한다. 남궁민은 원래 술을 한 잔도 못 하지만 술을 좋아하는 학장과 보조를 맞춰야 한다는 의무감 때문에 폭탄주를 주는 대로 마셨다. 만취한 그가 돈을 아끼기 위해 택시로 귀가하지 않고 지하철역으로 간 사실은 그의 죽음을 더욱 안쓰럽게 만든다.

윤주의 선배 준표는 교수가 될 수 있는 마지막 기회라면서 윤주에게 다시 지원해 보라고 설득한다. 딱히 직장이 없는 무료한 일상에 윤주는 비록 이전에 뇌물을 주려 했던 생각을 떨쳤음에도 불구하고 이번에는 1천5백만 원의 뇌물을 학장에게 바칠 것을 고려한다. 하지만 그가 그 돈을 어떻게 마련할 수 있단 말인가? 이번엔 그가 정말로 유혹에 굴복할까? 박사 학위를 받고도 전임 자리를 얻지 못할 것이라는 비관적인 생각이 그의 머리를 떠나지 않고 있는데, 아파트 단지 안에서 계속 들리는 개 짖는 소리가 윤주의 짜증을 돋운다. 결국 그는 이웃집 개를 없애 버릴 요량으로 납치해 고층 아파트 옥상으로 올라가지만 차마 개를 떨어뜨리지는 못한다. 결국 아파트 지하실에 개를 숨기게 되는데 그 개를 경비원이 발견하고 보신탕 거리로 삼아 버린다.

이 모든 소동은 윤주가 개를 잘못 알아본 〈오인〉에 기인한다. 첫 번째 개를 지하실에 가두었음에도 아파트에선 개 짖는 소리가 계속되고, 윤주는 자신이 엉뚱한 개를 납치했음을 깨닫는다. 게다가 첫 번째 개를 찾는 전단에는 그 개가 성대 수술을 해 짖지 못한다고 쓰여 있어 윤주의 성급한 실수를 조롱한다. 그래서 그는 두 번째 개를 납치하게 되고, 이번에는 옥상에서 떨어뜨려 죽이는 데 성공한다. 그렇게 그는 두 번의 납치와 한 번의 개 살해를 저지른다. 아파트 단지에서 두 차례에 걸쳐 일어난 개 실종 사건은 윤주와 현남의 만남, 그리고 현남과 지하실 노숙자 간의 만화 같은 추격 장면을 포함, 아파트 단지 주변에서 일어나는 황당한 사건들을 촉발한다. 현남은 아파트 단지 관리 사무소에서 일하는 젊은 여성으로 개 살해범을 반드시 찾아야 한다는 정의감에 불타 개 실종 사건을 조사하기 위해 발 벗고 나선다.

윤주의 도덕적 딜레마가 영화의 핵심 갈등으로 자리 잡으면서, 이 갈등은 고등 교육계의 부조리 — 만연한 뇌물 수수와 채용 과정에서의 각종 아첨 등 — 가 드러나고 비판의 저울대에 오르는 공간을 스크린에 열어 준다. 실제로 고등 교육과 공무원의 부패는 널리 알려진 한국 사회의 적폐 중 하나다. 실제로 2010년 자살한 시간 강사 서정민은 열악한 근무 환경과 교수를 위한 논문 대필, 교직원 채용 과정 비리 등을 폭로한 다섯 쪽 분량의 유서를 남겼고 이로 인해 교육계의

부조리가 전국적인 스캔들이 되었다.* 교수직을 얻기 위해
뇌물과 기부를 하는 것은 고등 교육계의 공공연한 비밀이다.
그러므로 영화 속 윤주의 이야기는 한국 관객들에게는 매우
친숙한 소재이다. 영화는 이런 〈압축적 근대성〉의 부산물들을
만화처럼 펼쳐지는 〈연쇄 개 실종사건〉 이야기로 엮어 내 이
부조리들의 뿌리 깊은 구조를 드러낸다. 이 영화의 독창성은
바로 여기에 있다. 지금의 한국 사회를 형성하면서도 많은
사람을 좌절시키는 요소들인 부패, 물질 만능주의, 아노미
등이 윤주와 현남의 이야기에 자연스레 녹아들어 〈일상〉으로,
동시에 풍자의 대상으로 제시된다.

영화는 서울의 한 서민 아파트 단지를 배경으로
한다(봉준호는 자신이 3년간의 신혼 생활을 보낸 실제의
아파트 단지에서 로케 촬영했다). 고층 아파트 단지의 평범하고
일상적인 공간은 어처구니없는 부조리들에 직면하는 일반
시민들의 도덕적, 정서적 갈등과 시달림의 현실적인 배경을
제공한다. 한국 대부분의 도시에서 가장 보편적인 주거 형태인
고층 아파트 단지는 급속한 근대화와 도시화의 대표적인
상징 중 하나다. 도시화, 특히 서울의 고층 아파트 건설 붐은
1980년대에 정점을 찍었는데 영화는 건설 자금의 많은 부분을
건축업자들이 중간에서 횡령했고 이로 인해 값싼 자재로

* 언론 보도에 따르면 45세 시간 강사였던 서정민은 전임이 되기 위해서는
기부금을 내야 한다는 요청을 받았고, 1998년부터 2010년까지 실제로 이 같은
시간 강사들의 자살 사건이 알려진 것만 8건에 달했다.

허술하게 지어진 고층 아파트가 얼마나 많은지 등장인물들을
통해 구체적으로 언급한다. 윤주가 사는 아파트도 그런 부실
아파트 중 하나라는 사실을 경비원이 긴 독백으로 들려준다.

　　6분간에 이르는 공포와 괴담의 이 독백은 영화가 시작한
지 30분쯤에 마치 작은 막간극처럼 펼쳐진다. 첫 실종
강아지를 아파트 지하실에서 보신탕으로 조리하는 경비원에게
경비실장이 찾아오고, 두 사람이 보신탕이 끓고 있는 냄비를
사이에 두고 앉아 이야기를 나누는 도중 갑자기 천장의 전구가
나가 버린다. 경비실장은 손전등을 켜서 바닥에 내려놓는데
위로 향하는 조명이 공포 영화에 자주 사용되는 저준위
조명low-level lighting으로 경비원의 얼굴을 비춰 으스스하고
유령 같은 이미지를 만들어 낸다. 경비원의 말에 따르면 이
아파트는 1988년 정부가 서울 올림픽 개최를 위해 도시 미화
사업의 목적으로 추진한 고층 아파트 건설 붐 때 지어졌다.
경비원은 이 시기를 〈여기저기 날림 공사가 판을 치던 때〉라고
묘사한다. 그런데 아파트 입주 후에 중앙 보일러가 자꾸 고장이
나자 그 원인을 알아내기 위해 보일러계의 전설적 인물인
목포의 〈보일러 김〉이 불려 온다. 그런데 보일러 김은 건설
예산을 빼돌려 챙긴 건설업자들이 값싼 자재를 사용한 게
진짜 원인이라고 말하고, 그의 이 〈비리 고발〉이 현장 소장과
건설업자 일행들과의 몸싸움으로 이어지고, 이 과정에서
보일러 김이 죽게 된다. 그리고 이 사건을 은폐하기 위해
건설업자들이 그의 시신을 지하실 벽 속에 숨기고 시멘트를

발라 버린 것이다. 경비원은 경비실장에게 지하실에서 밤만
되면 〈잉, 잉〉 소리로 바뀌는 보일러 소리가 벽 속에 갇힌 보일러
김의 소리라고 말한다.

이 작은 막간극은 영화의 이야기를 진전시키는 데 아무
영향도 주지 않지만 아파트 단지 건설 이면에 감춰진 사회
부조리를 드러낸다는 점에서 영화에서 가장 의미 있는 장면
중 하나다. 즉 공포 영화의 관습을 빌려와 전개된 보일러
김 이야기는 첫째, 아파트의 역사적 배경을 설명해 줄 뿐만
아니라 압축적 근대성의 결과로 안전보다는 금전적 이득이
우선시된다는 구체적 사례를 제시한다. 둘째, 진실을 알고 있는
자가 비리를 저지른 세력에 의해 죽임당하고 암매장됐다는
이야기를 통해 한국 사회에 만연한 불신과 사회적 불의를
보여 준다. 셋째, 관객들에게 1980년대의 집단적 기억을
불러일으킨다. 또한 한국 관객에게는 유년 시절부터 듣고
자란 친숙한 귀신 이야기의 방식을 취해 관심을 집중시킨다.
사실상 보일러 김의 이야기는 의회제 민주제를 달성하긴
했지만 동시에 사회적 부조리가 심화하였던 1980년대에 대한
직설적인 논평이라 할 수 있다.

「플란다스의 개」는 봉준호의 첫 장편 영화답게 이후
영화들에서 더욱 두드러질 특징들을 선보인다. 서로 다른
영화 톤의 기민한 혼합, 리얼리티에 대한 관심, 그리고 한국
현대사에서 가장 중대한 시기로서의 1980년대에 대한 성찰
등이다. 앞서 얘기한 보일러 김이 광주와 같은 전라남도의 목포

출신이라는 건 우연이 아니다. 보일러 김 시퀀스는 광주 학살의 유령이 어떻게 현대 한국 사회를 배회하는지를 보여 준다. 많은 진실이 지난 역사의 흐름 속에 묻혔다. 하지만 그 진실들은 보일러 김처럼 어둠 속에서 계속 웅얼거리기를 멈추지 않는다. 영화는 또 공포, 추격전이 주는 스릴, 아이러니가 넘치는 독특한 유머 감각, 그리고 날카로운 사회 비평을 혼합해 녹여 내는 하이브리드한 감각에서도 이후 영화들과 많은 접점을 지닌다.

한편 개는 부조리와 아이러니로 가득한 블랙 코미디를 엮어 내는 데 완벽한 도구가 된다. 실제로 이 영화는 개를 싫어하는 윤주가 교수가 되기 위한 자금을 대주는 아내로 인해 마지못해 개 보호자가 되는 이야기로도 요약할 수 있다. 임신한 아내는 출산이 가까워지면서 직장에서 퇴직 압력을 받고 결국 회사를 그만두기로 한다. 그녀는 자신이 받은 퇴직금의 대부분을 전임 교수가 되는 데 필요한 뇌물로 쓰라고 윤주에게 주기로 하고, 약간의 남은 돈으로 개를 산다. 그녀는 윤주에게 개를 돌보라고 맡기는데 그는 아파트 단지 안에서 산책하다 땅에 떨어진 복권에 정신이 팔려 개를 잃어버리고 만다. 아이러니하게도 두 차례의 개 납치범이 아파트 연쇄 개 실종 사건의 세 번째 피해자가 되는 것이다. 가해자가 피해자가 되는 이 실종 사건은 윤주와 현남이 가까워지는 계기로 작용한다.

사실 개는 윤주와 현남에게 각각 다른 의미를 지니면서 두 사람의 행동을 추동한다. 임신한 아내가 (출산이 다가올 무렵 퇴직할 때까지) 출근해 일하는 동안 하루 종일 집에 틀어박혀

집안일하는 박사 학위 소지자 윤주에게 짖어 대는 개는
자기의 무력함과 무능함을 일깨워 주는 짜증스러운 존재다.
그 짜증을 견디다 못해 그는 아파트 옥상에 올라가 그 개를
떨어뜨린 것이다. 반면, 현남에게 강아지 실종 사건은 영웅이
되어 텔레비전에 출연하고 유명해질 수 있는 기회다. 그래서
한 남자가 옥상에서 개를 떨어뜨리는 것을 건너편 옥상에서
목격했을 때, 그녀는 무슨 일이 있어도 범인을 찾아 그를
폭로하고야 말겠다는 의지를 불태우게 된다. 윤주가 자신의
딜레마가 안고 있는 도덕적, 재정적 함의들과 대적하는 반면
현남은 정의로운 행동을 통해 유명해지기를 꿈꾼다. 조연급에
해당하는 인물들 — 경비원, 아파트 지하실에서 기거하는
노숙자, 두 번째로 실종된 개의 주인인 할머니 등 — 도 모두
개를 통해 서로 연결되어 있다.

개는 또한 〈원칙대로 되는 게 하나도 없〉기 때문에
부조리한 코미디 같은 일들이 일어나는 사회를 묘사하는 데
핵심 소재이기도 하다. 윤주가 사는 아파트 단지와 그 주민들은
확고한 원칙이나 도덕규범이 없는 사회의 축소판을 이루고
있다. 실종된 강아지를 둘러싸고 벌어지는 모든 소동은 애초에
반려동물을 금지한다는 관리실의 규정을 주민들이 어겼기
때문에 발생한 것이다. 윤주와 경비원 간의 대화는 원칙이
결여된 사회를 향해 던지는 그들의 냉소주의를 잘 보여 준다.

윤주   아저씨, 우리 아파트는 개 못 키우게 되어 있는 거

맞죠?

경비원   어, 그려. 아, 규칙상으로는 그렇다고들 그러는디
다들 키우는 겨.

윤주   하여튼 우리나라는 원칙대로 되는 게 하나도 없어.

경비원   그려. 해방 때부터 그랬어.

영화는 이처럼 주민인 윤주와 경비원 간의 자연스러운 대화를
통해 내러티브 안에 사회 논평을 매끄럽게 삽입한다. 한국
관객은 사람들이 한국 사회를 향해 내뱉는 이런 냉소적인
대화에 친숙하며, 그리하여 이는 영화에 일상의 현실성을
생생하게 부여한다.

개는 아파트 단지의 거주자와 비거주자(예를 들어 현남과
경비원)를 구분하는 역할도 한다. 주민들에겐 반려견이지만
경비원과 노숙자 같은 비거주인에게는 영양가 높은 음식이다.
또 현남에게는 평소 꿈꾸어 온 명성을 가져다줄 수 있는
희망이다. 주민인 초등학생 소녀는 잃어버린 개를 찾을 때까지
등교를 거부하고, 반려견의 죽음을 본 할머니는 충격을 이기지
못하고 죽게 된다. 윤주의 아내에게 개는 직장을 퇴직한 자기
자신에 대한 보상이다. 그러나 경비원은 개를 보자 곧장 보신탕
끓일 준비를 하고, 노숙자는 그 보신탕을 훔쳐 먹는다. 노숙자는
두 번째로 실종된 개를 옥상에서 직접 잡아먹으려다 현남과
추격전을 벌인다. 현남은 TV 뉴스에서 본 강도를 물리친 여성
은행원의 용감한 행위를 본 후 자신도 언젠가 그런 영웅적인

일로 TV에 등장하리라 마음먹었고, 개 실종 사건은 그녀에게
안성맞춤의 기회로 다가온 것이다.

　봉준호는 또 「플란다스의 개」의 세계를 현대적 가치와
전통적 가치가 충돌하는 한국 사회의 축소판으로 만들어 냈다.
서민 아파트 단지이지만 가진 자와 가지지 못한 자들 사이의
이 같은 대조는 크게 보면 전통적인 것과 현대적인 것 사이의
충돌에 대응하는 것이기도 하다. 6.25 전쟁 종전 후 세계에서
가장 가난한 나라 중 하나였던 한국에서 개는 좋은 단백질
공급원이었지만, 점차 한국이 부유해지면서 반려견의 수가
크게 늘었고 영화 속 할머니처럼 점점 많은 사람이 개를 삶의
동반자로 여기게 되었다. 거주자와 비거주자 또는 가진 자와
가지지 못한 자의 대조는 개를 대하는 태도뿐 아니라 캐릭터가
차지하는 서로 다른 공간에 의해 시각적으로도 표현된다.
경비원과 노숙자는 대부분의 시간을 지하실에서 보내며,
버려진 가구와 여러 아이템을 활용하여 요리, 운동, 잠을 위한
생활 공간을 만들어 낸다. (경비원이 세계의 각기 다른 시차를
가리키는 여러 개의 시계를 벽에 걸어 둔 지하실 벽은 슬그머니
웃음을 자아내는 한편 세계화가 그들의 삶에 미치는 영향을
자기도 모르는 사이에 환기하는 듯하다.)

　흥미로운 점은 윤주는 거주자이지만 다소 중간자적
캐릭터라는 사실이다. 그는 아파트 지하실을 드나드는
유일한 주민으로 등장하는데, 그에게 지하실은 위협적인
공간이다. 처음에는 죽이는 데 실패한 첫 번째 개를 숨기기

위해 지하실에 간 그가 개를 되찾기 위해 다시 돌아갔을 때는 이미 개가 경비원의 손에 조리되는 중이었다. 옷장 속에 숨어 숨죽이고 그 장면을 지켜보던 그가 아내로부터 온 삐삐 신호 때문에 경비원의 경계심을 사게 되고, 경비원이 개를 조리하던 피 묻은 칼을 들고 옷장으로 다가온다. 지하실의 공포 영화 시퀀스의 시작을 알리는 장면이다. 그런데 그때 마침 경비실장이 도착하고 경비원이 〈보일러 김〉에 대한 이야기를 시작하면서 윤주는 가까스로 위기를 모면한다. 공포에 떤 그는 지하실에서 탈출해 정신없이 뛰어 안전한 집으로 돌아온다. 이 장면은 공포 영화의 관습을 빌려와 윤주가 지하실 공간에 속하지 않거나 속하는 것을 원하지 않는 인물임을 장난스럽게 표현한 순간이다. 확대하여 해석하자면, 아파트 거주자에서 비거주자인 〈지하실 거주자〉로 추락하는 데 대한 두려움이 윤주가 뇌물을 마련해 교수가 되어야겠다고 마음먹도록 했을 공산이 크다. 그리고 여기의 〈지하실 거주자〉는 이후 「기생충」에 등장하는 지하실 거주자와 연결되는 구석이 있다.

반면 비거주자인 관리실 직원 현남은 윤주와 비교할 때 별로 잃을 것이 없는 사람처럼 용감하고 도덕적으로도 훨씬 우월한 인물이다. 윤주가 두 번째 개를 납치한 날, 현남은 아파트 옥상에서 친구 장미가 새로 산 쌍안경을 테스트하다가 건너편 옥상에서 개를 집어 던지는 남자를 목격하고 반대편 옥상으로 미친 듯이 달려가 그를 쫓는다. 현남은 능력이 있거나 재주가 많은 것은 아니지만, 정의감만은 넘치는 인물이다.

비록 첫 시도에서 윤주를 잡는 데 실패하지만 현남은 반려견의 죽음에 충격받은 할머니가 사망한 후 범인을 잡고야 말겠다고 맹세한다. 그녀는 무장 강도를 단신으로 잡아 TV 뉴스를 통해 전국적인 스포트라이트를 받은 은행 직원처럼 영웅이 되어 자신의 지루한 삶에서 벗어나는 꿈을 꾼다. (봉준호는 현남과 장미가 함께 보는 텔레비전 뉴스로 실제 은행원의 뉴스 영상을 사용해 현실감을 높였다.) 그러니까 아무런 인적 자원이 없는 현남에게 개 살해범을 잡는 일은 자아실현을 위한 가장 확실한 길이다. 그러나 경찰이 노숙자를 범인으로 검거한 후 현남도 TV 뉴스의 인터뷰 대상에 포함됐지만 본방송에서는 편집에서 잘려 방영되지 않는다. 잠시 부풀었던 그녀의 꿈은 결국 공상에 그치고 만다.

그리고 현남은 진범을 잡을 절호의 기회를 오인으로 인해 놓치고, 노숙자가 윤주를 대신해 모든 죄를 뒤집어쓰도록 하는 데 기여하는 부조리한 상황을 낳는다. 아내가 퇴직금 일부로 사 온 〈순자〉(1980년대를 환기하는 이름으로 「살인의 추억」에서는 사진으로 등장한다)를 잃어버린 윤주는 동네 곳곳에 〈개를 찾습니다〉 전단을 붙이던 중 현남과 처음 마주치게 된다. 윤주가 자신이 찾고 있는 옥상의 개 살해범이라는 사실을 알지 못하는 현남은 그를 돕는 데 앞장선다. 윤주와 현남이 편의점에서 전단을 복사하는 순간 복사기의 불빛이 아래로부터 비쳐 보일러 김 시퀀스에서처럼 두 사람의 얼굴이 공포 영화 스타일의 조명에 의해 유령처럼 비친다. 현남이 지붕 위의 남자를 찾으려는 자신의 노력을 언급하면서 순간 둘 사이엔 긴장감이 흐른다. 양심에 찔리는 윤주가 현남에게 그 남자의 얼굴을 보았는지 묻자, 그녀는 오직 뒷모습만 보았다고 말한다. 현남이 범인을 알아보지 못하는 오인의 순간이다. 이때 윤주는 더 이상 아무런 제스처도 취하지 않고, 이 오인은 결국 현남이 윤주의 개 순자를 구해 주고, 노숙자가 윤주 대신 개 납치 살해범으로 잡혀가는 부조리한 상황을 낳는다.

이렇듯 잘못된 사건 해결은 사실 반려견은 물론 자신의 목숨까지 잃은 최대의 피해자, 즉 할머니로부터 촉발한 것이어서 영화 전체를 관통하는 아이러니의 수위를 한층 높인다. 할머니의 유서를 통해 무말랭이를 물려받은 현남은 옥상으로 말린 무를 찾으러 갔다가 순자를 꼬치에 끼워 구울 준비를 하는 노숙자와 마주친다. 현남과 노숙자 사이에 만화 같은 추격 장면이 시작되고, 현남은 이소룡을 연상시키는 노란색 후드 티셔츠의 모자를 덮어쓰는 의식을 취한 후 그를 추격하기 시작한다. 이때 노란색 겉옷을 입은 한 무리의 사람들이 갑자기 반대편 빌딩의 옥상에 등장해 현남을 응원하면서 색종이 조각들을 뿌린다. 만화적인 감수성을 도입한 판타지 장면이다. 위험을 무릅쓰고 온 힘을 다한 추격 끝에 현남은 노숙자를 잡는 데 성공하고, 노숙자는 세 마리 개를 모두 납치한 혐의로 체포된다. 진짜 범인들(윤주와 경비원)은 의심 한 번 받지 않은 채 무사하고, 진실은 결국 묻힌다.* 그리고

* 이 같은 진실 은폐의 이야기는 영화 초반에 등장했던 보일러 김의 사건이

윤주는 결국 학장에게 뇌물을 주고 전임 교수가 된다. 반면 비록 진상을 밝히는 데는 실패했지만 사건 해결에 공을 세운 현남은 개 살해범을 쫓느라 사무실을 너무 많이 비웠다는 이유로 직장에서 해고된다. (개인적 동기가 있긴 하지만) 다른 사람을 도우려고 했던 유일한 인물인 현남이 처벌받는 것으로 끝나는 이 영화는 오늘날 한국 사회에 사회적 불의와 무관심이 얼마나 만연해 있는지를 상징적으로 보여 준다. 이타적인 행동이 실제로는 자기 자신을 위태롭게 하는 것이나 다름없는 세상인 것이다.

이에 비해, 윤주는 반려견의 주인도 되고 교수도 되면서 실질적으로 시스템 안으로 편입된다. 더 이상 아웃사이더가 아니다. 이런 결말이 지니는 최대의 아이러니는, 윤주가 실은 그를 잡는 게 목표였던 현남의 도움을 받아 모든 것을 이루어 냈다는 점이다. 양심에 거리낌을 느낀 윤주가 현남이 잡으려는 개 살해범이 자신임을 밝히려고 힌트를 주려고도 했지만, 현남은 그때도 알아채지 못한 것이다. 개 실종 사건이 해결된 후 윤주와 현남은 각각 취한 상태에서 맞닥뜨린다. 윤주는 학장에게 뇌물을 가져다준 후 괴로움을 잊기 위해 술에 취했고, 현남은 해고당한 일로 술에 취한 상태다. 현남이 길거리에 쓰려져 있는 윤주를 발견하고 두 사람은 함께 동네에 붙였던 순자를 찾는 전단을 떼어 내기 시작한다.

현남은 윤주에게 자신의 해고 소식을 전하고, 윤주는

예시했고, 이후 「살인의 추억」과 「괴물」, 그리고 「마더」로도 이어진다.

그녀가 쫓던 개 살해범을 이제 알아챌 것으로 생각하고 그녀의 앞을 달리면서 자신이 범인임을 간접적으로 고백하지만, 현남은 그를 전혀 의심치 않고 단지 개를 잃어버렸던 희생자로만 여긴다. 그는 몇 번이고 반복해 달리는 뒷모습을 보여 주지만 결국 포기한다. 하지만 사실 여기서 그는 반쯤은 비겁한 겁쟁이다. 이제 교수가 된 그는 자백할 때 잃은 것이 많아진다. 그래서 직접적인 고백은 하지 않는다. 대신 그는 죄책감에 사로잡혀 스스로 체념한다. 영화는 결말에 윤주가 수업하는 교실 창문 너머의 푸른 숲을 바라보는 모습을 보여 주는데, 그 바깥의 푸른 풍경은 검은 커튼으로 닫히며 교실의 어둠 안에 그를 가두고 만다. 이와는 대조적으로 우리는 현남이 친구 장미와 함께 탁 트인 숲을 등산하는 것을 보게 된다. 윤주의 삶은 안전하지만 어둡고, 현남의 삶은 불안하지만 활짝 열려 있다. 가진 자/거주민은 도덕적으로 타락한 상태지만, 못 가진 자/비거주인은 불확실성에 직면하지만 희망과 함께한다.

이처럼 「플란다스의 개」는 한국 사람들의 평범한 삶에 큰 영향을 미치는 사회 부조리에 대한 논평을 담은 블랙 코미디다. 아파트 단지는 영화 속에서 한국 사회의 축소판으로 기능하는데, 거주자들이 반려동물을 금지하는 아파트의 규칙을 어기고 반려동물을 키우는 곳이다. 안정과 부는 종종 부도덕한 행위를 기반으로 구축된 것이어서 여전히 불안정한 구석을 갖는다. 부패는 서민들 사이에서조차 만연하고, 신분 상승의 사다리를 오르기 위해서는 부패한 시스템의 일부가 되어야만

한다. 진실을 찾기 위해서 직장에서 해고될 정도로 남다른
열정을 쏟아부었던 현남은 그 때문에 오히려 처벌받고, 결국
진실을 파헤치는 데도 실패한다. 가해자를 너무 믿은 나머지
바로 눈앞에서 힌트를 주는 데도 알아보지 못했기 때문이다.

영화는 또한 한국이 얼마나 금전만능의 사회가 되었는지
잘 보여 준다. 돈은 윤주의 도덕적 딜레마의 핵심이다. 영화는
가장 존경받는 직업 중 하나인 교수직이 부패로 얼룩져 있음을
드러내 놓고 비판한다. 교수가 되기 위해 뇌물을 주는 데 그치지
않고 신임 교수들은 여전히 권력을 가진 자에게 영합해야만
한다.「플란다스의 개」에서 영합의 필요성은 품위라고는
찾아볼 수 없는 모습으로 세상을 뜬, 남궁민의 우스꽝스러운
죽음으로 신랄하게 풍자된다. 윤주가 대학 동창회에 참석했을
때, 한 사람이 가장 인기 있는 신랑감 1위와 2위가 의사와
변호사라는 이야기와 함께 인문학 박사 소지자는 49위라고
설명한다. 이 보고서는 사람들마저 금전적 가치 혹은 상품으로
전환되었음을 노골적으로 알려 준다.

이렇듯「플란다스의 개」는 공포 영화에서부터 사회 드라마,
판타지, 코믹 풍자에 이르기까지 다양한 장르의 요소들을
혼합해서 다채로운 분위기를 만들어 내지만 등장인물들과
그들의 일상, 그리고 그들이 직면한 상황은 〈현실〉에
뿌리내리고 있다. 봉준호는 실제 아파트 단지를 무대로 로케
촬영을 하고, 실제의 뉴스 영상, 그리고 실제 뉴스에서 빌려온
에피소드 등을 이용하여 〈현실감〉을 높이는데, 이 모든 것은

영화 속 한국인들의 삶의 묘사에 놀랄 만한 핍진성을 부여한다. 이 영화는 실종된 개에 대한 하나의 소극으로 시작하지만, 곧 현대 한국 사회의 부조리들이 시민들의 감정적, 도덕적 어려움과 딜레마에 미치는 영향에 대한 코믹한 풍자이자, 날카로운 비판으로 확대된다.

「플란다스의 개」는 캐릭터 중심의 이야기지만, 캐릭터에 대한 영화의 논평은 곧 한국 사회에 대한 논평이기도 하다. 영화는 캐릭터들이 성공을 위해 분투하는 과정을 묘사하는 것이 자연스레 하나의 비평을 이루도록 잘 짜였다. 다소 과장된 듯한 만화적 감수성이 지배하지만, 이야기는 일상의 현실에 확고히 뿌리내리고 있으면서 그것을 바탕으로 사람들, 특히 지식인과 가진 자들의 위선을 드러낸다. 특히 영화는 윤주와 현남의 꿈과 성공을 향한 고군분투로 볼 수 있는데 한 사람은 꿈을 이루지만, 다른 한 사람은 이루지 못한다. 하지만 누가 진정으로 성공한 것일까? 꿈을 이루는 행위가 만족을 가져다주지 않고 오히려 죄책감을 주는 사회다. 결국 영화 끝에서 윤주의 〈체념의 무아경〉이 등장한다. 봉준호는 〈압축적 근대성〉의 결과들이 한국인의 일상에 미친 영향을 묘사하면서 기발하고 우울하기도 한 진정한 블랙 코미디를 만들어 냈다.

〈너는 엄마 없어?〉, 괴물 같은 모성

「마더」는 평범한 한 중년의 여성이 살인 혐의로 체포된 아들의 무죄를 증명하기 위해 필사적으로 노력하는 이야기다. 28세의 지적 장애인인 도준은 마치 어린아이처럼 그녀에게 전적으로 의존하고 산다. 아들이 벌레 한 마리도 죽일 수 없는 성품이라 여기는 엄마는 아들의 무죄를 굳게 믿고 경찰에 재수사를 요청한다. 하지만 경찰이 그녀의 애원을 계속 대수롭지 않게 여기며 묵살하자 직접 진실을 찾아 나서기로 한다. 여기까지는 마치 우리가 「괴물」에서 보았던 것처럼 사법 당국의 무능과 무관심 때문에 불가능해 보이는 상황을 해결하기 위해 피해자가 직접 나서는 영웅담 형식을 취한다. 「마더」는 또한 시골 마을을 배경으로 한 살인 미스터리라는 점에서 「살인의 추억」과도 닮았다. 다만 여기서 수사관으로 나서는 사람은 「살인의 추억」의 전문 형사가 아니라 그저 아들의 무죄를 믿는 거 외엔 아무것도 지닌 게 없는 가난한 엄마다. 그런데 「살인의 추억」의 형사들과 달리 그녀는 진짜 살인범을 알아내는 데 성공한다. 그렇다고 이 영화가 성공의 내러티브인가 하면, 그건 아니다. 영화의 초점이 수사 여부에 있지 않고 도덕의 문제에 있기 때문이다.

아이러니하게도 엄마는 진범이라고 생각해 대면하러 찾아간 늙은 고물상에게서 믿지 못할, 아니 믿기 싫은 진실을 알게 된다. 고물상은 범인이 아니라 사건 현장에서 아들의 범죄를 본 유일한 목격자였다. 충격과 분노에 휩싸인 그녀는 격렬하게 반응하며 고물상을 그 자리에서 죽이고 만다. (「살인의 추억」에서도 유일한 목격자 백광호가 죽음을 맞았다.) 그리고 아들을 보호하기 위해서 자신과 아들의 살인죄를 둘

다 숨기기로 한다. 이렇게 영화는 모성의 미덕에 큰 의문을 던진다. 살인과 기만 등 괴물 같은 행위들이 모성애의 이름으로 정당화될 수 있는가? 영화에서 모성애는 현대 한국 사회의 도덕적 부패와 아노미의 환유로 작동한다. 「마더」는 민주화를 이루었지만 신자유주의 자본주의가 심화한 한국에서의 삶이 어떻게 사회적 약자를 도덕적 붕괴로 몰아가는지를 보여 주는 데 뛰어난 영화다.

「마더」는 노련한 탐정을 가난에 찌든 중년 여성으로 대체함으로써 처음부터 범죄 드라마의 관습을 뒤엎으면서 시작한다. 그리고 엄마가 그 범죄의 수수께끼를 푸는 순간 스스로 끔찍한 살인을 저지르게 되는 비극적 아이러니로 끝맺는다. 이 같은 상황은 관객들로 하여금 이 캐릭터를 어떻게 받아들여야 할지 고민하게 만든다. 「살인의 추억」이 1980년대 국가 폭력을 폭로하기 위해 범죄 스릴러 장르를 차용한 반면, 「마더」는 모성에 대한 전통적인 요구와 기대를 되짚고 의문을 제기하기 위해 이 장르를 채택해 전복시킨다. 이야기의 핵심은 아들의 결백을 증명하려는 엄마의 의지와 각오이지만 영화는 결국 그녀의 폭력적인 분노의 분출 근저에 자리 잡은 사회 부조리로 우리의 눈길을 이끈다. 엄마가 고물상을 만나 살인을 저지르기 전까지 관객들에게 그녀와 아들이 살아온 힘든 삶에 공감하고 동정하면서 아들의 무죄가 밝혀지기를 응원하도록 유도했기에 그녀의 분노에 찬 살인 행위는 관객을 곤혹스럽게 만든다. 관객은 도준이 다섯 살 때, 그녀가 절망에 빠진 나머지 동반 자살을 시도했었다는 걸 알고 있고, 지적 장애인인 아들을 얼마나 끔찍이 아끼고 돌봐 주는지 알고 있기 때문이다. 영화는 엄마와 도준의 삶에서 가난, 즉 돈이 가장 힘든 문제였음을 분명하게 보여 준다.

이 모자가 살고 있는 시골 마을의 모든 불행한 사건의 중심에도 돈이 놓여 있다. 진범을 찾아 나선 엄마의 사적인 수사는 아들 도준이 실제 범인이라는 사실 말고도 자신이 사는 시골 마을에서 벌어져 온 미성년자 성 착취라는 또 다른 어둡고 충격적인 사건을 드러낸다. 도준이 살해한 여고생 문아정이 치매를 앓는 할머니와 둘이 살면서 생계를 위해, 때로는 쌀을 얻기 위해, 성매매를 해온 것이다. 그리고 유일한 목격자인 중년의 고물상 남자도 그런 성적 착취에 가담한 인물이다. 이 충격적인 성적 착취의 이야기는 실제 사건에서 영감을 얻은 것으로 그 자체로 또 하나의 현실 고발을 이룬다.*

앞서 2장에서 언급했지만, 봉준호는 엄마 역에 〈국민 엄마〉로 널리 알려진 배우 김혜자를 캐스팅했다. TV 드라마에서 자녀와 가족을 위해 희생하는 전통적인 한국의 어머니를 반복해서 연기해 구축된 김혜자의 페르소나는

---

* 봉준호는 2009년 6월 10일 『딴지일보』와의 인터뷰에서 〈문아정이라는 친구를 둘러싼 사건만 놓고 보면 비슷한 사건이 꽤 있다. 그중 어느 농촌 마을의 동네 남자들이 핸디캡이 있는 아이를 암묵적으로 돌아가면서 범행했다. 1천 원만 주면 할 수 있다는 식으로, 사건이 커진 경우가 있었다. (중략) 이외에도 비슷한 사건이 많다. 내가 자료를 다 가지고 있다. 그래서 문아정 관련 이야기는 그 사건에 기반을 뒀다〉라고 설명했다.

「마더」에서 모성애를 강박적인 수준으로 끌어감으로써
왜곡되고 훼손되는 면이 있지만 동시에 연민이 가는 캐릭터로
그녀를 구축하는 데 기여한다. 영화는 어떠한 공적인 도움도
얻어 내지 못하는 엄마의 외로움을 부각한다. 이 외로움과
고립의 이미지는 자주 등장한다. 예를 들어, 도준의 노상 방뇨
장면에서 차갑고 텅 빈 콘크리트 벽을 배경으로 덩그맣게 서
있는 모습이 롱 숏으로 포착된다든지, 룸살롱에서 변호사를
만나는 장면에서도 그녀는 공적인 권력과 뚝 떨어져 고립되어
있다. 변호사는 한국에서 가장 강력한 두 개의 인맥 — 고등학교
동창들과 사법 시험 동기들 — 에 둘러싸여 그녀를 맞이하고
그녀는 그들의 반대편 끝에 홀로 잔뜩 의기소침한 모습으로
앉아 있다. 이 밖에도 영화의 시네마스코프 포맷 역시 극단적인
클로즈업으로 그녀의 외로움과 불안감을 부각하는 데 큰
효과를 발휘한다.

그러나 영화는 관객들이 엄마의 캐릭터에 전적으로
몰입하는 것을 방해하기도 한다. 그녀가 「괴물」에서의 박씨
가족과는 달리 단순한 피해자에 그치는 게 아니라 부패와 기만
등의 행위를 저지르는 가해자의 모습도 연출하기 때문이다.
이러한 묘사는 살인 행위나 진실 은폐 등 명백히 도덕적으로
비난받을 행동뿐만 아니라 생계를 꾸려 가는 방식에서도
나타난다. 그녀는 값싼 중국산 약초를 한국산으로 속여 파는
작은 약방을 운영하면서 무면허로 침술을 한다. 비난받을
일임이 틀림없지만 영화는 동시에 그것이 그녀의 유일한 생계

수단임을 시사한다. 이 사회에서 살아남기 위해서는 사기나 속임수 등 부정행위에 가담하지 않을 수 없다는 뜻이다. 침술은 생계뿐만 아니라 정신적 고통을 잠시나마 잊게 해주는 유일한 위안의 수단이기도 하다. 그녀는 도준이 어렸을 때 감행했던 동반 자살 시도를 기억하지 못하도록 침을 놓았지만, 영화 끝에는 괴로운 기억을 지우기 위해 자신에게 침을 놓는다.

이처럼 엄마의 캐릭터를 형성하고 그녀의 행동을 주도하는 도덕적 모호함은 그녀를 현실적이고 설득력 있게 만드는 측면도 있다. 미디어 학자 K. 마야 크라코비악과 메리 베스 올리버가 지적하듯이, 도덕적으로 모호한 캐릭터들은 〈관객들에게 더 현실적으로 인식〉되고 관객들로 하여금 〈불확실성과 양면성〉을 느끼게 할 수 있다.* 이러한 불확실성의 느낌은 (캐릭터) 삶의 불확실성과 일치한다. 영화는 엄마가 늘 지적 장애인인 도준에게 무슨 일이 일어나지 않을까 노심초사하며 산다는 점을 영화 시작과 함께 확실하게 보여 준다. 들판에서 넋이 빠진 듯 춤을 추는 프롤로그가 끝나면 곧바로 엄마가 창문을 통해 아들을 지켜보면서 가게에서 약초를 자르는 장면으로 이어진다. 아들이 뺑소니에 치이는

---

* K. Maya Krakowiak and Mary Beth Oliver, "When Good Characters Do Bad Things: Examining the Effect of Moral Ambiguity on Enjoyment," *Journal of Communication 62*, no. 1 (2012): 118. 이 논문은 또한 관객들이 〈이들 캐릭터들에게 도덕적으로 옳은 결말〉이 나기를 기대하며 〈범인이 잡히기를〉 예상한다고 지적한다. 그러나 「플란다스의 개」와 「마더」를 포함, 봉준호의 영화에서는 이 같은 관객들의 기대가 충족되지 않는다.

것을 보고 놀란 그녀는 작두에 손가락을 베이지만 그것도 모른 채 아들을 향해 뛰어나간다. 이후 도준이 아정의 살인범으로 체포되어 경찰차를 타고 떠나자, 이번엔 경찰차가 트럭에 받힌다. 이 예기치 않은 일련의 사고는 그동안 엄마와 아들이 함께 걸어온 불확실하고 험난한 길을 상징하는 것이면서 그들 앞에 놓인 고난을 예고하는 것이기도 하다. 또한 엄마가 아들을 키우면서 그를 보호하기 위해 한순간도 끊이지 않고 유지해야 했던 경계심의 원천을 보여 준다고 할 수 있다.

한편 이렇듯 엄마 캐릭터에 내재하는 도덕적 모호함은 그녀가 고물상을 처음으로 만나는 장면에서도 잘 표현된다. 엄마는 물론 고물상의 도덕적 양면성도 드러내는 상징적인 장면에서 엄마는 아들의 결백을 증명하려던 노력이 좌절된 직후 고물상을 맞닥뜨린다. 그 전 장면에서 엄마는 진범이라고 믿은 진태의 집에서 피가 묻은 것으로 보이는 골프채를 빼돌려 경찰에 제출했었다. 하지만 빨간 자국의 원인은 피가 아니라 립스틱으로 밝혀진다. 기운이 빠진 그녀는 쏟아지는 비를 맞으며 집으로 돌아가는 길에 고물 수레를 끄는 고물상을 지나친다. 그녀는 수레 뒤쪽에서 우산 하나를 빼내고, 고물상이 보지 못했음에도 그에게 다가가 두 장의 구겨진 지폐를 건넨다. 고물상은 지폐를 내려다보곤 그중 한 장만 가져간다. 보기에는 사소해 보이는 이 짧은 순간은 두 인물의 도덕적 양심을 보여 주는, 그래서 영화 전체의 이야기에 도덕적 모호함을 부여하는 의미 있는 장면이다. 그녀는 고물상에게 자진해 후한 액수를 지급하지만 그는 우산 이상의 가치를 취하려 하지 않는다.

짧게 스친 이후 두 사람이 다시 만났을 때, 만남의 상황은 물론 관객이 지녔던 예상은 내러티브가 급작스레 변하면서 완벽하게 뒤바뀐다. 엄마가 고물상을 찾아간 것은 기억력이 왔다 갔다 하는 도준이 관자놀이를 지압하는 치료법으로 살인 현장에서 본 노인을 기억해 냈기 때문이다. 그 노인은 바로 고물상이었고, 그가 진범이라 확신한 엄마는 침술 자원봉사자로 행세하며 그를 대면한다. 하지만, 대화를 통해 그가 살인범이 아니라 도준이 실제로 저지른 범죄의 유일한 목격자임이 밝혀지자 엄마는 경악한다. 그녀가 도준의 엄마인 줄 모르는 고물상은 도준을 경찰에 신고하겠다고 나서고 격렬한 분노에 휩싸인 엄마는 그 자리에서 그를 잔인하게 죽이고 만다. 살인을 저지르는 동안 그녀는 〈당신은 내 아들의 발톱만큼의 가치도 없다〉라며 주체할 수 없는 분을 쏟아 낸다.

그런데 폐가에서 숙식하는 등 사회의 가장자리에 사는 고물상 역시 부패에서 벗어나지 못한 것으로 드러난다. 앞서 지적했듯 엄마의 수사를 통해 아정을 둘러싼 동네 남자들의 성적 착취가 드러나고 고물상이 그중 한 명이었다는 사실이 밝혀진다. 엄마가 아정의 할머니로부터 얻어 낸 아정의 휴대 전화 속에 그의 사진이 들어 있었고, 그 사진을 본 도준이 살인이 일어난 날 그를 그 폐가에서 봤다고 기억해 내면서 엄마가 그를 찾아오게 된 것이다. 아정은 생전에 셔터 소리 없이 사진을 찍을 수 있는 〈변태 폰〉으로 그녀와 잠자리했던 남자들의 사진을 찍어 남겼었다. 이렇듯 늙은 고물상은 미성년자를 성적으로 착취하는 죄를 지었고, 엄마는 이제 살인자가 되었다. 그들의 첫 만남에서 보여 준 두 사람의 도덕적 양심은 이렇게 훼손되어 버린다.

「마더」에서 살인범들(도준과 엄마)과 그들의 희생자(아정과 고물상)는 모두 한국 사회의 최하층 계급에 속하는 가난한 자들이다. 영화는 이들을 위한 어떠한 사회적 안전망도 구비되지 않았고, 그 누구도 이들에게 관심이 없으며, 이들의 죽음에 얽힌 진실을 알아내려 하지 않는다는 것을 적나라하게 보여 준다. 일이 너무 많아 과로에 지친 형사들은 아정의 살인범임을 입증하는 데 사용할 수 있는 증거라면, 그것이 아무리 잘못된 것일지라도, 그것을 내세워 사건을 종료시키는 일이 더 급급하다. 진실을 찾기보다는 기록상 사건을 해결해 버리는 데 더 많은 관심이 있다. 그리고 고물상의 죽음과 사람들이 그의 죽음을 초래한 것으로 단정하는 폐가의 화재에 대한 조사도 이루어지지 않은 것으로 그려진다. 영화가 끝날 무렵 도준은 엄마에게 그녀가 고물상이 있던 폐가에 떨어뜨리고 온, 불에 그을린 침통을 건네준다. 범죄 현장에 고스란히 남아 있던 걸 감방에서 풀려난 도준이 그 집에 들렀을 때 집어 온 것이다. 이는 화재에 대한 조사가 전혀 이루어지지 않았음을 알리는 증거다. 그 누구도 왜 불이 났으며 고물상이 어떻게 죽었는지 알아낼 관심조차 가지지 않는다.

전작들과 마찬가지로 「마더」에서도 한국 특유의 부조리한 이야기를 담기 위해 장르의 관습이 전복되는데, 대표적인 부조리로 그려지는 게 경찰, 변호사 등 사법 기관의 무능과 부패다. 특히 경찰의 심문 기법을 묘사한 장면은「살인의 추억」에서 묘사된 1980년대 군사 독재 시기와 민주화 이후의 2000년대를 배경으로 한「마더」사이에서 거의 변화가 없다고 해도 과언이 아니다.「살인의 추억」에서는 피의자를 발로 차고 고문해 거짓 자백으로 범인을 만들어 냈었는데,「마더」에서는 폭력은 많이 자제되긴 했지만 암묵적 협박으로 피의자가 자백하도록 강요하는 방식은 여전하다. 도준의 심문 중에 한 형사가 세팍타크로 기술(일종의 발로 하는 배구)을 과시하며 은근히 도준에게 자백을 유도하는 장면이 대표적인 예다. 이 심문 장면은 한국 법 집행 기관의 어처구니없는 부조리를 강조하기 위해 코믹한 방식으로 전개된다. 도준에게 바지를 벗으라면서 형사는〈나도 바지를 벗을 테니 이건 경찰의 고문이 아니야〉라고 굳이 언급한다. 이어 세팍타크로를 들어 본 적이 있냐는 질문에 도준이 모른다고 하자 비인기 종목을 무시한다고 꾸짖으면서 도준의 입에 사과를 물린 후 세팍타크로 발차기로 사과를 가격한다. 도준에게 직접적인 폭력은 가하지 않으면서 잔뜩 겁을 준다.

이처럼 영화는 민주화 이후에도 여전히 법 집행 기관이 사회적 약자들을 보호하는 데 무능하다는 점을 부각하고 조롱한다. 실제로「마더」에서 보여 주는 경찰의 수사 방법은 「살인의 추억」의 그것에 비해 훨씬 과학적이다. 범죄 현장은 적절히 보존되며 형사들은 마치 미국 TV 시리즈인 「CSI 과학수사대」를 보는 듯 민첩하게 움직인다. 그럼에도 불구하고, 형사들은 여전히 무능하고 진실을 밝히는 데 실패한다. 어찌 보면 상황이 더 나빠졌다고도 할 수 있는데 왜냐하면 적어도 「살인의 추억」에서는 형사들이 자신들의 실패를 알고 있지만 「마더」에서는 자신들이 엉뚱한 사람을 체포했다는 사실조차 전혀 알지 못하기 때문이다.

「마더」는 사회 부조리들이 어떻게 일상의 일부가 되었는지, 그리고 그것이 어떻게 사회적 약자들을 사회의 주변부로 몰아가는지 잘 묘사한다. 영화는 한국 사회의 중심에 도덕적 부패와 아노미가 자리 잡고 있음을 모성애와 사회도덕 사이에 조성되는 서사적 긴장을 통해 드러낸다. 전통적인 유교 문화에서 가족의 가장 중요한 기능은 부계 혈족의 계승이다. 따라서 여성의 지위는 아들을 낳고 기를 때에만 사회적으로 인정받고 정당화된다. 이러한 유교의 가부장적 이념은 한국의 전통 가정에서 특히 어머니와 아들 간의 유난히 밀접한 관계를 낳게 되는데, 「마더」는 홀어머니와 지적 장애인인 아들의 모자 관계를 그리면서 전통과 현대의 부딪침이 낳는 가치관의 충돌과 그에 따른 도덕적 혼란에 관심을 환기한다. 특히 엄마와 도준이 함께 잠을 자는 등 특별히 가깝게 묘사되는 장면들은 미국 일부 평론가와 관객에게 근친상간의 암시로도 해석됐지만 그건 유교 문화권인 한국 사회의 맥락 안에서 모자 관계를 볼 때 설득력이 떨어지는 해석이다.

잘 알려졌듯이 유교 이념에서 여자는 세 남자, 즉 아버지, 남편, 그리고 아들을 따르고 복종해야 한다는 삼종지도가 있다. 거기에다 유교가 미망인의 재혼을 허용하지 않았기 때문에, 남편이 죽었을 때 아들은 어머니가 의지할 수 있는 일종의 대체 남편이 된다. 미망인의 재혼 금지는 이미 오래전 과거의 일이 되어 버렸지만, 이러한 홀어머니와 아들의 긴밀한 관계는 여전히 한국의 가족 문화에 남아 있다. 『남자의 탄생』에서 자신의 경험을 토대로 한국 남성의 정체성 형성 과정을 검토한 정치학자 전인권은 〈어떻게 보면, 어머니와 나의 관계는 바람둥이 유부녀와 정부(情夫)의 관계와 비슷한 데가 있었다. 사실 어머니는 아버지를 버리고(?) 나에게 바람이 나 있었다. 아니, 아버지가 남편의 역할을 제대로 안 하다 보니, 어머니가 나에게 바람이 난 것이었다〉라고 썼다. 그리고 〈1960년대 후반만 해도 어머니와 아들이 다정한 경우가 무척 많았다〉라면서 〈생활 조건이 크게 변한 지금도 모자 사이에 이런 관계가 꽤 많은 것 같다〉라고 덧붙인다.* 따라서 그는 오이디푸스 콤플렉스가 한국 남성에게는 적용되지 않는다고 주장한다. 이렇듯 어머니와 아들 사이의 역사적으로 친밀한 관계가 도준과 어머니와의 관계를 실제 근친상간으로 읽는 것을 막아 준다. 오히려 도준이 살인을 저지른 후 집에 돌아와 태아 자세로 엄마 옆에 누워 자는 모습은 마치 어린아이가 엄마에게 매달리는 유아적 상태를 나타낸다고 하겠다.

* 전인권, 『남자의 탄생』(서울: 푸른숲, 2003), 73~74면.

이와 유사하게, 여성학자 정희진도 특히 한국에서 어머니가 지니는 이미지는 서양과 다르다고 주장한다. 〈식민 지배와 압축《성장》을 특징으로 하는 한국 현대사는 남성과 여성에 대한《한국적 젠더》를 생산했다〉라면서 〈나약하고 무기력하나 폭력적인 아버지 혹은 그러한 아버지의 부재와 억척스럽고 생활력 강하며 아버지를 뒤에서 티 나지 않게 조종하는《지혜로운》어머니상은 서구의 젠더 이미지와는 차이가 있다〉라고 말한다.* 이런 점에서 한국의 어머니들은 존경의 대상이 되어 왔지만, 한국 어머니들의 모성애에 대한 핵심적인 관념은 아들의 필요와 욕망에 절대적으로 부합하려는 데 있다.

「마더」는 이러한 모자의 상호 의존성을 극단적 수준으로 끌어올림으로써 21세기 한국 사회의 맥락 내에서 희생적인 모성애라는 전통적인 미덕에 의문을 제기한다. 유교의 모성애는 자녀 교육에 대한 어머니의 헌신을 요구한다. 조선 시대 양반 가문의 사회적 지위는 아들을 잘 길러서 과거에 합격시키는 데 달려 있었다. 이러한 아들의 성공을 이끌어 내는 것은 전적으로 어머니의 책임이었다. 사회적 사다리를 오를 희망이 없는 평민의 경우, 엄마들은 가족을 경제적으로 부양하는 데 전념할 것으로 기대되었다. 그러나 한국이 중산층이 확대되는 근대 산업 국가로 변모함에 따라 모성에 대한 유교적인 기대 역시 변했지만 자녀(아들과 딸 모두)를

* 정희진, 『페미니즘의 도전』(서울: 교양인, 2015), 70면.

양육하고 교육해야 하는 어머니의 핵심적인 의무는 여전히 지속되고 있다. 이제 현대의 어머니는 유학자 박홍식이 말하는 〈가정의 매니저〉가 되었다. 자녀들의 대학 입시 성공이라는 목표를 달성하기 위해 자녀의 일과를 계획하고 시행하는 존재가 됐다는 설명이다. 이에 따라 〈희생하는 어머니〉라는 유교적 이상이 자녀를 일류 대학에 보내는 것이 목표인 교육열로 계승되었다는 것이다.* 교육 시민운동가 김명신 역시 「마더」 리뷰에서 아들의 결백을 증명하기 위해 부단히 노력하는 엄마를 자녀의 성공을 위해 모든 대학 박람회와 학원가로 쉴 새 없이 달려가는 현대의 중산층 엄마에 비유하기도 한다.**

그러나 「마더」에서 어머니의 자식을 위한 헌신은 중산층 어머니 〈매니저〉가 직면하는 상황보다 더 어려운 환경에서 비롯된다. 도준의 엄마는 한국 사회에서 가장 낮은 사회적 계층에 속한다. 그러므로 그녀의 도준에 대한 헌신은 그가 최고의 대학에 진학하고 사회적으로 성공할 수 있도록 준비시키는 것이 아니다. 그런 미래는 도준이 지적 장애가 있다는 것을 생각하면, 어떤 경우에도 불가능할 것이다. 오히려 이 엄마가 할 일은 도준이 자신을 놀리고 해코지하는 불량배들에게 맞설 수 있도록 가르치는 것이다. 한국의 장애인

* 박홍식, 「가정교육 담당자로서의 전업주부 역할과 가정문제」, 『유교사상문화연구』 제30집(2007): 313~340.
** 김명신, 「뛰고 또 뛰는 이 땅의 모든 마더들에게」, 『프레시안』, 2009년 6월 12일 자.

복지 체계가 부실하다는 사실을 고려할 때 도준을 자기방어가 가능한 사람으로 키우려는 엄마의 노력은 이해되고도 남는다. 하지만 바로 그래서, 도준이 살인을 저지르게 되는 배경에는 그녀의 오래된 가정 교육이 한몫했다는 사실이야말로 비극적인 아이러니가 아닐 수 없다. 엄마는 도준에게 누가 바보나 저능아라고 부르면 가만히 있지 말고 반드시 반격하라고 가르쳐 왔다. 그녀는 아들에게 누군가 한 대 때릴 때마다 두 대씩 되받아치라고 가르쳤다. 사실상 엄마는 자신을 모욕하는 자에게 격렬하게 보복하도록 아들을 프로그램화했고, 이 프로그램은 아정이 도준을 바보라고 부르는 순간 바로 작동해 버린다.

　　이처럼 엄마는 자살 시도 실패 이후 장애가 있는 아들을 과잉보호해 왔다(심지어 이 독극물을 마신 것이 아들의 지적 장애를 일으켰을 가능성도 있지만 영화는 이 의문을 열어 놓기만 할 뿐 확답은 주지 않는다). 도준은 일상의 모든 것을 전적으로 그녀에게 의존한다. 앞서도 지적했듯이 도준이 밤늦게 귀가해 잠든 엄마 옆에 누워 젖가슴을 만지는 장면은, 그의 지적 능력과 성숙함이 어린아이와 다를 바가 없다는 것을 고려할 때, 거의 아기나 다름없는 의존성을 나타낸다. 실제로 영화에는 도준이 자신의 주변 상황을 어느 정도 이해하는 것인지 궁금증을 자아내는 순간들이 있다. 그는 기억과 기억 상실 사이에서 오락가락한다. 예를 들어, 뺑소니 사고로 도준을 친 벤츠를 파손한 혐의로 친구 진태와 함께 체포되었을 때, 도준은 벤츠를 발로 찬 사람은 자신이 아니라 진태였다는 것을 기억하지 못한다. 도준의 지적 장애와 그의 선택적 기억력을 둘러싼 혼란은 그를 〈매니저〉 엄마들의 자식들과 사실상 동일시하도록 하는 측면이 있다. 그들의 삶은 일찍부터 너무 자세히 계획하고 관리됐으므로 도준처럼 결코 독립적이고 성숙한 어른이 되지 못한다.

실제로 도준의 선택적 기억력은 엄마의 영향 아래 길러진 것일 수도 있다. 그녀는 도준이 무언가를 잊기를 원할 때 특별한 침술로 그를 치료하고, 반대로 무언가를 기억하기를 원할 땐 관자놀이에 지압하도록 유도해 왔다. 그런데 이러한 훈련 역시 도준을 오히려 엄마도 알 수 없는 존재로 만든 측면이 크다. 영화 끝부분에서 엄마가 관광버스를 타려고 할 때 도준은 〈물건을 두고 다니지 마〉라며 고물상의 불탄 집에서 찾은 침통을 건네고, 그것을 본 엄마는 기겁한다. 도준은 그녀의 살인 사실을 알고 있는 것일까, 또 자신의 살인 사실도 알고 있는 건가? 그는 다 기억하지만 일부러 숨기고 엄마의 공범이 되기로 한 것일까? 그의 지적 능력(장애)이 만들어 낸 이 모호함은 그가 지닌 순수함에도 의문을 던지며 도준을 불가사의하고 수수께끼 같은 인물로 만든다.

그리고 이런 도준의 모호함은 전체적인 이야기에 불확실성의 먹구름을 드리운다. 그는 봉준호의 영화에 나오는 또 다른 인간 괴물인 것일까? 엄마가 면회를 간 교도소 장면에서 도준은 수감자들에게 구타당해 흉측한 모습으로 스크린에

등장한다. 그가 엄마를 향해 비난하듯이 화를 낼 때 멍들고
잔뜩 부은 그의 얼굴이 옆모습으로 클로즈업된다. 그는 다른
수감자들이 자신을 놀리자 엄마가 가르친 대로 달려들었다가
결국 그들에게 흠씬 두들겨 맞았다. 게다가, 엄마가 가르쳐
주는 대로 기억을 되살리기 위해 관자놀이에 지압을 가하던
그는 그녀가 기억해 내라는 살인 사건을 소환해 내는 게 아니라
어릴 적 엄마가 자신을 죽이려 했던 사실을 기억한다. 이
결정적인 순간은 엄마가 도준을 보호하고 통제하는 데 사실은
실패했다는 것을 의미한다. 도준은 그녀가 그토록 잊기를
바랐던, 그래서 침술로 치료했고 잊었다고 생각했던 과거의
악몽을 다시 소환해 낸 것이다. 이처럼 도준의 예측할 수 없는
기억력은 엄마에게 아들을 더욱 알 수 없는 존재로 만든다.

이렇듯 엄마와 아들의 관계를 통해 현대 한국 사회에서
모성이 지니는 사회적 의미를 묻는「마더」에서 가장 의미심장한
장면은, 도준 대신 구속된 또 다른 지적 장애인 종팔을 면회
간 도준 엄마가 〈넌 엄마 없어?〉라고 묻는 장면이다. 엄마가
없다는 종팔의 대답에 울음을 터뜨리는 건 아이에 대한
미안함만큼이나, 아니 어쩌면 더 강하게 스스로의 안도감에서
비롯된 것은 아닐까? 도준처럼 지적 장애를 지닌 종팔은 같은
처지에 놓여 있지만, 도준과 달리 아들의 결백을 증명하기
위해서라면 못할 일이 없는 엄마가 없다. 이 장면에서 도준
엄마는 자신의 아이를 위해 남의 아이에게 해를 끼치는 일도
서슴지 않는 괴물이 된다. 모성이 사회도덕을 거스르고

타락하는 순간이다. 그리고 영화는 이 같은 모성의 타락을
도준 엄마의 경우로 한정하지 않고 보편적인 모성의 문제로
끌어올려 제기한다. 「마더」의 이야기가 펼쳐지는 공간과 시간,
그리고 엄마의 이름을 통해서다.

　「마더」는 봉준호의 전작들과 달리 시간과 공간이
특정하게 설정되어 있지 않다. 「플란다스의 개」에서의 서울
송파구 아파트 단지, 「살인의 추억」의 실제 무대인 1980년대
화성의 시골 마을, 그리고 「괴물」에서의 한강 등 관객은 이들
영화의 시대와 장소를 쉽게 알아챌 수 있지만 「마더」는 그렇지
않다. 어느 마을인지 알 수 있는 정보를 주지 않고, 시대 역시
모호하다. 2000년대 중반 유행했던 폴더식 휴대 전화가 시대
배경을 보여 주는 유일한 지표일 만큼 시기도 구체적이지 않다.
이러한 요소들은 오로지 엄마의 감정과 고투에 관객의 관심이
쏠리게 하는 효과를 가져온다.* 엄마에게는 또 별도의 이름이
부여되지 않고 영화 속에서 그냥 〈엄마〉 또는 〈도준 엄마〉로만
불린다. 이처럼 그녀에게 이름이 없고, 구체적인 시간과 장소가
정해지지 않은 것은 이 영화가 보편적인 개념으로서의 모성을
탐구하는 것임을 시사한다.

　시대적인 배경을 암시하는 유일한 소품이자, 사건
해결의 결정적 단서가 되는 폴더식 휴대폰은 엄마를 둘러싸고

* 봉준호는 「마더」의 흑백 버전을 만들어 특별 상영을 하기도 했는데 와이드
스크린과 더불어 흑백 버전은 관객의 시선이 색채에 분산되지 않고 엄마에게로
집중할 수 있게 한다.

벌어지는 읽히고 설킨 이야기들을 민주화 이후 신자유주의 자본주의가 심화된 한국 사회 어디쯤인가로 위치시킨다. 그러면서 가난한 고아 소녀를 상대로 저질러진 성범죄, 위선적인 교수 집단, 무능한 경찰, 부패한 변호사 등 한국 사회의 부조리를 드러내고, 도준 엄마의 고통스러운 여정을 통해 한국 사회의 부당한 시스템을 비판한다. 엔딩에서 엄마는 자신의 범죄와 양심의 가책을 잊고자 망각의 침을 스스로 놓고 관광버스 어머니들의 막춤판에 끼어든다. 도준의 엄마가, 모든 엄마가 되는 순간이다. 영화는 홀로 지적 장애인을 키워 온 가난한 엄마가 아들을 구하기 위해 서서히 괴물이 되어 가는 이야기를 통해 한국 사회의 아노미 현상을 포착해 낸다.

이처럼 「플란다스의 개」와 「마더」는 평범한 서민들을 괴물 같은 인간으로 만들어 버리는 현대 한국 사회를 들여다보면서 도덕의 문제를 제기한다. 한국 사회가 어떻게 윤리적 잣대를 잃었으며 한국의 역사적 경험이 어떻게 이 상실에 기여했는지 살펴본다. 「플란다스의 개」는 고층 아파트 건설 붐과 물질주의적인 문화 속에서 1980년대의 기억을 떠올리게 하며, 「마더」는 전통적인 어머니와 아들의 관계를 극단적으로 밀고 나가서 그것이 낳게 되는 도덕적 타락을 비판한다. 두 영화 모두 주인공의 삶에 깊숙이 개입해 영향을 미치는 사회 부조리와 아노미를 강조하며, 물질 만능주의 또는 돈 문제가 주인공들을 도덕적 부패로 이끄는 저주임을 보여 준다. 한국 사회가 너무 잔인하고 부패하고 경쟁적으로 변해서 오직 자신보다 더 약한 사람들을 착취해야만 자신과 가족을 유지하고 지킬 수 있게 되었다는 점을 주인공의 일상을 통해 전달한다. 두 영화 모두 주인공들을 도덕적 타락으로 이끄는 사회 부조리와 아노미 상황을 부각하기 때문에 관객들은 그들이 끔찍한 일을 저질렀음에도 불구하고 여전히 그들에게 동정심을 느낀다. 영화 속의 도덕적 모호함이 관객으로부터도 도덕적으로 모호한 반응을 이끌어 내는 것이다.

윤주와 이름 없는 엄마가 보여 주는 〈체념의 무아경〉은 그들이 자신의 죄를 심리적으로 지워 버리려 애쓰는 모습이다. 이러한 망각과 기억 상실증 역시 크게 보면 한국 역사와 연관해 하나의 알레고리로 읽힐 수 있다. 한국학자 박노자가 『비굴의 시대』에서 주장했듯 기억 상실증은 국가가 시민들에게 쉽게 폭력을 행사할 수 있게 하는 〈가장 큰 적〉 중 하나다. 여기서 폭력이란 경제적 폭력을 말하는 것으로 21세기 들어 신자유주의 자본주의와 함께 서민들의 삶을 더욱 힘들게 만들고 사실상 군사 독재 시절 국가가 저지른 고문과 살인을 대체하게 되었다는 것이다. 이렇게 볼 때 「플란다스의 개」와 「마더」는 경제적 불안이 도덕적 타협으로 이어지는 현대 한국 시민들의 초상화인 셈이다. 윤주와 도준 엄마는 둘 다 그들의 부패를 잊어버림으로써 양심의 가책에 대처하려고 한다. 하지만 이러한 기억 상실증은 사회 부조리가 영속되도록 하는 역할을 한다. 부정부패가 단기 추문으로 치부되고, 철저한 조사를 받지 못하고 잊히며, 가해자들이 제대로 응징받지 않는 일이 반복된다면 도덕적 해이함 역시 악화될 것이다.

「플란다스의 개」와 「마더」는 둘 다 한국이 어느 만큼 부도덕함을 용인하는 사회가 되었는지 사회적 약자들의 삶을 통해 보여 준다. 「살인의 추억」과 「괴물」이 1980년대의 역사적 트라우마를 되돌아보고 현재에서 그 유산을 살펴본다면, 「플란다스의 개」와 「마더」는 민주화 이후의 한국 사회를 거대한 하나의 도덕적 아노미로 그리고 있다.

5
지역을 넘어서:
「설국열차」와 「옥자」에 나타나는
글로벌 정치와 신자유주의 자본주의

봉준호는 한국을 배경으로 네 편의 영화를 만든 뒤 야심 차고
예산 규모도 훨씬 큰 글로벌 프로젝트 제작에 나서 2014년
「설국열차」와 2017년 「옥자」를 잇달아 내놓았다. 두 영화
모두 SF 판타지 액션 영화로 가상의 설정(「설국열차」에서는
끊임없이 달리는 열차를, 「옥자」에서는 유전자를 조작한 슈퍼
돼지)을 배경으로 한다. 하지만 동시에 두 영화는 전 세계적으로
뜨거운 논란이 되는 현안들을 다루고 있다. 지구 온난화는 「설국
열차」 내러티브의 전제를 이루며, 유전자 조작과 공장식 축산은
「옥자」의 핵심 소재다. 두 영화는 이러한 문제들의 근원으로
신자유주의와 글로벌 자본주의를 지목하는데, 봉준호는 이
두 영화로 작품의 규모뿐 아니라 영화에서 다루는 사회적,
정치적 부조리의 범위도 글로벌 스케일로 확장한 셈이다.
「설국열차」가 앞 칸의 〈가진 자〉와 꼬리 칸의 〈가지지 못한
자〉 간의 생활 환경이 극명하게 갈리는 세상을 묘사함으로써
세계적으로 심화하고 있는 빈부 격차를 은유한다면, 「옥자」는
이윤 추구를 위해 윤리를 외면하는 초국적 기업의 탐욕을

드러낸다. 게다가 두 영화는 전체주의적인 악의 근원으로
다국적 기업을 호명하는데 「설국열차」의 윌포드 인더스트리,
그리고 아우슈비츠와 같은 도축장과 육류 공장을 운영하는
「옥자」의 미란도 코퍼레이션이 이러한 다국적 기업을 대표한다.

　　「설국열차」는 봉준호의 첫 영어 영화이자 한국 바깥에서
촬영한 첫 장편 영화(그는 2008년 작인 단편 「흔들리는 도쿄」를
일본에서 촬영했다)이지만 제작비는 한국 제작 및 배급 회사인
CJ E&M의 100퍼센트 투자로 이루어졌다. 「옥자」는 이중
언어(한국어와 영어) 영화로 한국과 미국을 오가며 이야기가
펼쳐지는데 넷플릭스 오리지널 영화로 제작되었다. 봉준호
영화로서는 처음으로 제작비 펀딩을 해외에서 받은 것이다.
앞서 1장에서 언급했듯이 넷플릭스가 봉준호에게 완전한
창작의 자유를 보장했기 때문이다. 두 영화는 한국을 배경으로
한 이전 영화들과 달리 관객층을 세계로 넓히고자 새로운
시도를 했다. 먼저, 봉준호가 해외의 잘 알려진 시나리오
작가들과의 협업을 통해 자신이 쓴 시나리오 초안을 최종 영어
시나리오로 발전시켰다. 또 틸다 스윈턴 등 국제적 스타들을
캐스팅하고 다루는 주제 역시 관객들이 국적, 문화 등의 차이를
떠나 공감할 수 있는 소재들을 택했다. 그래서 두 영화에는
〈삑사리〉나 감칠맛 나는 대사에서 오는 풍자 등 한국적인 유머
감각은 거의 찾아볼 수 없지만 영어권 관객에게는 많은 웃음을
선사했다. (나는 한국에서 먼저 「설국열차」를 본 후 2014년 6월
로스앤젤레스 영화제의 개막작으로 상영됐을 때 다시 보았는데

틸다 스윈턴이 등장할 때 등 한국 상영 때와는 다른 지점에서
여러 차례 웃음이 터졌다.)

　　2013년 8월, 「설국열차」가 한국에서 개봉했을 때,
많은 평론가와 관객들은 봉준호 특유의 한국적인 색채가
옅어졌으며, 특히 그의 영화를 대표하는 봉준호만의 독특한
유머 감각을 잃어버렸다고 아쉬워했다. 하지만 흥미로운
점은 1년 후 미국에서 개봉되었을 때, 봉준호의 영화 팬들은
이 작품이 궁극적으로 한국적인 것을 구현했으며 독창적인
봉준호 영화라고 평했다는 사실이다. 내가 가르치는 〈한국
영화〉 수업을 듣는 채프먼 대학교 학생들도 당시 몇 가지
이유를 들어 이 영화가 매우 한국적이라고 입을 모았는데 이
영화가 주류 블록버스터 관습을 따르지 않는다는 점, 겉보기에
이질적인 요소들을 한데 섞었다는 점, 사회 시스템과 불의의
이슈를 다룬다는 점, 그리고 무엇보다 실패, 재앙, 혹은 〈절반의
성공〉으로 끝맺는다는 점 등을 그 이유로 꼽았다. 서울에서
열린 프리미어 상영 후 가진 기자 회견에서 봉준호 역시 〈어떤
의미에서 「설국열차」 또한 한국적 이야기다〉라고 말했다. 이는
곧 우리가 지역 문제와 세계 문제가 겹치는 글로벌 시대를 살고
있다는 방증일 것이다.

　　「설국열차」가 한국은 물론 해외에서도 비평적으로나
상업적으로 모두 성공을 거두었다는 사실은 이 영화가 국가
혹은 지역성을 초월한 호소력을 지니고 있음을 보여 주며,
그 호소력은 21세기에 세계적으로 확대되고 있는 빈부

격차의 불평등, 지구 온난화, 지속 가능성, 혁명의 가능성에
대한 문제 제기 등 영화에 담긴 주제들에서 나온다고 할
수 있다. 이러한 문제들이 세계 공통의 이슈로 부상하면서
지역/로컬과 글로벌의 경계가 허물어졌고, 따라서 저항 역시,
「설국열차」에서 보여 주듯, 지역을 뛰어넘는 초국적 연대의
필요성을 불러일으켰다. 「설국열차」가 지닌 초국적인 매력은
바로 이러한 접점에 놓여 있으면서 블록버스터라는 상업
영화의 영역 안에서 새로운 정치 영화의 가능성을 보여 주었기
때문이다.

　「설국열차」는 자크 로브와 뱅자맹 르그랑이 글을 쓰고
장마르크 로셰트가 그림을 그린 동명의 프랑스 그래픽 노블을
원작으로 느슨하게 각색한 포스트 아포칼립스 액션 영화다.
지구 온난화를 막기 위한 시도가 실패하면서 지구가 새로운
빙하기에 진입한 후 중단 없이 달리는 기차에서 펼쳐지는
이야기다. 〈영원한 엔진〉으로 구동되는 이 설국열차는 인류
마지막 생존자들의 디스토피아적 노아의 방주다. 열차 안의
사회는 전체주의 지배 아래 놓여 있고, 계급에 따라 꼬리 칸과
머리 칸, 두 개의 칸으로 나뉘어져 있다. 〈대지의 저주받은
자들〉이 꼬리 칸을 점거하고 있고, 부자들은 머리 칸에 살고
있다. 가진 자와 가지지 못한 자의 대립은 꼬리 칸의 가난한
자들이 무장 경비들의 점호를 받는 영화 도입부부터 명확하게
드러난다. 이 시퀀스는 강제 수용소의 일과를 연상시킨다.
　이러한 계급 사회를 바탕으로 영화는 커티스라는 젊은

지도자가 이끄는 꼬리 칸 사람들의 반란을 그린다. 영화의 내러티브는 불평등을 해소할 혁명을 성취하기 위해 기차의 심장인 엔진 칸을 향해 나아가는 커티스와 그 일행의 치열한 전투를 쫓아간다. 여러 가지 측면에서 영화는 현재의 신자유주의 자본주의의 알레고리인 동시에, 어떤 비용을 감수하고라도 이번만큼은 모두를 위한 정의와 평등을 실현하고자 하는 혁명에의 열망과 그 결과를 구현한다. 즉, 우리가 불평등한 시스템을 고칠 수 있는지, 그것이 어떻게 가능할지 묻는다. 해방의 혁명은 가능한 것인가?

「설국열차」에 비해서 「옥자」는 한국의 10대 소녀 미자와 하마처럼 생긴 거대한 돼지 옥자의 우정에 초점을 맞춘 훨씬 따뜻하고 밝은 액션 어드벤처 영화다. 유전자 조작을 통해 식용 슈퍼 돼지를 생산하려고 계획한 미란도 주식회사가 미자의 집에서 옥자를 데려가면서 이 모험은 시작된다. 옥자와의 이별은 미자, 그리고 동물 해방 전선 대원들과 미란도 간의 대결을 불러온다. 「옥자」는 봉준호의 영화 중 희망적인 결말로 막을 내리는데 미자와 동물 해방 전선이 미란도를 무너뜨리는 데도 슈퍼 돼지의 사육과 도축을 막는 데도 실패하지만 옥자를 구하는 데는 성공하기 때문이다. 가족이 딸을 구하는 데 실패하는 「괴물」과 결과는 다를지라도, 「옥자」는 여러 면에서 「괴물」과 비교할 만하다. 두 영화 모두 거대한 특수 효과 동물이 등장하며, 상상의 생명체를 내세우지만, 실제로는 매우 현실적인 배경에서 전개된다. 영화 속 사건들 상당수가 실제 사건을 모델로 삼았으며, 상상의 동물이 탄생하게 되는 이유 또한 개연성을 지니기 때문이다. 그만큼 두 영화의 동물들은 현대 사회의 문제를 드러내고 비판하는 도구로 기능한다.

「괴물」이 매우 정치적인 맥락 안에서 한미 간의 예속적인 관계와 정부 당국의 무능과 비리를 비판한다면, 「옥자」는 관객으로 하여금 글로벌 경제의 현주소에 주목하게 한다. 이러한 정치권력에서 경제권력으로의 초점 전환은 백악관 상황실을 패러디한 장면에서 상징적으로 이루어진다. 미란도의 CEO인 루시 미란도와 간부들이 회의실에 함께 모여 미자로 인해 발생한 사태를 논의하는 장면은 2011년 오사마 빈 라덴을 추적해 습격할 당시의 백악관 상황실의 그 유명한 사진과 비슷한 구도로 설정됐다. 루시는 힐러리 클린턴 당시 국무 장관이 손으로 입을 가리고 앉아 있던 자리에 앉고, 미란도의 전략 책임자인 프랭크 도슨은 오바마 대통령 자리에 앉아 있다. 이 앉아 있는 위치와 소품, 그리고 인물들이 입고 있는 옷이 너무 닮아서, 그 상황의 패러디임을 쉽게 눈치챌 수 있다.* 이는 현재 다국적 기업들의 권력이 세계 정세에서 미국 정부 못지않게, 아니 그보다 더 막강한 힘을 발휘한다는 것을 암시하는데, 미란도는 정부나 그 어떤 정치 단체보다 우위에 있는 다국적 기업이다.

* 백악관의 그 유명한 상황실 사진과 「옥자」의 장면은 헌터 해리스라는 『벌처 Vulture』 매거진의 편집자가 2017년 6월 28일 트위터에 처음 게재하면서 널리 회자되었다.

현실성을 중시하는 봉준호는 첫 번째 SF 영화인 「설국열차」를 만들면서도 영화의 바탕이 되는 다양한 전제에 과학적 타당성을 부여하고자 SF 작가 김보영의 자문을 얻어 시나리오를 썼다. 원작인 그래픽 노블에서는 기본 전제만 빌려 오고 캐릭터와 상황은 완전히 다른 이야기를 창작했다. 그가 원작에서 차용한 것은 온난화로 지구가 새로운 빙하 시대로 접어들었다는 것과 영원히 달리는 기차가 인류의 마지막 생존자들에게 남은 유일한 장소라는 것, 그리고 부유한 자는 머리 칸에, 가난한 자는 꼬리 칸에 분리되어 있다는 설정 정도다. 이외 기차가 일 년을 기준으로 순환 운행된다는 것, 열차 내에서 반복적으로 일어나는 반란, 그리고 구체적인 등장인물들은 원작과는 상관없이 새롭게 창조되었다. 끊임없이 달리는 열차는 가능성이 매우 낮은 개념이긴 하지만, 영화는 이 전제 위에 지구 온난화, 생태 균형, 경제적 불평등과 같은 현재의 이슈들을 다양하게 짜넣는다. 곤충으로 만들어진 단백질 양갱과 영구 엔진(영구 모터 기계)은 이미 과학적 가능태들이다. 「설국열차」는 그러니까, 과학 소설의 아버지로 일컬어지는 허버트 조지 웰스가 말하는 〈가능성의 판타지들〉을 만들어 내는데, 이는 〈인간사에서 어느 정도 발전 중인 가능성을 가져와서 그 가능성의 결과들을 더욱 폭넓게 발전하기 위해 작업하는 것〉을 의미한다.*

* H. G. Wells, "Preface to the 1921 Edition," in *The War in the Ari: And Particularly How Mr. Bert Smallways Fared While It Lasted* (Harmondsworth:

특히 꼬리 칸과 머리 칸 사이의 생활 환경의 대조는 2011년의 〈월가를 점령하라〉 운동의 슬로건 〈우리는 99퍼센트다〉에서 파생된 캐치프레이즈 〈1퍼센트 대 99퍼센트〉의 양극화를 시각적으로 재현한다. 월가 점령 운동에서 볼 수 있듯 신자유주의 경제 정책의 세계적 확대로 인해 점점 더 벌어지는 빈부 간의 격차가 세계적인 이슈로 떠오르면서 「설국열차」는 이런 시대에 놀랍도록 들어맞는 영화로 초국적인 호소력으로 관객을 사로잡았다. 영화는 2013년 한국에서 가장 큰 여름 히트작이었으며, 북미 시장에서도 한국 영화로서는 2007년 「디워」에 이어 두 번째로 가장 흥행한 영화가 됐다. 흥행과 더불어 영화에서 제기된 이슈에 대해 활발한 온라인 토론을 불러일으키기도 했다. 「괴물」이 그랬던 것처럼, 「설국열차」 또한 한미 양국의 여러 영화 평론가와 온라인 블로거들에게 엄청난 양의 정치적 해석을 담은 평들을 쓰게 만들었다. 실제 영화평을 살펴보면, 신자유주의 자본주의 시스템과 관련해 평하는 글이 가장 많았다. 나아가 「설국열차」가 지속 가능성 교육을 위한 좋은 교재가 되는 영화라는 한 전문가의 주장처럼 많은 평론가와 블로거들이 영화가 제기하는 실제적이고 시사적인 이슈들과 연관해 영화를 논했다. 혁명적인 계급 투쟁의 가능성에 대한 논의도 영화에 대한 평의 한 축을 이루었다.

한편 「옥자」를 준비하는 과정에서 봉준호는 유전자 조작

Penguin, 1967), p. 7.

식품, 동물 해방 전선, 그리고 공장식 축산업에 대한 광범위한 조사를 진행했다. 그는 2015년 미국 콜로라도주의 〈소고기 농장〉을 방문 취재했다. 매일 5천 마리 이상의 소와 돼지를 도축하는 현대식 공장으로 이곳에서 관찰한 것을 토대로 슈퍼 돼지가 도살되고, 가죽이 벗겨진 후, 조립 설비에서 고기 부위별로 잘리는 도살장을 영화 속에 재현했다. 영화의 특수 효과 팀장인 에릭 드 보어는 한 인터뷰에서 이 공장 장면을 의도적으로 관객이 〈살육당하기만을 기다리는 비참한 강제 수용소 같은 곳〉이라고 느끼도록 표현했다고 설명했다.* 영화는 옥자가 이곳에서 도살될 위기에 직면하는 상황을 묘사함으로써 관객들이 옥자의 시선으로 고기가 만들어지는 과정을 보도록 이끈다.

이처럼 「옥자」 역시 봉준호의 다른 영화들과 마찬가지로 극 중 사건과 인물 상당수가 실제 사건과 단체를 참고하거나 모델로 삼고 있다. 예를 들어 미란도 기업의 M 자 로고와 초록색 나무 심벌은 유전자 조작 식품을 선도한 세계 최대의 다국적 식량 기업인 몬샌토를 떠올리게 한다. 동물 해방 전선은 실제로 존재하는 단체로 동물 학대를 막기 위한 활동을 펼치지만 때로 폭력적인 수단을 동원하는 전술로 인해 〈테러리스트냐? 자유의 투사냐?〉라는 논란을 불러일으켰고, 실제로 2005년 미국 국토 안보부에 의해 위협적인

* Simon Ward, *Okja: The Art and Making of the Film* (London: Titan Books, 2018), p. 138.

테러리스트로 지목된 전력이 있다.「옥자」는 이 단체가 지니는 이러한 모호성을 놓치지 않고 표현하는데, 옥자를 미란도에 들여보내 내부로부터 무너지게 하려는 그들의 계획이 의도치 않게 옥자가 강제 짝짓기를 당하는 참혹한 상황을 초래하는 장면이다. 영화 속 슈퍼 돼지 같은 유전자 조작 동물들도 사람들을 위한 식용으로 승인된 건 없지만 이미 과학 실험실 안에서 시험이 진행되는 현실이다. 따라서「옥자」는 단순한 공상 과학의 허구가 아닌 멀지 않은 장래에 현실이 될 가능성의 이야기다. 거대한 기업에 맞서 생애 첫 자본주의 거래(옥자를 금과 바꾸는)를 성사하며 옥자를 다시 집으로 데려오는 시골 소녀 미자의 성공은 작지만 끈질기고 강한 정치적 저항의 이미지를 만들어 낸다.

따라서 이번 장에서는 두 영화의 몇 가지 주목할 만한 측면을 중심으로 이들의 급진적 정치성을 분석하고자 한다. 첫째,「설국열차」와「옥자」가 어떤 방식으로 사회 철학자 낸시 프레이저가 주장하는〈새로운 정치적 공간〉을 만들어 내면서 정의의 문제와 환경 관련 문제를 글로벌 스케일로 제기하고, 나아가 이에 대한 실천, 즉 사회 운동의 가능성을 열어 가는지 살펴볼 것이다. 둘째,「설국열차」의 윌포드 인더스트리, 그리고 「옥자」의 미란도가 어떻게 현재의 신자유주의 자본주의 시스템의 축소판인가를 분석하면서 이 두 영화의 초국적인 호소력이 바로 이 신자유주의의 세계적 확장에서 나오는 것임을 논의할 것이다. 그리고 마지막으로「설국열차」의 꼬리 칸 사람들의 혁명이 문예 평론가 발터 베냐민의 혁명에 대한 아이디어뿐만 아니라 자크 랑시에르가 재정의한 정치의 의미를 어떻게 구현하는지를, 그가 구축한 〈감각의 분배〉란 개념을 통해 분석한다.

공론장으로서의 스크린: 새로운 정치적 공간과 사회 운동

영화 사학자 미리암 한센이 영화 초창기 관객의 등장에 대한 연구에서 보여 주었듯이, 영화는 인쇄 매체보다 훨씬 폭넓고 다양한 관객층에 도달하며 일찍부터 공론장 형성에 기여했다.*
철학자 위르겐 하버마스가 정의한 공론장은 시민들이 시민들이 강요 없이 자유롭게 모여 공적 관심사를 논의하고, 자신의 의견을 표현하거나 발표할 수 있는 사회적 공간이다. 현대에는 영화, 텔레비전, 컴퓨터와 같은 시각 매체의 영향력이 폭발적으로 증가해 왔고, 이에 맞추어 〈공론 스크린public screen〉이라는 용어가 새로 생겨났다. 이 새로운 용어는 요즘에는 공론장이 스크린을 통해 많이 이루어진다는 점을 인지하는 데서 탄생했다. 정치학자 케빈 마이클 델루카와 커뮤니케이션 학자인 제니퍼 피플스는 공론 스크린의 등장을 새로운 담론의 공간으로 표현하면서 오락용 TV와 영화 또한 참여 정치와

---

* 미리암 한센은 저서 *Babel and Babylon: Spectatorship in American Silent Film* (Cambridge: Harvard University Press, 1994)에서 〈영화는 독자적으로 공론장을 형성하는데 이는 재현과 수용의 특정한 관계들에 의해 정의된다〉라고 주장한다.

여론의 대안적인 장소가 될 수 있다고 주장한다.* 사회학자
브라이언 로더와 댄 머시아는 디지털 시대에는 소셜 미디어가
정치적 논의의 기회를 제공한다고 주장하며 〈가상 공론장virtual
public sphere〉이라는 용어를 사용하기도 한다.**

블록버스터라고 지목되는 영화들은 수익 극대화를 위해
(관객의) 가장 원초적이고 폭넓은 취향에 맞추는, 그래서 이윤
추구가 궁극적인 목표인 오락 영화로만 치부되는 경우가 많다.
그러나 봉준호 영화 중 가장 제작비가 높은「설국열차」와
「옥자」는 정치적 논의와 사회 현실에 대한 비판적 사고를
자극하는 대안의 공론장을 제공한다는 점에서 블록버스터
영화의 다른 가능성을 보여 준다. 두 영화는 블록버스터다운
스펙터클을 제공하면서도 현실성 높은 이야기를 전개함으로써
미리암 한센이 말하는 〈대안적인 공론장〉을 열어젖히고,
정치성이 강한 블록버스터로서 주류 영화가 주도하는 체제
순응적인 이념에 도전장을 내민다.「설국열차」의 정치적
반란 이야기는 그 자체로 현상 유지에 대한 저항이다. 관객의
마음속에서 불가능한 것으로 여겨져 왔던 것에 대해 다시
그 가능성을 생각하게 하고, 고정 관념에서 벗어나 새롭게

* Kevin Michael DeLuca and Jennifer Peeples, "From Public Sphere to
Public Screen: Democracy, Activism, and the 'Violence' of Seattle," *Critical
Studies in Media Communication 19*, no. 2 (2002): 125-151.

** Brian Loader and Dan Mercea, "Networking Democracy? Social
Media Innovations and Participatory Politics," *Information, Coomunication &
Society 14*, no. 6 (2011): 757-769.

생각할 수 있는 공간을 제공한다. 나중에 상세히 논하겠지만 남궁민수라는 인물을 통해 현상 유지적인 마인드에 도전하고 사회 불평등에 맞서 싸우는 새로운 시각, 즉 자본주의의 대안을 제시하고 있다. 즉 급진적인 혁명 가능성의 문제를 제기하는 흔치 않은 블록버스터 영화다. 「설국열차」는 블록버스터 영화가 상업적으로 성공을 거두면서도, 전복적일 수 있음을 보여 줌으로써 영화, 정치, 그리고 사회 운동 사이의 관계를 재정립한다.

공론 스크린은 「설국열차」와 「옥자」가 특정 이슈들에 대한 공공의 논의와 대화를 이끌어 내는 데 어떤 영향을 미쳤는지 이해하는 데 효과적인 개념이다. 특히 「설국열차」는 환경 위기와 지구 온난화, 지속 가능성, 영구 엔진 등 과학의 문제와 경제 불평등, 사회 부정, 혁명 등의 정치적 이슈를 제기한다. 그리고 「옥자」는 유전자 조작 식품, 육류 산업, 기업의 책임에 대한 논의를 촉발할 뿐만 아니라 일부 관객들로 하여금 채식주의자 선언을 하게 하고, 다른 관객에게는 고기를 적게 먹도록 동기 부여를 하기까지 했다. 사실 블록버스터 영화가 관객에게 지적 자극을 준다거나 사회의식을 고취하는 토론을 야기할 것이라고 기대하는 사람은 거의 없다. 하지만 「설국열차」는 많은 관객에게 사회적 변화와 혁명의 필요성에 대한 관련 메시지를 매우 효과적으로 전달하고, 「옥자」는 자발적인 사회 운동의 촉매제 임무를 수행했다. 수많은 리뷰, 블로그, 웹 페이지, 소셜 미디어 등에서 환경 위기나 신자유주의

자본주의의 제반 문제 등 영화가 담은 메시지에 호응과 지지를
보냄으로써 두 영화가 공론장을 여는 역할을 톡톡히 해냈음을
보여 준다.

　「설국열차」는 특히 이전과는 다른 형태의 새로운
공론장으로서 온라인 포럼을 여는 데 기여했다. 미국에서 확대
개봉한 지 3주 후인 2014년 7월 24일, 『뉴욕 타임스』는 〈허구는
우리가 기후 변화에 대응하는 방식에 영향을 줄 것인가?〉라는
질문을 내건 토론방을 열었다. 이 질문은 〈cli-fi〉(기후를
뜻하는 climate와 공상 과학 영화를 뜻하는 sci-fi를 합성해
줄인 말로 기후 변화가 초래할 수 있는 재앙을 다룬 SF의 하위
장르)가 인기를 누리는 현상에 기반한 것이었다. 토론 주제를
제시한 블로거 댄 블룸은 「설국열차」를 2014년 올해의 cli-
fi 영화로 선정했고, 이 온라인 토론에 참여한 영화학 교수인
J. P. 텔로트는 「설국열차」와 같은 종말론적 기후 영화가 대학
커리큘럼에 포함되고 있으며, 과학자와 기후학자도 학생들에게
이 이슈를 소개하기 위해 기후 영화를 활용한다고 전했다.

　『뉴욕 타임스』의 토론방에 참여한 대부분의 사람은 영화를
본 관객들이 어느 정도까지 실제 행동 혹은 환경 운동으로까지
나아갈지에 대해서는 의견들이 다르지만, 영화가 기후 문제에
대한 경각심을 일깨울 힘을 지닌다는 것에는 이견이 없다.
글로벌 재앙 위험 연구소의 이사인 세스 D. 바움도 『지속
가능성 교육 저널 *Journal of Sustainability Education*』에 2014년 12월에
쓴 영화 리뷰에서 「설국열차」가 지속 가능성의 교육을 위한

좋은 교과서라면서 영화가 다음과 같은 질문을 던지며 생각할 거리를 제공한다고 그 이유를 설명한다. 〈인류가 환경 파괴에서 벗어나는 방법을 공학적으로 설계하려고 노력해야 하는가와 외부 자원의 투입 없이 좁은 공간에서 무한정 인구가 생존할 수 있을까? 등의 문제〉를 제기한다는 것이다.

「설국열차」는 개봉 이후 한국과 미국에서 모두 풍부하고 다양한 해석이 쏟아져 나올 만큼 여러 관점에서 토론을 가능하게 했다. 흥미로운 점은 영화 평론가나 영화광뿐만 아니라 환경론자들, 정치 평론가들, 그리고 기타 비영화인들이 각각 자신의 관심 영역과 관련지어 「설국열차」를 논했다는 사실이다. 예를 들어, 환경 운동가들이 발행하는 『어스 아일랜드 저널 *Earth Island Journal*』의 편집자인 제이슨 마크는 「설국열차」를 〈최초의 지구 공학 종말 영화〉라고 명명하기도 했다. 많은 평이 「설국열차」를 기후 변화 종말론의 영화라고 묘사했지만 영화가 시작할 때 보이스 오버로 지구 온도를 낮추기 위해 개발된 CW-7이란 물질을 분사했지만 결국 지구가 얼어 버렸다고 설명하는 상황을 그 근거로 들었다.

「설국열차」가 이처럼 시사 문제에 대해 많은 논의를 불러일으킨 데는 SF 작가 김보영의 역할도 빼놓을 수 없다. 그는 시나리오 단계에서 윌포드가 기관실에서 하는 대사들과 설국열차의 시스템에 대한 과학적 근거를 제공하는 데 도움을 주었다. 영화를 더 현실적이고 과학적으로 말이 되도록 만들려는 이러한 노력은 원작 그래픽 노블을 각색하는 데 또 하나의 큰 변화를 가져오게 했다. 즉, 원작에서는 기후 조절 무기의 사용으로 빙하기가 도래했지만, 영화에서는 지구 온난화의 재앙을 막기 위해 대기에 분사한 인공 화학 물질 CW-7로 대체했다. 기후 조절 무기보다 훨씬 더 현실적인 설정으로, 새로운 빙하기가 지구 공학의 결과로 발생한 것이다.

영화는 환경 단체와 많은 개발 도상국들의 계속되는 항의에도 불구하고, 79개국이 〈2014년 7월 1일〉 이날 CW-7을 상층부 대기로 분산하기로 했음을 알리는 기자 두 사람의 보이스 오버로 시작된다. 그들의 보고서에 따르면 과학자들은 CW-7이 지구 온난화를 막는 혁명적인 해결책이라고 주장한다. 여기서 이 보이스 오버 자체가 기후 문제를 둘러싸고 현재 진행되는 논쟁에 대한 언급이므로, 이 주제에 관한 수많은 논평을 이끌어 낸다. 왜냐하면 보이스 오버가 첫째, 지구 온난화가 인간이 만든 위기라는 주장을 뒷받침하는 발언인데 이는 환경론자를 포함한 일부 보수주의자들은 부인하는 사항이기 때문이다. 둘째, 2013년 영화 개봉 시점에서 1년 정도밖에 떨어지지 않은, 그러니까 매우 가까운 미래인 2014년 7월 1일로 CW-7의 분사 시점을 정함으로써 시사성을 높였다. 셋째, 기후 위기에 대한 선진국과 개발 도상국 간의 의견 불일치에도 주의를 환기하고 있다. 이는 영화 개봉 후인 2015년 파리에서 열린 유엔 기후 변화 회의에서 개발 도상국 회원들이 자신들이 기후 변화의 가장 큰 위협에 직면해 있다는 사실을 외면한 채 재정 계획을 짜려는 데 대해 분노를 표출하며 시위한 것에서 확인되듯 여전히 첨예한 문제다. 마지막으로, 보이스 오버는 영화의 기본 전제를 제시하면서, 지구 공학을 인간 대참사의 주요 원인으로 명확히 드러낸다. 앞서 언급한 제이슨 마크를 비롯해, 많은 이가 「설국열차」를 지구 공학 종말 영화라고 부르는 이유다.

한국에서는 영구 기관과 CW-7과 같이 「설국열차」의 기반이 되는 다양한 과학적인 전제가 개연성이 있는지에 대해 오프라인에서 열띤 토론이 벌어지기도 했다. 국립 과천 과학관은 2013년 10월 26일 〈설국열차로 보는 인류의 미래〉라는 제목의 과학 토크 콘서트를 개최했다. 봉준호 감독과 함께 각본을 쓴 SF 작가 두 명이 초청됐고 국내 대표 SF 평론가인 박상준이 진행을 맡았다. SF 영화가 어느 정도까지 과학적이어야 하느냐는 질문에 봉준호는 SF는 판타지와는 다른 장르이므로 상상력을 제한하지 않는 내에서는 과학을 바탕으로 해야 한다고 의견을 밝혔다. 현실에서는 기차가 아니라 지하 벙커가 새로운 빙하기에서 인류가 살아남기 위한 더 나은 해결책일 수도 있지만 영화적 상상력 면에서는 기차가 훨씬 나은 선택이었다는 설명도 덧붙였다. 봉준호는 또 이야기를 그럴듯하게 만들기 위해 윌포드 캐릭터를 어린 시절부터 기차에 집착해 결국 설국열차를 설계하고 제작하는 기차 오타쿠로 만들었으며, 영구 엔진은 수명이 20년인 핵 잠수함 엔진을 모델로 제작하면서 실제 디자인은 핵연료봉에서 영감받았다고 설명했다. 단백질 블록 또한 곤충이 단백질의 대체 공급원으로 사용되는 것은 이미 현실이 된 점을 고려한 상상력의 산물이다. 이 모든 노력은 SF 영화를 만들 때도 현실성을 높이려는 봉준호의 성향을 대변한다.

영화의 전제 때문에 평론가, 블로거, 그리고 환경론자 들은 「설국열차」를 cli-fi, 즉 기후 SF 영화로서 이야기하긴 했지만, 대다수의 리뷰는 사회 불평등, 99퍼센트와 1퍼센트, 그리고 신자유주의 자본주의와 혁명을 다룬 영화라는 점에 주목하고 열광했다. 일부 평론가들은 「설국열차」를 〈올해 가장 정치적인 영화〉로 꼽기도 했고, 현재를 빗댄 우화라고 표현하기도 했다. 그러나 무엇보다도 가장 열띤 토론은 체제 타도를 위한 계급 간 전쟁과 혁명 문제를 중심으로 전개되었다. 앞서 살펴본 것처럼 봉준호의 영화를 둘러싼 치열한 정치 논쟁은 새로운 것이 아니다. 「괴물」은 영화 속에 그려진 한국과 미국의 불평등한 관계, 그리고 한국 당국이 괴물의 유가족에게 도움이 되지 못하는 내용이 활발한 논의에 불을 붙였었다.

한국에서 특히 「설국열차」에 대한 정치적 독해가 앞섰는데, 혁명에 관한 논의가 기후 문제에 초점을 맞춘 평보다 훨씬 많았다. 한국적 맥락에서 한 가지 흥미로운 점은 다양한 해석과 토론, 「설국열차」의 급진적 정치에 대한 토론이 종국적으로는 한국 관객이 그동안 사랑했던 소위 〈봉준호표 영화〉라고 할 수 있는가에 대한 논쟁으로 이어지는 경우가 많았다는 사실이다. 봉준호가 특유의 유머 감각을 잃었다는 주장도 심심찮게 읽을 수 있었는데, 이는 그동안의 유머들이 한국의 지역성에 뿌리를 둔 이야기와 캐릭터, 특히 봉준호가 한국적인 것이라 말한 부조리한 상황들에서 나온 것이기 때문이다. 많은 관객이 봉준호의 첫 글로벌 영화 시도에 실망했다고 주장했지만, 일부 관객들은 「설국열차」도 전작 못지않은 전형적인 봉준호 영화라고 주장했다. 예를 들어, 제이슨 복은 자신의 블로그에 〈「설국열차」, 2013: 기차는 영화다!〉라는 긴 리뷰를 썼는데 부제가 〈가장 한국(봉준호)적인 것이 가장 세계적인 것이다!〉이다. 「설국열차」의 국적 따지기 논쟁을 무의미하다고 잘라 말하는 그는 〈이 영화의 다국적인 외향 속에는 봉준호 감독이 그동안 보여 줬던《한국적인 내면》, 즉《한국인으로서의 정체성과 한국적인 정서를 근간으로 하는 한국 사회에 대한 비판 의식》이 고스란히 투영되어 있다〉라고 평한다. 다른 많은 평론가와 블로거들 또한 영화의 이야기가 한국이 직면한 정치 사회적 상황, 특히 사회적 불의와 불평등의 증가와 공명한다고 보았다.

　「설국열차」가 한국의 현실을 반영하고 있다는 견해는 2013년 영화 개봉 시기를 훨씬 지나서까지도 종종 등장한다. 2016년 1월 4일 자, 『한겨레신문』은 〈청년에게 한국은 설국열차······ 이국땅 와서 저녁 있는 삶〉이라는 제목의 기사에서 실직 혹은 저임금 때문에, 또 치열한 경쟁을 떠나 호주에서 막노동하며 사는 삶을 선택한 20~30대 한국 청년들을 자세히 다루었다. 이 기사에 따르면 인터뷰에 응한 15명 중 대부분은 한국에서 가혹한 고용 시장, 저임금과 장시간

근무, 그리고 여전히 전통적인 사고방식에 젖어 있는 기업 문화를 경험했다. 그들은 호주에서 육류 공장이나 식당, 가구 배달 등의 단순노동을 하고 있지만 여유로운 저녁과 더 나은 임금으로 삶의 질은 훨씬 좋아졌다는 게 내용이다. 쇼핑몰에서 청소부로 일하는 스물다섯 살 여성은 한국에서의 삶을 설국열차에 빗대며〈한 세미나에서 누군가 이런 말을 하더라. 청년들에게 한국 사회가《설국열차》같다고. 떨어진다고 죽는 것도 아닌데 열차 안보다 더 최악일까 봐 못 떨어지고 있다고. 난 지금 정신을 차리고 보니, 열차 바깥에 있는데 오히려 안도감이 크다. 아직 안 죽었고, 적어도 열차 안보다는 훨씬 나으니까〉라고 말한 것으로 인용됐다.

2016년 1월 31일 자『워싱턴 포스트』에도〈한국 젊은이들은 조국을《지옥》으로 부르며 탈출구를 찾는다〉라는 제목으로 비슷한 내용이 실렸다. 기사는〈입에 금수저 물고 태어난 20대와 30대가 일류 대학에 입학해 좋은 직장을 확보하는 반면, 흙수저를 갖고 태어난 이들은 급여가 낮은 직장에 무급으로 장시간 근무하는 사례가 늘고 있다〉라고 보도했다. 금수저와 흙수저라는 냉소적인 용어는 메이슨이 「설국열차」에서 말한 계급에 의해〈미리 정해진 자리〉를 연상시킨다. 즉, 당신의 운명은 당신의 출생, 즉 당신이 부유하고 특권 있는 부모에게서 태어났느냐 아니냐에 의해 결정된다는 생각을 떠올리게 한다. 기사에 따르면 이 젊은이들은〈한국을 헬조선이라 부르며, 페이스북에 있는 헬

조선 그룹은 5천 명 이상의 회원과 헬 코리아 전용 웹 사이트를 가지고 있다. 그래픽을 차례로 게시하고 있는데 한국의 끔찍한 생활 실태, 그러니까 긴 노동 시간, 높은 자살율, 심지어 높은 가격의 과자까지 보여 준다). 기사는 또한 수많은 온라인 포럼이 한국에서 탈출하는 방법에 대한 조언을 제공하고 있다고 덧붙였다.

이러한 뉴스 기사들은 「설국열차」의 이야기가 한국 관객, 특히 젊은 세대에게 얼마나 호소력이 있는지를 보여 준다. 영화 속 기차는 많은 평론가에 의해서는 자본주의, 특히 신자유주의 자본주의의 상징으로 해석되었지만 위의 기사들은 그 기차를 한국 사회 자체로 보는 새로운 시각, 새로운 해석을 제공한다. 이러한 관점은 또한 열차에서 탈출할 가능성도 제시하고 있는데 실제로 점점 더 많은 한국의 젊은이들이 탈출을 실행하는 것이다. 한국 밖에 새로운 삶이 있다고 생각하는 한국의 밀레니얼 세대는 민주화 운동 시대인 1980년대의 젊은 세대와는 크게 다르다. 군사 독재하에서는 삶이 가혹하고 숨이 막혔지만 변화와 혁명에 대한 희망, 그리고 그것을 이끌어 낼 수 있는 국민의 능력에 대한 믿음이 있었다. 하지만 1990년대 후반 IMF 경제 위기와 2008년 세계 금융 위기 이후 국민은 희망을 잃고 있다. 이런 암울한 상황에서 「설국열차」는 그들에게 변화와 혁명의 가능성을 다시 생각해 보라고 촉구한다. 빈부 격차가 심해질 뿐만 아니라 부와 권력의 세습이 굳어지고 있어 경제 사다리를 오르는 일은 이제 거의 불가능에 가까워졌기 때문이다.

한국 관객과 미국 관객 모두「설국열차」가 그들 사회의 축소판을 그리고 있다고 주장하는 것은 어떤 의미를 내포하고 있을까? 영화는 다국적, 다인종으로 구성된 꼬리 칸 사람들의 연대, 즉 초국적인 결속으로 상징되는 연대를 그린다는 점에서 주목할 만하다. 상상된 정치 공간에서 펼쳐지는 이러한 연대는 세계화 시대에는 더 이상 국가 주권에 기초한 정의의 담론이 타당하지 않으므로 초국적 연대가 필요하다는 낸시 프레이저의 주장을 뒷받침한다. 단일 민족, 단일 언어의 공동체로서 민족주의 성향이 매우 강했던 한국도 2000년대 초부터 이민자들이 증가하기 시작하면서 급격한 인구 구성의 변화를 겪고 있다. 출입국 관리 공단의 2013년 통계에 따르면, 한국은 현재 다문화, 다인종 국가라고 해도 좋을 만큼 바뀌었으며, 인구의 3퍼센트가 주로 중국과 동남아시아에서 온 이민자로 구성되어 있다. 이처럼 세계화의 추세로 한국 역시 다인종 다문화의 사회로 자리 잡고 있으며, 이런 면에서도「설국열차」를 닮았다고 할 수 있다.

한편「옥자」는 대중적인 오락 영화가 관객을 행동으로 나서도록 하는 데 얼마나 효과적인지에 관해 생각하게 만든다. 넷플릭스에서 항시 스트리밍할 수 있기에「옥자」는 봉준호의 전작들보다 시청률이 훨씬 높다. 따라서 영화에 대한 반응의 범위도 더 넓다. 셰필드 동물 연구 센터의 공동 창립자이자 비건 소사이어티 연구 자문 위원회의 회원인 숀 맥코리는「옥자」

리뷰에서 이 영화가 〈육류 생산의 환경적 비용에 대한 논쟁에 시기적절하게 개입한 것〉이라고 평하면서 이 영화를 인기 있는 액티비스트 다큐멘터리 「소에 관한 음모」와 비교하고 있다.*
〈지속 가능성의 비밀〉이란 부제를 달고 2014년 선보인 이 다큐멘터리는 현재의 동물 농업, 즉 공장식 축산이 환경 파괴의 주범임을 파헤치면서 지구를 살리기 위해서는 육류와 유제품 생산을 줄여야 한다는 주장을 담고 있다. 국내에서는 비영리 단체인 동물권 행동 카라가 봉준호의 지원을 받아 수백만 마리의 〈옥자〉를 돼지 공장으로부터 해방해 달라는 10만 명 서명 운동을 펼치기도 했다. 〈공장 대신 농장!〉을 슬로건으로 내건 이 옥자 해방 프로젝트는 「옥자」가 개봉한 2018년 6월 29일로부터 일주일도 되지 않은 2018년 7월 5일 10만 명의 서명을 받아 탄원서를 제출했다. 그들은 성명에서 〈무수히 많은 농장 동물이 자본주의 축산 시스템 속에서 고통받고 있음을 잊지 말아야 한다〉면서 공장식 축산의 상징인 감금 틀 사육에 반대한다고 선언했다. 카라는 이어 봉준호 감독이 참석한 가운데 영화 공개 상영회를 열어 「옥자」의 관객이 자유롭게 이 문제를 논의할 수 있는 공개 포럼을 열기도 했다.

　「옥자」는 이처럼 다양한 동물권 단체들이 자신들의 대의를 촉진하는 방법을 적극적으로 모색하도록 자극했을 뿐만 아니라 많은 사람이 비건 식단을 채택하도록 설득하는 데 성공했다.

* Séan McCorry, "Okja: A Film That Provides Food for Thought on 'Sustainable' Meat Production," *Conversation*, June 28, 2017.

영국의 비영리 동물 보호 단체 PETA의 한 회원이 〈「옥자」를 관람했을 때 생기는 11가지 일〉이란 제목으로 단체 블로그 페이지에 글을 올렸는데 영화를 보고 비건이 되기로 결심한 사람들이 올린 수많은 트위터 글을 참조하고 있다. 11가지 중 몇 가지를 보면 〈지금은 고기를 보는 것조차 참지 못하겠다〉, 〈이미 비건이라면 더욱더 철저하게 비건이 될 것이다〉라는 트위터 글도 있었으며, 〈계획을 세우는 일은 이제 그만두고 바로 실천에 들어간다〉, 〈다른 사람들에게 멘토링을 하기로 결심했다〉, 〈진짜로 이 영화는 사람들의 삶을 바꿨다〉라고 쓴 사람들도 있다. 봉준호 자신도 도축 공장을 방문한 후 잠시 비건주의를 실천했다고 밝히기도 했다. PETA는 또 2017년 8월 옥자 개봉 이후 구글 검색에서 채식주의라는 용어가 65퍼센트 급증했다고 보고했다. PETA의 콜린 오브라이언 부회장은, 〈[2017년] 7월에만 2만 1천 건 이상의 비건 초보자용 키트 신청이 접수됐는데 이는 한 달 평균의 두 배에 이르는 것〉이라고 했다. 『한국일보』도 2017년 7월 10일 자 기사에서 「옥자」 국내 개봉 이후 소셜 미디어와 온라인 블로그에서 생전 처음으로 채식 식당을 시도하는 사람이 눈에 띄게 늘었고 식탁 위의 고기를 보는 것조차 힘들다고 고백하는 사람들이 크게 늘었다고 보도했다. 이런 사연은 SNS와 온라인 블로그에서도 많이 찾아볼 수 있다.

이처럼 「설국열차」와 「옥자」는 국제화 시대에 요구되는 새로운 정치 공간을 영화를 통해 창출했다고 할 수 있으며 여기에서는 로컬/지역과 글로벌/세계가 융합되는 모습을 보여 준다. 두 영화는 텍스트 안팎에서 모두 저항의 의미를 급진적으로 재고하기를 촉구하는 독특한 정치 영역을 만들어 냈다. 지역과 전 세계가 영화와 영화를 둘러싼 담론을 중심으로 한데 모이는 것, 여기에 이 영화들의 초국가적 호소력과 매력이 있다. 두 영화는 바로 이러한 로컬과 글로벌의 교차점에서 정치 블록버스터 영화의 새로운 가능성을 보여 준 것이다.

게다가, 두 영화의 내용에 대한 논의는 종종 영화의 결말에 대한 열띤 논쟁으로 이어지기도 했다. 「설국열차」의 결말은 희망적인가, 아니면 파국적인가? 살아남은 두 아이와 함께 인류가 다시 번영할 수 있을까, 없을까? 끝에 나오는 북극곰은 무엇을 상징하는가? 「옥자」 역시 결말이 슬픈 결말인지 아닌지에 대한 다양한 견해가 이야기되었다. 미자는 자신이 목표로 한 옥자를 다시 찾아왔으니 성공담이긴 하지만 미란도의 손에 굴복해, 자기 반려동물, 즉 옥자만 살리고 수백만의 다른 동물은 도살하도록 내버려둘 수밖에 없었으니 슬픈 결말이 아니냐는 해석도 많아 관객의 반응은 희망과 절망이 반반으로 갈리는 양상이었다. 하지만 훨씬 급진적인 정치적 내용 때문에, 「옥자」보다는 「설국열차」가 결말을 둘러싸고 더 열띤 논쟁을 불러일으켰다.

미국의 연예 뉴스 사이트 『벌처』는 2014년 7월 11일, 〈「설국열차」의 결말에 관해 이야기합시다〉라는 기사를 실었다. 주어진 문제는 열차의 마지막 불시착 이후 인류에게 어떤 일이 일어날 것인가, 그리고 영화가 희망적인 분위기로 끝난 것인가 여부였다. 기사는 〈많은 디스토피아적 비관론자들이 봉준호가 영화에서 보여 주지 않은 생존자들이 따로 없는 한 팀과 요나는 죽은 고기나 다름없다〉라고 주장하는 토론 사이트 레딧의 글 타래를 인용했다. 봉준호 자신은 요나와 팀이 인류를 다시 퍼뜨리게 된다는 전망을 내놓으며 희망적인 결말을 제시했다는 뜻을 밝혔지만 두 아이가 북극곰에게 먹힐 것이라고 주장하는 관객도 꽤 많았다. 반면에 말뚝이와 같은 많은 한국 블로거는 긍정적인 결말로 보았다. 그들은 북극곰이 먹이 사슬의 꼭대기에 있기 때문에, 그것은 인류가 생존할 수 있는 생태계가 존재한다는 것을 의미하기 때문이라는 것이다. 말뚝이는 〈설국열차 마지막 장면 북극곰이 영화의 모든 것을 설명한다〉라는 글에서 기차 밖에 다른 인간이 살아 있을 것이라고 보며 빙하기 때문에 사실상 인류가 전멸했다는 윌포드의 속임수에 꼬리 칸 사람들이 당한 것이라고 주장한다. 일부 평론가들과 블로거들은 설국열차를 21세기 노아의 방주라고 하면서 마지막 생존자인 요나와 팀을 인류를 다시 시작할, 백인이 아닌 유색의 아담과 이브라고 묘사하기도 했다.

여기서 언급된 리뷰들은 가상 공론장에 등장한 리뷰, 해설, 블로그가 이루고 있는 거대한 바다에서 빙산의 일각에 불과하다. 하지만, 그들은 영화 안에 포함된 아이디어와 이슈가 얼마나 다양하고 폭넓은지를 증언해 주기에는 충분하다. 할리우드 블록버스터 영화들이 상업 영화의 전형적인

도피주의로 여겨지는 반면, 「설국열차」와 「옥자」는 관객이
직면하는 이슈에 대해 지적으로 대처하고, 비판적으로
생각하고, 그것에 대해 무엇인가를 하도록 촉구하는 역할을
함으로써 새로운 종류의 정치 블록버스터로서의 지위를
얻었다. 영화 안에서는 계급 간의 전쟁을 묘사하고, 텍스트
밖에서는 활발한 공론화를 촉진함으로써 영화 내외에 모두
정치적 공간을 만들어 낸 것이다. 특히 「설국열차」가 비슷하게
불평등과 혁명을 다룬 「헝거 게임」(2012), 「엘리시움」(2013)
등 할리우드의 포스트 아포칼립스 블록버스터와 차별화되는
점은 개인의 영웅적 싸움이 아닌 집단행동에 의한 변화를 보여
준다는 점이다. 따라서 영화 속에서 펼쳐지는 정치 혁명은
현재의 신자유주의 시대에 대한 알레고리라는 관점에서 심도
있게 분석할 가치가 충분히 있다.

잉여 인간: 신자유주의 자본주의의 축소판

봉준호의 이전 영화들이 한국을 배경으로 사회 제도의 문제,
무능한 정부 당국, 사회적 약자에 대한 부당한 처우 등을
다루었다면, 「설국열차」는 이러한 문제들을 글로벌한 차원으로
확대하고 있다. 영화는 여러 면에서 세계적으로 확산, 심화되는
신자유주의와 그 내부에서 증가하는 불평등에 대한 정치적
알레고리를 제공한다. 1980년대 미국의 레이건 시대와 영국의
대처 시대 이후 세계적으로 시행된 신자유주의 경제 정책은
시장 개방과 자유 무역, 규제 완화, 세계화, 민영화 등의 추세로

세계 경제뿐만 아니라 시민들의 일상생활에도 큰 변화를 불러왔다. 이러한 정책은 기업의 시장 확대와 이윤 창출을 촉진하기 위해 고안된 것이었기에 부의 불균등한 분배를 확대, 강화할 수밖에 없었다. 여성학자 수전 브래들리가 지적한 바와 같이, 신자유주의의 이러한 〈자유 시장〉의 원칙은 〈사회적 관계를 관통하면서 성별, 인종, 계급의 사회적 위계질서를 재작성하고, 강화하며 변경시키게 되었고〉, 그리하여 부정과 불평등을 심화시키게 된 것이다.*

사회학자 지그문트 바우만은 불확실성이 증가하는 이 시대를 〈액체 시대〉 또는 〈액체 현대〉라고 표현한다. 규제 완화 정책의 주요 결과 중 하나로 실업과 임시 고용(비정규직 고용)이 늘어나면서 노동자들의 고용 불안정이 증가했다는 것이다. 이러한 실업자와 비정규직 고용자는 제도 내에서 잉여 인구를 구성하게 된다. 이러한 잉여 인력은 불안정한 노동 환경의 직접적인 산물인데 「설국열차」를 우리 시대의 가슴 아픈 정치적 우화로 만드는 것도 열차에 존재하는 이러한 잉여 인구다. 영화 속 다른 몇 가지 요소도 「설국열차」의 세계가 우리 시대와 닮았다는 생각을 뒷받침한다. 예를 들어, 기차와 영구 엔진을 만든 윌포드는 윌포드 인더스트리를 소유한 자본가로, 그는 꼭두각시 정치인인 메이슨 총리를 통해 꼬리 칸의 가난한 사람들을 통치하며 절대적인 권력을 행사한다. 자본가와

* Susan Braedley and Meg Luxton eds., *Neoloberalism and Everyday Life* (Montreal: McGill-Queen's University Press, 2010), p. 6.

정치인의 이러한 유착 관계는 다국적 기업이 한 국가의 정부보다 더 강력해진 신자유주의 체제의 현재 구조를 닮았다. 또한 열차에 탑승한 다국적 다국어 커뮤니티는 신자유주의 시대의 세계화를 특징짓는다. 그러나 무엇보다도 신자유주의 자본주의의 가장 눈에 띄는 특징을 구현하는 것은 바로 꼬리 칸의 잉여 인간들이다.

꼬리 칸에 사는 비참한 사람들은 마르크스주의에서 말하는 노동 계급이 아니다. 그들은 노동하지 않으며 재화나 용역을 생산하지 않는다. 그들은 경제 체제 내에 몫이 없다는 점에서 잉여 인간이다. 그들이 일할 수 없는 것은 아니다. 그들은 단순히 일할 기회를 박탈당했을 뿐이다. 그들에게는 일자리가 없다. 이들이 설국열차의 경제나 생태에 기여하는 몇 가지 일은 오락과 몇 가지 안 되는 노동뿐이다. 부자들을 위해 머리 칸에서 연주하는 바이올리니스트, 단백질 블록 공장에서 일하기 위해 꼬리 칸을 떠난 폴, 엔진을 계속 작동시키기 위해 동원되는 아동 노동을 제외하고 꼬리 칸 사람 대다수는 이 시스템에 관여하지 않는다. 그들은 열차의 초기 설계 때부터도 계획에 포함되지 않았던 잉여 인구다. 처음부터 그들을 위한 자리는 없었다. 메이슨이 아이들 검문을 두고 꼬리 칸에서 약간의 동요가 생긴 후에 한 연설에서 〈일등석 승객이 있고, 이코노미석 승객이 있고, 그리고 당신들 같은 공짜 승객들이 있다〉라고 말했듯 그들은 애초에 열차에 오르는 표를 사지 않은 사람들이다. 그들은 지구 온난화를 막지 못해 지구가 완전히 얼어붙기

직전에 목숨을 건 치열한 싸움을 치른 끝에 겨우 열차에
올라탔던 사람들이다.

한국에서 영화가 개봉되기 전 온라인에서 선보인
애니메이션 프리퀄은 표를 산 특권 계층이 기차에 탑승한 후
바깥에서 열차에 올라타기 위해 펼쳐지는 무임승차자들의
피비린내 나는 싸움을 그리고 있다. 비싼 표를 살 돈이 없다면
죽기 살기로 기차에 올라타거나 아니면 얼어 죽는 수밖에
없다. 이 무임승차자들은 기차에 타기 위해 군 경비대원들과
싸웠고 또 자기끼리 싸웠던 사람들이다. 꼬리 칸 사람들은 이
전투의 생존자들이다. 그들은 기차에 올라탄 이후에도 계속
감시받으며 메이슨과 윌포드의 경멸과 통제를 견뎌야 한다.
윌포드가 이 설국열차를 만들 때 설계 속에 없었으므로, 생태
균형을 유지하기 위해서는 비밀리에 계획된 전쟁이나 반란을
통해 이들의 개체수를 조절하고 유지해야 한다. 그들은 수시로
버려져야 하는 잉여 존재들이다. 잉여 인간으로서 꼬리 칸
사람들은 기술이나 자본이 없는 99퍼센트의 가난한 사람들에
해당한다. 이들은 신자유주의 자본주의하에서 만성적으로
실업 상태이거나 아니면 임시직으로 만족해야 하는 그런
사람들이다.

〈잉여〉란 용어는 현재의 세계 경제 질서에서 〈해고된 혹은
남아도는 존재〉를 의미하게 되었다. 잉여 인간이라는 용어
자체는 새로운 것이 아니다. 하지만, 그 의미는 역사적으로
그것이 사용된 문화 맥락에 따라 변화해 왔다. 잉여 인간이란

말이 처음 쓰인 것은 19세기 러시아 문학으로 알려져 있다. 이반 세르게예비치 투르게네프는 1850년 단편 「잉여 인간의 일기」를 썼는데, 이 소설에 등장하는 인물들이 〈잉여 인간〉 개념의 원형으로 자리 잡았다. 여기에서 잉여 인간은 부와 특권 계층에서 태어났지만 사회 규범에 잘 적응하지 못하는 남자들로 종종 냉소적이고, 권태를 느끼며, 한가로운 삶을 사는 나약한 아웃사이더들이었다. 하지만 20세기의 잉여 인간은 다른 모습이다. 1990년대 중반 〈우리는 잉여가 아니라 플러스다〉라는 구호를 내건 프랑스 실업자 운동의 시위를 기점으로 잉여 인간은 실업자를 의미하게 됐다. 이후 자크 랑시에르의 『미학의 정치 *The Politics of Aesthetics*』후기에서, 슬라보이 지제크는 잉여란 〈해고자, 여분을 의미하며, 실업자를 공적인 영역에서 배제해 버리는 사회가 침묵으로 환원한 사람들이며, 마이너스 통계 외에서는 보이지도 않고 상상할 수도 없는 그런 존재, 일종의 잔여물〉로 만든 그런 존재라고 말한다. 이 잉여의 영역은 〈제대로 정해진 몫이 없는 사회의 일부〉로 구성되어 있는데, 이는 「설국열차」의 꼬리 칸에 있는 잉여 인간들과 그들의 반란에 대한 분석에서 중요한 의미를 지닌다. 이 잉여 인간들은 랑시에르가 말하는 〈감각의 분배〉와 본래의 정치를 구체화하는 데모스demos(민중)로서 주어진 자리에 머무르는 것을 거부하고 사회에서 자신들도 동등한 몫을 가져야 한다고 요구하기 때문이다.

잉여 인간의 문화적 의미는 21세기 한국 사회의 맥락

속에서 더욱 첨예해지고 확장, 변주되었다. 1997년 외환
위기 이전까지 한국 기업은 전통적으로 평생 고용과 연공
서열제를 기반으로 했다. 그러나 IMF 구제 금융을 받게 되면서
대규모 정리 해고를 단행해야 했고, 이는 노동 시장 유연화를
강요하는 신자유주의 정책을 촉진했다. 통계청에 따르면 매년
비정규직이 늘기 시작해 대졸과 청년층(15~24세)을 중심으로
실업률이 2009년 8.1퍼센트, 2015년 10퍼센트로 높아졌다.
1990년대 청년들의 평균 실업률은 약 5.5퍼센트였다. 이런
맥락에서 잉여 인간은 사회 문화적으로 특정한 의미를 지니게
되었는데, 이는 고용 안정에 대한 희망이나 심지어는 취업에
대한 희망조차 거의 없어진 한국의 젊은 세대를 묘사하는
표어가 되었다. 사회학자 최태섭에 따르면, 한국의 노동사는
기본적으로 잔인함의 역사다. 한국의 젊은 세대는 88만 원
세대, 3포 세대(대부분 높은 비용을 감당할 수 없어 연애, 결혼,
자녀를 포기하는 세대), 4포 세대(일자리 추가)로 표현됐다.
최태섭은 이러한 문제의 중심에는 세계적으로 고용 보장이
점차 해체되는 신자유주의 경제 정책과 함께 강화된 노동
시장의 유연화가 있다고 지적한다. 또 그는 지그문트 바우만의
〈인간 쓰레기human waste〉 개념에 바탕을 두고 잉여 인간의
의미를 재해석하면서 현대 한국의 노동 조건에 초점을 맞춘다.
잉여 인구의 출현은 노동 시장에 합류할 의지는 있지만 기회를
거부당하는 사람들이 늘어나는 것과 관련이 있다. 그들은
경쟁할 기회조차 주어지지 않았기 때문에 심지어 패배자조차

되지 못한다. 그러므로 실패는, 특히 한국에서, 신자유주의 자본주의 삶의 조건을 규정하는 핵심적인 문화 코드 중 하나가 된다.

잉여 인간이라는 용어는 1958년 소설가 손창섭이 단편 「잉여 인간」을 발표하면서 한국의 문화 지도에 등장했다. 6.25 전쟁의 여파를 그린 이 작품은 전후 사회의 혼란에 적응하기 어려운 인물들이 안절부절못하고 황량한 삶을 사는 내용을 담고 있다. 하지만 신자유주의 정책으로 인한 치열한 경쟁에서 뒤처진 사람들, 패배자가 된 사람들을 나타내는 것으로 바뀌면서 냉소와 자기 비하의 감각이 이 용어에 현대적 의미를 덧칠했다. 잉여 인력은 이제 제도에 의해 밀려나고 소외된 사람들을 말한다. 그들은 제도 내에서 성공하고 싶어 하지만, 사회는 그들이 귀속감을 가질 수 있는 일자리나 적절한 장소를 제공해 주지 않는다. 승자는 모든 것을 가져가고, 남은 것은 아무것도 없다. 예를 들면, 1960년대 미국의 카운터 컬처 시대의 청년이나 1980년대 한국의 386 세대와 달리, 이 잉여 인력은 자발적인 아웃사이더가 아니라 강제로 퇴출당한 사람들이라 할 수 있다. 따라서 그들은 사회에서 아무런 역할도 하지 않는다. 나중에 자세히 설명하겠지만, 이 시스템에서 〈자신의 몫이 없다는 것〉은 영화 속 꼬리 칸 사람들의 반란을 랑시에르의 용어로 정치의 실체적 행위를 뜻하는 〈디센서스(의견 불일치)〉로 해석하는 데 중요한 근거가 된다.

2004년 「말죽거리 잔혹사」는 현대를 이해하는 키워드로 잉여 인간 개념을 처음 소개한 영화다. 주인공의 아버지가 낙제 성적을 받은 고등학생 아들을 향해 〈대학에 못 가면 뭔지 알아 잉여 인간이야…… 인간 떨거지 되는 거야〉라고 소리친다. 대학에 진학하지 못하는 것은 주류 엘리트가 되고, 성공적인 경력을 쌓는 것에서 낙오하는 것을 의미한다. 2009년 3월 10일 자 『동아일보』는 20대 젊은이들에게 잉여 인간이란 말이 유행어로 떠올랐다고 보도했다. 이 기사는 잉여 인간이라는 말이 취업에 실패하고 사회적 역할이 없는 사람들을 일컫는다고 설명하면서 잉여 인간의 증가는 경기 침체가 그 원인이라고 분석했다.

잉여 인간의 새로운 개념에 대한 사회학적 연구로는 최태섭의 『잉여사회』와 김홍중, 한윤형 외의 『속물과 잉여』가 있으며, 둘 다 2013년에 출판되었다. 이 책들은 잉여 인간을 제도 내에서 일자리나 자리가 없는 사람들, 자발적 선택에 의해서가 아니라 고용 시장의 치열한 경쟁에서 밀려났기에 일자리가 없는 사람들이라 정의한다. 그러니까 잉여 인간은 그 제도 안에서 성공하려고 노력했지만 실패한 사람들이다. 그들은 시스템 내에 존재하지만 시스템에 완전히 편입되지는 않는다. 보통 그들은 하루 종일 컴퓨터와 게임에 시간을 보낸다. 그래서 어떤 면에서는, 해롭지 않은 존재들이다. 미국에서도 형용사 〈잉여〉가 실업자와 쓸모없는 사람을 나타내는 데 사용되기 시작했다. 2015년 『잉여 미국인: 1퍼센트가 우리를 어떻게 쓸모없는 존재로 만들었는가 *Surplus American: How the 1%*

is Making Us Redundant』를 출간한 사회학자 찰스 더버와 예일 R. 매그래스는 실업자, 노동 시장에서 쫓겨난 사람, 은퇴자를 포함한 많은 집단을 잉여로 보고 있다. 그들은 점점 더 많은 미국 대중이 잉여 인구의 일부가 되고 있다고 주장한다. 이러한 연구들이 보여 주듯이, 잉여 인구는 전 세계 신자유주의 경제 정책이 낳은 결과물이다.

게다가 꼬리 칸의 이 잉여 인구가 다국적, 다인종이라는 사실은 글로벌 신자유주의 자본주의를 표상한다. 기차에 탄 사람의 대다수가 영어를 사용하지만, 프랑스어와 일본어를 포함한 몇몇 언어도 사람들 사이에서 들린다. 이 다국어 커뮤니티는 영화 시작에서부터 바로 설정된다. 메이슨이 꼬리 칸 사람들에게 〈신발을 머리에 신는 것〉과 〈미리 정해진 위치〉에 관해 연설을 시작할 때, 그녀의 말은 프랑스어와 일본어로 통역되는데 이는 메이슨이 〈주어진 시간은 7분밖에 없어〉라며 멈추라고 할 때까지 계속된다. 또한 커티스와 그의 일행이 한국인 보안 전문가 남궁민수를 교도소로부터 꺼냈을 때, 남궁민수는 번역기를 사용해 의사소통한다. 그러니까 꼬리 칸 잉여 인구의 반란은 초국가적 연대의 발현이라고 할 수 있다.

열차에 타고 있는 잉여 인구의 존재 외에도, 「설국열차」를 신자유주의 자본주의에 대한 날카로운 비평으로 볼 수 있는 또 다른 중요한 요소는 멈출 수 없는 열차 그 자체다. 「설국열차」는 앞으로 나아가는 이야기, 전진밖에 할 수 없는 영화다. 이야기는 끊임없이 전진하는 열차 안에서 전개된다. 커티스와 꼬리 칸 사람들은 엔진 칸으로 전진한다. 남궁민수 또한 밖으로 나갈 수 있는 문을 열겠다는 자기 목표를 위해 엔진 칸을 향해 전진한다. 그리고 월포드는 기차를 계속 전진하게 하는 엔진을 유지하는 일에 전념한다. 전진할 수밖에 없는 필연성은 도끼 싸움 장면에서 상징적으로 드러나게 되는데 커티스가 메이슨을 잡으러 앞으로 나갈 것이냐, 아니면 에드가를 구하러 뒤로 돌아갈 것이냐(나중에 알게 되겠지만, 그는 에드가에 대해 형제애뿐만 아니라 마음의 빚도 지고 있다) 두 갈래 길에 맞닥뜨리는 장면이다. 잠시 망설이다가 커티스는 에드가를 구하는 것보다 메이슨을 잡는 쪽을 택한다. 이로써 영화 속에서 유일하게 가능할 뻔했던 뒷걸음질도 무산되고, 결국 뒤로 돌아가는 움직임은 전혀 없다. 모든 이야기는 선형적인 진행에 따라 펼쳐진다.

　　전진하는 움직임에 대한 이러한 집착은 사실 자본주의에 대한 알레고리로서 딱 들어맞는다. 자본주의 체제는 끝없이 확장되고 앞으로 나아가야 한다. 이 끝없는 성장의 길은 영화 속 끝없는 전진 운동으로 대표된다. 그러나 이 영화는 이러한 끝없는 전진 운동이 파국으로 이어진다는 것을 보여 준다. 이 열차는 결국 부품이 떨어져 아동 노동의 착취에 의존하지 않을 수 없게 되었다. 이는 계속 확대되는 자본주의에 대한 경고이고, 이 영화를 현재 우리의 모습에 가깝게 만드는 것은 끝없는 전진에 대한, 이 같은 은유와 잉여 인간들의 존재다.

　　꼬리 칸 사람들이 잉여 인간을 상징한다면, 이 영화에서 묘사된 계급 전쟁은 우리 시대가 직면한 시급한 질문을 던진다. 즉 현재의 신자유주의 체제를 어떻게 개혁할 수 있을까? 가능성은 있는가? 제도 내에서 개혁이 가능한가, 아니면 급진적인 혁명이 필요한가? 혁명이 필요하다면 어떤 종류의 혁명이 필요할까? 그 혁명에서 어떤 결과가 나올 것인가? 자본주의 뒤에는 무엇이 올까? 자본주의를 타도하는 혁명이 인류의 종말을 가져올까? 등등의 문제들이다. 이 같은 물음에 대해 「설국열차」는 현재의 제도에서 완전히 벗어나 인간의 멸종을 감수할 정도로 급진적인 혁명의 필요성을 시사하고 있다.

한국과 미국에서 영화는 신자유주의 자본주의 아래에서 심화 일로로 치닫는 경제적 불평등에 대한 열띤 논의를, 특히 이 시스템을 종식할 정치 혁명에 관한 논의를 촉발했다. 평론가들의 리뷰는 〈「설국열차」는 올해의 영화 중에서 가장 정치적이다〉라는 것에서부터 〈이 영화를 미국의 극화된 축소판으로 볼 필요가 있다〉, 〈모든 사람이 현재의 계급 시스템과 정치적 공간을 가까이 들여다볼 필요가 있다〉 등에 이른다. 웹 사이트 세계 사회주의(www.wsws.org)의 리뷰는 이 영화 속 꼬리 칸 사람들의 억압된 모습과 그들의 봉기에 대한 묘사를 칭찬하는 한편, 그들에게 동정적인 영화이긴 하지만 〈다소 피상적〉이라고 비판했다. 평을 쓴 무함마드 칸은 〈끊임없는 사회적 긴장과 세계 계급 갈등의 시대에 기본적으로 인간의 삶과 문제들로부터 움츠러들 것을 주장하는 관점이

무슨 가치를 지닐 수 있는가〉라고 묻는다. 「설국열차」의 계급
혁명이 상정하는 파괴적인 폭발이 평론가와 관객에게 꽤
진지하게 받아들여지는 것이다.

급진적인 정치와 감각의 재분배

「설국열차」는 혁명에 관한 영화다. 이 영화는 환경 위기의
문제들을 포함한 많은 시사적인 문제를 제기한다. 하지만
영화의 핵심을 이루는 것은 꼬리 칸 사람들의 반란이다. 가지지
못한 자들의 혁명이 이야기를 진전시킨다. 그것은 윌포드의
권위주의적 권력을 전복시킬 뿐만 아니라 기존 체제로부터
급진적 단절을 가져오는 반란이다. 그러므로, 많은 평론가가
카를 마르크스에서부터 안토니오 그람시, 루이 알튀세르,
발터 베냐민 등에 이르기까지 혁명 사상가들을 언급하는 것은
당연한 일이다. 그러나 이 영화에서 제시된 급진적 정치학을
분석하는 데 가장 예리한 통찰을 제공하는 개념을 만든 사람은
예술과 정치의 관계를 재구성한 현대 프랑스 철학자 자크
랑시에르다.

　　「설국열차」는 랑시에르가 재정의한 정치, 그리고 〈감각의
분배〉라는 개념을 놀랍도록 시각화한다. 제대로 된 정치에 대한
랑시에르의 생각은 경찰적 통치police와 정치politics의 명확한
구분에 바탕을 두고 있다. 그에게 흔히 정치라고 불리는 것
— 집권 세력이 사회 질서를 통치, 관리하는 것 — 은 진정한
의미의 정치가 아니다. 랑시에르는 이 통치를 치안 유지, 즉

경찰적 통치라고 부른다. 경찰이 사회 질서를 유지하는 것은
편입과 배제의 패턴에 의해 유지되는 위계에 따라 역할과
장소를 분배하는 행위다. 우리가 가질 수 있는 것, 할 수 있는
것, 볼 수 있는 것, 말할 수 있는 것은 사회에서 주어진 위치에
따라 결정된다. 영화에서 꼬리 칸 사람들은 처음부터 꼬리 칸에
배치되어 있었다. 따라서 그들이 감각할 수 있는 것(보기, 듣기,
맛보기, 만지기, 냄새)과 말할 수 있는 것은 엄격히 통제된다.
따라서, 세상에 대한 그들의 지식은 극히 제한된다. 그들은 밖을
내다볼 수 있는 창문 하나 없는 꼬리 칸에 살면서 분노와 좌절은
고사하고 어떤 욕구도 표출할 수 없다. 그들은 심지어 자기가
매일 먹는 음식이 무엇으로 만들어졌는지도 모른다. 그들은
데모스이지만 사회 질서를 만드는 데 관여할 수 없다. 그러나
그들이 반란을 일으켜 한 칸, 한 칸 앞으로 나아가면 감각을
통해 인지하는 것도 점차 확장된다. 그들의 음식이 무엇으로
만들어졌는지 알게 되고, 창문을 통해 바깥세상을 볼 수 있는
것 등등이 가능해진다. 기존 질서에 반기를 들고 자신들의
목소리와 사회 질서 속에서 자신의 몫을 주장하기 위해 미리
정해진 위치를 거부함으로써, 그들은 기존에 정립된 〈감각의
분배〉에 도전하는 것이다.

　　여기서 감각sensible은 영어 단어와 다른 의미를 지닌
프랑스어다. 영어 단어는 보통 좋은 감각이나 판단력을 갖춘
사람을 센서블하다고 하지만, 프랑스어로는 감각이나 마음으로
지각하는 것을 의미하므로 인지 및 지각과 관련이 있다.

감각의 분배에서 감각적인 것은 감각으로 포착한 것을 말한다. 한 사람의 세계에 대한 지각은 그가 사회 질서에서 어디에 있느냐에 따라 달라진다. 따라서 참여 방식도 그가 지각한 것에 의해 결정된다. 랑시에르에 따르면, 정치적 행동이란 자신의 위치에 분배되는 것과 분배되어야 할 것 사이의 괴리를 드러내는 것을 의미한다. 현실 정치는 경찰이나 경찰의 행위에 도전하여 감각적인 것들의 재분배를 이끌어 내는 것이다. 정치적 주체는 특정한 사회적 지위에 의해 정해진 것이 아니라 어떤 과정을 통해 만들어진다. 정치는 사회를 통치하는데 아무런 역할도 없는 사람들, 즉 배제된 사람들이 자기 몫을 요구하는 행위다. 이것은 자기 목소리를 갖지 못한 자가 자기 목소리를 주장하는 것이라 할 수 있다. 이는 지배 계급에 대한 저항을 수반한다.

랑시에르에게 정치를 구성하는 원칙은 민주주의이며, 평등은 그 목표가 아니라 전제다. 그리고 민주주의와 정치의 기본 조건을 이루는 것은 합의consensus가 아니라 의견 불일치dissensus이다. 민주주의는 기존 사회 질서와 감각의 분배에 균열을 일으키는 의견 불일치 과정이다. 그래서 랑시에르에게 의견 불일치의 미학은 지각, 사고, 행동의 확립된 틀과 용납할 수 없는 것들과 맞섬으로써 감각의 재배치를 하고자 함을 의미한다. 그에게 정치는 논쟁의 공간, 의견 불일치의 공간에서 작동한다. 게다가 미학은 아름다움이나 예술을 공부하고 정의하는 것이 아니라, (감각되고 지각된 것들인) 감각적인 것의 사회적 분배와 관련이 있는 예술적 실천이다. 그것은 특정한 감각적 경험이다. 그러므로 미학은 정치와 매우 가깝다. 그것은 감각과 지각을 분배하는 정치 시스템이다. 이는 보고 말하고 생각할 수 있는 능력이 누구에게 배분되는가에 관한 것이다.

남궁민수의 도움을 받은 커티스와 꼬리 칸 사람들의 반란은 기존 감각의 분배를 교란한다는 점에서 랑시에르의 정치를 구현한다. 이는 기존 질서에 도전하는 배제된 자들, 즉 〈몫 없는 자들의 몫〉을 위한 평등의 이름으로 감성의 재분배를 가져오는 랑시에르의 정치 재정의를 실현하는 것이다. 엄격한 질서가 유지되는 기차 안에서 일어나는 이야기는 사회 불평등과 계층화라는 주제를 열차의 시각적 디자인을 통해 명확하게 전달하는데, 이는 수직적이고 위계적인 사회 구조를 수평적으로 변환한 것이다. 꼬리 칸의 비참한 자로부터 상류층이 거주하는 머리 칸, 그리고 맨 앞에 있는 엔진까지 위계가 수평으로 펼쳐진다.

영화 초반, 열차의 〈치안 질서〉는 메이슨 총리의 꼬리 칸 승객들을 향한 연설을 통해 명확하게 드러난다. 초반부에 꼬리 칸에서 소란이 발생하고, 아이를 앞 칸으로 빼앗긴 데 반발한 아버지가 벌로 팔을 잃은 후, 메이슨 총리가 연설을 한다. 긴 연설에서 그녀는 기차의 사회 질서를 머리와 발이 달린 몸에 비유한다. 그녀는 〈우리 각자가 미리 정해진 자리를 지켜야 한다〉고 강조하며, 〈각자가 처음에 가진 티켓으로 순서가 정해진다. 일등석, 이코노미석, 그리고 당신 같은 무임승차자들〉이라고 말한다. 열차에서, 이 질서는 영원하며, 신성한 엔진에 의해 규정된다. 꼬리 칸 사람들은 신발이므로 발에 속한다. 그녀는 소리친다. 〈네 분수를 알아라, 분수를 지켜라, 신발이 되어라!〉 메이슨의 연설은 감각의 분배에 대한 랑시에르의 생각과 완벽하게 들어맞는다. 꼬리 칸 사람들은 절대로 머리 부분의 자리를 탐내지 않아야 한다. 이처럼 미리 자리가 부여된 꼬리 칸 사람들은 기차의 사회 시스템을 운영하는 데 관여하지 못한다. 그러므로 그들이 미리 정해진 자리를 거부하고 그들의 몫과 목소리를 주장하게 되면, 그들은 랑시에르가 주장하는 현실 정치에 관여하게 되는 것이다.

이와 더불어 영화에서는 두 가지 다른 혁명 사상이 제시된다. 마르크스와 베냐민의 그것이다. 공교롭게도, 두 사상 모두 기차라는 비유를 사용해 설파되었다. 잘 알려져 있다시피 역사적으로 열차는 근대성, 자본주의, 혁명을 상징해 왔다. 마르크스는 1850년에 〈혁명은 역사의 기관차다〉라고 썼다.* 여기서 기관차는 진보를 상징하며 계급 투쟁을 통한 계급 없는 유토피아로의 선형적 진보를 의미한다. 즉 진보에 대한 신념에 기초한 혁명의 사상을 상징한다. 그러나 베냐민은 마르크스의

---

* Karl Marx, "The Class Struggle in France, 1848-1850," in *Marx & Engels Collected Works*, vol. 10, Marxk and Engels 1849-51, ed. *Karl Marx and Frederick Engels* (Chadwell Heath: Lawrence and Wishart Electric Book, 2010), p. 122.

생각에 이의를 제기하며 〈아마도 혁명은 이 열차의 승객들
— 즉 인간이 — 이 비상 브레이크를 작동시키려는 시도일
것이다〉라고 썼다.* 혁명에 대한 베냐민의 생각은 선형적
진보가 아니라 현재 이 순간의 긴박감과 위기에 대응하는
급진적 행동에 가깝다.

「설국열차」에서는 이 두 가지 혁명 사상이 커티스와
남궁민수의 캐릭터로 표현된다. 커티스는 꼬리 칸 반란의
주동자이고 남궁은 열차의 보안 시스템을 설계한 한국인
기술자다. 커티스가 마르크스의 사상을 대변한다면 남궁은
베냐민의 사상을 대변한다. 커티스의 혁명은 열차를 계속
운행하면서 그 안에서 변혁을 가져오는 것이고, 남궁의 혁명은
달리는 열차의 비상 브레이크를 당기는 것이다. 봉준호의
전작들과 마찬가지로 「설국열차」 역시 처음에 시작되었던
이야기가 서서히 다른 이야기로 변하는 이중 서사 구조를
지닌다. 커티스가 반란을 이끄는 이야기로 시작하지만, 서서히
남궁과 기차 밖으로 나가려는 그의 급진적인 계획에 관한
이야기로 변한다. 그는 모두가 인간이 살기에 밖이 너무 춥다고
믿고 있었을 때 유일하게 바깥 세계를 관찰해 온 사람이다. 그는
얼음이 녹고 있다는 것을 알고 있었다. 그래서 그는 기차의 문을
폭발시켜 외부 세계로 탈출하기 위해 가능한 많은 크로놀을

* Walter Benjamin, "Paralipomena to 'On the Concept of History,'" in
Selected Writings, vol. 4, 1938–1949, ed. Howard Eiland et al., trans. Edmund
Jephcott et al. (Cambridge: Harvard University Press, 2003), p. 402.

모아야 했고, 그래서 크로놀 중독자 행세를 했다. 결국 기차를 폭파함으로써 커티스와 남궁은 기존 제도로부터의 급진적인 탈피라는 베냐민적 혁명을 가져왔다.

「설국열차」는 기성 질서(윌포드 인더스티리)와 그로부터 배제된 사람들(꼬리 칸 거주자)의 투쟁을 그린 작품이지만, 영화 속 시각 디자인과 공간 구성은 감각의 분배라는 개념을 훌륭하게 드러낸다. 특히 열차의 각 차량은 탑승자의 위치를 반영해 디자인되었다. 커티스와 그의 추종자들이 엔진을 향해 전진함에 따라 그에 따른 세상에 대한 커티스의 지각과 인식도 확대된다. 기차 안에서 사회 질서가 어떻게 작용하는지에 대한 그의 지식은 기관실에서 결정적인 비밀이 드러날 때까지 계속 늘어난다. 그는 열차의 체계가 유지되려면 사회의 가장 약자라고 할 수 있는 아동 노동력의 착취가 불가피하다는 것을 알게 된다. 각각의 객차에 분포된 공간과 물건들은 커티스와 그의 혁명적 집단이 앞으로 나아갈 때 서로 다른 감각적 경험을 제공하는 역할을 한다.

열차의 순서는 서사의 진행 과정을 형성하기 때문에 중요하지만, 또한 열차의 사회 체계가 승객들, 특히 앞 칸에 있는 사람들의 생존을 유지하기 위해 어떻게 작용하는지 잘 보여 준다. 이야기가 시작될 때 이미 17년간 달려온 열차는 폐쇄적인 자급자족의 생태계를 이루고 있다. 열차 운행과 생존에 필요한 모든 것이 열차 안에서 생산된다. 유일한 예외는 기차 앞부분이 물로 변환시키기 위해 빨아들이는 얼음이다.

세계의 축소판이자 인류의 마지막 생존 수단으로서 기차의 질서는, 꼬리 칸의 원시적인 생활 환경에서 머리 칸의 호화롭고 퇴폐적인 풍요로움까지 문명의 발전을 따르는 듯 보인다. 그리고 두 칸을 명확히 구분하는 것은 색채와 빛의 사용이다. 커티스와 그의 일행은 어둡고 더럽고 창문이 없는 꼬리 칸을 떠나 밝고 색이 풍부한 앞 칸으로 이동한다. 마지막에 기차의 진실을 밝혀 주는 것은 시각적 경험이다.

　한편, 「옥자」 역시 자본주의에 대한 저항을 — 자본주의 체제의 경험이 없는 변방의 평범한 소녀와 동물 해방 전선의 조직적인 저항이라는 두 가지 측면에서 — 묘사한다. 그들은 함께 서울에 있는 미란도 한국 공사로부터 옥자를 처음 구출하는 데 성공하는데, 교통 터널 안에서 이들의 구조 임무는 달리는 트럭에서 한강으로(「괴물」에서 괴물이 나왔던 바로 그곳) 뛰어드는 극적인 장면으로 마무리된다. 이들은 오역mistranslation/오해miscommunication를 통해 옥자를 뉴욕으로 데려가 미란도에 잠입하는 임무를 수행하기로 하지만 이들은 도주해야 했고, 미자와 옥자는 당국에 붙잡혀 미란도로 끌려가게 된다.

　아이러니하게도, 미란도는 그들의 슈퍼 돼지 축제에서 그들의 성공적인 슈퍼 돼지 번식을 과시하기 위해 미자와 옥자를 뉴욕으로 데려가기로 결심한다. 따라서 동물 해방 전선은 다시 한번 미란도의 음모를 폭로하고 싸울 기회를 얻는다. 그러나 슈퍼 돼지 축제장에서 또다시 무자비하게 구타당하고 경찰에 붙잡힌다. 그들은 선의와 헌신으로 가득 차 있지만 반란을 실행하는 데는 서툴다. 반대로 미자는 미란도 대표 루시와 일대일로 협상하는 데 성공하고 옥자를 도살장에서 끌어낸다. 「괴물」처럼 「옥자」 역시 어떤 대가를 치르더라도 사랑하는 사람을 구하려고 필사적으로 애쓰는 가족이 예기치 않은 난관들을 헤쳐 가는 영웅담이다. 하지만 결정적으로 「괴물」의 박씨 가족은 실패하지만 미자는 성공한다. 미자는 옥자와 힘을 합쳐 슈퍼 돼지 새끼 한 마리를 밀반출하기도 한다. 따라서 미자는 다국적 기업 미란도를 무너뜨려 모든 슈퍼 돼지를 구하지는 못했지만, 신자유주의 자본주의에 저항할 수 있는 작은 문을 열었다.

　「설국열차」와 「옥자」는 봉준호의 이전 영화들과는 많은 점에서 다르다. 우선, (다른 영화들처럼) 한국에서 펼쳐지는 한국의 이야기가 아니다. 또한 주로 영어 대사로 이루어졌고, 다국적 출연진과 함께 만들어진 글로벌 프로젝트다. 하지만, 동시에 그의 이전 영화들과 중요한 유사점을 공유하기도 한다. 봉준호는 지금의 현실에 대해 논평하기 위해 SF 판타지라는 장르를 빌려온다. 「설국열차」는 신자유주의 자본주의 체제에 대한 정치적 우화이자 급진적 혁명의 필요성에 대한 논평이다. 「옥자」는 슈퍼 돼지와 돼지를 구하기 위해 무슨 일이든 서슴지 않는 시골 소녀의 사랑과 우정을 그린 가슴 따뜻한 판타지 이야기로 공장식 축산에 대한 날카로운 비판을 담고 있다. 제작 당시 이 영화들은 한국에서 가장 비싼 블록버스터 영화였지만 동시에 신자유주의적 기업 문화의 비윤리적 탐욕에 대한 알레고리와 노골적 비판으로 가장 정치적인 영화가 되었다. 「괴물」에 이어서, 봉준호는 더 많은 세계의 관객층에 어필하는, 그리고 더욱더 성공적인 정치 블록버스터들을 만들 것으로 기대된다.

6
「기생충」의 파국적 상상력

「설국열차」와 「옥자」 두 편의 글로벌 블록버스터 영화를 만든 후 봉준호는 그보다 작은 규모 예산으로 「기생충」을 공동 각본, 연출과 제작을 맡으며 다시 한국 이야기로 돌아간다.* 그의 일곱 번째 장편 영화인 「기생충」은 2009년 「마더」 이후 딱 10년 만에 온전히 한국에서 한국어로 펼쳐지는 이야기인 셈이다. 영화는 데뷔작인 「플란다스의 개」를 비롯해, 「살인의 추억」, 「괴물」, 「마더」 등 한국을 무대로 한 기존 영화들의 특징이 압축, 심화된 양상을 보여 주면서 또 한편으로는 앞으로 그의 영화들이 지니게 될 새로운 면모도 엿보게 한다. 앞서 봉준호 영화들의 내러티브를 추동하는 주된 모티브로 제시했던 〈오인〉이 「기생충」에서는 추격전이나 미스터리를 추적하는

* 「설국열차」는 450억 원의 제작비로 2013년 당시 한국 영화사상 최고 제작비를 기록했고, 「옥자」는 넷플릭스가 제작해 엄밀한 의미에서 한국 영화는 아니지만 미화 5천만 달러(당시 환율로 약 578억 원)로 다시 한번 최고 제작비를 경신했다. 반면 「기생충」의 제작비는 150억 원으로 2019년 한국 영화 개봉작의 평균 순 제작비 21.5억 원(한국 영화 진흥 위원회 통계)을 훨씬 웃돌지만 봉준호의 앞선 두 블록버스터 영화 제작비의 3분의 1 수준으로 만들어졌다.

과정에서 의도치 않게 생겨나는 실수가 아니라 주인공인 김씨 가족에 의해 적극적으로 의도된다는 점에서 한 차원 심화된 형태로 나타난다. 그런가 하면 계급 양극화가 초래하는 파국을 그리면서 모멸감 같은 감정이나 냄새 등 보이지 않고 손에 잡히지 않는 요소가 지닌 사회적 의미를 부각하는 것도 이전 영화들과 다른 면모라 하겠다. 또 스릴러, 드라마, 블랙 코미디 등 여러 요소를 결합한 혼합 장르라는 점 역시 이전 영화들과 궤를 같이하지만 범죄 영화, 괴수 영화 등 그래도 하나의 지배적 장르를 내세울 수 있었던 「살인의 추억」, 「마더」, 「괴물」과 달리 딱 하나의 장르로 규정하기 어려울 만큼 이질적인 장르 요소가 유기적으로 결합돼 「플란다스의 개」의 세계, 즉 봉준호 영화의 원점으로 돌아온 듯한 느낌을 주기도 한다.

대중적인 장르를 차용해 관객들에게 친숙함을 주면서 날카로운 사회 비평을 자연스레 녹여 내는 봉준호 영화답게 「기생충」은 주제 면에서도 봉준호 이전 영화들의 세계를 소환하고 심화한다. 무엇보다도 사회적 약자의 관점에서 그들이 일상에서 부딪치는 어려움들을 이야기로 엮어 가는 게 봉준호 영화의 일관된 특징 중 하나인데 「기생충」에서는 현대 한국 사회와 그 안에서 살아가는 사람들을 바라보는 관점이 전보다 훨씬 복합적이고 미묘한 뉘앙스를 담고 있다. 가난한 기택 가족 네 명이 아들 기우를 시작으로 한 명, 한 명 차례대로 부자인 박 사장 집안으로 취업해 들어가면서 펼쳐지는 이야기에서 중심축을 이루는 것은 계급 갈등이다. 하지만

「설국열차」나「옥자」에서 두드러졌던 〈부자는 악, 가난한 자는 선〉이란 단순한 도덕적 이분법은 눈에 띄게 해체되어 현대 사회의 모순들이 지닌 중층성을 포착해 낸다. 따라서 인물들의 도덕성이 훨씬 더 애매모호하다. 선악이 대체로 뚜렷이 구분되는 상업 영화의 세계보다 현실 세계에 더 가까운 묘사다.

이러한 변화는 아마도 봉준호가 속속들이 잘 알고 있는 한국 사회의 이야기, 그리고 더욱 세심한 뉘앙스 전달이 가능한 한국어로 각본을 쓰고 또 영화를 만들었다는 사실에 어느 정도 기인한다. 아울러「플란다스의 개」와「마더」를 분석한 4장에서 도덕적 애매모호성이 한국 사회 부조리를 대표하는 하나의 징후로 논의됐던 것을 상기한다면「기생충」에서는 그 부조리가 도덕적 붕괴로 심화해 결국 파국을 가져옴을 알 수 있다.「플란다스의 개」의 시간 강사 윤주는 전임 교수가 되기 위해 뇌물을 갖다 바치는 일을 처음엔 거부하지만 결국 그런 부정행위에 가담하고 만다.「마더」의 도준 엄마는 자기 아들을 구해 내기 위해 지적 장애인 고아 소년이 대신 억울한 누명을 쓰도록 수수방관한다. 두 영화에서 윤주와 도준 엄마는 자신들이 저지른 일에 대한 죄의식으로 괴로워하는 모습을 보여 주지만「기생충」의 김씨 가족에게서는 도덕적 망설임도, 죄의식에 크게 시달리는 모습도 볼 수 없다. 그들은 너무나 자연스럽고 능수능란하게 사기 행각을 펼친다.

구체적인 한국의 현실에 뿌리를 둔「기생충」은 이처럼 「플란다스의 개」,「마더」와 연결되는 부분이 있지만 주제

면에서는 「설국열차」와 가장 흥미롭게 비교가 된다. 두 영화
모두 계급 양극화가 초래한 파국을 그리기 때문이다. 마치
상상의 세계인 「설국열차」에서 제기된 신자유주의 자본주의와
경제 불평등의 문제가 현실 세계에서는 어떻게 나타나는지
한국을 사례로 삼아 그려 낸 영화라고 할까. 즉 그러한 문제들이
한국이라는 사회에서 개개인의 삶에 어떠한 영향을 미치고
있는지 구체적으로 묘사하는 게 「기생충」이라 할 수 있다.
「설국열차」가 초국가적 자본주의 제도와 혁명에 대한 보편적인
알레고리라면, 「기생충」은 한국이라는 구체성에 기반한 우화다.
그렇다면 「기생충」이 포착하고 묘사하는 한국의 현실은 어떤
것인가? 영화는 한국 사회에 대해 어떠한 논평을 하고 있으며,
한국을 무대로 한 봉준호의 이전 영화들, 즉 「플란다스의 개」,
「살인의 추억」, 「괴물」과 「마더」와는 어떤 점에서 비슷하고 또
다른가?

　　이 질문들에 답하기 위해 「기생충」을 분석하는
일은 곧 1997년 IMF 구조 조정이 지난 20여년간 한국
사회와 그 구성원들에게 가져온 변화가 영화에서 어떻게
재현되고 있는지를 탐구하는 작업이기도 하다. 〈한국적인
것=부조리〉라는 봉준호의 관점을 떠올린다면, 「기생충」은 그가
「마더」에서 그려 냈던 도덕적 모호성과 아노미의 증세가 지난
10년간 더더욱 악화해 사회도덕이 완전히 붕괴하고, 사회적
약자들 간의 싸움이 한층 격화된 각자도생의 현실을 궁극적인
부조리로 그려 내고 있음을 알 수 있다. 영화에서 반지하 주택에

사는 기택 가족과 지하실 거주자인 근세 가족은 실제로 서로
죽고 죽이는 혈투 끝에 공도동망한다. 특히 최하층이었던 근세
부부는 둘 다 기택 가족에게 죽임당한다.「기생충」은 이처럼
사회적 약자들 간의 처절한 생존 투쟁을 전경화한다는 점에서
그들이 군사 독재나 부패한 권력 등 시스템에 의해 부당한
처우를 당하고 희생자가 되어 가는 모습을 담은 봉준호의 이전
영화들과 확연히 다른 면모를 보여 준다.

　　「기생충」은 스타일에서도 새로운 변화를 보여 주는데 이
역시 봉준호 이전 영화들의 주요 특징을 계승 심화한 것이다.
내러티브를 추동하는〈오인〉의 모티브라든지 관객에게
명확한 결말을 주지 않는〈실패의 내러티브〉, 그리고 이전
영화들에서도 두드러졌던 수직적 공간의 전경화 등이
대표적인 예들이다. 이와 더불어 지역성, 즉 한국적 특색은
훨씬 풍부해져서 영화의 핍진성은 물론 풍자의 묘미도 한층
강화했다. 예를 들어, 대만 카스텔라 프랜차이즈, 짜파구리,
또 한국의 독특한 주거 형태인 반지하 주택, 그리고 한국어의
친밀함과 세심한 뉘앙스 등이 생생하게 전달된다. 그런 점에서
「기생충」은 봉준호가 한국의 구체적 현실을 글로벌 장르에
담아내는 봉준호 특유의 영화 세계로 돌아왔음을 알린다.

　　이 장에서는「기생충」의 이 같은 지점에 주목하면서
영화가 내포하는 한국 사회에 대한 알레고리와 논평을
분석하고, 아울러 봉준호가 이를 영화적 이야기로 풀어내기
위해 어떤 장르적 접근과 영화적 테크닉을 사용했는지

이전 영화들, 특히 같은 주제를 전혀 다른 방식으로 다룬 「설국열차」와 비교해 살펴본다. 이는 곧 봉준호가 「플란다스의 개」 이후 지난 20년간 꾸준히 영화 속에서 천착해 온 한국 사회의 부조리 양상을 통시적으로, 동시에 공시적으로 들여다보는 작업이다. 아울러 장르 영화에 대한 봉준호식 접근의 진화를 살펴보는 일이기도 하다. 오인 모티브와 장르 해체의 심화, 도덕적 붕괴와 파국적 상상력, 연대의 불가능성에 대한 자각과 격화되는 약자들 간의 경쟁, 감정과 냄새의 사회학, 그리고 최후의 도피처로서의 가족주의 등이 「기생충」의 세계에 포착된 2019년 한국적 부조리의 징후들이다. 「기생충」에서 봉준호는 신자유주의 자본주의 제도의 이러한 다층적 측면들을 좀 더 복합적이고 자기 반영적 방식으로 탐구한다. 이전 영화들과 달라진 면모다.

오인 모티브와 장르 혼합의 심화

봉준호의 이전 영화들과 마찬가지로 「기생충」의 내러티브도 오인 모티브로 전개의 동력을 얻는다. 하지만 그 모티브가 동원되고 작동하는 방식은 확연히 구분된다. 머리말에서 간략하게 언급했듯이 이전 영화들에서는 오인이 주로 추격 과정에서 의도하지 않게 일어나지만(예를 들어, 「플란다스의 개」에서 윤주가 엉뚱한 개를 납치한 것, 또 「살인의 추억」에서 형사들이 살인 사건의 목격자를 용의자로 오인한 것 등) 「기생충」에서는 기택의 가족에 의해 적극적으로 유도되고 유발된다. 영화는 주인공들이 가식과 속임수를 최대한 활용하는 상황을 만듦으로써 오인 모티브를 극단적으로 밀어붙인다. 그들은 자신이 아닌 다른 사람으로 가장하고 연기한다. 영화는 기우가 다혜에게 〈가장하다〉라는 뜻의 영어 단어인 〈pretend〉를 두 번 사용해 영작하라고 지시하기까지 하면서 그 상황에 방점을 찍는 자기 반영의 순간을 집어 넣기도 한다. 다혜는 기우에게 동생 다송이 마치 예술의 천재인 체한다고 불평하지만 정작 기우야말로 부자 친구 민혁을 흉내 내고 있음을 관객은 안다. 그는 민혁이 자신과 가족에게 했던 말들을 다혜에게 마치 자신의 말인 양 반복하며 심지어는 다혜가 대학에 들어가면 사귀기 시작하겠다는 민혁의 계획을 그대로 빌려와 가족에게 말하기도 한다. 사실, 영화의 내러티브 자체가 다혜의 영어 가정 교사 일을 잠시 그만두게 된 민혁의 자리를 대학생으로 가장한 기우가 대신 맡게 되면서 시작된다.

　　이처럼 오인 모티브는 봉준호 영화 중 「기생충」에서 가장 히치콕적으로 활용된다. 오인이 기택 가족의 정체를 감추기 위해 쓰이기 때문이다. 하지만 봉준호는 이를 히치콕과는 다른 방향으로 끌고 가는데, 이는 기택 가족의 궁극적인 목표가 히치콕 영화 주인공들의 그것과는 다르기 때문이다. 예를 들어, 히치콕의 1964년 작품 「마니」에서 주인공 마니는 자신의 목표를 달성한 후, 즉 원하는 목돈을 금고에서 훔친 후엔 어딘가로 사라져 버리지만, 기택 가족은 전원 취업이라는 목표를 이룬 후에 가능한 한 오랫동안 그 집에서 머물면서 계속 일하고자 하고, 또 해야 한다. 마니처럼 목돈을 한꺼번에 손에 넣은 것이 아니라 월급을 받아 생활해야 하기 때문이다. 따라서 「기생충」에서 오인이라는 모티브는 정체성 문제를 깊이 천착하는 쪽으로 이야기가 전개되지 않고(「마니」에서는 마니의 범죄 행위가 어린 시절의 트라우마와 연관이 있음을 보여 준다), 오히려 가난한 두 가족이 충돌하는 상황을 만들어 내는 데 기여한다. 두 가족 모두 박 사장 집에서 계속 살고 싶어 하기 때문에 둘의 대결은 불가피하고, 그래서 서로를 박 사장 가족에게 폭로하겠다고 협박한다. 이 갈등은 더 나아가 가난하고 주변부로 밀려난 사람들이 생존을 위해서 서로 싸워야만 하는 현대 한국 사회의 냉혹한 현실을 드러낸다. 그러므로 「기생충」에서 오인 모티브는 정체성이라는 철학적인 주제를 다루기보다는 사회의 모순과 갈등을 드러내는 사회학적 탐구에 기여한다.

영화는 시작부터 시각적으로도 이 오인 모티브를 효과적으로 확립한다. 친구 민혁의 소개로 박 사장 집에 가정 교사 인터뷰를 가게 된 기우는 자신을 배웅하는 아버지 기택에게 대학 졸업장 위조를 범죄라고 생각하지 않는다고 말한다. 나중에 그 학교에 입학할 것이기 때문이라는 이유다. 그러고는 반지하 집에서 계단을 올라 지상 도로로 나가서 박 사장 집으로 향한다. 이때 카메라는 집을 뒤로 한 채 앞으로 걸어가는 기우의 뒷모습을 비춘다. 그가 박 사장의 저택에 도착했을 때도 카메라는 그가 현관문을 밀어서 열고 계단을 올라 햇빛이 가득 비추는 앞마당으로 들어설 때까지 계속 그의 뒤통수를 쫓아간다. 그는 환하게 비추는 강렬한 햇빛에 눈이 부실 수밖에 없는데 반지하에서 생활해 온 그가 이렇듯 강렬한 햇빛에 노출돼 반응하는 장면은 그가 익숙하지 않은 세계에 발을 내딛게 됐음을 알리는 동시에 두 세계의 차이를 상징적으로 드러낸다. 기우의 뒤통수를 따라가다가 햇빛에 눈을 가리는 기우의 모습을 담은 이 시퀀스는 그가 곧 자기 얼굴을 드러낼 수 없는 인물임을 시각적으로 관객에게 전달한다. 그는 자신의 정체를 숨기기 위해 이 집에 온 것이다.

「기생충」은 반지하 주택이라는 매우 〈한국적인〉 주거 공간을 카메라가 구석구석 보여 주는 것으로 시작해 햇살이 밝게 비추는 모던한 이 층 저택에 이어 햇빛 한 톨 들어오지 않는 지하 공간을 넘나들며 계단을 매개로 한 수직 공간을 모티브로 계급 양극화와 불평등이라는 주제를 시각화한다. 이러한 공간적 대비를 위해 세트 디자인에 크게 의존했다는 점도 「기생충」이 봉준호의 이전 영화들과 구별되는 요소다. 한국을 배경으로 한 영화 중 처음으로 세트장에서 대부분 촬영된 작품이다. 「플란다스의 개」, 「살인의 추억」, 「괴물」과 「마더」는 대부분의 장면이 실제 특정 공간을 재현하기 위해 로케 촬영으로 이루어졌다. 반면, 「기생충」에서는 두 가족의 집, 즉 박 사장네 대저택과 기택 가족의 반지하 집이 모두 처음부터 디자인되어 세트장에 지어졌다. 박 사장네 집은 오픈 세트에 지어졌고, 기택 가족의 집과 마을은 홍수 장면을 찍을 때 전체가 물속에 잠기도록 거대한 물탱크 안에 세트로 세워졌다.

세트 디자인의 활용은 또한 수직적 구조를 통해 계급의 위계질서를 시각화하는 데도 매우 실용적인 선택이었다. 봉준호는 이전 영화에서도 자주 좁고 깊은 수직적 공간을 많이 사용했는데「살인의 추억」의 지하 취조실이라든가 「괴물」에서의 깊은 하수구 공간 등이다. 하지만「기생충」에서 그는 매우 의도적으로 수직적인 공간을 활용해 계급적 위계를 상징적으로 보여 준다. 영화는 또한 경제적 지위 혹은 형편이 어떻게 일상생활의 모든 측면에 개입하고 영향을 미치는지 효과적으로 보여 주는데, 햇빛이나 폭우 등 자연 현상의 의미도 계층에 따라 얼마나 다른지가 확연하게 드러난다. 박 사장의 이 층 저택은 바닥에서 천장까지 이어지는 유리창을 통해 눈부신 햇빛이 집을 가득 메우지만(그리고 그 유리창의 스크린 비율은 2.35 : 1의 와이드 스크린이다!) 기택 가족의 반지하 주택은 햇빛이 들어오긴 들어오지만 제한적이며 근세가 사는 지하실에는 전혀 햇빛이 들지 않는다. 즉 햇빛의 양도 세 가족의 경제적인 지위에 상응하는 것이다. 집이나 유리창 같은 물리적인 것은 물론 누구에게나 공짜로 제공된다고 여겨지는 자연조차 사회 위계질서의 어디에 속하느냐에 따라 그 의미와 향유의 정도가 달라짐을 세 가족의 거주 공간을 통해 보여 준다.

더불어 기택 가족의 반지하 집은 위태로운 그의 지위를 상징한다. 그는 곧 지하로 추락할 위협에 직면한 것이다. 부자인 박 사장 가족과 가난한 기택 가족 사이의 차이는 홍수가 난

날 밤, 기택과 기우, 그리고 기정이 박 사장 집을 나와 반지하 집으로 향해 뛰어 내려가야만 했던 그 수많은 계단만큼이나 끝 간 데가 없다.

　　이들 야외 장면은 종로 자하문 터널을 비롯, 한국 관객에게는 친숙한 동네에서 로케 촬영되었다. 「마더」이후 10년 만에 한국 이야기로 돌아온 「기생충」은 「설국열차」나 「옥자」에서 억제했던 〈한국적〉인 지역성이 더더욱 넘쳐 나는 듯 보이는데 한국 관객 사이에서는 〈아 하면 어 한다〉는 식으로 따로 설명이 필요 없는 유머 감각, 구체적인 상황들과 배경, 그리고 대사들이 매우 그렇다. 특히 감칠맛 나는 대사들은 한국어를 아는 관객에게는 영화가 구사하는 블랙 유머를 더욱 실감 나게 한다. 물론 많은 뉘앙스가 외국어 자막에서는 상실되었지만, 영화가 지닌 경제적 불평등과 계급 양극화라는 주제가 지닌 보편성과 장르 관습 전복의 유희가 이러한 한국적 특수성을 뛰어넘는 공감대를 형성한다. 미국과 프랑스 등지에서의 흥행 신기록은 「기생충」의 국경과 문화를 초월하는 공감과 어필을 증명해 준다.

　　형식 면에서도 「기생충」은 봉준호 영화의 전반적인 특징들을 새로운 경지로 끌어올리면서 이전과 또 다른 시각적 리듬을 만들어 낸다. 서로 다른 장르는 물론, 서로 어울릴 것 같지 않은 요소들(예를 들어 공포와 웃음, 슬픔과 코미디 등)을 교묘하게 섞는 혼합의 미학은 더욱 치밀하고 정교해져 한 가지 장르로 규정하기가 더욱 힘들어졌다. 그런 점에서

「기생충」은 「플란다스의 개」와 맞닿아 있다. 머리말에서 이야기했듯이 「플란다스의 개」는 엉뚱하고 파격적인 형식과 감수성을 선보였지만 개봉 당시에는 비평적으로도 평가를 얻지 못했고, 뚜렷이 내세울 장르가 없었기에 마케팅에서도 어려움을 겪었다. 이로 인해 관객에게 어필하기 위해서는 더욱 뚜렷한 장르에 기반을 둘 필요가 있다는 교훈을 얻은 봉준호는 범죄 미스터리, 괴수 영화, SF 판타지 등 겉으로나마 하나의 장르로 대변할 영화들을 만들면서 그 큰 틀 안에서 장르 혼합과 관습 해체의 작업을 해왔다. 하지만 「기생충」에서는 마치 원점으로 돌아가듯 「플란다스의 개」처럼 지배적 장르가 없는 영화를 만들었다. 차이가 있다면 이때는 이미 봉준호라는 이름 자체가 하나의 브랜드를 이루어 마케팅에 어려움은 없었고, 오히려 국내외 평론가들로부터 〈봉준호 자신이 하나의 장르가 되었다〉라는 찬사를 들으며 세계적 성공을 이루어 냈다는 점이다.

여러 인터뷰에서도 드러나듯 봉준호는 사회의식에 앞서 무엇보다도 관객에게 장르적 재미를 주고자 하는 장르 영화 감독으로서의 자의식이 강한데 「기생충」에서는 빠른 템포와 리듬이 돋보이는 편집과 사운드트랙으로 관객을 장악하면서 계급 양극화와 경제적 불평등이라는 사회 이슈를 이야기 속에 녹여 낸다. 영화는 「플란다스의 개」에서처럼 코믹하고 풍자의 유머가 돋보이는 경쾌함으로 시작하는데 영화의 톤, 즉 분위기 전환은 이전 영화에서보다 더욱 빨라져 코미디에서 스릴러로, 다시 홍수 사태가 나는 재난 영화로, 이어 파국으로 치닫는 공포 영화로 숨 가쁘게 고조되다가 대낮의 살인극으로 정점에 이른 뒤 차분히 숨 고르기를 하듯 기택과 기우 부자 간의 애틋함이 관객의 마음을 적시는 판타지 장면으로 끝맺음한다. 「플란다스의 개」도 윤주의 냉소 섞인 대사와 아파트 관리 사무소 직원 현남의 엉뚱한 대사가 돋보이는 블랙 유머가 많은데 「기생충」역시 기택 가족 구성원들의 기발한 대사, 여기에 박 사장 부인 연교의 사차원적인 사고방식과 대사가 어우러져 풍자 가득한 블랙 코미디로 시작한다.

영화의 전반부는 마치 범죄 영화의 하위 장르인 케이퍼 무비 혹은 하이스트 영화처럼 기택 가족이 치밀한 준비를 거쳐 박 사장 집으로 한 명, 한 명 침투하는 과정을 보여 준다. 가벼운 웃음과 경쾌한 리듬으로 기택 가족 입장에서 신나게 진행되는데 박 사장 가족이 다송의 생일 축하 캠핑을 떠나고 기택 가족이 저택을 장악하면서 영화의 신명은 정절에 이른다. 기택과 충숙이 소파에서 낮잠을 자다 일어나는 모습을 필두로 기우가 앞마당 잔디밭에 누워 책을 읽고, 기정이 욕조에서 우아하게 거품 목욕을 하면서 TV를 보는 모습을 차례로 보여 준다. 기우는 다혜의 침대에 누워 일기를 꺼내 읽기도 하고, 충숙은 푸른 잔디가 깔린 저택의 앞마당에서 오랜만에 가족들 앞에서 투환 놀이를 하기도 한다. 그리고 저녁이 되자 거실에 모여 앉아 위스키를 마시며 술판을 벌인다. 심지어 그들은 기우가 다혜와 결혼해 박 사장의 사돈이 되는 꿈을 꾸기도 한다.

계획대로 모든 게 이루어졌고, 그들은 앞으로 펼쳐질 행복하고 풍족한 삶에 대한 기대에 부풀어 있다. 술에 취해 기분이 좋아진 이들은 박 사장 가족에 대해서도 그들이 얼마나 잘 속는지 이야기를 나눈다. 특히 연교가 순진하고 착하다는 기택의 말에 충숙은 〈부자니까 착한 거〉라며 부자들이 원래 꼬인 게 없고 〈돈이 다리미〉라서 구김살이 없는 거라는 명언을 남긴다. 이 역시 주류 영화에 확립된 〈부자는 악인/가해자, 가난한 자는 선인/피해자〉라는 클리셰에 대한 자기 반영적인 언급들이다.

　　이처럼 영화 중반에 이미 기택 가족은 계획대로 일이 술술 잘 풀려 네 식구 모두 박 사장 집에 취직한다는 목표를 달성한다. 영화 관습에 익숙한 관객이라면 이쯤에서 뭔가 일어날 것만 같은 감이 오고, 이야기가 어디로 흘러갈 것인지, 즉 영화를 지탱하는 긴장감이 어디로 옮겨 갈 것인지 궁금해진다. 실제로 영화의 〈진짜〉 이야기는 기택 가족이 목표를 달성한 이후에 본격적으로 시작한다. 영화의 딱 중간 지점에서 예기치 않은 초인종 소리가 울리고, 기택 가족의 흥겨운 술자리는 찬물을 끼얹은 듯 얼어붙는다. 봉준호 영화에서 비는 주로 사건 사고가 나는 불길한 전조인데(「살인의 추억」에서 서 형사가 이성을 잃게 되는 여중생의 시체가 야산에서 발견된 건 폭우가 쏟아지는 우중충한 낮이었으며, 「괴물」에서 할아버지도 비가 억수로 쏟아지는 강변에서 괴물과 맞서다 죽음을 맞이한다), 이는 「기생충」에서도 마찬가지다. 천둥 번개가 치고 얼마 지나지 않아 초인종이 울리고, 기택 가족이 모함해 내쫓았던 전

가사 도우미 문광의 얼굴이 대문 인터폰 화면을 가득 채운다. 비디오를 통해 비치는 문광의 얼굴은 그로테스크하다. 뭔가에 쫓기는 듯 불안해 보이고 술에 취한 듯 계속 웃고, 다친 듯 입이 부르터서 얼굴을 금방 알아보지 못할 정도로 예전의 모습과 판이하다. 뭔가 심상하지 않은 분위기를 풍기는 그는 박 사장 가족이 캠핑 가고 없는 걸 알고 왔으며, 지하실에 물건을 깜빡 두고 온 게 있다면서 문을 열어 달라고 한다. 그는 또 감시 카메라 전원은 끊었다며 주도면밀한 면을 과시하기도 한다.

영화는 전혀 상상하지 못했던 제3자의 등장으로 변곡점을 맞으며 가벼운 코믹 사기극에서 우발적인 살인이 이어지는 공포 영화로 대반전을 일으킨다. 문광으로 인해 그동안 아무도 모르고 있었던 지하 대피소의 존재와 함께 문광의 남편 근세가 지난 4년간 여기에 숨어 살아왔음이 밝혀진다. 근세를 둘러싼 미스터리, 그리고 두 가족 모두 서로의 비밀을 박 사장 내외에게 폭로하겠다고 협박하면서 몸싸움이 벌어지고, 결국 문광이 뇌진탕으로 목숨을 잃게 된다. 쏟아지는 폭우는 기택 가족이 전혀 의도치 않았던 살인 사건을 낳을 뿐만 아니라 캠핑하러 갔던 박 사장 가족이 중도에 돌아오면서 공포 영화에서 다시 템포 빠른 스릴러로 톤을 바꾼다. 8분 안에 짜파구리를 끓여야 하는 충숙, 그리고 지하실에서 벌어진 일들의 수습과 어질러진 거실을 말끔히 원상 복구해야 하는 나머지 가족. 시한폭탄이 째깍거리는 듯 숨 가쁜 스릴러가 펼쳐진다. 거실 탁자 밑에 오래 납작 누워 있어야 하긴 했지만 기택과 기우, 기정은 운

좋게 들키지 않고 빠져나오는 데 성공한다. 끝도 없이 계단을
달려 내려와 겨우 반지하 집에 도착하지만 그들을 기다리는 건
홍수로 물에 잠긴 집이다. 바로 재난 영화의 장면들이다. 날이
밝자 잠시 다송의 생일 가든파티로 밝고 화사한 가족 드라마가
펼쳐지지만 지하에서 근세가 칼을 들고 등장하면서 영화는
다시 슬래셔 무비로 전환한다.

　이렇듯 「기생충」은 전반부에는 코믹하고 웃기는 장면과
대사로 가득하지만, 웃으면서도 쓴맛이 남는, 씁쓸하고 힘든
이야기다. 「플란다스의 개」와 「살인의 추억」, 그리고 「괴물」도
어둡고 잔인한 이야기들을, 실화를 모티브로 하면서도
군데군데 코믹한 장면이 있어 웃음으로 관객의 긴장감을 풀어
주곤 했다. 「기생충」 역시 블랙 코미디로 시작해 공포 영화로
끝나지만 마지막 기택과 기우 부자 간의 애틋한 마음을 담은
장면으로 끔찍한 살인 사건의 충격을 어느 정도 녹여 준다. 여러
장르의 요소들을 결합해 온 봉준호식의 장르 영화는 「기생충」에
이르러 그 혼종성이 더욱 자유롭고 매끄러워졌음을 과시한다.
여러 장르를 넘나드는 이 자유로움은 문광과 근세 부부, 즉
제3의 가족 등장이라는 주도면밀한 플롯에서 나온 것이다.

　관객은 전반부를 지나면서 가난한 기택 가족이 박 사장
가족과 대립하는 구도와 이들의 비밀이 언제 어떻게 폭로될
것인지를 예상할 터이지만 영화는 실은 기택 가족보다 더
가난한 가족이 있다는 새로운 구도를 내놓는다. 계단이 있는
이층집을 무대로 상층-하층의 생활 공간을 나누어 계급의

차이를 이야기하는 방식은 봉준호가 참조점으로 언급한 김기영의 「하녀」를 비롯해 조셉 로지의 「하인」(1963) 등 고전 영화와 1970년대 영국 TV 연속극 「업스테어스 다운스테어스」에서부터 널리 쓰였지만 「기생충」에서 봉준호는 단순한 1층, 2층의 이분법적인 대비가 아니라 하층 계급을 다시 반지하 거주자와 지하 거주자로 나누어 중층 구도를 이루도록 했다. 지하 생활자로서 제3 가족의 등장은 「기생충」이 「하녀」와 「하인」 등과 차별되는 지점이다. 이는 영화의 중심 주제, 즉 사회적 약자끼리 경쟁하고 싸워야 하는 현대 한국 사회의 현실을 반영하는 구도이며, 기택 가족과 문광-근세 부부가 서로 죽고 죽이게 되는 이야기는 곧 이러한 생존 경쟁에 대한 영화적 은유인 것이다.

봉준호의 영화는 주인공 대부분이 목적을 이루지 못하는 〈실패의 내러티브〉들이지만 「기생충」은 그중에서도 가장 암울한 결말이다. 기택 가족과 문광 부부, 그리고 박 사장 가족 그 누구도 죽을죄를 지은 사람이 없는 데도 돌이킬 수 없는 파국을 맞이한다. 지하 생활자인 근세와 문광 부부는 둘 다 목숨을 잃었고, 기택 가족은 기정이 죽고, 기택이 근세 대신 지하 생활자로 전락했다. 박 사장 가족은 다송의 생일날 아버지가 죽는 날벼락을 맞았다. 무엇보다도 영화가 슬픈 것은 가난한 사람들끼리의 싸움이 그 파국의 시작이었다는 사실이다. 영화는 부유층을 악, 빈곤층을 선으로 그리는 영화적 관습에서 벗어난 회색의 지대 위에 누가 가해자고 누가 피해자인지 가름하기 힘든 혼돈의 세계를 그려 냈다.

「기생충」은 종말론적 SF 영화가 대세를 이루는 영화계에서 매우 현실적인 이야기로 파국을 그린다는 점에서도 주목할 만하다. 「설국열차」가 지구 온난화의 환경 문제를 제기하면서 인류 멸종 위기의 파국을 상상했다면 「기생충」은 지하실에서 사는 사람들, 즉 하위 주체들subaltern이 들고 일어난다면 파국이 불가피한 현대 한국 사회의 잔인한 현실을 은유하고 있다. 계급 양극화의 문제를 주제로 파국을 그린다는 점에서 「기생충」은 장르와 형식 면에서는 차이가 크지만 「설국열차」와 비교, 대비되는 지점이 많은 작품이다.

파국을 어떻게 드러낼 것인가: 연대의 불가능성에 대한 자각

「기생충」은 「설국열차」와 더불어 한국 영화에서 파국이 어떻게 상상되고 그려지는지를 탐구하기에 좋은 텍스트들이다. 「설국열차」는 종말론적 SF 영화이고, 「기생충」은 하나의 장르로 규정하기가 힘들긴 하지만 일종의 재난 영화로 확대해 볼 수 있기 때문이다(자연재해인 홍수가 난 다음 날 기택 가족은 파국을 맞는다). 하지만 봉준호의 영화가 늘 그렇듯 두 영화의 장르 변용 역시 전복적이고 지극히 정치적이다. 수전 손태그가 1965년에 발표한 에세이 「재난의 상상력」에서 비판하는 1950~1960년대 미국 SF/재난 영화들과 연관해 보면 더욱 두드러진다. 이들 영화를 냉전 시대 인류 최대의 위협으로 떠오른 핵전쟁에 대한 문화적 상상력의 산물로 보는 손태그는 이 영화들이 드러내는 탈정치성을 신랄하게 비판한다.* 이들 영화가 핵전쟁의 위협을 초래한 현실의 정치 주체, 즉 쿠바 미사일 위기를 가져온 미국 정부에 대한 문제 제기는 하지 않고, 재난 그 자체의 끔찍함을 그리는 데만 집중함으로써 오히려 관객에게 핵전쟁 가능성이 지닌 위급함에 둔감해지도록 만들었다는 것이다. 이에 견주어 볼 때, 「기생충」과 「설국열차」가 표출하는 〈재난의 상상력〉은 재난의 묘사, 즉 스펙터클에 치중하지 않고 그것을 초래하는 근본적인 구조 — 신자유주의 자본주의 체제 — 를 파고들고, 더 나아가 재난이 해결되지 않고 파국으로 끝남으로써 해피 엔딩으로 안도감을 주는 기존 SF/재난 영화의 관습을 정면으로 거스른다는 점에서 전복적이고 정치적이다.

　「기생충」과 「설국열차」 두 영화를 비교 분석하는 일은 상상의 공간인 설국열차에선 가능하지만 한국이라는 현실의 공간에선 불가능한 것으로 여겨지는 게 무엇인지 가늠해 보는 흥미로운 작업이다. 「설국열차」가 보여 주는 파국적 상상력이 시스템 자체를 전복하고 무에서 새롭게 시작하는 혁명을 제시한다면, 「기생충」이 드러내는 파국적 상상력은 혁명이 더 이상 상상될 수 없는 도덕적 파국과 아노미의 사회를 그린다. 상상 속에서 가능한 당위와 욕망이 현실에서는 실현 불가능한 것으로 그려지는데 이는 「설국열차」에서 혁명의 원동력이었던 수평적 연대가 「기생충」에서는 사라지고 없기 때문이다.

* Susan Sontag, *Against Interpretation and Other Essays*, pp. 209-225.

「설국열차」에서 꼬리 칸 사람들은 커티스를 중심으로 연대해 앞 칸으로 전진해 나가지만, 「기생충」에서는 하층 계급끼리 서로 분열하다 결국 둘 다 수직 추락하고 만다. 이 차이는 곧 기차라는 수평의 공간과 계단이란 수직의 공간을 통해 시각화되고 대비된다.

실제로, 수평적 연대는 봉준호의 영화 세계에서 꾸준히 나타나는 주제 중 하나다. 「플란다스의 개」에서 시간 강사인 윤주는 아파트 관리 사무소 직원인 현남과 손잡고 자신이 잃어버린 개를 찾는다. 「살인의 추억」에서는 비록 티격태격하지만 시골 형사와 서울 형사가 연대해 연쇄 살인범을 잡기 위해 최선을 다한다. 「괴물」의 박씨 가족이 괴물을 퇴치할 수 있었던 것은 그들과 한 팀이 되어 괴물에 휘발유를 뿌린 노숙자의 도움이 있었기에 가능했다. 「설국열차」에서는 꼬리 칸 사람끼리 연대했을 뿐만 아니라 보안 전문가인 남궁민수가 커티스와 연대했고, 「옥자」에서 미자는 동물 해방 전선 대원들과 협력했다. 「마더」의 도준 엄마는 줄곧 혼자서 수사를 해나갔기 때문에 예외적이라고 할 수 있지만 그 역시 진태의 도움을 받아 진실을 알아낼 수 있었다. 하지만 이러한 연대의 노력이 모두 실패하거나 반만의 성공을 거둔다는 점에서 봉준호의 영화들은 비관적이다. 그중에서도 「기생충」은 특히 절망적인데 연대의 가능성이 완전히 사라졌기 때문이다. 한국 사회에서 유일하게 남은 연대의 공동체는 직계 가족뿐이지만 그마저 해체되는 운명을 맞는다.

「기생충」을 「설국열차」를 비롯한 봉준호의 이전 영화들과 구별하는 중요한 요소 중 하나는 사람들의 눈앞에서 시스템이 사라졌다는 것이다. 제도가 인물들의 시야 바깥에 존재한다는 사실이야말로 수평적 연대를 불가능하게 만드는 원인이다. 「괴물」에서는 박씨 가족이 현서를 찾을 수 있도록 도와주기는커녕 오히려 그들을 바이러스 보균자라며 쫓는 미국과 한국의 정부가 시스템의 문제점을 드러내고, 「설국열차」에서는 꼬리 칸 사람들에게 독재자와도 같은 권력을 휘두르는 윌포드와 그가 설립한 윌포드 인더스트리가 불평등을 유지, 재생산하는 억압적인 시스템으로 제시된다. 하지만 「기생충」에서는 그러한 권력이나 시스템이 부재한다. 시스템은 개인 간의 충돌 뒤에 숨어 버렸다. 영화에서 시스템을 대표하는 기관의 사람들이 등장하긴 하지만 아주 짧게 두 차례 나오는 것에 그친다. 첫 번째는 홍수가 났을 때 임시 대피소가 마련된 체육관에서 홍수 피해자들이 공무원으로 보이는 사람들에게 뭔가를 항의하는 모습이 멀리 찍힌 장면이고, 또 하나는 영화 후반부에 기우가 병원에서 깨어났을 때, 〈형사같이 않게 생긴 형사〉와 〈의사같이 생기지 않은 의사〉가 희화화되는 두 장면뿐이다.

더 나아가, 「기생충」의 기택은 「괴물」의 박강두와 「마더」의 도준 엄마와 다르다. 이들은 당국의 무관심, 무능력 혹은 부패 때문에 스스로 문제 해결에 나설 수밖에 없었지만 기택과 가족은 당국의 도움을 요청조차 할 수 없는 처지다. 박 사장 집에 취업하기 위해 사기 행각을 벌였으니 오히려 당국을 피해 다녀야 한다. 따라서 「기생충」에 묘사된 한국 사회는 사회적 규범과 도덕성이 붕괴한 아노미의 세계이자 사회적 약자끼리 서로 착취하는 사회다. 제도적 문제와 공적인 부패는 이미 캐릭터들의 행동과 경험 속에 내재화되어 버렸다.

계급 불평등의 근원으로서의 시스템과 그 대표자들이 눈에 보이지 않으니 「기생충」의 세계에서는 혁명을 생각하거나 계획하는 게 불가능하다. 기택이 아들 기우에게 〈무계획이 계획〉이라고 고백했듯, 〈무계획이 최고의 계획〉이다. 계획해 봐야 뜻대로 되지 않을 터이니 아예 계획을 세우지 않는 게 계획대로 이루어지는 삶이다. 「기생충」의 가난한 사람들은 어떠한 장기 계획도 할 수 없다. 「설국열차」에서는 꼬리 칸 사람들이 오랜 비밀 계획 끝에 들고일어났지만 「기생충」의 기택 가족은 그때그때 상황에 따라 임시방편으로 대응할 뿐이다. 그들은 매일매일 먹고살기에 급급하고, 또 여윳돈이 없으므로 어떤 장기적인 계획을 세우기가 힘들다. 「설국열차」가 시스템의 전복과 기차 바깥으로 뛰쳐나가는 것을 통해 새롭게 시작할 수 있다는 약간의 희망을 제시했다면 「기생충」은 모든 사람이 혼란스럽고 길을 잃은 혼돈의 세계를 보여 준다. 영화는 한국 사회에 현미경을 들이대고 1998년 IMF 위기 이후 한국에 부과된 신자유주의 정책 도입과 구조 조정이 초래한 파국의 징후들에 주목한다. 그리고 영화에서 제시되는 가장 뚜렷한 파국의 징후는 도덕의 붕괴다.

봉준호 영화에서 도덕적 타락의 징후는 앞서 언급했듯이 「플란다스의 개」와 「마더」에서 이미 보이기 시작했다. 두 영화 모두 주인공이 먹고살기 위해 부도덕한 일들을 저지른 후 양심의 가책으로 괴로워하는 모습을 보이지만 「기생충」에 이르러서는 기우가 문서 위조를 범죄로 여기지 않는다고 당당히 말하는 경지에 이른다. 「기생충」이 「플란다스의 개」, 「마더」와 공통되는 것은 사회적 약자, 혹은 주변부로 밀려난 인물들이 서로를 착취하는 혹은 밀쳐 내는 사회를 보여 줌으로써 사회도덕의 문제를 제기한다는 점이다. 사회적 약자 간의 상호 적대와 투쟁은 전후 압축 성장과 1997년 IMF 구조 조정으로 도입된 신자유주의 경제 정책들의 부산물이다. 정치학자 최창렬은 신자유주의 체제하의 한국 사회의 모습을 〈각자도생을 모색하는 만인에 대한 만인의 투쟁〉으로 요약한다.* 「플란다스의 개」, 「마더」, 「기생충」에서는 시스템에 대한 문제 제기보다는 사회 부조리들이 일상의 삶에 끼치는 영향들에 더 무게 중심이 놓인다. 따라서 「살인의 추억」과 「괴물」과 달리 사회 제도에 대한 비판은 노골적이지 않으며 제도적 문제와 부패는 인물의 행동과 체험 속으로 내재되어 버렸다. 사회적 안전망이 없는 한국 사회에서 가난한 자들은 생존을 위해 도덕적 타협을 하고, 자기보다 더 약자인 사람들을 착취하는 지경에 이르게 된다.

* 최창렬, 앞의 책.

중산층의 몰락과 격화하는 〈약자들〉 간의 경쟁

「마더」가 가난한 중년의 엄마가 겪는 도덕적 딜레마를 통해
한국 사회가 부도덕한 사회로 변모했음을 보여 주었다면
그로부터 10년 뒤에 「기생충」은 IMF 사태 이후 20여 년간
한국 사회에 무슨 일이 벌어졌는지 〈중산층의 몰락〉을
중심으로 펼쳐 간다. 그리고 신자유주의 체제하에서 가속화된
중산층의 몰락을 대변하는 대표적인 현상은 〈잉여 인간〉
혹은 〈프리케리아트precariat〉*라는 새로운 집단의 확대다.
사회학자 최태섭이 신자유주의 시대에 노동 시장에 진출할
기회마저 박탈당한 사람으로 규정한 잉여 인간은 한국의 20대
청년들이 자신을 자조적으로 표현하는 유행어가 되기도 했는데
「기생충」의 기우와 기정이 그에 속한다. 둘은 노력도 하고,
능력도 있지만 대학도 그렇고 취업도 그렇고 원하는 것을 얻는
데 실패한 잉여 인간들이다. 이들은 부모와 함께 피자 상자
접기 등 불안정한 아르바이트로 연명하는, 고용이 불안정한
프리케리아트 층이기도 하다. 하지만 아버지인 기택은 다르다.
그는 신자유주의의 구조 조정 이후에 진행된 중산층의 몰락을
대변한다. 실제로 영화는 기택과 지하 생활자인 근세, 그리고
부자인 박 사장, 세 사람이 모두 한때 같은 중산층에 속했을
것이라는 암시를 내포하고 있다. 기택과 근세는 대만 카스텔라
프랜차이즈 사업을 시작했다가 망한 공통의 경험이 있다.

* 불안정한 고용 상태에 있는 비정규직이나 실업자를 이르는 말.
〈불안정한〉이라는 뜻을 가진 프리케리어스와 프롤레타리아트의 합성어다.

차이라면 근세는 사채를 끌어다 쓰는 바람에 빚 독촉을 피해
지하실에 숨어들어야 한 반면 기택은 고리대금을 가져다
쓰지 않은 덕에 그나마 피자 상자를 접으며 반지하에서 살 수
있었다는 점이다.

기택이 가족과 함께 기사 식당에서 식사를 하면서 나누는
대화에서 우리는 그가 치킨집을 하다 망하고, 대치동에서
대리 주차일을 뛰었으며, 그리고 대만 카스텔라 사업에 손을
댔다가 망했다는 것을 알 수 있다. 좀 잘된다는 프랜차이즈
사업이라면 너도 나도 뛰어드는 한국적 상황을 고스란히
대변하는 인물이다. 또한 명예 퇴직 후 재취업이 힘들기에,
퇴직금으로 작은 프랜차이즈 사업을 시작하는 퇴직자가
많은 게 여전한 현실이다. 한국에서 프랜차이즈 사업은 IMF
위기 이후 기하급수적으로 발전했다. 한국 프랜차이즈 산업
협회의 2017년 통계에 따르면 한국에는 5천 개의 프랜차이즈
본부와 22만 개의 프랜차이즈 가게가 있으며 직원 수는
124만 명에 이른다.* 그러니 경쟁이 치열한 것도 당연한
현상이며, 프랜차이즈점을 오픈한 대부분의 주인은 기택과
근세처럼 망해서 빈곤층으로 떨어졌다. 영화에서 기우가
자주 〈상징적이다〉라고 말하듯, 실제로 기택의 가족은 한국의
신자유주의 자본주의의 시대에 몰락한 중산층을 상징한다.

박 사장 또한 흥미롭고 상징적인 인물이다. 그는 아내

* 김용운, 「IMF 20년 유통 진단 1. 거리로 내몰린 가장들: 가맹점 전성 시대
열었지만」, 『이데일리』, 2017년 11월 21일 자.

연교와 함께 부자는 악인으로 묘사되는 영화의 전형성을 거스르는 인물들이다. 또한 이 부부가 〈지하철에서 나는 냄새〉에 익숙하다는 사실에 미루어, 그들이 한때 중산층에 속했었다는 사실을 유추해 볼 수 있다. 박 사장이 기택에게서 나는 냄새를 〈지하철 타면 나는 냄새〉라고 하자, 연교는 〈지하철 타 본 지 오래됐다〉라고 응답한다. 그러니까 이들은 한국의 재벌 3세들처럼 태어날 때부터 금수저를 물고 나온 사람들이 아니다. 이와 관련해 아주 작은 디테일이지만 부자 부모에게서 태어난 〈진짜 금수저〉 다송이가 가장 먼저 기택의 가족에게서 같은 냄새가 난다는 사실을 알아챈다는 장면은 의미심장하다. 또한 디테일에 강하다고 정평이 난 봉준호는 박 사장 저택의 벽에 걸린 표창장과 영어 잡지 기사 액자들을 통해 그가 성공한 IT 기업의 사장임을 관객에게 알려 준다. 그는 2017년 국제 협회로부터 증강 현실 분야에서 새로운 기술을 가장 잘 이용한 기업가에게 주는 혁신상을 받은 후 국제적 사업가가 되었다. 기택보다 어린 그는 IT 전문가로 사회의 시스템을 잘 활용해 성공했지만 그렇다고 그 시스템을 대표하거나 이끄는 인물은 아니다.

따라서 기택과 근세, 그리고 박 사장은 각각 중산층의 다른 축을 대표하면서 IMF 시대 이후에 한국의 중산층이 걸었던 두 개의 반대 코스를 밟은 대표적인 사람들이다. 즉 기택과 근세는 프랜차이즈 붐에 편승했다가 결국 파산해 몰락의 길을 걷는 코스를, 박 사장은 벤처 기업 붐을 업고 성공적인 스타트업

기업을 창업해 부자가 되는 코스를 걷는다. 물론 영화에서 볼 수 있듯이, 두 번째 코스를 걸을 수 있었던 사람들은 10년 정도 나이가 어리며, 영어를 잘하고, 컴퓨터 기술에 능숙하다. 이렇게 「기생충」의 등장인물들은 신자유주의 자본주의의 글로벌화가 어떻게 개개인의 삶에 개입하면서 중산층의 빠른 몰락을 가져왔는지 보여 준다. 여기에서 한 가지 빠진 것은 바로 이 계급 양극화의 배후에 자리 잡은 시스템의 얼굴이다. 이 얼굴의 부재는, 사실 현재 사회의 정확한 묘사이기도 한데 왜냐하면 우리는 지금 개개인의 성공과 실패가 모두 개개인의 잘잘못에 기인한다고 믿게 하는 사회에 살고 있기 때문이다.

그러므로 세 가족 간의 충돌은 커다란 시스템이 보이지 않는 상태에서의 싸움이다. 다시 말하자면 이들의 싸움은 같은 뿌리를 공유하는 〈우리끼리의 싸움〉이다. 박 사장은 엄청 부자이긴 하지만 그는 「설국열차」의 윌포드처럼 억압적이거나 착취적이지 않고, 「옥자」의 루시 미란도처럼 탐욕스럽거나 부도덕하지도 않다. 그렇기에 박 사장 가족은 착하고 순진하게 그려지고, 따라서 기존의 부자는 악인이라는 전형성을 깨뜨리는 것이다. 그는 세계화한 신자유주의 자본주의 사회의 신흥 부자로 이들은 대부분 자신의 능력으로 부를 쌓은 것으로 인정받는다. 따라서 박 사장은 기택과 근세에게 부러움의 대상일망정 적대감의 대상은 아니다. 그리고 그는 기택과 근세가 자신의 부에 기대 살 수 있는 여지를 줄 만큼 좋은 사람으로, 근세로부터는 〈리스펙트〉를 받는 인물이다.

그런 박 사장에게 기택이 참을 수 없는 분노를 표출하며 박 사장을 칼로 찔러 죽이는 행위는 관객의 허를 찌르는 사건의 전환이었다. 무엇이 그로 하여금 자신의 모든 것을 파괴하게 될 이런 폭발적인 행동을 하게 만든 것일까? 사실, 이 클라이맥스 장면에 이르기 전의 상황들을 돌아보면, 박 사장 가족에 의해 기택은 모멸감을 쌓아 왔음을 알 수 있다. 아마도 기택이 중산층에서 하층 계급으로 몰락했다는 사실이 이 어리둥절한 사태 진전을 이해하는 중요한 열쇠일 것이다. 우리는 그 과정에서 그가 알게 모르게 많은 수모를 겪었음을 어렵지 않게 짐작할 수 있다. 그리고 그는 홍수가 난 날 박 사장 부부가 자신의 몸 냄새에 관해 이야기하는 것을 의도치 않게 엿듣게 되는데 이때 훨씬 견디기 힘든 모멸이 그의 자존감에 깊은 자상을 남겼을 터다. 박 사장의 친절하고 자상한 겉모습 뒤에 자신을 향한 멸시의 감정이 숨겨져 있었음을 알게 됐기 때문이다.

이런 점에서, 홍수가 난 날 밤 거실에서 벌어진 박 사장 부부의 러브 신은 영화에서 의미심장한 장면 중 하나다. 이 장면 전에 기택 가족은 박 사장 가족이 캠핑을 떠나 텅 빈 집에서 자신들 나름의 작은 파티를 즐기고 있었다. 그때 기택은 아내 충숙이 자신을 가리키면서 아마도 박 사장 가족이 돌아오면 마치 바퀴벌레처럼 순식간에 도망갈 것이라고 한 말에 벌컥 화를 냈었다. 공교롭게도 실제로 박 사장 가족이 폭우 때문에 중도에 캠핑을 포기하고 돌아와 버리자 그는 말

그대로 바퀴벌레처럼 얼른 탁자 밑으로 몸을 숨겨야 했다. 낮은 탁자 아래에서 거실 바닥과 몸을 완전히 밀착시킨 불편하고 모욕적인 자세에서 그는 부자 부부가 자신의 퀴퀴한 몸 냄새에 관해 이야기하는 것을 고스란히 들어야 했다. 박 사장 부부는 그의 몸 냄새를 온갖 멸시적인 말로 묘사한 것도 모자라 사랑 행위가 절정에 이를 때 박 사장은 연교에게 며칠 전 자신이 차 뒷좌석에 떨어져 있는 것을 발견해 보여 줬던 〈싸구려 팬티〉가 어디 있냐고 물어 기택의 모멸감을 더욱 부채질했다. 그는 이 팬티가 자신의 딸 기정의 팬티를 말한다는 걸 알고 있다. 게다가 딸 기정이 옆에서 같이 듣고 있다는 사실은 기택에게 더욱더 참기 힘든 수모를 안겨 주었을 것이다.

이 시퀀스는 소파에 나란히 누워 있는 박 사장 부부로부터 커피 탁자 밑에 바짝 등을 붙이고 누워 있는 기택과 기정에게로 수직으로 내려가는 카메라의 움직임으로 시작한다. 두 가족 간의 계급적 위계질서를 강조하는 움직임이다. 이어 카메라는 조금도 거리낌이 없는 박 사장 부부와 어색하고 불편한 기택 가족을 교차 편집을 통해 번갈아 보여 준다. 오버헤드 숏으로 기택과 기정을 잡아 그들이 느끼는 당혹감과 수모의 감정을 위에서 내려다보는 시선으로 포착해 효과적으로 전달한다. 기택은 박 사장이 자신의 냄새에 관해서 이야기할 때 눈을 감고 손으로 셔츠를 끌어 코로 가져간다. 그의 얼굴은 박 사장이 싸구려 팬티를 언급할 때 더욱더 당황하고 곤란한 표정을 짓는다. 바로 옆에 기정이 누워 있는 상태에서 그는 팔로 자신의

두 눈을 가린다. 아마 이때 기택의 가슴에는 이튿날의 폭발적
행동을 일으킬 어떤 씨앗이 심어졌을 것이다.

　　기택의 모멸감은 이튿날 다송의 생일 파티를 위해 박
사장이 인디언 분장 놀이를 함께할 때 자신이 상사임을
일깨우며 명확한 선을 긋는 행동을 하면서 더욱 악화하였다.
기택은 전날 밤 홍수의 피해자가 되어 임시 대피소에서
새우잠을 자는 신세였음에도 불구하고 다송의 생일 파티를
준비하는 박 사장 부부를 위해 휴일인 일요일에 기꺼이
도와주러 나선 터다. 하지만 그의 이러한 호의는 박 사장이
인디언 복장을 어색해하는 기택에게 오늘 일도 돈을 계산해서
줄 것이라고 언급한 순간 물거품이 되어 버린다(배우 송강호는
이러한 기택의 미묘한 감정의 흐름을 표정으로 절묘하게
표현한다). 이는 〈선을 넘지 말라〉는 경고로, 기택에게 그
전날 밤 커피 탁자 밑에서 받았던 수모의 감정을 다시 일깨워
주었다.* 조건 없는 호의를 베풀면서 심정적으로나마 박 사장과
수평적 관계를 설정했던 기택이 무색해지던 순간이다.

　　이렇듯 이틀에 걸쳐 기택에게 쌓인 수모의 감정은
파티장에서 폭발한다. 놀란 다송을 병원으로 데려가기 위해

---

* 사회학자 김찬호는 『모멸감: 굴욕과 존엄의 감정사회학』에서 모욕과
경멸의 감정이 결합한 모멸감이야말로 〈한국인의 일상을 지배하는 감정의
응어리〉로 〈수치심을 일으키는 최악의 방아쇠〉라고 규정하면서, 〈아무 생각
없이 모욕하기란 어려운 일이지만 무심코 경멸하는 것은 흔히 있는 일이다〉라고
부연한다. 박 사장의 본능적인 코 막기는 바로 이 〈무심코 경멸하는 행위〉로 전날
밤 기택이 느꼈던 모멸감에 다시 방아쇠를 당긴 셈이다.

자동차 열쇠를 주우러 죽어가는 근세에게 다가간 박 사장은 그가 풍기는 〈지하실〉 냄새에 본능적으로 코를 감싸 쥔다. 이를 본 기택은 엄청난 분노에 휩싸여 그 자신이 깨닫기도 전에 이미 박 사장을 향해 달려가 그의 가슴 한복판에 칼을 꽂아 버리고 만다. 이 파국의 순간에 그는 비로소 근세와 자신을 동일시하지만, 근세는 이미 죽었고, 스스로 근세를 대신해 지하실 거주민의 신세가 된다. 즉 이번에는 그가 지상에 설 자리가 없는 인간이 되어 버린 것이다. 반지하실에서 지하로 추락하는 순간이다.

이처럼 「기생충」에서 냄새는 계급 차이를 나타내는 중요한 메타포로 기능한다. 지상, 반지하, 지하가 계급을 나누는 공간적 기호라면 냄새는 신체의 기호다. 「기생충」은 봉준호가 처음으로 냄새와 감정 등 보이지 않고 잡히지 않는 무형의 요소에 사회학적 의미를 부여한 영화다. 가난의 냄새와 그 퀴퀴한 〈지하실 냄새〉는 박 사장에게 본능적인 혐오감을 불러일으키면서 우리가 살고 있는 사회의 민낯을 드러낸다. 즉 부와 특혜의 세계에서 밀려난 사람들에게는 낙오자라는 낙인이 찍혀 혐오와 배제의 대상이 되고, 두 세계 사이에는 보이지 않는 선이 존재하게 된다. 냄새는 낙오자의 표식이고, 배제의 꼬리표다.* 그리고 이 꼬리표로 유발되는 모멸감과 분노는

* 그런 점에서 「기생충」은 조지 오웰이 1934년에 쓴 논픽션 『위건 부두로 가는 길』과 맞닿는 측면이 있다. 냄새가 계급의 표식으로 제시되고 있기 때문이다. 그가 영국 북부 탄광 지대에서 겪은 체험담인 이 책에서 오웰은 부르주아가, 비록

신자유주의 자본주의의 세계적 확산과 함께 더욱 늘어난 빈곤층 사람들이 공유하는 보편적인 감정이 되었다. 이는 한국 사회에서 더욱더 첨예하게 느껴지는데 이는 압축된 근대화 과정에서 인권 문제가 무시되어 왔기 때문이다. 현대 사회에서 모멸감은 자주 충동적인 행위와 복수를 불러일으키는 감정적 폭발을 유발하기 쉽고, 그래서 「설국열차」에서 묘사된 것 같은 이성적이고 잘 조직된 저항 운동을 불가능하게 만든다.

지금까지 살펴보았듯, 「기생충」에서 묘사되는 계급 갈등은 「설국열차」와 달리 가진 자 대 못 가진 자, 권력 대 소외된 약자 간에 벌어지는 게 아니라 약자들 간의 치열한 경쟁이고 싸움이다. 앞서 묘사했듯 영화가 중반을 맞으면서 온 세상을 손에 쥔 듯 자축하던 기택 가족에게 엉뚱하게 같은 약자인 문광과 근세 부부가 그들의 적으로 등장한다. 기택 가족은 문광을 모함해 박 사장 집에서 쫓겨나게 만든 후 충숙을 대신 입주 가사 도우미로 취업하게 한 가해자다. 지하에 숨어 사는 남편 근세의 존재가 발각된 문광이 〈같은 불우 이웃끼리 봐달라〉고 호소하지만 충숙은 자신은 불우 이웃이 아니라며 한마디로 거절한다. 상대가 죽어야 내가 사는 두 가족의 대결은 결국 백주의 살인 드라마를 연출하고 만다. 지하에 있던 근세가

공산주의자라고 하더라도, 노동 계급을 동등한 사람으로 여길 수 없는 여러 요인 중에서 〈하층민들은 냄새가 난다The lower classes smell〉라는 편견이 가장 넘기 힘든 장벽이라고 전한다. 〈몸〉으로 느끼는 이 신체적 반감은 극복이 불가능하다는 것이다. 냄새의 계급성을 천착한 글이다.

지상으로 올라와 식칼을 들고 햇빛 부신 앞마당의 파티장에 나와서 찾은 사람은 박 사장이 아니라 충숙이었다. 그의 분노와 복수의 대상은 김씨 가족이었다. 그는 기정을 죽이고 충숙에게 죽임당했으며 박 사장은 기택의 칼에 찔려 살해됐다. 세 가족 모두 파국을 맞았지만 누가 피해자이고 누가 가해자인지 정리되지 않은 채 기우의 허망한 판타지로 끝맺는다.

　「기생충」의 이 같은 결말은 열차 밖의 세계에도 생명이 생존하고 있었으며, 두 사람의 생존자가 인류의 역사를 새로 시작할 수 있다는 희망을 남긴 「설국열차」의 판타지와는 전혀 다르다. 「설국열차」는 또한 다국적, 다인종으로 이루어진 꼬리 칸 사람들의 초국가적인 연대감을 묘사하고 있다는 점에서 낸시 프레이저가 글로벌 시대에 필요하다고 말하는 초국가적 연대와 저항을 영화 안에서 구현한다.* 이에 반해 「기생충」의 하층 계급은 파편화하고, 고립되었으며, 도덕적으로 타락했다.

〈가족주의〉라는 최후의 도피처

지금까지 살펴보았듯 「설국열차」와 「기생충」은 계급이 양극화된 사회에서 하층이 상층과 충돌하는 이야기란 점에선 같은 구도이지만 그 충돌의 전개 양상이나 영화가 드러내는 파국적인 상상력 면에선 현저한 차이를 보인다. 「설국열차」는 혁명과 희망을 이야기하지만, 「기생충」의 세계에서는 혁명도

---

　* Nancy Fraser, *Scales of Justice: Reimaging Political Space in Globalizing World* (New York: Columbia University Press, 2008).

없고 희망도 없다. 공도동망만 있을 뿐이다. 「설국열차」에서
꼬리 칸 사람들은 앞 칸을 차지하는 적극적 행동으로 불평등한
구조를 없애려 하지만, 「기생충」의 기택 가족에게서는 부자를
향해 돌진해 사회를 바꾸어 보겠다는 의지는 찾아볼 수 없다.
그냥 부자인 박 사장 집에 온 가족이 취업해 기생충 같은 삶을
오래 이어 가는 것 외에는 별 목표가 없다. 그러기 위해선
신분을 속여야 하고, 기존의 운전기사와 가사 도우미를 모함해
쫓아내야 한다. 약자끼리의 횡적인 연대감은 있을 수 없고,
비밀을 공유하는 가족끼리 똘똘 뭉쳐 살아야만 한다.

　　기택 가족은 가난하지만 드물게 화목하다. 이 화목함은
부러움을 살 만하지만 「기생충」은 이 화목함이 가족
이기주의를 더욱더 확고하게 뒷받침해 준다는 아이러니한
상황을 그려 낸다. 이는 국가가 사회적인 안전망을 제공하지
않는 상황에서 주로 가족에게 의지할 수밖에 없는 한국
사회의 현실을 드러내는 것이기도 하다. 2020년 『한국인의
에너지, 가족주의』에서 한국의 근대가 서구처럼 〈개인〉이
아닌 〈가족 개인〉의 탄생사라고 분석하는 사회학자 김동춘은
근대 한국인에게 〈가족과 가족주의는 극히 불안하고 위험한
세상에서 자신을 보호받을 수 있는 안식처이자 도피처요,
국가와 시장의 폭력을 견뎌 내는 울타리〉였다고 설명한다.
장경섭 역시 2023년 『내일의 종언?』에서 한국 사회에서
장기간 지속되어 온 가족 의존적 경제 사회 체제가 만성적 가족
피로 증후군을 낳았고, 이것이 1997년 외환 위기 이후에는

젊은이들의 비혼 증가와 저출생, 그리고 노인 자살의 증대로 가족 재생산의 위기를 불러왔다고 진단한다. 「기생충」에 등장하는 세 가족이 모두 파탄을 맞이하는 결말은 한국 사회에서 가족주의가 지니는 이러한 특수성을 반영한다고 할 수 있는데 지하 생활자인 근세와 문광 부부는 둘 다 죽고, 기택 가족에서는 기정이 죽고 기택이 지하 생활자가 되며, 박 사장 가족에서는 박 사장이 죽었다. 계급이 낮을수록 그 파탄의 정도가 더 심하다.

「기생충」은 가족의 묘사에서도 봉준호의 이전 영화들과 차별된다. 가부장 중심의 근대 핵가족 개념으로 볼 때 대부분의 영화에서 부모 중 하나가 부재한 가족이 주로 등장했다. 현서는 엄마가 부재했고(현서의 아버지인 강두 역시 홀아버지 희봉과 함께 산다), 도준은 아버지가 없다. 또 도준에게 죽은 아정은 고아로 할머니를 부양하며 살았고, 도준 대신 교도소에 들어간 지적 장애인 종팔 역시 고아였다. 옥자 역시 부모를 일찍 여의고 할아버지와 함께 산다. 이 같은 가족의 결여나 부재는 곧 경제적 빈곤과 사회적 약자 계층이라는 점과 맞물려 있어 앞서 말한 한국 사회에서 가족이 물질적 토대로서 지니는 경제적, 사회적 의미를 재현하는 것이라 할 수 있다. 이들 영화와 달리 기택의 가족과 박 사장의 가족은 둘 다 소위 핵가족의 이상적 형태를 지니고 있다. 즉 가부장을 중심으로 아내, 아들, 딸로 화목한 가정의 모습을 하지만 두 가족 모두 가장을 잃게 되고, 기택의 가족은 딸을 잃는다.

    기정의 죽음은 여러 면에서 주목할 만하다. 다른 가족처럼
〈가장〉이 아니라 딸이 죽었다는 점에서도 그렇지만 그동안
한국을 무대로 한 봉준호 영화에서 여성이 주로 죽음의
주인공이었기 때문이다. 「살인의 추억」은 연쇄 강간 살인
사건을 소재로 했으니 여러 여성이 범죄 피해자로 등장하지만
그중에서도 가장 슬픔과 분노의 감정을 고양시킨 클라이맥스는
마지막 중학생의 죽음이다(실제 화성 연쇄 살인 사건에서
중학생이 민방위의 날에 살해되었다). 「괴물」에서도 중학생
현서가 희생되고, 「마더」 역시 고등학생 아정이 살해되었다.
특히 현서가 끝까지 보호한 어린 소년을 강두가 거두면서
모성애 같은 희생, 그리고 남자아이가 다음 세대를 이어 가는
상징으로 등장하는 건, 많은 한국 혹은 아시아 영화의 낡은
관습을 반복했다는 비판의 여지를 남긴다. 반면, 봉준호
영화의 중심 관점이 사회적 약자가 부딪쳐 살아야 하는 한국적
현실에 놓여 있다는 점을 고려하면, 여중생과 여고생, 그리고
여성이 궁극적 피해자가 되는 것은 일견 이해되는 측면도 있다.
봉준호 영화에서 이들은 모두 사회적 약자 계층에 속하는 성적
약자들이고, 기정 역시 예외는 아니다.
    기정의 경우, 그가 기택 가족의 구성원 중에서 가장
주체적이고 재주가 뛰어난 인물이라는 점에서 그의 죽음이
지니는 의미는 계층적 해석을 가능하게 한다. 기정은 미술에
탁월한 재능을 지니고 있으며, 가족 중 사리를 가장 잘
따지고 설득력과 카리스마가 강한 인물이다. 네 명의 식구

중 다른 사람의 자리를 대신해 취업하지 않고, 스스로 〈미술치료〉를 내세워 당당하게 새 자리를 만들어 취업한 유일한 인물이기도 하다. 또 박 사장 저택에서 술 잔치가 열리던 밤, 목욕탕 욕조에서 와인을 마시며 거품 목욕을 하는 그녀를 보고 기우가 이 집에서 사는 게 가장 어울리는 사람이라고 말하는 것을 듣기도 한다. 즉, 기정은 자신의 힘으로 계급 상승을 할 가능성이 가장 컸던 인물이다. 장난이 심한 다송을 단번에 다소곳하게 만드는 카리스마가 있고, 가장 지능적인 사기와 음모(팬티를 차에 벗어 운전기사 모함하기, 알레르기가 있는 문광에게 복숭아털을 뿌려 꼼짝 못 하게 하기)를 구사하는 능력을 지닌다. 그렇기에 무능한 기택보다 기정이 죽었다는 사실은 우연이라기보다는 필연으로 해석될 여지가 있다. 기택보다 기정이 계급상 더 위협적인 인물이기 때문이다.

　이처럼 봉준호 영화에서 가족의 해체와 붕괴는 현대 한국 사회의 위기를 나타내는 하나의 징표다. 사실 봉준호 영화에서 시스템의 도움을 전혀 받지 못하는 사회적 약자들이 어떤 곤경에 빠졌을 때 문제 해결에 나서는 주체는 늘 가족이다. 「플란다스의 개」에서 윤주가 대학교수가 되기 위해 필요한 뇌물 자금을 마련해 주는 것은 출산을 앞두고 반강제로 퇴직한 아내다. 그는 아내의 퇴직금으로 교수가 된다. 「괴물」에서 현서를 괴물로부터 구해 내기 위해 유일하게 나선 사람들은 혈연으로 맺어진 가족이었고, 「마더」에서 지적 장애인 도준은 모든 것을 엄마에게 전적으로 의존한다. 「옥자」에서 옥자를 도축장으로부터 구해 내는 사람도 옥자를 가족으로 여기는 미자다. 이렇듯 봉준호의 영화 세계에서는 가족이 최후의 보루로 등장하면서 안전망으로서 시스템의 부재를 역설적으로 드러낸다.

사실 봉준호의 영화는 장르에 상관없이 가족이 이야기의 중심축을 이루는데 바로 이러한 점이야말로 흥행의 비밀이자 핵심이라 할 수 있다. SF영화인 「설국열차」를 제외하면 모두 가족 드라마라고 할 수 있는데, 특히 「괴물」은 표면적으로는 괴수 영화임을 내세우지만 영화는 초반부터 괴물의 전체 모습을 드러낸 이후 이야기의 중심은 괴물이 아닌 박강두 가족의 박현서 구출기로 전환한다. 그러니까 괴물은 시스템과 맞서 가장 어린 식구를 구출하기 위해 사투를 벌이는 한 가족의 이야기다. 상업 영화의 압도적인 다수가 남녀의 사랑 이야기이거나(여전히 주류 상업 영화에서 로맨스는 이성애를 전제로 한다) 가족 드라마인 점을 참작하면, 봉준호의 영화는 다양한 장르를 가족의 서사로 이끌어 폭넓은 공감대를 형성한다. 물론, 시스템 혹은 국가가 해주는 것이 별로 없는 상황에서 가족을 지키기 위해 동분서주하지만 결국 도덕적 붕괴와 물리적인 파국이란 실패로 끝나는 서사들이란 점에서 그의 이야기들은 매우 한국적이다.

7

「미키 17」:
할리우드 블록버스터와 SF 장르의
봉준호식 변주

봉준호의 여덟 번째 장편 영화 「미키 17」(2025)은 그의 세
번째 영어 영화이자 첫 본격 할리우드 블록버스터다. 브래드
피트의 플랜 B 엔터테인먼트가 제작하고,* 워너 브라더스가
투자 배급을 맡은 이 영화의 제작비는 1억 1천8백만 달러
(한화 약 1천7백억 원)로 할리우드 블록버스터 기준으로
중대형급 규모에 해당한다.** 기존 그의 영어 영화들인
「설국열차」와 「옥자」가 상대적으로 낮은 예산(각각 4천만
달러, 5천만 달러)으로 제작되었음을 감안하면 「미키 17」은
봉준호 필모그래피에서 가장 높은 제작비가 투입된 작품일
뿐만 아니라, 그가 전적으로 할리우드 메이저 스튜디오 시스템
안에서 만든 첫 영화라는 점에서 의미가 크다.

    * 플랜 B 엔터테인먼트는 넷플릭스 영화 「옥자」를 제작하면서 봉준호와
인연을 맺었으며, 에드워드 애슈턴의 소설 『미키7』이 출간되기 전인 2020년
영화화 판권을 획득한 워너 브라더스로부터 원작을 받은 후 봉준호에게 연출을
제안했다.
    ** 봉준호는 「미키 17」의 개봉 전, 『동아일보』 2월 21일 자 기사를 포함해,
여러 매체에 홍보 비용 등을 뺀 영화의 순 제작비가 1억 1천8백만 달러라고 밝혔다.

영화의 배경은 자원 고갈과 환경 파괴로 인해 인류가 지구를 떠나 정착을 시도하는 혹독한 추위의 행성 니플하임이다. 식민지 개척 과정에서 익스펜더블이라 불리는 〈소모품 인간〉이 존재하며, 그는 생체 실험을 포함해 극한의 위험과 죽음을 감수하는 노동을 담당한다. 주인공 미키 반스(로버트 패틴슨)는 이 개척지에서 유일한 익스펜더블로, 죽을 때마다 기억을 그대로 이식한 채 생체 프린터에서 새로운 몸으로 재생되는 운명에 놓여 있다.

이야기는 미키가 열일곱 번 째 삶을 살고 있을 때, 예상치 못한 사건이 발생하면서 본격적으로 시작된다. 미키 17이 아직 죽지 않았는데 미키 18이 조기 출력되는 전례 없는 사태가 벌어진 것이다. 니플하임을 지배하는 독재자 케네스 마셜(마크 러팔로)은 지배층의 종교적 신념에 따라 익스펜더블의 중복, 즉 〈멀티플〉을 철저하게 금지하고 가혹하게 처벌하는 인물이다. 둘 다 사라지게 될 위험에 처한 미키 17과 미키 18은 처음에는 적대하게 되지만 살아남기 위해 힘을 합치게 되고, 점차 니플하임을 통제하는 마셜에 맞서 체제의 균열을 만들어 낸다. 여기에 더해, 니플하임의 토착 생명체로 고도의 지성을 가진 크리퍼는 마셜의 폭력적인 침략에 대항하는 식민지 저항 세력으로 그려진다. 따라서 영화는 원작 소설이 천착하는 〈인간 프린팅의 윤리와 정체성〉 문제를 넘어 파시즘적 독재 체제, 식민주의, 자본주의의 노동 착취와 인명 경시에 대한 사회 비판으로 확장한다.

여기서「미키 17」이 봉준호의 영화 중 처음으로 일인칭 내레이션을 도입한 작품이라는 점을 주목할 필요가 있다. 언뜻 보면 원작 소설의 일인칭 시점을 그대로 가져온 것으로 생각할 수도 있지만, 봉준호는 이를 단순한 설명적 내레이션이 아니라, 관객으로 하여금 거리를 두게 하는 영화적 장치로 활용하고 있다. 그리하여 뭔가 어리숙하고 자신감이 모자란 미키 17의 내면과 블랙 유머의 톤을 효과적으로 전달한다. 이러한 시도는 봉준호가 기존의 한국 영화에서 주로 사용했던 앙상블 캐스트 중심의 구조와 차별화되도록 하며, 그의 영어 영화들이 보여 주었던 좀 더 할리우드적인 〈영웅 서사〉에 초점을 맞추는 경향과 연결되도록 한다.

따라서「미키 17」은 봉준호가 기존 SF 블록버스터 장르를 재구성하는 창의적 실험의 결과물이라 할 수 있다. 영화는 할리우드 블록버스터의 전형적인 요소들 — 하이 콘셉트, 대규모 예산과 마케팅, 첨단 특수 효과를 활용한 웅장한 스펙터클, 스타 캐스팅, 영웅 서사와 해피 엔딩 — 을 수용하면서도 이를 사회 부조리 비판, 장르 변주, 블랙 유머와 결합해 블록버스터의 관습을 전복하고 비틀어 낸다. 그렇다면 봉준호는 원작 소설을 어떻게 변형해 자신만의 SF 블록버스터를 만들어 냈는가? 또한, 기존 할리우드 블록버스터의 내러티브 공식과 어떻게 차별화하는가? 그 공식의 축을 이루는 조지프 캠벨의 〈영웅의 여정〉을 어떤 방식으로 재구성했는가?

이 장에서는 이런 질문들을 바탕으로「미키 17」이
할리우드 블록버스터의 형식에 봉준호 특유의 SF적
아이디어를 어떻게 결합시키는지를 분석하려고 한다.

「미키 17」과 할리우드 블록버스터: 영웅 서사의 변형

봉준호의 영화 중에서 주인공의 이름을 그대로 제목에
등장시킨 것은「미키 17」이 처음이다. 이는 영화가 하나의
중심인물을 따라가며, 그의 성장과 변화를 핵심 서사로 삼고
있음을 시사한다. 즉「미키 17」은 할리우드 블록버스터의
전형적인 서사 구조인 영웅의 여정을 따라가는 것으로 보인다.
하지만 봉준호는 기존 SF 블록버스터에서 흔히 등장하는
영웅상과는 판이한 방식으로 주인공을 설정함으로써 이를
변형한다.

영웅의 여정은 오랫동안 할리우드에서 특히 SF와
판타지 영화의 서사 구조를 결정짓는 틀로 활용됐다. 조지프
캠벨이 1949년『천의 얼굴을 가진 영웅』에서 제시한 개념인
〈영웅의 여정〉은 세계 여러 신화에서 반복적으로 나타나는
영웅 서사 구조로,「스타워즈」(1977),「아바타」(2009),
「듄」(2021)과 같은 할리우드 블록버스터에서 뚜렷하게
드러난다. SF 블록버스터의 주인공들은 대개 특별한 능력을
지니거나 운명적으로 선택받은 존재들이다.「스타워즈」의
루크 스카이워커,「듄」의 폴 아트레이디스처럼 이들은 종종 〈더
원The One〉으로 예언되거나, 강한 지도력과 초월적인 능력을

갖춘 영웅들이다. 하지만「미키 17」의 주인공 미키 반스는 이러한 공식과 거리가 먼 인물이다. 그는 영웅이라기보다는 루저, 즉 사회적 패배자에 가까운 존재로, 시스템의 억압 속에서 자존감을 잃고 조용히 순응하며 살아가는 〈익스펜더블〉이다.

내레이션 목소리에서도 힘이 없고 어딘가 어설픈 느낌을 주는 미키 반스는 지구에서도 실패한 삶을 살아왔다. 원작 소설에서 그는 역사학자로 설정되어 있었으나, 영화에서는 무능한 소상인으로 각색되었다. 그는 친구 티모(스티븐 연)의 〈앞으로 사람들은 햄버거만큼이나 마카롱을 즐길 것〉이라는 말을 곧이곧대로 믿고 함께 마카롱 가게를 차렸다가 쫄딱 망한 후, 사채업자에게 쫓기는 신세가 된다. 기한 내에 돈을 갚지 못하면 전기톱으로 발목이 잘려 나갈 위기에 처한 그는 계약 내용을 제대로 읽어 보지도 않은 채, 지구를 탈출하겠다는 일념 하나로 익스펜더블이라는 최악의 고용 계약서에 서명한다. 즉,「미키 17」의 주인공은 기존 할리우드 SF 블록버스터에서 흔히 볼 수 있는 영웅들과 달리 우주로 떠나기 전부터 이미 사회적으로 낙오된 인물이다.

이처럼「미키 17」은 영웅의 여정 구조를 활용하면서도, 보통 사람 중에서도 능력이 떨어져 보이는 미키 반스라는 〈예기치 않은 영웅〉을 내세우며 처음부터 할리우드 블록버스터의 공식에 거리를 둔다. 전통적인 영웅 서사는 주인공이 운명을 받아들이고, 시련을 극복하며, 세상을 구원하는 사명을 완수하는 과정을 담는다. 하지만「미키

17」에서 봉준호는 주인공의 성장과 투쟁을 거대한 운명의 실현이 아니라, 자신의 존재를 지워 버리려는 시스템과의 투쟁 과정으로 바꿔 놓는다. 미키 반스는 선택된 영웅으로서 자발적인 여정에 나서 세상을 구원하는 것이 아니라, 소모품 인간으로서 이미 니플하임이라는 시스템 속에 갇혀 있다. 그는 체제 최하위층을 점하고 있으며, 니플하임에서 어떠한 존재감도 없는 그런 인물에 불과하다.

죽을 때마다 재생을 위해 사이클러(재생기)의 불구덩이에 던져지는 처지인 미키는 어느 날 사이클러 속에 던져지기 직전 인부들에게 아직 살아 있는 채로 발견된다. 그러나 그는 꺼내 달라고 애원하기는커녕, 잠시 고민하다 그냥 던져 버리는 인부들에게 〈고마워요〉라고 말할 정도로 죽음과 고통에 무감각해진 상태다. 또, 크리퍼 수색에 나섰다가 얼음 동굴에 빠졌을 때도 크리퍼 떼가 자신을 잡아먹지 않고 동굴 밖으로 내보내 주자 〈내 고기 맛있는데 왜 안 먹냐〉라며 말할 만큼 자기 하찮음에 매몰된 인물이다. 하지만 뜻하지 않게 〈멀티플〉이 되면서 그는 다시는 재생되지 않는 죽음을 맞이할 위기에 처하게 되고, 비로소 익스펜더블의 역할을 거부하기 시작하면서 변화하게 된다.

할리우드의 영웅 서사에는 반드시 「스타워즈」의 오비완과 같은 멘토나 조력자가 등장하는데 「미키 17」에는 전형적인 멘토가 존재하지 않는다. 대신 연인 나샤(나오미 애키), 오랜 친구 티모, 그리고 새롭게 등장한 미키 18이 있다. 하지만 티모는 할리우드 영웅 서사에 흔히 등장하는 의리 있는 친구와는 전혀 다른 인물로 미키 17이 처한 현실의 가혹함을 더욱 부각하는 요소로 작용한다. 그는 프롤로그에서 얼음 동굴에 빠진 미키 17을 향해 〈미키, 죽는 건 어떤 기분이야?〉라고 묻고, 〈잘 죽어, 내일 보자〉라며 떠나 버리는 모습으로 처음 등장한다. 그의 존재는 미키 17을 돕기보다는 오히려 그의 〈죽지 않는〉 특성을 자기 이익을 위해 활용하며, 때로는 조롱하거나 이용하려 한다. 친한 친구조차 익스펜더블을 하나의 인격체로 존중하기보다 반복적으로 착취하는 모습은 「기생충」에서 기택 가족과 지하실의 근세 가족의 관계를 떠올리게 한다. 결국, 티모도 자기가 살기 위해 미키 17을 죽여야 하는 상황에 몰린다.

미키 17의 성장에 가장 핵심적인 역할을 하는 사람은 연인 나샤다. 엘리트 전투기 조종사인 나샤와 미키는 신분상 극명한 차이를 지니지만, 두 사람의 관계는 4년 전 지구에서 니플하임으로 출발하는 첫날 운명적으로 시작된다. 우주선 구내식당에서 마셜 부부가 환호 속에 입장하며 선동적인 연설을 시작하는 순간, 미키와 나샤는 시선이 마주치며 첫눈에 반한다. 나샤는 미키에게 옆자리로 오라고 눈짓하고, 둘은 마셜의 연설에는 아랑곳하지 않고 깊은 대화에 빠진다. 이어 마셜의 선동 장면과 두 사람의 러브 신이 교차하면서 미키 17의 내레이션이 삽입된다. 그는 〈나샤가 아니었으면 4년이 40년 같았을 거야〉라며, 나샤가 왜 자신을 좋아하는지 모르지만 매번 죽을 때마다 자신의 곁을 지켜 준 소중한 사람이라고 고마워한다.

「미키 17」은 봉준호 영화 중 처음으로 본격 로맨스를 포함한다는 점에서도 주목할 만하다. 원작에서는 미키 3 시절부터 시작된 사랑이, 영화에서는 니플하임으로 떠나는 첫날 운명적으로 서로에 빠져드는 것으로 바뀌었다. 이러한 각색은 미키의 여정을 더욱 입체적으로 구성하는 서사 장치로 작용한다. 할리우드 SF 블록버스터에서는 운명적 사랑은 주인공의 여정에 깊이를 더하고, 궁극적으로 서사의 주요 동력으로 작용하는 경우가 많다. 예를 들어 「아바타」의 제이크 설리와 네이티리처럼 서로 다른 계급이나 신분을 가진 두 인물이 강렬하게 끌리는 설정은 관객의 감정 이입을 촉진하고, 서사 전개에 긴장감을 부여하는 데 크게 작용한다.

나샤는 미키가 사람들에게 조롱당할 때마다 그를 대신해 싸울 정도로 강한 정의감을 지닌 인물이다. 이러한 성향은 이후 마셜 부부가 새끼 크리퍼들을 학대하고, 미키 17과 18을 협박하는 상황에서도 드러난다. 미키 17은 나샤라는 존재를 통해 자신의 가치를 깨닫고 체제에 맞설 용기를 얻게 되는데, 즉 나샤는 미키 17이 익스펜더블로서 겪는 소외감과 무력감을 극복하도록 돕는 멘토적 존재일 뿐 아니라, 체제 전복에 적극적으로 가담해 미키 17이 익스펜더블에서 벗어나는 데 결정적 역할을 한다. 「설국열차」, 「기생충」, 「괴물」 등 봉준호의 이전 영화들이 가족 간의 연대를 핵심 감정선으로 삼았다면, 「미키 17」에서는 연인 관계를 통해 저항과 변화의 동력을 마련한다는 점을 놓쳐서는 안 될 것이다. 원작보다 한층 극적으로 설정된 두 사람의 운명적 만남은 사랑의 감정적 파급력을 극대화함과 동시에 체제 변혁의 서사 속에서 사랑이 어떻게 새로운 가능성을 열어 갈 수 있는지를 탐색하는 과정으로 기능한다.

미키 18 역시 미키 17의 내면적 치유와 성장에 중요한 역할을 한다. 미키 17은 미키 18의 존재를 통해 비로소 자기의 정체성에 대한 근본적 성찰에 이르게 된다. 두 미키는 동일한 기억을 공유해야 하지만, 멀티플 상태가 되면서 각자 다른 기억을 축적하고 서로 다른 경험을 하게 된다. 별개의 주체로 분화되는 것이다. 멀티플 상태가 발각될 위험을 피하고자 서로의 다른 경험을 남들에게 숨기려 애쓰지만, 두 미키는 성격과 기질, 태도에서 현저한 차이를 보인다. 내성적이고 소심한 미키 17과 달리, 미키 18은 적극적이고 불의에 거침없이 분노를 표출하는 성정을 지녔다. 특히 마셜의 부당한 처우에 분노하며 죽여 버리겠다며 쳐들어가려 하고(실제로 후반부에 암살을 시도한다), 나샤와의 관계에서도 훨씬 과감하고 주도적인 모습을 보인다.

이러한 성격 차이는 단순히 개별적 특성의 문제가 아니라, 미키 17이 자신을 규정해 온 내면적 한계를 극복할 수 있는 계기로 작용한다. 미키 18의 대담함과 분노는 미키 17이 억눌러 온 감정을 거울처럼 비추며, 그가 자신의 정체성과 트라우마를

직면하도록 만든다. 이러한 변화는 미키 반스가 익스펜더블로
취업한 후 기억을 되살리는 과정에서 더욱 극적으로 드러난다.

영화 초반, 미키 반스가 익스펜더블로 고용된 후, 기억을
되살리는 주사를 맞고 모든 기억을 하드웨어에 저장하는
장면에서, 영화는 가장 선명하게 남아 있을 기억 하나를 회상
장면을 통해 보여 준다. 어린 시절 엄마와 쇼핑하러 갔다가
엄마가 운전하는 차 안에서 미키가 빨간 버튼을 누른 직후
엄마가 충돌 사고를 일으켜 사망하는 장면이다. 이 기억은
엄마의 죽음을 자기 탓이라 여기게 했고, 평생 그를 짓누르는
트라우마로 작용해 스스로 주눅 든 존재로 만들어 왔다.

그러나 이 깊은 죄책감은 엄마의 죽음에 대한 또 다른
기억을 지닌 미키 18에 의해 균열하기 시작한다. 멀티플 상태가
발각된 후, 두 사람은 함께 체포되어 마셜로부터 니플하임
기지 바깥에 몰려든 크리퍼 떼를 처치하라는 명령을 받는다.
두 사람의 가슴에는 마셜이 언제든 폭파할 수 있는 폭탄이
부착되어 있고, 마셜은 두 미키를 구분하기 위해 미키 18의 뺨에
인두로 표시를 새긴 뒤 〈17〉과 〈18〉이 적힌 두 개의 버튼을
보여 주며 누가 먼저 100개의 크리퍼 꼬리를 가져오는지
보겠다고 협박한다.

그 버튼에 촉발된 듯, 기지 밖으로 나온 미키 17은 〈내
인생은 줄곧 벌받는 삶이었다고, 멍청한 버튼, 그래, 알아.
다섯 살 이후로 내 인생 자체가 벌이었다고〉라고 내뱉는다.
이에 미키 18은 그 사고가 그의 잘못이 아니라 자동차의

결함 때문이었다고 말해 준다. 같은 사건을 두고도 각기 다른 기억을 지니고 있기에 두 사람이 서로 다른 개체임이 다시 한번 확인되는 순간이다. 실제의 사고 원인과 무관하게, 소심한 미키 17은 모든 것이 자기 탓이라 여겨 온 반면, 대담하고 긍정적인 미키 18은 죄책감에서 벗어나는 기억을 소유한 것이다.

이때 기지 안에서는 외부에서 들여온 돌 비석에서 새끼 크리퍼 두 마리가 튀어나오며 대혼란에 빠진다. 마셜은 크리퍼들을 사이클러의 불구덩이에 던져 처치하려 하지만 이에 반발한 정예 요원 나샤가 마셜에게 정면으로 맞서며 권력 균열의 계기를 마련한다. 나샤는 멀티플 발각 후 두 미키와 함께 갇혔을 때 미키 17으로부터 얼음 동굴에서 살아 나온 이야기를 듣고 크리퍼가 미키 17을 구해 준 것이 아니냐는 의문을 제기한 바 있다. 이러한 기억을 떠올린 나샤는 크리퍼와 대화할 가능성을 믿고, 기지 밖으로 나가 미키 17에게 크리퍼 지도자인 마마 크리퍼와 직접 대화할 것을 독려하며, 두 미키와 연대한다.

한편, 미키 17과 18이 명령을 거부하자, 분노한 마셜은 자신이 직접 진두지휘하는 모습을 담은 홍보 영상을 촬영할 겸 장갑차에 올라타 크리퍼 떼를 향해 돌진한다. 이때 크리퍼들이 공존할 수 있는 존재라고 깨달은 미키 18은 미키 17과 나샤에게 작별 인사를 한 후 마셜이 타고 있는 장갑차에 올라탄다. 그리고 마셜의 팔뚝에 부착된 폭파 장치에서 〈18〉을 눌러 자폭한다. 거대한 폭발음과 함께 미키 18은 장렬하게 전사하고, 독재자 마셜도 함께 최후를 맞는다. 가장 하찮고 소모적인 존재로 여겼던 익스펜더블 미키들이 크리퍼의 대량 학살을 막고, 니플하임 독재 체제를 무너뜨리는 혁명의 주역이 된 것이다.

그로부터 6개월 후, 니플하임은 민주적 절차를 통해 나샤를 새로운 지도자로 선출하고, 익스펜더블 제도를 영구 폐지하기로 결정한다. 이를 기념하기 위해 바이오 프린터를 폭파하는 의식을 거행하고, 미키 17은 혁명을 이끈 영웅으로서 직접 폭파 버튼을 누르는 역할을 맡는다. 기념식 도중, 잠시 혼자만의 생각에 잠긴 미키 17의 회상을 통해 마셜 사망 후 니플하임의 상황이 펼쳐진다.

바이오 프린터가 있는 곳에 올라간 미키 17은 마셜의 부인 일파(토니 콜렛)가 마셜을 다시 프린트하는 장면을 목격한다. 일파 역시 마셜이 죽은 다음 날 사망했기 때문에 이 광경에 당황하는 미키 17에게 일파는 바짝 다가와 의미심장한 미소를 지으며 말한다. 〈내가 귀신인지 사람인지 한번 만져 봐.〉미키 17은 내레이션을 통해 스스로 다독인다. 〈무서울 때 18이라면 어떻게 할까 생각하면 무섭지 않아.〉그리고 그는 마치 미키 18처럼 단호하게 일파를 향해 외친다. 〈꺼져 버려!〉이제 미키 17은 미키 18처럼 자신감 있는 주체로 성장한 것이다.

주변의 환호 속에서 현실로 돌아온 미키 17은 바이오 프린터의 빨간 폭파 버튼을 눌러, 니플하임에서 영원히 바이오 프린터를 제거한다. 그가 빨간 버튼의 트라우마에서 완전히 벗어나는 순간이다. 영화는 〈더 이상 죄책감 가지면 안 돼, 이제 죄책감은 없다〉라는 미키 17, 아니 미키 반스의 나짐과 함께 마무리한다.

　이렇듯 「미키 17」은 할리우드 블록버스터의 전형적 영웅 서사를 변형하며, 단순한 구원 서사를 넘어 노동자와 하층 계급의 시선에서 영웅을 재정의한다. 미키 17은 혁명을 완수한 영웅으로 자리하지만, 그의 여정은 초월적 능력을 지닌 〈더 원〉의 탄생이 아니라, 스스로 소모품이 아닌 주체라는 걸 증명하려는 필사적인 저항의 과정이었다. 봉준호는 거대한 운명적 서사보다는 억압적 구조 속에서 개인이 어떻게 저항하고 생존하며, 타자들과 연대할 가능성을 모색하는지에 초점을 맞춤으로써 전형적인 영웅 서사를 비틀고 전복한다. 자신을 향한 체제의 폭력적 소거에 끝까지 맞서고, 이를 통해 체제의 균열과 허점을 드러내는 순간, 미키 17은 기존 할리우드 블록버스터 SF 영웅들과는 본질적으로 다른 방식으로 자신만의 혁명을 완성하는 것이다.

소설에서 영화로: SF 블록버스터의 재창조

에드워드 애슈턴의 소설을 원작으로 한 「미키 17」은 원작에 충실한 영화화라기보다 봉준호가 SF 블록버스터의 장르적 특징을 적극 활용하면서도 독창적인 방식으로 변주한 작품이다. 원작의 주요 설정 — 휴먼 프린팅, 익스펜더블 개념, 억압적 체제, 일인칭 시점, 토착 생명체와의 갈등 — 은 유지되었지만, 영화는 이를 더욱 체계적이고 시각적으로 확장된 세계관과 장르적 실험을 통해 새로운 차원의 텍스트로 탈바꿈시켰다. 특히 원작이 먼 미래를 배경으로 한 것과 달리, 영화는 2054년이라는 비교적 가까운 미래로 시점을 앞당김으로써 현실감을 높였고, 단순한 서사 각색을 넘어 봉준호 특유의 사회 비판적 시선과 장르적 전복을 적극 시도한다.

이러한 각색 방식은 그래픽 노블을 원작으로 했던 「설국열차」에서 이미 확인된 바 있다. 「설국열차」 역시 원작의 기본 골격 — 멈추지 않는 기차, 앞 칸과 꼬리 칸으로 분리된 계급 구조, 꼬리 칸에서 앞 칸으로 가려는 주인공 — 만 유지한 채, 세부 인물 설정과 서사, 비주얼 등 세세한 디테일 대부분을 봉준호가 새롭게 구상해 시나리오를 썼다. 「미키 17」 또한 원작이 제시한 핵심 개념인 휴먼 프린팅과 익스펜더블이라는 하이 콘셉트를 중심에 두되 인물의 성격, 정치적 맥락, 그리고 사회 비판적 요소들은 봉준호의 세계관으로 재구성했다.

특히 원작 소설 『미키7』이 인류의 우주 개척사가 오랜 시간 축적된 시점에서, 역사학자인 미키가 소극적 위치에서 이야기를 이끌어 간 반면, 영화는 시간적 배경을 2054년으로 설정해 기후 위기와 환경 파괴로 생존 자체가 위협받는 가까운 미래로 끌어당긴다. 이 같은 시간적 배경의 변화는 영화의 정치적 맥락과 주제를 더 직접적으로 동시대 현실과 연결하기 위한 선택으로 읽힌다. 먼 미래의 〈그들〉 이야기가 아니라, 불과 30년 후인 가까운 미래에 〈우리〉에게 닥칠 현실적 위기와 생존의 문제로 봉준호는 이야기를 끌어당긴다. 이는 SF는

단순한 미래 공상이 아니라 현실의 반영이자 현실 그 자체를
비추는 장르라고 주장한 SF 연구자 다르코 수빈의 개념과도
맞닿아 있다.*

봉준호는 이러한 배경 설정을 통해 신자유주의 자본주의
시스템이 인간을 어떻게 소모품화하고, 대체 가능한 존재로
전락시키는지 미키 17을 통해 날카롭게 드러낸다. 미키 반스가
익스펜더블이라는 직업을 선택하는 과정은 위험한 환경에서
생존을 위해 목숨을 걸고 일하는 노동자들이 얼마나 쉽게
대체되고, 그들의 생명과 안전이 얼마나 경시되는지 보여
준다. 이는 한국에서도 지속적으로 문제시되어 온 산업 재해와
비정규직 노동자들의 현실과도 자연스럽게 연결된다. 즉, 미키
17은 우주로 떠난 미래의 캐릭터인 동시에, 오늘날 플랫폼
노동자와 비정규직 노동자들이 처한 현실적 위기의 은유이기도
하다.

여기에 더해, 니플하임을 지배하는 독재자 마셜과 그의
아내 일파라는 인물 설정은 현재 전 세계적으로 확산되고 있는
극우 포퓰리즘과 권위주의적 지도자들의 부상에 대한 비판적
시선을 담고 있다. 수전 손태그가 언급한 것처럼, 재난 영화와
SF 영화는 최악의 미래를 상상함으로써 현재를 성찰하는
장르다.** 「미키 17」 역시 동시대 정치 경제적 현실에 대한

* Darko Suvin, *Metamorphoses of Science Fiction: On the Poetics and
History of a Literary Genre* (Lausanne: Peter Lang, 2016).

** Susan Sontag, 앞의 책, pp. 209-225.

불안감이 반영된 사회 비판 텍스트로 기능한다.

특히 마셜과 일파 부부는 봉준호가 원작에서 가장 크게 변형한 부분으로, 이들의 희화화된 부부 권력 관계는 사적 탐욕과 공적 권력이 결합된 독재 권력의 일면을 블랙 코미디 방식으로 풀어낸다. 마셜은 니플하임의 절대 권력자이지만 일파의 눈치를 보며 〈여보, 이거 괜찮을까?〉라고 우왕좌왕하며 그녀가 하라는 대로 말하고 행동하는 우스꽝스러운 독재자다. 특히 일파는 원작 소설에는 존재하지 않는, 봉준호가 새롭게 창조한 캐릭터로 「미키 17」의 정치적 함의와 풍자적 성격을 더욱 강화하는 중요한 역할을 한다. 일파는 절대 권력자의 아내이자 실질적 권력의 중심에 있지만 요리 소스 개발에 집착하는 등 현실과 동떨어진 취미와 강박 관념을 지닌 인물로 희화화된다.

이러한 설정은 실제 역사 속에서 독재자와 그 배우자 들을 떠올리게 하는데 마셜 부부를 본 많은 기자와 평론가들이 각기 자기 나라의 역사 속 혹은 현재의 독재자들을 떠올린다고 전한 봉준호의 인터뷰는 「미키 17」이 특정 정권에 국한되지 않고, 독재 권력이 갖는 보편적 속성을 전 지구적 차원에서 공유하게 만드는 장치로 작동한다. 실제로 봉준호는 마르코스-이멜다 부부를 비롯해 역사 속 많은 독재자 부부에게서 영감을 얻었다고 밝힌 바 있다.[*] 마셜 부부 캐릭터와 그들의 희화화는

[*] 「미키 17으로 돌아온 봉준호 〈오스카 이후 이름만 대도 날 알아 편해〉」, 『해럴드경제』, 2025년 2월 21일 자.

오늘날의 현실과 맞물리며 동시대적 시의성을 획득한다.

또한 원작 소설의 미키 7을 미키 17으로 바꾼 것은, 숫자 변경 이상의 의미를 지닌다. 영화는 익스펜더블 미키가 이미 열일곱 번째에 이르렀다는 점을 내세워 죽음과 복제가 더 이상 특별한 사건이 아닌, 시스템화된 일상이라는 점을 부각한다. 봉준호는 미키 17이라는 숫자를 통해 한 인간이 열여섯 번 죽고 다시 태어나는 과정이 얼마나 기계적이고 무감각하게 반복되는지를 시각적으로 보여줌으로써, 현재 우리가 살아가는 자본주의 체제에서 인간이 얼마나 쉽게 대체되고 소모되는지를 은유하는 장치로 사용한다.

영화에서 미키는 개척지 니플하임의 혹독한 환경에서 인간이 생존할 수 있는지를 테스트하는 실험 대상이다. 그는 백신 개발을 위해 온몸이 곪아 터지고, 창자가 녹아내리는 극심한 고통과 죽음을 반복한다. 미키 16까지 죽은 뒤 미키 17이 되어서야 비로소 백신이 완성되고, 그것은 미키 17의 성취라기보다 시스템이 요구하는 반복적 희생의 부산물일 뿐이다. 그의 생과 사는 개인적 의미를 갖지 못한 채 체제의 일부로 기능할 뿐이다.

미키 17에게 이어지는 임무는 토착 생명체인 크리퍼를 수색하고 포획하는 것이다. 이 과정에서 미키 17은 수색에 나갔다가 얼음 동굴로 추락하고, 미키가 죽을 수밖에 없다고 생각한 친구 티모는 혼자 기지로 돌아와 곧바로 사망 보고서를 내고 미키 18을 출력한다. 이처럼 익스펜더블의 죽음과 교체는 극도로 기계적이고 비인간적이다. 그러나 크리퍼들의 도움으로 살아 돌아온 미키 17이 자기 방에 누워 있는 미키 18과 대면하는 장면은, 곧 영화의 핵심 서사를 이끄는 〈멀티플〉이라는 갈등 구조를 구동시킨다. 봉준호의 필모그래피를 관통하는 〈오인의 라이트모티프〉가 「미키 17」에서도 작동하는 것이다. 시스템이 용납하지 않는 두 명의 익스펜더블이 존재하게 되면서, 미키 17과 18은 서로를 위협하는 경쟁자이자 동시에 한 배를 탄 운명적 동지로 얽히게 된다.

봉준호는 이러한 설정을 통해 기존 SF 영화들이 반복해 온 복제 인간 서사를 변주한다. SF 장르에서 복제 인간은 인간의 정체성과 개별성, 그리고 존재의 의미를 성찰하는 철학적 주체로 그려져 왔다. 「블레이드 러너」(1982)의 리플리컨트, 「더 아일랜드」(2005)의 장기 이식용 클론, 「문」(2009)의 달 기지 복제 인간들이 그 연장선에 있다. 봉준호는 「미키 17」에서 이러한 기존 복제 인간 서사의 틀을 그대로 답습하는 대신, 이를 적극적으로 비틀고 확장한다. 우선 「미키 17」의 복제는 단순히 생명의 연장이나 불사의 욕망과 연결되지 않는다. 대신 복제 인간을 익스펜더블이라는 개념과 연결해 경제적, 정치적 시스템 유지의 핵심 기제로 확장한다. 복제 기술 자체보다 이 기술을 활용해 인간을 자원화하고 효율적으로 관리하려는 체제의 논리가 강조되면서 복제 인간의 고민은 자연스럽게 신자유주의 자본주의의 노동자 문제와 연결된다.

여기에 봉준호는 기존 복제 인간 서사에 앞서 언급한 〈영웅 서사〉를 결합해 또 한 번 변주를 시도한다. 기존 영화들이 피해자의 시선에서 자기 존재 이유를 찾는 복제 인간들의 이야기에 집중했다면, 「미키 17」은 미키 17과 미키 18이라는 두 존재가 서로 공존하고, 나아가 독재 시스템에 맞서 연대하며 스스로 체제를 뒤흔드는 주체로 성장하는 과정을 담아낸다. 특히 기존 복제 인간 영화에서 클론은 원본과의 비교를 통해 정체성 위기를 겪는 경우가 많지만 「미키 17」은 오히려 동일한 존재인 두 미키가 서로 다른 성격과 가치관을 지니면서, 〈기억은 같지만 서로 다른 몸을 지닌 두 존재는 과연 같은 인간인가?〉라는 정체성의 문제를 던진다. 이 과정에서 두 미키가 서로를 통해 자신을 재발견하고 존재 이유를 확립해 가는 과정은 봉준호 특유의 유머와 드라마적 긴장이 더해져 기존 복제 인간 영화들과 차별화된다.

봉준호는 이러한 정체성 탐구를 확장하는 과정에서 존 카펜터의 「더 싱(괴물)」(1982)이 중요한 영감의 원천이었다고 여러 차례 밝힌 바 있다. 우주를 배경으로 한 할리우드 SF 블록버스터 하면, 흔히 「스타워즈」나 「스타트렉」처럼 장대한 우주 탐사와 선악 대결을 중심으로 한 스페이스 오페라를 떠올리지만 「더 싱」은 오히려 폐쇄된 공간에서 인간과 비인간의 경계를 탐구하는 심리적, 철학적 SF에 가깝다. 이처럼 장르의 스케일은 축소되었지만, 인간 존재의 본질을 탐구하는 깊이는 오히려 더욱 심화된 작품으로 남극 기지라는 극한의 폐쇄

공간에서 누가 인간이고 누가 외계 생명체인지 구분할 수 없는 상황을 통해 〈인간다움〉의 조건을 집요하게 파고든다. 외부 환경의 적대성, 폐쇄된 공간의 긴장감, 그리고 서로에 대한 극도의 불신과 공포는 「미키 17」에서 봉준호가 구현한 니플하임과 기지 내부의 폐쇄적인 구조와 긴밀하게 연결된다. 또 미키 17에게 같은 기억을 가진 또 다른 나라는 존재가 나의 존재를 위협할 수도 있다는 근원적 공포를 제시한다는 점에서 유사한 주제 의식을 보여 준다.

특히 크리퍼라는 외계 생명체의 존재는 「더 싱」에서 얼음과 피가 공존하는 남극 기지, 그리고 외계 생명체와의 대치 상황을 연상시킨다. 하지만 봉준호는 단순히 장르적 분위기를 차용하는 데 그치지 않고, 이러한 설정을 통해 체제와 존재의 문제를 사회적, 정치적 차원으로 확장한다. 「더 싱」이 개인과 공동체의 생존을 둘러싼 신뢰와 공포의 문제를 탐구했다면, 「미키 17」은 여기에 식민주의, 자본주의적 노동 착취, 독재 권력의 폭력성까지 겹쳐 놓음으로써, SF 블록버스터의 장르적 스펙터클과 정치적 알레고리를 동시에 구현한다.

크리퍼들은 처음에는 인간을 위협하는 적대적 존재로 인식되지만, 영화 후반부에 이르러 인간의 편견과 오해에서 비롯된 오인임이 드러난다. 오히려 크리퍼들은 미키 17을 죽음에서 구해 주고, 먼저 공격받지 않는 한 인간을 공격하지 않는 평화로운 존재다. 마셜 체제가 무너진 후, 크리퍼들은 미키 17과 나샤, 또 니플하임 사람들과 어울리며 서로 농담을 주고받는 장면으로까지 이어지는데, 이는 기존 SF 장르에서 외계 존재를 단순히 두려움과 정복의 대상으로 묘사해 온 클리셰를 뒤집는다. 봉준호는 이들을 통해 〈타자〉로 규정된 존재들과의 공존 가능성을 탐색하며, 인간 중심적 시각을 비판적으로 성찰한다. 이러한 크리퍼와 인간의 관계 변화는 봉준호 영화에서 반복되어 온 약자 간의 연대와 오인에서 비롯된 갈등 구조를 SF 블록버스터라는 장르 안에서 변주한 결과라 할 수 있다. 「더 싱」이 외부에서 온 〈크리처〉가 인간의 정체성을 위협하는 방식이었다면, 「미키 17」은 외계 생명체인 크리처가 아니라 인간 복제 기술이 만들어 낸 〈내부의 크리처〉, 즉 또 다른 자기 자신이 인간성을 위협하는 구조를 만든다. 서로를 제거해야만 생존할 수 있다는 설정은 「더 싱」식 서스펜스를 연상하지만, 봉준호는 두 미키가 서로를 이해하고 연대하는 방향으로 나아가도록 함으로써 기존 장르의 문법을 벗어난다.

또한 「미키 17」의 복제 인간 서사는 던컨 존스의 「문」과도 흥미로운 대조를 이룬다. 「문」은 달에서 일하는 우주 비행사가 자신이 사실은 복제 인간이며 유일한 존재가 아니라는 사실을 알게 되면서 겪는 실존적 위기를 그린다. 반면 「미키 17」은 이러한 개인적 정체성의 혼란을 넘어, 복제 인간이 체제 안에서 어떤 존재로 기능하는지 탐구하는 정치적 함의를 부여한다. 인간 복제 기술 자체가 아니라, 그 기술을 활용해 인간을 자원화하고 효율적으로 관리하려는 신자유주의적 시스템의 폭력성이 문제의 핵심으로 두드러지며, 이 과정에서 봉준호 특유의 사회 비판과 장르적 유희가 함께 드러난다.

「미키 17」은 원작 소설의 핵심 설정과 골격을 유지하면서도 사회 비판과 장르적 재미가 결합한 봉준호 특유의 각색 방식을 통해 기존 SF 블록버스터들과는 다른 결을 만들어 낸다. 할리우드 대형 SF 블록버스터의 스케일과 독립 영화적 감수성이 결합한, 할리우드에서 보기 드문 블록버스터라 할 수 있다. 실제로 기존의 SF 블록버스터들은 스펙터클 중심의 장르적 쾌감과 가족 서사에 초점을 맞추는 경향이 강하다. 하지만 「미키 17」은 이러한 전형성을 따르지 않고, 봉준호만의 블랙 유머, 정치적 풍자, 철학적 질문을 결합해 전통적인 할리우드 블록버스터 문법을 비틀고 확장하는 작업을 수행한다. 이렇듯 「미키 17」의 각색 방식은 봉준호가 글로벌 블록버스터와 작가주의 영화 사이에서 독특한 균형을 모색한 작품으로 자리매김한다.

봉준호 영화의 집약과 새로운 확장

이러한 각색 방식은 단순히 서사의 변형에 그치지 않는다. 「미키 17」은 봉준호가 오랫동안 탐구해 온 주제와 캐릭터 유형, 그리고 장르적 실험이 집약된 작품이다. 무엇보다 미키 반스와 같은 주인공은 봉준호의 필모그래피에서 전혀 낯설지 않다. 그는 특출한 능력도, 뚜렷한 삶의 목표도 없고, 강한 리더십과는 거리가 먼 사회적 약자다. 「괴물」의 박강두가 그랬듯이 일상적 무기력과 주변부적 삶을 이어 가던 미키는 자신이 감당하기 힘든 사건(멀티플 존재)에 휘말리며 좌충우돌한다. 「마더」의 도준 엄마 역시 가난과 사회적 소외 속에서 아들의 결백을 증명하기 위해 홀로 사건의 진실을 파헤쳐야 했던 인물이다. 이렇듯 봉준호의 영화에서 주인공은 사회적 약자일 뿐 아니라, 체제적 폭력과 사회 부조리가 만들어 낸 희생자라는 점에서 일관된 계보를 형성해 왔다.

미키는 또한 봉준호 영화들에서 반복되는 〈덜떨어진 주인공〉의 계보를 잇는 인물이기도 하다. 이 계보의 원형은 「플란다스의 개」의 윤주에게서 찾을 수 있다. 그는 사회적 〈루저〉는 아니지만, 소심하고 내성적인 성격 탓에 주류로 진입하지 못한 채 주변부를 맴도는 인물이다. 괜히 자신보다 약한 개에게 분풀이하다 예기치 않은 소동에 휘말린다. 이러한 인물 유형은 이후 「살인의 추억」의 박두만, 「괴물」의 박강두, 「기생충」의 김기택, 그리고 「미키 17」의 미키 반스까지 이어지며 봉준호 특유의 〈비주류 주인공〉 계보를 형성한다. 이들은 우연과 오인, 비틀린 선택으로 사건에 휘말려 들지만, 그 과정 자체가 봉준호 영화의 핵심 서사를 구성해 왔다.

이 밖에도 미키는 「설국열차」의 꼬리 칸 사람들처럼 체제의 최하층부에 자리하며 인간 취급을 받지 못하고, 「기생충」의 김기택처럼 사업에 손댔다가 망했는가 하면, 지하에 사는 근세와 같이 사채업자에게 쫓겨 니플하임에서 숨어 사는 인물이다. 미키 17은 봉준호가 꾸준히 그려 온 사회적

약자 이야기를 잇는 동시에 사회 부조리와 계급 격차라는
거대한 구조 안에서 소모품처럼 취급당하는 하층민의 처지를
더욱 극대화한 인물이라 할 수 있다.

특히 「미키 17」은 봉준호가 지속적으로 탐구해 온 계급
문제, 신자유주의 자본주의 비판, 그리고 억압적 체제에 대한
문제의식을 SF 블록버스터의 형식 속에서 재구성한 점에서
주목된다. 「설국열차」의 폐쇄된 기차 공간, 「기생충」의
이층집과 반지하가 상징하는 계급 구조는 「미키 17」의
니플하임 기지의 마셜이 사는 공간과 미키의 방으로 변주되며
반복된다. 「설국열차」의 꼬리 칸 사람들이 인구 조절을 위해
주기적으로 제거되는 잉여 인간들이었다면, 「미키 17」에서
체제에 의해 소모품 취급을 받으며 반복적으로 죽음을
맞이하는 익스펜더블과 유사하다.

이러한 체제의 폭력은 두 영화에서 신체 훼손이라는
구체적 이미지로 드러난다. 「미키 17」에서 우주 탐사
실험 중 미키의 손이 잘려 무중력 공간을 떠다니는 장면은
「설국열차」에서 꼬리 칸 남성이 아들을 지키려다 팔이
얼어붙은 채 잘려 나가는 장면과 직접적으로 연결된다. 이는
단순한 폭력의 연출을 넘어 신자유주의 체제가 개인을 어떻게
소모품으로 전락시키는지 극적으로 시각화한 장치다. 개인의
신체 일부가 체제 유지를 위한 대가로 요구되고, 그 희생이
당연시되는 장면들은 봉준호식 사회 비판의 일관된 맥락 안에
자리한다.

잘린 미키의 손이 우주를 둥둥 떠다니는 게 창문 너머로 보이는 데도 거들떠보지도 않고 차를 마시며 대화를 이어 가는 우주선 안의 사람들은 「설국열차」의 앞 칸 사람들의 태도를 연상시킨다. 하층 계급이 겪는 고통과 희생이 주류 사회에서는 철저히 무시되거나 아무렇지 않게 소비되는 구조라는 것이 시각적으로 명확히 드러나고 있다. 이 같은 이미지들은 신체 일부를 잃어도 충분히 대체할 수 있는 익스펜더블이 처한 잔혹한 현실을 상기한다.

「미키 17」은 특수 효과로 만들어 낸 괴생명체, 즉 크리처가 등장한다는 점에서 「괴물」이나 「옥자」와 맥을 같이한다. 「괴물」의 괴물을 디자인하고 「옥자」의 콘셉트 아티스트였던 장희철이 디자인한 만큼 두 전작의 디자인과 연결되는 요소들이 발견된다. 기존 SF 영화들의 괴생명체들과 달리 크리퍼는 완전히 낯설고 기괴하기보다는 다소 귀엽고 친근한 느낌을 준다. 크루아상에서 영감받아 둥글고 말려 있는 형태를 띠며, 기존의 우주 생명체 디자인에서 자주 보이는 공격적이고 날카로운 실루엣과는 차별화된다. 이들은 다리가 많아서 기어다니고 굴러다닐 수도 있으며, 빈대처럼 작은 발들이 빠르게 움직이는 모습이 특징적인데, 그래서 전형적인 공포의 대상이 아니라 어딘가 어색하고 이질적이면서도 흥미로운 생명체로 그려진다. 그러나 입을 벌렸을 때 꽃잎 같은 모양은 「괴물」의 괴물을 연상시키며, 잠재적인 위협으로도 해석될 수 있는 양면성을 지닌다.

봉준호 영화에서 크리처는 항상 사회적, 정치적 맥락과
맞물려 있다. 오염된 한강에서 올라온「괴물」의 괴물은 미국의
군사적 개입과 환경 오염이 만들어 낸 돌연변이로 인간이
초래한 재앙을 상징한다.「옥자」의 슈퍼 돼지는 다국적 기업의
이윤 추구 과정에서 희생되는 동물의 상징으로 유전자 조작과
공장식 축산의 윤리 문제를 제기한다.「미키 17」의 크리퍼는
외계 생명체라는 이유만으로 적대적 존재로 간주하지만,
통역기를 통해 대화할 수 있으며 평화적 공존이 가능한
집단으로 그려진다. 이는 기존 SF에서 흔히 등장하는 〈인류 대
외계 생명체〉라는 대립 구조에 동요를 가져오면서 인간 중심적
시각을 뒤흔든다. 동시에, 원주민을 일방적으로 야만적이고
적대적인 타자로 규정해 온 제국주의적 시각을 환기하며,
외계 생명체에 투영된 제국주의적 폭력성과 식민지적 편견을
비판하는 알레고리로도 작동한다. 세 영화의 크리처들은 각각
환경 오염, 동물 착취, 그리고 인간이 낯선 타자에 대해 갖는
편견과 폭력을 비판하는 상징적 존재로 기능한다.
　　이러한 특징들은 결국 봉준호의 창작 태도가 장르의
문법을 능숙하게 활용하면서도, 그 익숙한 틀을 비틀고
확장하는 데 있음을 다시 한번 확인시켜 준다. 그의 대표작들은
장르적 익숙함에 기대면서도, 그 장르 관습을 예상치 못한
방식으로 전복하거나 확장해 왔다. 이를 가장 극명하게
보여 주는 작품이 바로「살인의 추억」과「괴물」, 그리고
「설국열차」다.「살인의 추억」은 형사가 범인을 잡지 못하는

범죄 수사물이고, 「괴물」은 괴수 영화이지만 영화 시작 14분 만에 괴물의 전체 모습을 대낮에 노출시키며 장르 관습을 정면으로 깨트린다. 「설국열차」는 디스토피아적 SF 영화의 외형을 띠지만, 계급 투쟁과 혁명이라는 정치적 은유를 전면에 내세우고, 장르의 서사적 쾌감과 주류적 영웅 서사를 일부러 비틀어 파국적 결말로 이끈다.

이러한 봉준호의 장르 실험은 「미키 17」에서도 이어진다. 「미키 17」은 앞서 말했듯이 할리우드 SF 블록버스터의 형식을 갖추고 전형적인 영웅 서사를 따르는 듯하지만 기존 SF 블록버스터의 영웅들과는 판이한, 무기력하고 어떤 삶의 목표도 가지지 않은 인간 소모품 미키 반스를 주인공으로 내세움으로써 서사적 관습을 전복한다. 공간 설정에서도 「미키 17」은 봉준호의 대표적 연출 방식과 맞닿아 있다. 첫 작품에서부터 공간은 위계화된 계급적 구도를 시각화하는 장치였다. 아파트라는 공간이 단순한 생활 공간이 아니라 상층과 하층으로 나뉘어 아파트 지하실에서 먹고 생활하는 경비원과 아파트 건물 위층에 사는 시간 강사와는 완전히 다른 시선과 위치에 자리한다. 이러한 공간적 위계는 이후 「설국열차」에서는 꼬리 칸과 앞 칸으로 극단화되고, 「기생충」에서는 반지하와 고급 이층집의 대비로 확대되었으며, 「미키 17」에서는 니플하임 정착지에서 마셜의 공간과 익스펜더블 미키의 공간 대비로 반복된다. 공간을 통해 권력과 계급을 시각화하는 봉준호 특유의 방식은 「미키 17」에서도 중요한 축을 형성한다.

이처럼 「미키 17」은 봉준호가 꾸준히 탐구해 온 주제와 인물 유형, 시각적 공간 구성을 집약한 작품이지만, 동시에 몇 가지 중요한 차이를 통해 기존 작품들과 구별되는 새로운 지점들을 만들어 낸다. 가장 두드러지는 차이는 미키 반스라는 주인공의 행보다. 「괴물」의 박강두는 딸을 구하기 위해 사투를 벌이지만 결국 딸 현서를 잃으며, 「마더」의 도준 엄마는 진실을 알아내지만 아들이 살인자였음을 확인한다. 「기생충」의 김기택 또한 반지하에서 벗어나려는 욕망을 이루기는커녕 근세가 살던 지하실로 도주한 채 희망 없는 미래를 맞이한다. 이처럼 한국 현실에 뿌리를 둔 봉준호 영화들은 사회적 약자들이 체제의 부당한 구조와 부조리 속에서 살아남기 위해 발버둥 치지만 끝내 실패하거나 파국으로 귀결되는 비극적 결말을 맞이한다.

그러나 「미키 17」은 이러한 〈실패의 내러티브〉에서 벗어나, 체제를 완전히 뒤엎고, 소모품으로 취급되던 익스펜더블 미키가 인간으로서의 존엄을 되찾는 데 성공한다. 특히 미키는 단순한 체제 저항자가 아니라 체제 내부에서 자신의 정체성과 주체성을 재확립하며 나샤와 함께 새로운 공동체를 만들어 내는 인물이다. 「설국열차」는 꼬리 칸 사람들의 연대가 체제 붕괴로 이어지지 못하고 시스템과 그 구성원들이 동반 파국을 맞았지만 「미키 17」은 기존 체제 안에서 개인과 공동체가 변화와 전환의 가능성을 만들어 낼 수 있음을 보여 준다. 이 지점에서 「미키 17」은 디스토피아적

비관주의에서 유토피아적 상상력으로 이동하는 봉준호 영화의
새로운 변모를 드러낸다.

봉준호의 SF 영화들은 한국을 배경으로 한 그의 영화들과
달리 더욱 희망적인 결말을 보여 주는 경향이 있다. 「살인의
추억」, 「마더」, 「기생충」이 〈실패의 내러티브〉를 보여 준다면,
「설국열차」, 「옥자」, 그리고 「미키 17」은 권위주의적 체제와
자본주의의 부조리에 저항하는 주인공이 변화를 이뤄 내는
과정을 묘사한다. 「설국열차」는 기차가 전복되는 파국을
맞이하지만 다음 세대의 생존자들이 새로운 세계를 개척할
가능성을 암시하며 마무리된다. 「옥자」는 주인공 미자가
다국적 기업의 공장식 도축장을 무너뜨리지는 못하지만
적어도 옥자와 새끼 돼지 한 마리를 구해 내고 고향으로 돌아와
자신의 일상을 회복하는 데 성공한다. 「미키 17」은 체제를
완전히 전복하고 평등한 사회를 이뤄 내며, 봉준호 영화 중 가장
낙관적인 결말을 선보인다.

이러한 희망적인 결말들은 프레드릭 제임슨이 말한
〈유토피아적 충동〉을 여러모로 떠올리게 한다. 제임슨은
유토피아적 상상력이 결코 전혀 새로운 세계를 창조하는 것이
아니라 현실의 모순을 드러내고 이를 변형함으로써 대안적
가능성을 구성하는 정치적 실천이라 보았다.* 「미키 17」의

* Fredric Jameson, Archaeology of the Future: The Desire Called Utopia
and Other Science Fictions, (New York: Verso, 2005), xiv. 한국어로 〈미래의
고고학: 유토피아라는 욕망과 기타 과학 소설들〉이라는 제목이다.

익스펜더블이 더 이상 소모품으로 살지 않고, 평등한 관계 속에서 새로운 공동체를 구성하는 과정은 단순한 해피 엔딩이 아니라 체제의 한계를 넘어서려는 정치적 상상력의 결과라 할 수 있다. 이러한 전환은 봉준호의 기존 SF 영화들과 비교해 볼 때 더욱 분명해진다. 「설국열차」가 SF적 상상력을 통해 계급 투쟁의 알레고리를 구축했다면, 「미키 17」은 복제 인간이라는 SF적 설정을 더욱 전면화해 노동 착취 구조 비판을 넘어 인간 존재와 주체성, 그리고 비인간 생명체와의 공존 가능성까지 탐색하는 확장된 SF적 사고 실험을 보여 준다. 특히 복제 인간 미키들이 동일한 기억과 정체성을 공유하는 설정은 SF 장르가 꾸준히 던져 온 〈나는 누구인가〉라는 근본적 질문을 봉준호식 사회 비판 서사에서 새롭게 변주하는 방식이라 할 수 있다.

아울러 「미키 17」의 크리퍼는 단순한 적대적 타자가 아니라, 소통과 연대를 통해 공존 가능성을 모색하는 존재로 그려지며, 이는 봉준호가 기존 SF영화들이 전제해 온 인간 중심적 시각 자체를 비틀고 확장하는 시도로 주목할 만하다. 이러한 점에서 「미키 17」은 기존 봉준호 영화들의 장르적 주제적 맥락을 잇는 동시에 SF 장르의 핵심인 상상적 사고 실험을 더욱 적극적으로 전개함으로써 봉준호 영화 세계의 새로운 지평을 열어 가는 작품이라 할 수 있다.

결론: 봉준호 영화의 중요한 변곡점이 될 「미키 17」

앞서 본 대로 할리우드 블록버스터의 장르 규범을 창의적으로 변주한 「미키 17」은 봉준호의 필모그래피에서 새로운 국면을 여는 작품이라고 해도 전혀 무리가 아닐 것이다. 봉준호는 그동안 한국이라는 지역/지역성을 기반으로 장르 규범을 비틀고 사회 비판적 성찰을 대중적 형식 안에 결합하는 독창적 방식으로 한국적 로컬 장르 영화의 새로운 가능성을 열어 왔다. 그러나 「미키 17」은 이러한 지역성 기반 장르 실험을 글로벌 영화 산업의 중심이자 자본과 장르 규범의 결집 장소인 할리우드라는 특수한 제작 환경으로 확장한 작품이다. 이는 봉준호가 단순히 활동 무대를 할리우드로 넓힌 것이 아니라, 한국적 로컬리티에서 구축해 온 장르적 감각과 비판적 시선을 세계적 블록버스터라는 산업적 조건 안에서 재구성하고, 새로운 방식으로 조율해 낸 결과물이라는 점에서 중요한 의미를 지닌다. 다시 말해, 「미키 17」은 봉준호 영화 세계의 지형 자체를 변화시킨 작품이자, 장르 영화와 로컬리티, 그리고 글로벌 블록버스터 사이의 역동적 관계를 탐색하는 그의 영화적 실천이 한 단계 더 확장된 지점에 놓인 작품이다.

할리우드 블록버스터라는 형식은 단순한 대규모 상업 영화라는 의미를 넘어, 특정한 산업 메커니즘과 세계 시장에서의 수익 극대화를 목표로 하는 다층적 시스템이다. 동시에, 일정한 장르 관습과 서사적 규범, 시각적 스펙터클에 대한 기대치를 내재한 구조적 환경이기도 하다. 할리우드 블록버스터는 세계 시장에서 문화적 보편성을 확보하기 위해, 지역적 특수성이나 정치적 맥락보다는 감정 이입이 쉬운 캐릭터 중심 서사와 선악 구도를 통한 명확한 갈등 해소, 그리고 시각적 볼거리의 극대화를 통해 전 세계 관객층을 아우르는 전략을 추구해 왔다.

봉준호는 바로 이와 같은 산업적 규율과 장르 규범이 작동하는 블록버스터 시스템 안에서 자신의 영화적 비전과 스타일, 그리고 비판적 시선을 유지하면서 글로벌 대중과의 소통 가능성을 모색하는 새로운 협상 과정에 나선다. 이는 그가 한국이라는 지역에서 전개해 온 특유의 장르 변주를 글로벌 블록버스터라는 새로운 제작 환경에서 재구성하고 확장해 가는 과정이기도 하다.

이 과정에서 봉준호는 「설국열차」 당시 겪었던 파이널 컷 분쟁을 거울삼아 「미키 17」에서는 워너 브라더스로부터 파이널 컷을 보장받으며 감독으로서의 자율성을 확보했다.* 「설국열차」에서 자신의 편집권을 지키기 위해 대규모 북미 배급을 포기하고 제한적 개봉을 선택했던 것과 비교하면 「미키 17」은 글로벌 대규모 개봉이라는 조건 아래에서도 감독의 비전과 스타일을 온전히 인정받은 드문 사례라 할 수 있다.

* 봉준호는 2024년 11월 영국 잡지 『엠파이어 *Empire*』와의 인터뷰에서 「미키 17」에 관한 파이널 컷 권한을 보장받았다고 밝혔다. 여기서 말하는 파이널 컷이란 극장 개봉을 위한 최종 편집권으로 할리우드 스튜디오 시스템에서는 일반적으로 감독이 아닌 제작자나 스튜디오가 행사하는 권한이다. 봉준호는 해당 인터뷰에서 〈스튜디오가 나의 파이널 컷 권한을 존중해 줬다〉라고 밝히며, 〈물론 편집 과정에서 다양한 의견 교환과 토론이 있었지만 영화는 나의 편집본〉이라며 극장 상영작이 곧 감독판이라고 설명했다.

즉,「미키 17」은 글로벌 블록버스터의 산업적 기대와 작가적 자율성 사이에서 봉준호가 찾아낸 창작적–상업적 균형점의 결과물로 볼 수 있다.

이와 함께,「설국열차」와 비교할 때「미키 17」이 더욱 대중 친화적 서사를 통해 세계 시장의 관객층과 소통하려는 작가적 선택이 엿보이는 점도 주목할 필요가 있다.「설국열차」가 디스토피아적 계급 투쟁을 전면화하고, 기차 칸을 이동하는 과정에서 드러나는 다층적 은유와 파국적 결말로 강한 사회비판을 전달했다면,「미키 17」은 개인의 성장 서사를 중심에 두고, 감정적 공감과 유머, 그리고 해피 엔딩이라는 방식으로 글로벌 관객과의 접점을 넓혔다.

특히「미키 17」은 할리우드 블록버스터들이 흔히 스펙터클을 전면에 내세워 서사가 상대적으로 약한 것과 달리, 주인공 미키 17의 이야기를 중심으로 관객을 몰입시킨 후, 후반부 클라이맥스에서 특수 효과 스펙터클을 집중적으로 배치하는 구성을 택함으로써 장르적 쾌감과 이야기의 완결성을 동시에 확보하는 연출 방식을 보여 준다. 클라이맥스에서 펼쳐지는 크리퍼 떼와 마셜의 대결 장면은 이러한 봉준호식 연출의 집약체다. 마셜이 크리퍼 집단의 지도자인 마마 크리퍼를 표적으로 삼자, 어린 크리퍼들이 마마 크리퍼 형상을 만들며 합체와 분리를 반복하는 교란 작전 장면은 봉준호 특유의 크리처 연출 감각과 할리우드 SF 블록버스터가 기대하는 시각적 스펙터클이 절묘하게 결합한 사례다. 이는 후반부까지 서사를 이끌어 온 영화적 흐름뿐 아니라 관객이 기대하는 웅장한 스펙터클을 모두 충족하며, 봉준호의 균형 감각을 다시 한번 확인시켜 준다.

「미키 17」은 봉준호의 영화적 확장을 보여 주는 동시에 향후 그의 영화적 실천이 어떤 방향으로 나아갈지 가늠하게 하는 작품이기도 하다. 차기 작품이 애니메이션이라는 사실은 봉준호가 특정 장르나 매체 형식에 스스로를 한정하지 않고, 작품마다 새로운 장르 규범과 형식적 틀을 자신만의 방식으로 변주해 온 일관된 작업 태도를 유지할 것임을 짐작하게 해준다. 앞으로도 그는 장르와 매체의 경계를 넘나들며, 봉준호식 문제의식과 영화적 감각을 지속적으로 갱신해 나갈 것으로 기대한다.

이런 관점에서 보면, 「미키 17」은 봉준호 필모그래피에서 새로운 제작 환경과 장르적 확장을 통해 그의 영화적 실천이 또 하나의 전환점을 맞이한 작품이라 할 수 있다. 「미키 17」은 이미 글로벌 영화 작가로 자리한 봉준호가 대중적 친숙성과 작가적 개성 사이에서 자신만의 균형을 모색하며, 그 위치를 한층 더 공고히 한 작품으로서 봉준호의 영화적 궤적에서 중요한 변곡점으로 남을 것이다.

필모그래피

이 필모그래피는 봉준호가 감독한 단편과 장편 영화 등 모든 영화를 포함한 것이다. 그가 감독한 것뿐 아니라 각본이나 제작 혹은 배우로 출연한 영화들도 그의 영화 경력을 종합적으로 보여 주기 위해 포함한다. 봉준호는 두 편의 뮤직 비디오를 연출했는데 여기에는 포함하지 않았다. 그는 2000년 첫 장편 영화 「플란다스의 개」를 연출한 후, 배두나와 박해일이 출연한 김돈규의 뮤직 비디오 「단」을 연출하면서 촬영도 맡았다. 또 2003년 두 번째 장편 영화 「살인의 추억」의 성공 후 한영애가 노래하고 류승범과 강혜정이 출연하는 뮤직 비디오 「외로운 가로등」을 연출했다. (영화 제목 옆 두 개의 별표는 봉준호가 참여했지만 연출을 맡지 않은 작품을 표기한 것이다.)

백색인, 1993

드라마, 18분, 16mm, 컬러

감독: 봉준호 / 각본: 봉준호, 이병훈 / 촬영: 유승호 /

편집: 봉준호 외

봉준호의 첫 단편 영화로 그가 연세대학교에서 조직한 영화 동아리 〈노란문〉에서 만들었다. 봉준호 영화의 고정 출연진 중 한 명이 될 김뢰하의 첫 스크린 연기이기도 하다. 그는 「지리멸렬」에서 검사 역을 맡았고, 「플란다스의 개」에서 노숙자 역, 「살인의 추억」에서 조용구 형사 역을 맡았으며, 「괴물」에서는 합동 분향소에 노란 방호복을 입고 들어오다 미끄러지는 검역관으로 출연했다. 당시 그는 연극배우였는데 공통의 친구가 이 두 사람을 소개해 주었다고 한다. 제목에서 알 수 있듯이, 「백색인」은 출근길에 잘린 손가락을 집어 드는 한 평범한 화이트칼라 회사원의 이야기다. 대사가 거의 없이 이미지, 연기, 그리고 영화 내 음향(특히 TV 광고와 뉴스 방송)을 통해 계급과 노동 문제를 제기하면서 암묵적인 비판을 전달한다. 현대의 사회 문제에 대한 봉준호의 관심은 그가 만든 이 첫 단편 영화부터 확연히 드러난다. 영화는 이름이 알려지지 않은 주인공이 아침에 일어나 일하러 갔다가 집으로 돌아오는 하루를 그린다. 출근하기 위해 아파트를 나서자마자 주인공은 주차장에 있는 자신의 차 근처에 떨어진 잘린 검지를 발견하고 집어 든다. 그는 마치 장난감처럼 그 주운 손가락으로 타자하고, 다이얼을 돌리고, 기타를 연주하고, 심지어 반지까지 끼운다. 그는 그게 누구의 손가락인지 전혀 관심이 없다. 그는 저녁에 집에 돌아와 TV를 켜지만 곧 그 앞에서 잠이 든다. TV의 뉴스 캐스터는 한 근로자가 산업 재해에 대한 보상이 부족하다는 이유로 회사 대표에게 해를 입히고자 사장이 사는 고층 아파트 단지 주차장에 찾아와 큰 싸움이 일어났다고 보도한다. 그는 작업 도중 잘린 손가락을 들고 왔으나 현장에서 체포되는 바람에 떨어뜨리고 말았다. 잠든 주인공은 손가락에 대한 이런 진실을 모른 채 다음 날 아침 출근길 길거리에서 아무렇지도 않게 개에게 손가락을 던져 준다. 이 단편 영화는 이미 봉준호의 후기 장편 영화에 나타날 주요 요소들을 보여 준다. 특유의 기이한 유머 감각과 상상력, 사회적 약자(이 경우 공장 노동자)에 대한 관심, 그리고 사회 논평 등이다. 봉준호는 이 단편 영화로 한국 영화 아카데미에 지원해 합격했다.

프레임 속의 기억들, 1994

드라마, 5분, 16mm, 컬러

각본, 감독: 봉준호

봉준호가 한국 영화 아카데미에서 만든 첫 학생 영화. 이 5분짜리 영화는 학교에서 집으로 돌아오자마자 사랑하는 개가 없어졌다는 사실을 알게 된 한 초등학교 소년의 이야기다. 낙심한 소년은 책상 위에 강아지 사진을 올려놓고 밤에는 집 대문 주위를 서성거리기도 하고 꿈속에서 개를 찾아다니기도 한다. 그는 다음 날 아침, 개가 돌아오기를 바라며 대문을 열어 놓은 채 학교에 간다. 「백색인」과 마찬가지로 대사가 거의 없다. 봉준호에 따르면 이 이야기는 자신의 어린 시절 기억을 바탕으로 쓰고 연출한 것이라고 한다. 그는 영상 자료원 데이터베이스 웹 사이트에 〈5분짜리 소품이지만 내 어릴 때의 개인적 기억이 간명하게 녹아 있어서 늘 애착이 갑니다〉라고 썼다. 그가 개를 등장시킨 첫 번째 영화로 우리에게 그의 장편 데뷔작인「플란다스의 개」의 〈강아지 실종〉 이야기를 떠올리게 한다.

지리멸렬, 1994
드라마, 31분, 16mm, 1.33:1, 컬러
감독: 봉준호 / 각본: 봉준호 / 촬영: 조용규 / 편집: 봉준호
봉준호의 한국 영화 아카데미 졸업 작품이자 영화계에 그의 이름을 알린 단편 영화. 세 개의 에피소드와 에필로그로 구성된 이 단편은 지식인들과 오피니언 리더들의 위선을 조롱하는 사회 풍자로 이후 그의 장편 영화들에서 지속적으로 등장할 주제들을 선보이고 있다. 〈에피소드 1: 바퀴벌레〉는 포르노 잡지를 읽으면서 지저분한 상상력으로 가득 차 있는 중년의 남자 교수가 교실에서 지적인 권위를 세우는 모습을 풍자한다. 교수가 사회의 바퀴벌레임을 강하게 암시하는 내용이다. 〈에피소드 2: 골목 밖으로〉는 동네 골목길을 조깅하면서 매일 아침 이웃집 문 앞에 배달된 우유를 훔쳐 마시는 노년의 남성을 보여 준다. 하지만 집주인에게는 그 대신 신문 배달부 소년이 도둑으로 오해를 산다. 그를 쫓는 배달원과 그 사이의 추격전이 골목에서 이어진다. 길고 좁은 공간에 대한 봉 감독의 선호는 이 에피소드에서 두드러진다. 〈에피소드 3: 고통의 밤〉은 아파트 단지 외딴 구석에서 똥을 누려다가 관리인에게

붙잡힌 한 취객을 쫓아간다. 관리인이 신문지를 건네주며 아파트 지하실에 내려가 볼일을 보라고 하자 취객은 상상도 할 수 없는 복수를 한다. 이 에피소드에 나오는 아파트 단지와 지하실, 그리고 관리인은 또한 우리에게 「플란다스의 개」를 떠올리게 한다. 이 세 개의 에피소드는 에필로그에서 합쳐지며 사회 풍자의 절정을 이룬다. 이들 세 명 모두 한국 사회의 도덕적 위기에 대한 TV 패널 토론에 전문가로 출연하는 모습을 보여 주는 것이다. 관객은 우유 도둑이 권위 있는 신문의 논설위원이며, 술 취한 남자는 검사이고, 교수는 사회 심리학 전문가라는 것을 알게 된다. 관객은 그들의 위선적인 면을 이미 목격했기에 그들이 도덕적 부패의 주요 원인이 무엇인지에 대해 권위 있고 진지하게 토론하는 모습은 우스꽝스럽기만 하다. 이 단편 영화는 지식인들과 오피니언 리더들의 위선에 대한 신랄한 비판뿐만 아니라 봉준호의 색다른 유머 감각과 풍자 정신을 보여 준다. 영화는 일상에서 이들이 얼마나 일관성이 없는 존재인지를 그려 낸다. 밴쿠버 국제 영화제와 홍콩 국제 영화제 등에 초청 상영되었고, 이 단편 영화의 성공은 결국 그가 장편 영화를 감독할 수 있는 길을 열어 주었다.

2001 이매진, 1994**

드라마, 30분, 16mm, 컬러

감독: 장준환 / 각본: 장준환 / 촬영: 봉준호 /

편집: 장준환, 봉준호

봉준호의 한국 영화 아카데미 동기인 장준환 감독이 연출한 졸업 작품이다. 봉준호는 촬영과 공동 편집을 맡았다. 1980년 12월 존 레넌이 총에 맞아 살해된 바로 그 시점에 태어났기 때문에 자신이 존 레넌의 환생이라는 생각에 사로잡힌 한 청년의 이야기다. 주인공은 어머니가 사망하자 이제 자신이 존 레넌이라는 사실을 세상에 알릴 때라고 결심한다. 그는 곡을 연주하고, 그의 요코를 만나고, 사랑에 빠지지만 아무도 그의 음악을 평가해 주지 않는다. 요코와 헤어진 후, 그는 자신이 살해될 것이라는 망상에 빠진다. 장준환의 장편 데뷔작인 「지구를 지켜라!」(2003)를 예견하게 하는 독특한 상상력과 위트로 가득 찬 작품이다.

맥주가 애인보다 좋은 일곱가지 이유, 1996**
옴니버스 코미디, 109분, 35mm, 컬러
감독: 김유진, 장현수, 정지영, 박철수, 박종원, 장길수, 강우석
봉준호가 처음으로 참가한 충무로 제작 영화지만 그는 나중에 이 영화가 담고 있는 성차별적이고 저속한 내용에 대해 당혹감을 나타냈다. 제목에서 알 수 있듯이, 맥주를 여성에 비유하는 이 영화에는 음탕하고 저속한 농담이 넘쳐난다. 조나단이라는 이름의 젊은이를 중심으로 에피소드들이 펼쳐지는데, 조나단은 알코올과 관련된 가족력 때문에 맥주만 마신다. 미국에서 한국으로 건너온 그는 맥주만 마시는 신부 찾기에 나선다. 이 영화는 두 가지 상반된 이유로 언론의 관심을

끌었다. 첫째, 제작 발표 당시 한국에서 가장 잘나가는 최고의
영화감독 7명이 함께 참여해 각각 맥주가 연인보다 나은 이유를
보여 주는 15분짜리 에피소드를 연출한다는 사실 때문이었다.
하지만 영화가 개봉된 후 그 기대는 경멸로 변했고, 영화는
흥행 실패작이 됐다. 심지어 여성 관객이 꼽은 최악의 영화다.
둘째, 이 매우 부정적인 평가로 인해 오히려 언론의 관심을
크게 받게 되었다. 봉준호는 당시 가장 유명한 감독 중 한 명인
박종원의 조감독으로 이 영화에 참여했다. 또 이 작품의 각색자
중 한 명으로 크레디트에 올랐다. 다음은 이 영화와 관련된
봉준호 자신의 회고담으로 『데뷔의 순간』이란 책에 실렸다.
〈한국 영화 아카데미를 졸업한 뒤, 그래도 백수로 지낸 기간이
채 1년이 되지 않은 1995년 12월 겨울, 처음으로 현장에서
슬레이트를 치는 감격적인 순간이 온 것이다. 하지만 영화가
영화인 만큼 연출부인데도 현장에 가기가 싫었다. 말하자면
처음으로 충무로 스태프가 되었는데 그런 영화를 한다는 게
못내 부끄러웠던 거다. 나중에 개봉했을 때도 극장에서 안 보고
비디오로 봤을 정도다.〉

모텔 선인장, 1997**
멜로드라마, 90분, 35mm, 컬러
감독: 박기용 / 각본: 박기용, 봉준호 / 촬영: 크리스토퍼 도일
「맥주가 애인보다 좋은 일곱가지 이유」의 15분짜리 에피소드를
함께 작업한 박종원 감독은 봉준호를 박기용 감독에게

소개했고 두 사람은 함께 「모텔 선인장」 시나리오 작업을 했다. 봉준호는 또한 제1 조감독으로 채용되어 처음으로 장편 영화 제작 경험을 했다. 이 영화는 1997년 부산 국제 영화제에서 뉴 커런츠상을 받았고 1998년 로테르담 국제 영화제에서 타이거상 특별 언급상을 받았다. 모텔 선인장은 서울에 있는 러브호텔의 이름으로 407호실에서 네 번의 서로 다른 남녀 간의 친밀한 만남이 이어진다. 네 개의 에피소드는 남자 친구와 생일을 축하하는 여성, 영화를 찍기 위해 방을 빌렸다가 성관계를 갖게 되는 젊은 대학생 남녀, 방에서 마라톤 사랑을 하기 시작하는 술 취한 나이든 커플, 장례식 참석 후 예전의 열정을 다시 불러일으키고자 이곳을 찾지만 오히려 묵은 고통을 상기하게 되는 옛 연인의 이야기들이다. 각 커플은 같은 물리적 환경에 대해 서로 다르게 관련을 맺는 것이다. 당시 홍콩 감독 왕자웨이와 함께 작업하는 것으로 유명했던 크리스토퍼 도일이 촬영을 맡아 다른 한국 영화들과는 다른 섬세한 감각의 촬영이 돋보이는 작품이다.

유령, 1999**

액션 스릴러, 103분, 35mm, 컬러

감독 민병천 / 각본: 장준환, 봉준호, 김종훈 / 촬영: 홍경표

봉준호가 차승재 PD와 알게 된 계기는 차승재의 회사 우노필름이 제작한 「모텔 선인장」에서 일할 때였다. 차승재는 당시 떠오르는 스타 제작자였고 우노필름은 새롭고 혁신적인 영화들을 제작했다. 봉준호의 단편 영화 「지리멸렬」에 깊은 인상을 받은 차승재는 봉준호에게 그의 첫 장편 영화를 제작하겠다고 제안했다. 하지만 우선 연출팀에서 경험을 쌓고 장편 영화 대본을 쓰는 데 참여한다는 조건을 내걸었다. 그래서 봉준호는 「모텔 선인장」의 제1 조감독으로 일한 후, 영화 아카데미 동기인 장준환과 함께 우노필름의 다음 프로젝트인 「유령」의 각본팀에 합류했다. 「유령」은 핵 잠수함에서 벌어지는 이야기를 그린 스릴러다. 「쉬리」와 같은 해에 개봉된 이 영화는 〈한국형 블록버스터 영화〉란 아이디어를 적용한 최초의 영화 중 하나였지만 결과는 기대에 미치지 못했다. 주인공 이찬석(정우성)은 해군 정예 장교이지만 정신 나간 상관을 살해한 혐의로 사형을 선고받고 〈공식적으로〉 처형된 것으로 처리된다. 잠에서 깨어났을 때, 그는 한국 최초의 비밀 핵 잠수함인 팬텀에 탑승한 것을 알게 된다. 팬텀의 임무는 극비이기 때문에 탑승자는 전원 공식 기록에서는 사망한 사람들이다. 이들에게 주어진 임무는 일본이 자체 핵 잠수함을 건조하고 있다는 보도의 진상을 조사하는 것이었다. 그러나 부함장 202(최민수)는 선장을 살해하고 일본에 핵 공격을 가하겠다고 위협해 심해에서 혼돈과 대혼란을 초래한다. 「쉬리」처럼 「유령」은 스릴러 장르의 관습을 충실히 따르는 할리우드적인 영화다. 따라서, 이 영화를 통해 봉준호는 그가 결코 자신의 영화로는 하지 않을 전통적이고 관습적인 장르 영화의 대본을 쓰는 연습과 경험을 쌓았다고 할 수 있다.

2003년 10월 31일 『오마이뉴스』와의 인터뷰에서 봉준호는
다음과 같이 말했다. 〈김종훈이란 친구와 세 명이 함께「유령」
시나리오를 썼는데 셋 다「모텔 선인장」의 연출부 출신이다.
그 영화가 끝나고 차승재 대표가 잠수함 영화를 준비한다고
아이템을 주면서 시나리오를 부탁했었다. 초고 만들기까지
두 달 정도 도와주었고「플란다스의 개」를 만들면서 나는
빠져나왔다. 사실상 장준환 감독이「유령」의 메인 작가라고 할
수 있다. 주문 생산하듯이, 아르바이트 삼아 만들었던 작품이라
딱히 내 작품이라고 말하기는 좀 곤란하다.〉

플란다스의 개, 2000

코미디, 106분, 35밀리, 1.85: 1, 컬러

감독: 봉준호 / 각본: 봉준호, 손태웅, 송지호

봉준호의 데뷔 장편 영화이자 흥행에서 실패한 유일한 영화.
2000년 2월 개봉 당시, 이 영화의 엇박자 유머와 만화적인
감성은 너무 파격적이어서 영화 평론가들에게서도 별 호응을
얻지 못했다. 그러나 2000년 4월 홍콩 국제 영화제에서 비평가
연맹상을 받았고, 부에노스아이레스 영화제에서는 음악을
맡은 조성우가 특별상을, 2001년에 열린 뮌헨 영화제에서는
프로듀서인 조민환이 유망주상을 받는 등 해외에서 잇달아
인정받았다. 이후 한국 비평가들에게서도 독특한 유머 감각과
상상력, 그리고 새로운 세대의 감성을 대표하는 영화로
재평가받았다. 서로 이질적인 요소들을 한데 결합한 혼종

영화이자 특정 장르로 고정하는 것이 대단히 어려운 영화로 마케팅에 어려움을 겪기도 했다. 이 영화의 흥행 실패로부터, 봉준호는 영화가 상업적으로 성공하기 위해서는 익숙한 장르에 기반을 두어야 한다는 것을 배웠다고 할 수 있다.

서울의 한 평범한 아파트 단지를 배경으로 주민 윤주와 관리 사무소 직원 현남의 이야기를 다룬다. 윤주는 인문학 박사 학위 소지자로 전임 교직원 자리를 얻으려 하고 현남은 정의로운 투사로 유명해져 지루한 일상에서 벗어나고 싶어 한다. 아내가 출근한 후 집안일을 하며 하루하루를 보내는 윤주는 개 짖는 소리에 짜증이 나서 이웃집 개를 납치해 살해하려다 실패하고 지하실에 숨긴다. 하지만, 엉뚱한 개를 납치했던 것으로 드러나고, 이 오인으로 인해 개들이 연쇄 납치되는 일들이 펼쳐진다. 윤주가 두 번째 납치한 개를 고층 아파트 옥상에서 던져 살해하는 모습을 건너편 옥상에서 목격한 현남은 반드시 살인범을 잡겠다고 다짐한다. 하지만 그녀는 윤주가 살인자라는 것을 깨닫지 못하고, 오히려 여러 가지 정황상 두 사람은 세 번째로 실종된 윤주 아내의 개를 찾기 위해 협력한다. 영화는 개 납치범을 쫓는 액션, 유머, 공포(특히 관리인이 개를 요리하고 공포 이야기를 들려주는 지하실에서의 장면)와 만화책에서 영감을 얻은 판타지 장면들을 제공하지만, 영화의 핵심 갈등은 윤주의 도덕적, 재정적 딜레마에 있다. 전임 교원 자리를 확보하려면 학장에게 뇌물을 줘야 하는 주인공은 처음에는 강하게 저항하지만 과연 그의 도덕적 진실성을 끝까지 유지할 수 있을까? 영화는 봉준호의 영화들을 관통하는 주요 특징들, 즉 이질적인 요소들의 혼합, 색다른 유머, 높은 현실성에 대한 관심, 사회 이슈와 부조리에 대한 예리한 관찰과 비평, 그리고 그러한 부조리들이 평범한 사람들의 삶에 미치는 영향을 섬세하게 그려 나간다. 봉준호가「살인의 추억」,「괴물」, 「옥자」에 출연할 배우 변희봉과 함께한 첫 번째 작품이다.

피도 눈물도 없이, 2002**
액션 범죄 드라마, 116분, 35mm, 컬러
감독: 류승완 / 특별 출연: 봉준호
한국 영화의 〈액션 키드〉로 불리는 류승완 감독의 두 번째 장편 영화. 두 여자가 조직폭력배들로부터 돈을 훔칠 음모를 꾸미면서 그 과정에서 복수하게 되는, 보기 드문 여성 버디 영화다. 가수 지망생이자 조폭 두목의 정부인 수진(전도연)이 금고 털이범 출신의 여성 택시 운전사 경선(이혜영)을 만난다. 깡패 두목의 학대에 지친 수진은 마침내 경선의 도움으로 복수하기로 결심하고, 영화는 두 여성의 우정, 사랑, 배신, 음모에 관한 이야기를 펼쳐 간다. 이 영화에는 봉준호, 김홍준, 이무영을 포함해 잘 알려진 몇몇 감독이 카메오로 출연한다. 봉준호는 영화 초반 경찰서에서 심문하는 형사로 잠깐 등장한다. 경선은 술에 취해 자신에게 치근덕거리는 남자 손님과 시비가 붙어 결국 경찰서로 가게 되는데, 만사 귀찮은 듯한 태도로 껌을 씹으며 책상에 앉아 있는 경찰관이 그들을

심문하면서 꾸중하기도 한다. 이 경찰관 역으로 봉준호가 나와 세 줄의 대사를 연기하며 약 30초 동안 등장한다. 봉준호 감독과 류승완 감독은 절친한 친구 사이다.

살인의 추억, 2003
범죄 드라마, 미스터리 스릴러, 131분, 35mm, 1.85:1, 컬러
감독: 봉준호 / 원작: 김광림(연극 「날 보러 와요」),
촬영: 김형구 / 편집: 김선민 / 음악: 이와시로 타로 /
미술: 류성희

봉준호의 두 번째 장편 영화이자 그의 영화 인생의 돌파구가 된 작품. 첫 번째 영화 「플란다스의 개」의 흥행 실패에도 불구하고, 그의 재능을 믿었던 우노필름의 차승재가 그의 두 번째 프로젝트를 지지하고 제작했다. 농촌에서 여성을 강간하고 살해한 연쇄 살인범의 이야기는 1980년대 화성 연쇄 살인 사건을 바탕으로 각색한 것으로 제작 당시 사건은 미해결 상태였다. 많은 영화계 관계자가 봉준호에게 영화 속 수사 결과를 마지막에 해결하는 것으로 바꾸자고 제안했지만, 그는 실화에 충실하기로 했다. 따라서, 이 영화는 범죄 드라마나 탐정 소설의 관습을 정면으로 거스르는 형식을 취하면서 형사들이 왜 살인범을 잡을 수 없었는지에 중점을 두고 이야기를 전개해 간다. 이처럼 실제 사건의 결과를 그대로 유지하기로 한 봉준호의 결정은 이 영화를 연쇄 살인범에 대한 것이라기보다는 1980년대라는 시대에 대한 이야기로 만들고자 했던 의도를 반영한다. 누가, 왜, 이 많은 여성을 강간하고 살해했는가가 주된 질문이 아니고 오히려 왜 형사들이 범죄를 해결하지 못했을까가 중심 질문이 된다. 비록 관객이 이미 결말을 알고 있는 스토리이지만 영화는 시골 형사와 서울 형사 간의 갈등 관계를 통해 긴장감을 유지하면서 성공적으로 관객의 관심을 끝까지 유지한다. 영화는 강간 살인의 첫 번째 여성 피해자의 시신을 발견하는 것으로 시작한다. 지방 경찰과 형사 들은 수사를 성공적으로 이끌기에는 무능하고 어정쩡하다. 그래서 서울에서 엘리트 형사가 파견된다. 시골 형사 박두만(송강호)과 도시 형사 서태윤(김상경)의 대결은 코믹한 순간도 만들어 내지만 영화 속 갈등과 긴장 관계를 팽팽하게 이끌어 간다. 그들은 수사에 대한 접근 방식에서부터 극과 극이라고 할 정도로 반대이지만 해결책을 내놓는 데는 어느 쪽도 성공하지 못한다. 영화가 전개되면서, 이들이 범죄를 해결하지 못하게 하는 근본적인 원인이 억압적인 군사 정권이라는 점이 명백해진다. 경찰 본부의 지원을 받아 범인을 잡을 것이 확실시되던 날 밤, 독재 정권이 민주주의를 요구하는 대규모 시위를 진압하기 위해 경찰력을 총동원했기에 두 형사는 필요한 지원을 받지 못한다. 미스터리 장르의 표피 아래에서 영화는 시민들을 보호하는 데 실패한 당국의 무능과 함께 체계적 폭력성을 드러낸다. 제작진은 1980년대 농촌 마을을 최대한 사실적으로 묘사하기 위해 전국을 돌며 로케이션 헌팅을 했다. 한국 영상 자료원은

이들이 헌팅 중에 찍은 사진 6,256개의 네거티브를 소장하고
있다. 그리고 김형구의 촬영과 이와시로 타로의 음악은
1980년대의 묘사에 서정적이면서도 애처로운 분위기를 더해
준다.

인플루엔자, 2004
모큐멘터리, 28분, 흑백

감독: 봉준호 / 음악: 안혜석

봉준호는 디지털보다는 필름 촬영을 선호하지만, 이 단편
영화는 전주 국제 영화제 〈디지털 프로젝트 2004〉의 하나로,
디지털로 촬영하였다. 「인플루엔자」는 이시이 소고의 「미러
마인드」(일본), 유릭와이의 「댄스 미 투 러브」(홍콩)와 함께
이 프로젝트에 포함되어 있다. 이 영화에서 주목할 만한
점은 서울의 실제 장소에서 다수의 CCTV 보안 시스템에
설치된 고정 카메라에 의해 촬영된 것이라는 사실이다. 이
영화는 형식상으로 도시 구석구석의 감시 카메라에 찍힌
가상의 인물을 따라가는 일종의 가짜 다큐멘터리다. 카메라의
고정성과 편집 불가능성에 얽매인 이 영화는 2001년부터
2004년까지 5년 동안 폭력과 범죄의 소용돌이로 치닫는
조혁래의 삶을 열 개의 롱 테이크에 담고 있다. 조혁래의
이미지는 감시 카메라와 CCTV에 의해 기록된 엄청난 양의
영상에서 발굴되었다. 영화는 그가 멍한 표정으로 한강 다리
위에 위태롭게 서 있는 것으로 시작한다. 그는 지하철에서 작은

물건을 팔아 생계를 유지하려 하지만 다양한 형태의 폭력에 직면하게 되고 결국 스스로 폭력에 의지하게 된다. 그는 현금 인출기에서 약하고 나이 든 사람들로부터 돈을 훔친다. 그리고 폭력은 바이러스처럼 확장되고 퍼진다. 다큐멘터리와 허구의 경계를 흐리게 하기, 감시 카메라의 사용, 그리고 바이러스 인플루엔자로서의 폭력이라는 주제들은 모두 봉준호의 한국 사회에 대한 탐구의 시각을 보여 준다. 이 영화는 평범한 사람에게 일상생활이 의미하는 바를 재정의한다. 즉, 끊임없이 폭력에 노출되고 살아남기 위해 폭력적으로 되는 삶이다. 감시 카메라에 잡힌 이미지들은 폭력과 범죄가 만들어진 시간과 장소를 보여 준다. 그리고 조혁래가 더 큰 범죄를 저지르기 위해 다른 사람들과 협력함에 따라 폭력은 확산한다. 따라서 이 영화는 시청자를 폭력의 가늠 속에 위치한다. 조혁래의 폭력적인 행동의 희생자는 종종 사회적, 신체적 약자인 노인들이다. 현재를 배경으로 한 에필로그가 등장해 무심하게 지나가는 사람들을 보여 줄 때 영화는 색채로 바뀐다. 모두가 폭력에 너무 무감각해졌다.

싱크 앤 라이즈, 2004

드라마, 6분, 컬러

감독: 봉준호 / 촬영: 제창규

이 6분짜리 단편 영화는 한국 영화 아카데미 졸업생 10명이 참여한 단편 영화 모음집인 디지털 단편 영화 옴니버스

프로젝트 아이공의 일부로 촬영되었다. 봉준호의「싱크 앤
라이즈」는 그의 국제적인 성공작「괴물」의 선행 작품이다. 한강
둑과「괴물」에서 박씨 가족이 운영하는 것과 비슷한 노점이
주무대로 등장한다. 한 남자가 어린 딸에게 먹을 것을 사주기
위해 노점에 들른다. 하지만 돈이 모자라 삶은 달걀을 살지,
스낵을 살지 부녀는 옥신각신한다. 아버지는 달걀을 사기로
결정하고 딸에게 자신이 어렸을 때 강에서 수영하고 배가 고플
때마다 물 위에 떠 있는 삶은 달걀을 먹었다고 말한다. 그의
말에 귀가 솔깃해진 매점 주인은 그런 말은 들어 본 적이 없다고
주장한다. 그의 말에 화가 난 소녀의 아버지는 만약 삶은 달걀이
물 위에 뜨면, 스탠드에서 그가 원하는 것은 무엇이든지 주는
것으로 내기하자고 제안한다. 아빠와 딸은 강을 향해 달려가
달걀을 던진다. 봉준호의 유머 감각과 엉뚱한 상상력을 보여
주는 재미있는 단편 영화. 노점의 주인은「괴물」에서 같은
역할을 반복하는 변희봉이 연기한다. 아버지 역의 윤제문은
「괴물」에서 박씨 가족이 괴물을 죽이는 것을 돕는 노숙자로
등장한다.

남극일기, 2005**
호러, 미스터리 스릴러, 114분, 35mm, 컬러
감독: 임필성 / 각본: 임필성, 봉준호, 이해준 / 촬영: 정정훈
이 영화의 감독 임필성은 봉준호와 친한 친구다. 임필성은
「괴물」에서 전직 학생 운동가 남일(박해일)의 대학 동문

역할로 출연했다. 두 사람 모두 학생 운동 출신이지만, 임이
연기한 뚱게바라(뚱뚱한 체 게바라)는 현재 첨단 통신 기술
회사의 직원으로 수배 중인 남일에 걸린 보상금을 크레디트
카드 빚을 갚기 위해 후배를 배신한다. 「남극일기」는 임필성의
장편 영화 데뷔작으로 봉준호는 그와 함께 시나리오를 썼다.
영화는 최도형(송강호)이 이끄는 남극의 접근 불가능한
극점을 정복하기 위해 도전하는 한국 탐사팀에 관한 이야기다.
어느 날 그들은 80년 전에 영국 탐험팀이 쓴 오래된 깃발과
〈남극일기〉를 발견한다. 하지만, 그들이 이 일기를 발견한
이후로, 이상한 일들이 계속 일어나고 탐험은 악몽처럼 변한다.
임필성에 따르면 봉준호는 당시 「살인의 추억」으로 아주 바쁜
상황이어서 실제 대본에서는 한 장면에만 기여했다고 한다.

괴물, 2006
괴수 영화, 공포, SF 스릴러, 119분, 35mm, 1.85:1, 컬러
감독: 봉준호 / 각본: 봉준호, 하준원, 백철현 /
촬영: 김형구 / 편집: 김선민 / 음악: 이병우 /
미술-프로덕션 디자인: 류성희
제작비 규모와 흥행 면에서 모두 블록버스터 영화로
제작했다. 예산은 약 11억 원(당시 역대 세 번째로 비싼
영화)이었지만, 그중 절반이 괴물을 만들어 내는 컴퓨터
효과에 쓰였다. 개봉 후 21일 만에 1천만 장의 티켓 판매
기록을 달성했으며, 해외에서도 칸 영화제 감독 주간에서

상영되었을 때 비평가들에게 찬사받았다. 봉준호를 국제
무대에 알리는 획기적인 영화로, 2011년 3D로 전환돼 부산
국제 영화제에서 상영되기도 했다. 영화는 한강에서 거대한
돌연변이 물고기가 나타나 강둑에서 여가를 즐기던 시민들을
공격하는 괴수 영화 장르에 걸맞은 장면으로 시작한다. 영화는
프롤로그에서 이 돌연변이 생명체가 강에서 자랄 수 있는
완벽한 전제를 설정한다. 서울에 있는 미군 캠프에서 일하는
한 미국인 장의사가 그의 한국인 조수에게 한강에 독성이 강한
화학 물질을 버리라고 명령한 것이다. 봉준호는 2004년에
실제로 발생한 소위 〈맥팔랜드 사건〉에서 모티브를 따왔다.
하지만 영화 시작 14분 만에, 그것도 백주에 괴물이 온몸을
드러냄에 따라 괴물 영화의 장르적 관습은 여기서 끝난다.
괴물은 약간 모자란 듯한 남자 박강두의 딸이자 중학생인
현서를 납치한 후에는 폐쇄된 하수 공간에 머물면서 이야기의
중심에서 사라진다. 대신 현서를 구출하기 위해 애쓰는 박씨
가족의 혈투가 이야기의 중심을 이룬다. 그리고 정부 당국은
시민을 보호하기 위해 괴물을 쫓는 것이 아니라 괴물에 의해
납치되어 사망한 것으로 추정되는 현서의 가족을 쫓는다.
하지만 죽은 줄로만 알았던 현서는 자신이 살아 있다는 것을
알리기 위해 아버지에게 마지막 전화를 걸고, 그때부터
아버지 강두, 할아버지, 삼촌 남일, 고모 남주 등 가족은 그녀의
위치를 알아내고 구하기 위해 온 힘을 기울인다. 하지만 정부
당국은 괴물을 쫓는 대신 있지도 않은 바이러스 보균자라면서

그들을 현상 수배하고, 쫓으면서 가족과 당국 간의 추격전이
시작된다. 그들은 현서를 구할 수 있을까? 이 영화는 전형적인
괴물 영화처럼 시작했다가 중간에 가족 드라마로 바뀌는
이중의 내러티브 구조를 지니면서 당국의 무능과 무관심에
비판의 눈길을 돌린다. 한미 간의 불평등한 관계 또한 비판과
풍자의 대상이 된다. 대중적인 상업 장르 영화인 동시에 대단히
정치적인 블록버스터 영화다. 괴수 장르의 관습은 한국의
지정학적 맥락과 현실적인 이야기로 뒤틀리고 전복된다.
봉준호는 영화 진흥 위원회에서 펴낸 『Bong Joon-ho』에서
다음과 같이 말한다. 〈[내셔널 지오그래픽 다큐멘터리에서
물고기를 잡아 둥지로 데려가는 펠리컨들을 보면서] 유괴의
모티브, 그러니까 괴물이 한 소녀를 잡아서 데려가는데 그녀는
죽지 않으며, 가족들이 그녀를 구하려고 한다는 내용이
떠올랐다. 그건 납치 영화의 플롯이다. 그렇지 않나? 그런
면에서 내 영화는 납치 영화 장르에 더 가깝다고 할 수 있다.〉

흔들리는 도쿄, 2008
드라마, 30분, 35mm, 1.85:1, 컬러
감독: 봉준호 / 각본: 봉준호

봉준호가 한국 밖에서 만든 첫 영화다. 일본 도쿄에서 일본
배우들과 제작진과 함께 촬영했다. 10년 동안 한 번도 집을
나간 적이 없는 은둔형 외톨이 남성이 주인공. 그는 누구와도
대화를 나누지 않고 접촉도 하지 않았다. 그는 생필품을 배달에

의존하지만 배달원을 쳐다보는 일은 절대로 없다. 그런데 어느 날, 피자 배달부의 가터벨트가 그의 시선을 사로잡는다. 10년 만에 처음으로, 그는 누군가와 시선을 교환한다. 바로 그 순간, 지진으로 집이 뒤흔들리고 여자는 쓰러진다. 그는 다음 날 다시 그녀를 기다리지만 그녀를 다시 만나는 대신, 그녀가 자신과 같은 은둔형 외톨이가 되기로 결심했다는 말을 듣는다. 충격받은 그는 그녀를 막기 위해 밖으로 나가기로 결심한다. 그리고 마침내 거리로 나서는 데 성공하지만 거리는 텅 비어 있다. 모두가 은둔형 외톨이가 된 것이다! 한 사회에 대한 예리한 관찰력을 일반인의 이야기로 변환하는 봉준호의 수완을 잘 보여 주는 기묘한 사랑 이야기. 그는 은둔형 외톨이라는 독특한 일본적 캐릭터를 통해 고독의 도시로서 도쿄의 인상을 표현한다. 그리고 제목에 나오는 〈흔들리는shaking〉은 지진(일본은 지진의 땅이기도 하다)과 마음의 흔들림을 동시에 내포하고 있다. 봉준호의 유머 감각과 참신한 상상력을 보여 주는 이 영화는 도쿄를 배경으로 한 세 편의 단편 영화로 구성된 옴니버스 영화의 일부다. 〈도쿄!〉라는 제목의 옴니버스 영화에는 미셸 공드리의 「인테리어 디자인」과 레오 카락스의 「광인」이 포함되어 있다. 이 영화는 칸 영화제의 주목할 만한 시선 부문에서 상영되었다. 봉준호의 「흔들리는 도쿄」에는 국내에서도 인기 있는 배우 아오이 유우가 피자 배달원으로 나온다.

미쓰 홍당무, 2008**

로맨틱 코미디, 110분, 35mm, 컬러

감독: 이경미 / 각본: 이경미, 박은교, 박찬욱 / 촬영: 김동영

박찬욱의 2005년 영화 「친절한 금자씨」의 조감독이었던
이경미의 장편 데뷔작. 박찬욱의 제작사인 모호필름이
제작했고 박찬욱과 봉준호 두 사람 다 그녀의 영화를 지지하는
뜻에서 카메오로 출연했다. 평범하고 인기도 없는 고등학교
러시아어 교사 미숙(공효진)이 동료 교사 중 한 명에게 반해
어쩔 줄 모르는 이야기다. 문제는 그녀가 그 남자만 보면 보기
흉할 정도로 얼굴이 빨갛게 변한다는 사실이다. 민망하게
빨개지는 얼굴에도 불구하고, 미숙은 그녀의 라이벌 교사와
짝사랑 남자 교사 사이에 로맨스가 싹트는 걸 막기 위해
필사적으로 노력한다. 봉준호는 미숙이 다니는 영어 학원의
같은 반 수강생 중 한 명으로 등장한다. 그녀는 러시아어
수업이 취소됨에 따라 영어 교사로 재교육받기 위해 학원에
다니는데 이 장면에서 봉준호는 미숙에게 영어로 〈What subject
are you teaching at school now?(지금 학교에서 무슨 과목을
가르치나요?)〉라고 물어서 그녀를 당황하게 하는 역할을 맡았다.

마더, 2009

범죄 드라마, 128분, 35mm, 2.35:1, 컬러(2009), 흑백(2013)

감독: 봉준호 / 각본: 박은교, 봉준호 / 촬영: 홍경표 /

편집: 문세경 / 음악: 이병우 / 미술−프로덕션 디자인: 류성희

한국 관객이 배우 김혜자를 재발견할 수 있게 한 영화. TV 드라마에서 무조건적인 사랑과 희생이라는 한국적인 모성 이데올로기를 대표하는 역할로 〈국민 어머니〉로 칭송받아 온 김혜자가 이 영화에서는 아들을 위해서는 살인과 진실 은폐도 서슴지 않는 인간 괴물로 변모한다. 그럼에도 불구하고 관객은 그녀의 캐릭터에 여전히 공감하고 있는데, 왜냐하면 그녀가 28세의 지적 장애인 아들 도준을 돌보며 살아가기 위해 애쓰는 가난한 중년 여성으로 등장하기 때문이다. 도준이 여고생을 살해한 혐의로 기소되자, 엄마는 아들의 누명을 벗기기 위해 온갖 노력을 다한다. 경찰이 재수사를 꺼리자, 그녀는 자신이 직접 진짜 살인자를 찾기 위해 나서 수사하기 시작한다. 그래서 이 영화는 어떻게 보면 「살인의 추억」(시골 마을을 배경으로 한 범죄 드라마, 경찰의 무능함)과 「괴물」(가족을 구하기 위해 전혀 영웅 같지 않은 인물들이 직접 사건을 해결하려고 한다)을 조합한 것이라 할 수 있다. 엄마는 살인 사건의 진실을 밝혀내는 데 성공하지만 그 결과는 상상을 초월한다. 예측을 불허하는 이야기 전개를 통해 영화는 모성애와 도덕에 대한 의문을 제기한다. 현대 한국 사회의 도덕적 아노미를 빼어나게 묘사하고 있는데, 이 영화가 사회적 약자가 자신보다 더 약한 자를 착취하는 것으로 범죄에서 벗어나는 이야기이기 때문이다.

인류멸망보고서, 2012**

SF 판타지, 113분, 컬러

감독: 김지운, 임필성 / 각본: 임필성, 이환휘, 김지운, 양종규

김지운과 임필성이 감독한 영화로 세 편의 중편 영화를 합친
일종의 앤솔러지 필름이다. 종말론을 주제로 한 세 개의
에피소드로 구성되어 있다. 임필성은 첫 번째 에피소드 〈멋진
신세계〉와 세 번째 에피소드 〈해피 버스데이〉를, 김지운은 두
번째 에피소드 〈천상의 피조물〉을 연출했다. 봉준호는 음식
쓰레기의 부주의한 처리가 좀비 종말론으로 이어지는 첫
번째 에피소드에 출연한다. 석우(봉준호)는 다른 가족 모두가
해외로 휴가를 떠난 후 혼자 집에 남겨진다. 집을 청소하는 동안,
그는 제대로 된 재활용 쓰레기 처리 절차를 밟지 않고 부패한
음식을 그냥 쓰레기통에 버린다. 데이트 때 고기를 먹은 그는
몸에 이상한 반응이 온다. 자신이 함부로 버린 음식 쓰레기가
좀비 바이러스를 번식시켜 전 세계를 혼란에 빠트리기 시작한
것이다. 봉준호는 오피니언 리더와 국회의원 들이 〈이상한
바이러스, 이것은 음모인가?〉라는 TV 패널 토론에 참여하는
우스꽝스러운 장면에 등장해서 기타를 연주하기도 한다. 그는
우익 운동 단체인 옳은 시선 연대의 간사로 등장, 생활한복을
입은 모습으로 바이러스의 원인에 대해 황당한 이야기를
하고는 갑자기 기타를 들고 와서 전혀 이해할 수 없는 소리를
하는 여성 국회의원의 발언에 마치 반주하듯이 연주하며
상상을 뛰어넘는 웃음을 선사한다.

설국열차, 2013

공상 과학, 판타지, 스릴러, 125분, 35mm, 1.85:1, 컬러

감독: 봉준호 / 각본: 봉준호 / 촬영: 홍경표

봉준호의 첫 번째 글로벌 프로젝트이자 거의 전부가 세트에서
촬영된 첫 영화이기도 하다. 촬영은 체코 프라하의 바란도프
스튜디오에서 했다. 크리스 에번스, 존 허트, 틸다 스윈턴 등
해외 유명 배우들과 한국 배우 송강호와 고아성이 출연했다.
하지만 이 영화의 제작비는 모두 한국에서 충당됐고, 45억 원의
제작비로 당시 시점에서 가장 비싼 한국 영화가 됐다. 이야기는
1982년 프랑스에서 나온 동명의 그래픽 노블을 원작으로
하지만 봉준호의 영화 각색은 원작과는 상당히 다르다.
「설국열차」가 원작으로부터 빌려 온 것은 새로운 빙하 시대의
마지막 생존자들이 끊임없이 달리는 기차에 살고 있다는 중심
설정, 그리고 기차는 머리 칸과 꼬리 칸 두 칸으로 나뉘어져
있으며 꼬리 칸에서 머리 칸으로 전진하려는 주인공이 있다는
정도다. 이러한 전제는 같지만 영화의 스토리와 캐릭터는
완전히 다르다. 영화는 꼬리 칸 사람들이 리더인 커티스를
뒤따르면서 열차 내에 혁명을 가져오기를 열망한다는 점에서
원작보다 훨씬 정치적인 측면이 강하다고 할 수 있다. 꼬리
칸의 형편없는 음식과 불결한 생활 상태에 신물이 난 그들은
기차를 설계하고 운영하는 강력한 힘을 지닌 윌포드를 겨냥한
반란 혹은 혁명에 성공할 수 있을 것인가? 「설국열차」의
디스토피아적 세계는 현대 신자유주의 자본주의의 알레고리로

작동하면서 동시에 기후 변화의 문제를 제기한다. 사실 영화는 기후 변화에 대한 활발한 온라인 토론을 촉발하면서 블록버스터 상업 영화가 사회적 이슈들이 동원되고 논의될 수 있는 공론의 영역을 제공하는 새로운 가능성을 제시했다. 봉준호가 미국 배급사의 하비 와인스타인과 재편집 요청을 놓고 일 년 동안 고군분투하던 와중에 미국에서는 〈「설국열차」 해방 투쟁의 청원〉이 시작되기도 했다. 결국 원래 버전으로 개봉할 수 있게 되었지만 확대 개봉 대신 제한 상영으로 개봉하였다. 봉준호의 차기작 「옥자」와 함께 「설국열차」는 블록버스터 영화 제작과 사회 운동 사이의 관계를 재정의하는 흥미로운 사례를 선보였다고 할 수 있다. 한국 영상 자료원에 따르면, 「설국열차」는 공식적으로 35밀리미터 필름으로 촬영한 마지막 영화다. 모든 필름 현상 관련 랩이 문을 닫은 상태였고, 2010년대에는 디지털 멀티플렉스의 급속한 확장과 함께 영화 프린트의 시대가 막을 내린 것이다. 따라서 아이러니하게도 「설국열차」는 35밀리미터로 촬영했음에도 불구하고, 어떤 극장도 그것을 프린트로 상영할 수 없었기 때문에 디지털 프린트로 변환해야 했다.

해무, 2014**

드라마, 스릴러, 110분, 35mm, 컬러

감독: 심성보 / 각본: 심성보, 봉준호 / 촬영: 홍경표

「살인의 추억」의 시나리오를 공동 집필한 심성보의 감독 데뷔작. 봉준호는 이 영화를 제작하고 공동 각본을 담당했다. 어선 선원 6명이 물고기를 가득 싣고 돌아가지 못하는 손해를 만회하기 위해 중국에서 한국으로 사람들을 밀입국시키는 일을 맡기로 한다. 그러나 짙은 안개, 비, 파도에 직면하면서 일은 계획대로 진행되지 않는다. 영화는 한반도 서남부 항구 도시 여수에서 벌어지는 인신매매 참사 실화를 바탕으로 한 동명의 연극을 각색한 것이다.

옥자, 2017
판타지 모험물, 120분, 디지털, 컬러
감독: 봉준호 / 각본: 봉준호, 존 론슨 / 촬영: 다리우스 콘지 /
편집: 한미연, 양진모 / 프로덕션 디자인: 이하준, 케빈 톰슨 /
음악: 정재일

봉준호의 영화 중 한국의 투자가 전혀 들어가지 않은 첫 번째 영화. 넷플릭스는 그에게 5천만 달러를 주면서 완전한 창작의 자유를 주었고, 브래드 피트의 제작사인 플랜 B가 이 영화를 제작했다. 넷플릭스가 요구한 유일한 조건은 영화를 디지털로 촬영해야 한다는 것. 따라서 옥자는 봉준호의 첫 번째 디지털 장편 영화라 할 수 있다. 옥자는 대중적 소비를 위한 대량 육류를 생산하기 위해 다국적 기업인 미란다가 사육한 유전자 조작 슈퍼 돼지 중 한 마리다. 미란다는 전 세계 농부들에게 26마리의 새끼 돼지를 보내 10년 동안 기른 후 슈퍼 돼지 대회에 참가하게 했다. 옥자는 한국의 외딴 산골 마을에서 미자와 그녀의 할아버지에게 맡겨져 10년간 그들과 함께 살았다. 열세 살의 미자는 아기 때부터 옥자와 함께 자란 셈이다. 그들은 떼려야 뗄 수 없는 사이이고 미자는 할아버지가 가끔 옥자를 보러 오는 삼촌에게 돈을 다 지급하면 옥자가 영원히 그들과 함께 살 것이라고 믿는다. 그녀는 슈퍼 돼지 대회나 옥자가 유전자 조작 돼지라는 사실을 알지 못하기 때문에 (미란다로부터) 한 무리의 사람들이 옥자를 만나러 왔을 때 전혀 의심하지 않는다. 하지만, 미란다가 옥자를 빼앗아 갔음을 깨달았을 때, 옥자를 다시 데려오겠다고 맹세하면서 서울과 뉴욕을 오가는 그녀의 대모험이 시작한다. 옥자를 되찾겠다는 일념 하나로 두려움 없이 옥자의 행방을 추적하는 동안, 미자는 미란다 기업을 내부에서 파괴할 계획을 지닌 동물 해방 전선과 같이 행동하게 된다. 이들은 옥자에게 비디오 녹화 장치를 부착하여 미란다 내부로 들여보낸다. 하지만, 일은 그들이 계획했던 대로 되지 않고, 미자는 옥자가 순서를 기다리는 도살장에서 미란다의 CEO와 맞선다. 그녀는 옥자를 구할 수 있을까? 봉준호의 다른 영화들과 마찬가지로 「옥자」또한 사회적 이슈에 대한 신랄한 비판을 블록버스터 장르 안에 잘 녹여 낸다. 이번에는 기업의 탐욕, 유전자 조작 식품, 그리고 무엇보다도 육류 공장의 끔찍한 현실에 대한 고발이다. 영화는 수많은 온라인 사이트, 블로그, 소셜 미디어에서 이러한 문제들에 대한 논의를 촉발했고, 일부 관객은 채식주의 운동을 펼치기도 했다. 영화는 또 칸 영화제의 경쟁 부문에 나간 봉준호의 첫 영화인데 넷플릭스 제작 영화로

프랑스 극장 개봉이 예정되어 있지 않아 영화제 기간 논란의
중심에 서기도 했다. 프랑스 극장주들이 프랑스 극장에서
개봉하지 않는 영화가 영화제 경쟁 부문에 포함되어서는 안
된다고 거세게 항의했기 때문이다. 이 영화는 또한 한국의 주요
극장 체인들이 주도한 불매 운동에 직면하기도 했다.

기생충, 2019
블랙 코미디, 스릴러, 132분, 디지털, 2.35:1, 컬러
**감독: 봉준호 / 각본: 봉준호, 한진원 / 촬영: 홍경표 / 편집: 양
진모 / 프로덕션 디자인: 이하준 / 음악: 정재일**

봉준호는 2009년 「마더」 이후 정확히 10년 만에 한국어로 한국
이야기를 말한다. 그의 글로벌 SF 프로젝트인 「설국열차」에서
묘사한 계급 분열과 갈등의 주제를 발전시켜 현대 한국
현실에 확고히 뿌리내린 영화로 만들어 냈다. 「설국열차」가
가난한 사람들이 앞으로 나아가기 위해 끊임없이 이동하는
열차의 수평 구조로 계급의 문제를 표현한 반면, 「기생충」은
빈부 격차가 양극화된 결과를 위아래 층의 수직적 은유로
시각화한다. 칸 영화제에서 처음 선보이면서 한국 영화로
첫 황금 종려상을 수상했고, 계속해서 2020년 오스카
시상식에서는 최우수 작품상, 최우수 감독상, 최우수 국제
장편 영화상, 최우수 각본상 등 네 개 주요 부문 상을 휩쓸었다.
〈데칼코마니〉라는 가제에서 알 수 있듯이 영화는 겉모습은
비슷하지만 계급은 전혀 다른 두 가족, 즉 하나는 부자

가족(박씨 가족)이고 다른 하나는 가난한 가족(김씨 가족)의 이야기로 시작한다. 영화의 전반부에서, 백수였던 김씨 일가의 네 식구 모두 가정 교사, 운전기사, 그리고 가정부로 박씨 집안에 취직하는 데 성공한다. 그들은 이력서를 위조해서 일을 얻은 다음에 서로 모르는 척하면서 지낸다. 이들의 정체가 언제 밝혀지게 될지 긴장감이 고조되지만, 이야기는 전혀 예상치 못한 방향으로 전개되며, 두 가족의 이야기는 세 가족의 이야기로 변한다. 박씨 집 지하에 살고 있는 남자(전 가정부의 남편)의 존재는 정말로 관객에게 허를 찌르는 놀라운 반전을 선사한다. 이제 두 가난한 가족 사이의 갈등이 심화되고, 그들의 대립은 결국 세 가족 모두에게 완전한 재앙을 가져오게 된다. 「기생충」은 봉준호의 이전 영화들을 압축한 버전이라고 할 수 있지만, 동시에 새로운 탈피를 상징하기도 한다. 무엇보다도 한국을 무대로 한 그의 이전 영화들이 대부분 로케이션에서 촬영된 것과는 달리, 거의 세트에서 촬영됐다. 박씨 부부의 저택과 김씨 부부의 반지하 집은 높은 곳과 낮은 곳의 극명한 대조를 포착하기 위해 세심하게 설계되었다. 그들의 수직적 연관성은 홍수가 난 날 밤에 부각되는데, 박씨 집 근처에서 김씨 가족의 저지대 마을로 물이 흘러 내려가는 것으로 묘사된다. 동시에 카메라는 김씨 가족이 부잣집에서 반지하 집으로 달려가는 모습을 따라가며 이 같은 수직성을 강조한다. 이 영화가 그의 이전 영화들과 가장 구별되는 점은 현대 한국 사회의 도덕적 아노미를 포착하는 강렬한 묘사다.

부자를 악으로, 가난한 사람은 평범한 희생자로 묘사하는 단순한 이분법적 고정 관념은 전복된다. 「플란다스의 개」의 윤주나 「마더」의 엄마와 달리, 김씨 가족은 그들의 잘못에 대해 도덕적 자책감을 보이지도 않는다. 영화는 한국이 1997년 IMF 구제 금융으로 인해 채택해야 했던 신자유주의 경제 정책이 지난 20년간 초래한 경제적, 도덕적 결과를 세 가족 이야기를 통해 보여 준다. 사회 병폐의 구조나 권력의 시스템은 더 이상 눈에 보이지 않으며, 개인들은 각자도생을 위해 자기 방식으로 매진할 뿐이다. 사회적 약자에 대한 적대자로서의 (정부) 당국의 활동이 별로 묘사되지 않는다는 것도 이 영화가 봉준호의 전작에서 완전히 벗어났음을 알려 주는 변화다. 이제 사회적 약자들에게는 서로 싸워 이기는 길 외에 다른 수단은 없다.

미키 17, 2025

SF, 블랙 코미디, 137분, 디지털, 컬러

감독: 봉준호 / 원작: 에드워드 애슈턴 / 각본: 봉준호 /

촬영: 다리우스 콘지 / 편집: 양진모 /

프로덕션 디자인: 피오나 크롬비 / 음악: 정재일

봉준호의 첫 할리우드 SF 블록버스터로 에드워드 애슈턴의 2022년 소설 『미키7』을 각색한 작품이다. 혹독한 환경의 개척 행성 니플하임에서 인간 소모품 〈익스펜더블〉로 일하는 주인공 미키 17(로버트 패티슨)의 여정을 그린다. 그는 외계 생명체인 크리퍼 수색에 나섰다가 깊은 얼음 동굴 속으로 추락한다. 친구 티모(스티븐 연)는 구조를 포기하고 기지로 돌아가 미키 17의 사망을 알리고, 이에 미키 18이 생체 프린터에서 새로 재생된다. 하지만 미키 17은 크리퍼들의 도움으로 기적적으로 살아남아 기지로 돌아오고 방에서 미키 18과 마주치면서 예기치 않은 일들이 펼쳐진다. 시스템이 허용하지 않는 두 명의 동일 인격체, 즉 〈멀티플〉 상황이 발생하면서, 처음엔 서로를 적대시하던 미키 17과 18은 점차 연대하게 되고, 독재자 마셜 부부(마크 러팔로, 토니 콜렛)가 지배하는 니플하임 체제에 맞서 혁명을 이끄는 중심인물이 된다. 「미키 17」은 봉준호 특유의 사회 비판적 시각과 블랙 코미디에 특수 효과 스펙터클, 그리고 처음으로 사랑 이야기가 펼쳐져 관심을 끌었다. 미키 17과 니플하임의 엘리트 전투 요원인 나샤(나오미 애키)의 사랑은 단순한 서브플롯이 아니라 미키 17의 성장과 체제 전복을 가능하게 하는 데 결정적인 역할을 하는 핵심 동력이다. 미키 17은 또 다른 자신인 미키 18과의 갈등과 연대를 통해 자아의 정체성을 확립하면서 동시에 크리퍼와의 화해를 이끌며 사회적 약자와 비인간 생명체와의 공존 가능성을 보여 준다. 봉준호 영화 중 가장 낙관적이고 희망적인 결말을 맞이하는 작품으로 블록버스터 장르의 쾌감과 사회적 성찰을 동시에 담아내며 봉준호 영화 세계의 새로운 확장을 보여 준다.

참고 문헌

*

강양구, 「괴물 탄생시킨 '맥팔랜드 사건'은 이랬다」, 『프레시안』, 2006년 7월 31일 자.

강준만, 『우리는 왜 이렇게 사는 걸까?』(서울: 인물과 사상사, 2014).

김동춘, 『한국인의 에너지, 가족주의』(서울: 피어나, 2020).

김명신, 「뛰고 또 뛰는 이 땅의 모든 마더에게」, 『프레시안』, 2009년 6월 12일 자.

김미현, 『한국영화역사』(서울: 커뮤니케이션북스, 2014).

김서로, 「'옥자'가 식탁 위에 가져온 변화는」, 『한국일보』, 2017년 7월 10일 자.

김영희, 임범, 「영화 대담: 누아르 범죄영화로 관심몰이, 박찬욱-봉준호 감독」, 『씨네21』, 2003년 4월.

김용운, 「IMF 20년 유통진단 거리로 내몰린 가장들: 가맹점 전성시대 열었지만」, 『이데일리』, 2017년 11월 21일 자.

김은형, 전정윤, 「괴물 봉준호 감독, 영화평론가 김소영 교수 대담」, 『씨네 21』, 2006년 7월.

김진경, 「겹재화법 속에 나타난 근대성에 관한 고찰: 서구 인상주의화법과의 비교를 중심으로」, 『양명학 36』(2013): 329~370.

김찬호, 『모멸감: 굴욕과 존엄의 감정사회학』(서울: 문학과 지성사, 2014).

김치중, 「10년 넘게 OECD 자살율 1위… 이대로 놔둘 건가」, 『한국일보』, 2014년 10월 6일 자.

김휘경, 「살인의 추억 봉준호 감독: 80년대를 지명수배한다」, 『동아일보』, 2013년 4월 3일 자.

남경욱,「정의란 무엇인가 100만 부 돌파」,『한국일보』, 2011년 4월 19일 자.

남상석,「영화 '괴물' 칸에서 호평」, SBS 뉴스, 2006년 5월 25일 자.

뉴시스,「영화 '괴물', 5.18 닮은 꼴(?)」,『조선닷컴』, 2006년 8월 8일 자.

말뚝이,「설국열차 마지막 장면 북극곰이 영화의 모든 것을 설명한다」,『흙과
     씨앗』, 2013년 8월 6일, http://maltugi.blogspot.com/2013/08/blog-
     post_6.html.

맥스무비,『조선닷컴』(서울: K & Group, 2017).

문석,「장준환과 '지구를 지켜라' 탄생기 2」,『씨네 21』, 2003년 3월.

문소정,「한국 가족변동의 역사적 맥락에서 상상한「마더」의 가족욕망」,
     『여성학연구 19』, no. 2 (2010): 97~118.

문재철,「변화된 시간성과 대중의 정서: 뉴웨이브 이후의 영화에 나타난 과거의
     이미지」,『대중서사학회 Vol. 9 (10)』(2003), 64-87.

박경희,「70회 칸 영화제: 봉준호 감독의 역대 칸 방문기」,『맥스무비』, 2017년
     5월.

박노자,『비굴의 시대』(서울: 한겨레출판, 2014).

박일영,『소설가 구보씨의 일생: 경성 모던보이 박태원의 사생활』(서울: 문학과
     지성사, 2016).

박혜명, 김소희,「살인의 추억의 감독, 비판자, 지지자가 가진 3각 대담」,
     『씨네21』, 2003년 5월.

박홍식,「유교문화: 가정교육 담당자로서의 전업주부 역할과 가정문제」,
     『유교사상문화연구 30』(2007): 313~340.

방현철,「한국 공무원 부정부패 세계 4위: KDI 폐쇄적 임용제도 때문」,
     『조선비즈뉴스』, 2013년 10월 10일 자.

복 제이슨,「설국열차Snowpiercer, 2013: 기차는 영화다!」,『The Bok (블로그)』,
     2013년 9월 17일.

봉준호,「봉준호, 설국열차, 인류 보편적 가치 다룬 작품」, YTN 뉴스, 2013년
     7월 22일.

봉준호,「저는 변태입니다, 백지연 피플인사이드 Ep. 375」, tvN, 2013년 7월
     29일.

봉준호,「80년대 꼬라지를 보여주고 싶었다: [인터뷰] 영화 살인의 추억 봉준호
     감독」,『오마이뉴스』, 2003년 10월 31일 자.

봉준호,『괴물 메이킹 북』(서울: 21세기북스, 2006).

봉준호, 「마더는 내 최초의 본격 섹스영화다: 봉준호 감독을 만나다」,
『딴지일보』, 2009년 6월 10일 자.

봉준호, 김정, 민규동, 「즐거운 혹사의 시간이었지」, 『씨네21』, 2009년 10월.

서혜인, 「살인의 추억(봉준호, 2003): 명작을 만든 첫 번째 매듭」, 『영화천국』
Vol. 61 (2018).

성진수, 「동시대 한국 영화에서 작가주의의 상업적 수용 양상」, 『영화연구』 no.
65 (2015): 161-194.

손창섭, 『잉여인간』(서울: 민음사, 2005).

심재명, 「"'설국열차' 봉준호 감독을 놓치다." 백지연 피플인사이드 Ep. 382」,
tvN, 2013년 8월 13일.

씨네크라, 「괴물: 괴물의 정체! (봉준호가 숨겨놓은 상징들)」, 『나의
영화평(블로그)』, 2007년 6월 15일.

안병욱, 「한국 민주화운동에 대한 평가와 인식의 전환을 위하여」, 『역사와 현실
77』(2010): 17-38.

연합뉴스, 「'옥자' 봉준호 감독 "만화 '코난' 여자아이 버전 만들고 싶었다"」,
『한겨레신문』, 2017년 5월 21일 자.

영화 진흥 위원회, 2014년 한국 영화 연감, 2018년 4월 4일.

원희복, 「5.18 광주민중항쟁, 한국 민주주의 운동의 빛이 되다」, 『경향신문』,
2015년 7월 13일 자.

육성철, 「'살인의 추억' 감독 봉준호, 그가 궁금하다」, 『월간참여사회』, 2003년
6월.

임선애, 『영화 스토리보드』(서울: 커뮤니케이션북스, 2012).

임필성, 「제작일지: 남극일기」, 필름메이커스 커뮤니티, 2005년 5월 14일.

장경섭, 『내일의 종언?: 가족자유주의와 사회재생산 위기』(서울: 집문당, 2018).

장덕진, 김현식, 김두환 외, 『압축성장의 고고학』(서울: 한울, 2017).

장원호, 「한국사회의 불신, 원인은 어디에 있는가?」, 『대한민국은 도덕적인가』,
김미숙 편집(서울: 동아시아, 2009), 172~195면.

전인권, 『남자의 탄생』(서울: 푸른숲, 2003).

정희진, 『페미니즘의 도전』(서울: 교양인, 2015).

조한혜정, 「대한민국 사회의 그늘」, 『한국인, 우리는 누구인가』, (서울: 21세기
북스, 2016).

주성철, 「새로운 엔진을 장착했다: 봉준호의 세계와 설국열차의 도킹, 그

결과는…」, 『씨네21』, 2013년 8월.

주성철, 『데뷔의 순간: 영화감독 17인이 들려주는 나의 청춘분투기』(서울: 푸른숲, 2014).

최장집, 『민주화 이후의 민주주의: 한국 민주주의의 보수적 기원과 위기』(서울: 후마니타스, 2010).

최정운, 『오월의 사회과학』(서울: 오월의 봄, 2012).

최창렬, 『대한민국을 말한다』(서울: 이담북스, 2012).

최태섭, 『잉여사회』(서울: 웅진지식하우스, 2013).

최현정, 「젊은 층의 자조 섞인 유행어 잉여 인간」, 『동아일보』, 2009년 3월 20일 자.

한국 영상 자료원, 「괴수대백과: 한국 괴수가 온다」, 2008년 7월 29일~8월 5일.

한미라, 「봉준호 영화의 내러티브 공간이 갖는 지정학적 의미에 관한 연구」, 『영화연구63』(2015): 259-287.

홍성록, 「봉준호, 현실적인 괴물 만드는게 관건이었죠」, 『한겨레신문』, 2006년 6월 8일 자.

황두진, 「모든 동네에는 전설이 있는 법: 마더의 진경산수, 친경건축, 진경영화」, 『씨네21』, 2010년 11월.

*

Abelmann, Nancy. *The Melodrama of Mobility: Women, Talk, and Class in Contemporary South Korea*. Honolulu: University of Hawaii Press, 2003.

Agence France-Presse. "Parasite Sets French Box-Office Record." *Straits Times*, September 24, 2019.

Appadurai, Arjun. "Disjuncture and Difference in the Global Cultural Economy." *Theory, Culture & Society 7*, no. 2 (1990): 295 – 310.

Bakhtin, Mikhail M. "Forms of Time and of the Chronotope in the Novel: Notes toward a Historical Poetics." In *Narrative Dynamics: Essays on Time, Plot, Closure and Frames*, edited by Brian Richardson, James Phalen, Peter Rabinowitz, 15 – 24. Columbus: Ohio State University Press, 2002.

Bálazs, Béla, and Erica Carter, eds. *Béla Bálazs: Early Film Theory: Visible Man and the Spirit of Film*. New York: Berghahn Books, 2011.

Barthes, Roland. "The Death of the Author." In *Image-Music-Text*, translated by Stephen Heath, 142‑148. New York: Hill and Wang, 1978.

Baum, Seth D. "Film Review: Snowpiercer." *Journal of Sustainability Education* 7 (2014): 1.

Bauman, Zygmunt. *Liquid Times: Living in an Age of Uncertainty*. Cambridge: Polity, 2006., *Wasted Lives: Modernity and Its Outcasts*. Cambridge: Polity, 2004.

Benjamin, Walter. "Paralipomena to 'On the Concept of History.'" In *Selected Writings*. Vol. 4, *1938–1940*, edited by Howard Eiland and Michael W. Jennings, translated by Edmund Jephcott et al., 401‑411. Cambridge, Mass.: Harvard University Press, 2003.

Berry, Chris. "Full Service Cinema: The Korean Cinema Success Story (So Far)." In *Text and Context of Korean Cinema: Crossing Borders*, edited by Young-key Kim-Renaud, R.

Richard Grinker, and Kirk W. Larsen. *Sigur Center Asia Paper*, no. 17 (2003): 7‑16.

Berry, Chris. "'What's Big about the Big Film?': 'De-westernizing' the Blockbuster in Korea and China." In *Movie Blockbusters*, edited by Julian Stringer, 217‑229. London: Routledge, 2003.

Bhabha, Homi K. *The Location of Culture*. New York: Routledge, 2004.

Bloch, Ernst. *The Heritage of Our Times*. Cambridge: Polity, 1991.

Bloom, Dan. "THE CLIFFIES 2014—Cli Fi Movie Awards—Winners List—Awards Program Tagline 'Can Cli Fi Movies Save the Planet?'" Blogspot (blog), November 1, 2014.

Bloom, Dan. "Movies Like Snowpiercer Can Sound the Alarm." *New York Times*, last modified July 30, 2014.

Bourdieu, Pierre. *The Field of Cultural Production*. Edited by Randal Johnson. New York: Columbia University Press, 1993.

Bourdieu, Pierre. *The Rules of Art: Genesis and Structure of the Literary Field*. Translated by Susan Emanuel. Stanford, Calif.: Stanford University Press, 1996.

Box Office Mojo. "Snowpiercer." https://www.boxofficemojo.com/

movies/?id=snowpiercer.htm.

Braedley, Susan, and Meg Luxton, eds. *Neoliberalism and Everyday Life*. Montreal: McGill–Queen's University Press, 2010.

Business Insider. "South Korea's Education Fever Needs Cooling." October 25, 2013.

Cahiers du cinéma. "Top 10 des années 2000." https://www.cahiersducinema.com/produit/top-10-des-annees-2000/.

Carter, Joe. "How to Understand Snowpiercer." Action Institute Powerblog (blog), July 18, 2014. http://blog.acton.org/archives/70893-understand-snowpiercer.html.

Chances, Ellen. "The Superfluous Man in Russian Literature." In *The Routledge Companion to Russian Literature*, edited by Neil Cornwell, 111–122. London: Routledge, 2002.

Chang, Kyung-sup. "Compressed Modernity and Its Discontents: South Korean Society in Transition." *Economy and Society 28*, no. 1 (1999): 30–55.

Change.org. "Free Snowpiercer." Last modified August 19, 2014. https://www.change.org/p/free-snowpiercer.

Child, Ben. "Snowpiercer Director Reportedly Furious about Weinstein English–Version Cuts." *Guardian*, October 8, 2013. https://www.theguardian.com/film/2013/oct/08/snowpiercer-director-english-cuts-bong-joon-ho.

Crouch, Colin. *Post-democracy*. Malden, Mass.: Polity, 2004.

Dargis, Manohla. "It Came from the River, Hungry for Humans (Burp)." *New York Times*, March 9, 2007. https://www.nytimes.com/2007/03/09/movies/09host.html.

Delorme, Stéphane, and Jean–Philippe Tessé. "L'art du piksari." *Cahiers du cinéma 618* (2006): 47–49.

DeLuca, Kevin Michael, and Jennifer Peeples. "From Public Sphere to Public Screen: Democracy, Activism, and the 'Violence' of Seattle." Critical Studies in *Media Communication 19*, no. 2 (2002): 125–151.

Derber, Charles, and Yale R. Magrass. *Surplus American: How the 1% Is*

Making Us Redundant. New York: Routledge, 2012.

Derrida, Jacques. *Limited Inc.* Translated by Jeffrey Mehlman and Samuel Weber. Evanston: Northwestern University Press, 1988.

D'Katz, Steve. *Film Directing Shot by Shot: Visualizing from Concept to Screen.* Waltham, Mass.: Focal, 1991.

Drezner, Daniel W. "The Lessons of Zombie-Mania." *Wall Street Journal,* April 5, 2013. Durkheim, Emile. *Suicide: A Study in Sociology.* New York: Free Press, 1997.

Ďurovlčová, Nataša, and Garrett Stewart. "Amnesia of Murder: Mother." *Film Quarterly 64,* no. 2 (2010): 64–68.

Elsaesser, Thomas. "The Pathos of Failure: American Films in the 1970s." In *The Last Great American Picture Show: New Hollywood Cinema in the 1970s,* edited by Alexander Horwath, Noel King, and Thomas Elsaesser, 279–292. Amsterdam: Amsterdam University Press, 2004.

Fifield, Anna. "Young South Koreans Call Their Country 'Hell' and Look for Ways Out." *Washington Post,* January 31, 2016.

FilmIs Now Movie Trailers. "Snowpiercer R-Rated Animated Prequel (2013)—Chris Evans Movie HD." July 23, 2013. YouTube video, 5:33.

Fischer, Russ. "There Is Only One Cut of 'Snowpiercer,' Which Opens Wide This Week." /Film (blog), July 1, 2014. https://www.slashfilm.com/snowpiercer-cut/.

Flank, Robert, and Philip Cook. *The Winner-Take-All Society: Why the Few at the Top Get So Much More than the Rest of Us.* New York: Penguin, 1996.

Foucault, Michel. "What Is an Author?" In *Language, Counter-memory, Practice: Selected Essays and Interviews,* edited by Donald F. Bouchard, 113–138. Ithaca, N.Y.: Cornell University Press, 1977.

Fraser, Nancy. *Scales of Justice: Reimagining Political Space in a Globalizing World.* New York: Columbia University Press, 2010.

Gerstener, David A., and Janet Staiger, eds. *Authorship and Film.* New York: Routledge, 2003.

Goldberg, Jonah. "On Snowpiercer (SPOILERS)." *National Review,* July 23, 2014.

Han, Angie. "The Weinstein Co. Cutting 'Snowpiercer' Because Americans Are Stupid." /Film (blog), August 6, 2013. https://www.slashfilm.com/the-weinstein-co-cutting-snowpiercer-because-americans-are-stupid/.

Hansen, Miriam. *Babel and Babylon: Spectatorship in American Silent Film.* Cambridge, Mass.: Harvard University Press, 1994.

Harris, Hunter (@hunterharris). "Okja is delightful and grim and this is my favorite part." Twitter, June 28, 2017, 9:44 am. pic.twitter.com/Y8uBNgPnNZ.

Holmes, Brian. "Hieroglyphs of the Future: Jacques Rancière and the Aesthetics of Equality." *Cabinet 4* (2001). http://www.cabinetmagazine.org/issues/4/Hieroglyphs.php.

Hsu, Hsuan L. "The Dangers of Biosecurity: The Host and the Geopolitics of Outbreak." *Jump Cut 51* (2009). http://www.ejumpcut.org/archive/jc51.2009/Host/text.html.

Huh, Moonyung. "Making Genre Films in the Third World: Memories of Murder and The Host, Genre and Local Politics." In *Bong Joon-ho*, edited by Jung Ji-youn, translated by Colin A. Mouat. Seoul: Seoul Selection, 2008. Kindle.

James, David E., and Kyung Hyun Kim, eds. *Im Kwon-Taek: The Making of a Korean National Cinema.* Detroit: Wayne University Press, 2002.

Jameson, Fredric. *Postmodernism: Or, the Cultural Logic of Late Capitalism.* Durham, N.C.: Duke University Press, 1992.

Jeon, Joseph Jonghyun. "Memories of Memories: Historicity, Nostalgia, and Archive in Bong Joon-ho's Memories of Murder." *Cinema Journal 51*, no. 1 (2011): 75–94.

Jeong, Seung-hoon, and Jeremi Szaniawski, eds. *The Global Auteur: The Politics of Authorship in 21st Century Cinema.* London: Bloomsbury Academic Publishing, 2016.

Johnston, Keith M. *Science Fiction Film: A Critical Introduction.* London: Berg, 2011.

Jung, Ji-youn, ed. *Bong Joon-ho.* Translated by Colin A. Mouat. Seoul: Seoul

Selection, 2008. Kindle.

Khan, Muhammad. "Snowpiercer: A New Ice Age and Its Consequences." *World Socialist Web Site*, October 8, 2014. https://www.wsws.org/en/articles/2014/10/08/snow-o08.html.

Kil, Sonia. "Bong Joon-ho on Working with Netflix and the Controversy over 'Okja' at Cannes." *Variety*, May 16, 2017.

Kim, Joon-hyung. "Snowpiercer, Elysium and the Land We Live In." *Mirezi.com*, September 2, 2013. http://www.mirezi.com/2013/09/column-3_4118.html.

Kim, Yunjong. *The Failure of Socialism in South Korea: 1945–2007.* New York: Routledge, 2016.

Klein, Christina. "The AFKN Nexus: US Military Broadcasting and New Korean Cinema."

Transnational Cinemas 3, no. 1 (2012): 19 – 39., "Why American Studies Needs to Think about Korean Cinema, or Transnational Genres in the Films of Bong Joon-ho." *American Quarterly 60*, no. 4 (2008): 871 – 893.

Krakowiak, K. Maja, and Mary Beth Oliver. "When Good Characters Do Bad Things: Examining the Effect of Moral Ambiguity on Enjoyment." *Journal of Communication 62*, no. 1 (2012): 117 – 135.

Lee, Keun S. "Financial Crisis in Korea and IMF: Analysis and Perspective." Presentation, Merrill Lynch Center for the Study of International Financial Services and Markets, New York, February 27, 1998.

Lee, Kevin B. "The Han River Horror Show: Interview with Bong Joon-ho." Translated by Ina Park and Mina Park. *Cineaste 32*, no. 2 (2007). https://www.cineaste.com/spring2007/interview-with-bong-joon-ho.

Lee, Namhee. *The Making of Minjung: Democracy and the Politics of Representation in Korea.* Ithaca, N.Y.: Cornell University Press, 2007.

Loader, Brian, and Dan Mercea. "Networking Democracy? Social Media Innovations and Participatory Politics." Information, *Communication & Society 14*, no. 6 (2011): 757 – 769.

Mannheim, Karl. "The Problem of Generations." In *Karl Mannheim: Essays*, edited by Paul Kecskemeti, 276 – 322. 1952. Reprint, London: Routledge,

1972. Mark, Jason. "In Review: Snowpiercer." *Earth Island Journal*, July 19, 2014.

Marx, Karl. "The Class Struggles in France, 1848 – 1850." In *Marx & Engels Collected Works*. Vol. 10, *Marx and Engels 1849–51*, edited by Karl Marx and Frederick Engels, 45 – 146. Chadwell Heath, U.K.: Lawrence &Wishart Electric Book, 2010.

McCorry, Seán. "Okja: A Film that Provides Food for Thought on 'Sustainable' Meat Production." *Conversation*, June 28, 2017.

McNary, Dave. "Bong Joon–ho's 'Parasite' Posts Powerful Opening in North America." *Variety*, October 13, 2019.

Moore, Alan. *From Hell*. Illustrated by Eddie Campbell. Mariett, Ga.: Top Shelf Productions, 2012.

New York Times. "Room for Debate: Will Fiction Influence How We React to Climate Change?" July 29, 2014.

Orwell, George. *The Road to Wigan Pier*. LimpidSoft. ebook.

Paquet, Darcy. *New Korean Cinema: Breaking the Waves*. New York: Wallflower, 2009.

Park, Young–a. *Unexpected Alliances: Independent Filmmakers, the State, and the Film Industry in Postauthoritarian South Korea*. Stanford, Calif.: Stanford University Press, 2014.

Parvin, Curtis M. "Are Social Classes on the Right Track? A Review of 'Snowpiercer' (2013)." Rhode Island Liberator (blog), November 14, 2014.

Ramsier, Alanna. "11 Things That Happened When People Watched 'Okja.'" PETA (blog), June 30, 2017. https://www.peta.org/blog/okja–turning–people–vegan/.

Ramstad, Evan. "U.S. Professor Is Hit in Seoul." *Wall Street Journal*, June 5, 2012.

Rancière, Jacques. *The Politics of Aesthetics*. London: Continuum, 2017.

Rotten Tomatoes. "The Host." http://www.rottentomatoes.com/m/the_host_2007/.

Rutherford, Jonathan. "The Third Space: Interview with Homi Bhabha."

In *Identity: Community, Culture and Difference*, 207 – 221. London: Lawrence and Wishart, 1990.

Schatz, Thomas. *The Genius of the System: Hollywood Filmmaking in the Studio Era.* New York: Henry Holt, 2015.

Seidman, Steven, ed. *Jürgen Habermas on Society and Politics: A Reader.* Boston: Beacon, 1989.

Sharf, Zack. "'Okja' Rejected by 93% of South Korean Movie Theaters over Netflix Controversy." *Indiewire*, June 7, 2017.

Shin, Chi-Yun, and Julian Stringer, eds. *New Korean Cinema.* New York: New York University Press, 2005.

Shin, Gi-wook, and Kyung Moon Hwang, eds. *Contentious Kwangju: The May 18 Uprising in Korea's Past and Present.* New York: Rowman and Littlefield, 2003.

Shklovsky, Viktor. "Art as Technique." In *Literary Theory: An Anthology*, edited by Julie Rivkin and Michael Ryan, 8 – 14. Malden, Mass.: Wiley-Blackwell, 2017.

Solanas, Fernando, and Octavio Getino. "Towards a Third Cinema." *Cinéaste 4*, no. 3 (1970 – 1971): 1 – 10.

Sontag, Susan. "The Imagination of Disaster." In *Against Interpretation and Other Essays*, 209 – 225. New York: Picador, 1966.

Spyrou, Constantine. "Netflix's Revolutionary New Film 'Okja' Is Causing People to Go Vegan." Foodbeast (blog), July 5, 2017. https://www.foodbeast.com/news/okja-reactions/.

Starostineetskaya, Anna. "Okja Release Spikes 'Vegan' Google Searches by 65%." *VegNews*, August 6, 2017.

Telotte, J. P. "Science Fiction Reflects Our Anxieties." *New York Times*, last modified July 30, 2014.

Toffler, Alvin. *Future Shock.* New York: Bantam Books, 1970.

Wainstock, Dennis D. Truman, *MacArthur and the Korean War: June 1950–July 1951.* New York: Enigma Books, 2013.

Ward, Simon. *Okja: The Art and Making of the Film.* London: Titan Books, 2018.

Weber, Lindsey. "Let's Talk about the Ending of Snowpiercer." *Vulture*, July 11, 2014.

Weber, Max. "Politics as a Vocation." In *Max Weber's Complete Writings on Academic and Political Vocations*, edited by John Dreijimanis, translated by Gordon C. Wells, 22–23. New York: Algora Publishing, 2008.

Wells, H. G. "Preface to the 1921 Edition." In *The War in the Air: And Particularly How Mr. Bert Smallways Fared While It Lasted*. Harmondsworth, U.K.: Penguin, 1967.

Žižek, Slvoj. "The Lessons of Rancière." In *The Politics of Aesthetics: The Distribution of the Sensible*, edited by Jacques Rancière, translated by Gabriel Rockhill, 65–76. London: Continuum, 2007.

봉준호 영화들

지은이 이남
발행인 홍예빈 **발행처** 미메시스
주소 경기도 파주시 문발로 253 파주출판도시
대표전화 031-955-4000 **팩스** 031-955-4004
홈페이지 www.openbooks.co.kr **email** mimesis@openbooks.co.kr
Copyright (C) 미메시스, 2025, *Printed in Korea.*
ISBN 979-11-5535-320-2 03810 **발행일** 2025년 3월 20일 초판 1쇄

미메시스는 열린책들의 예술서 전문 브랜드입니다.